Knaur.

Im Knaur Taschenbuch Verlag sind bereits folgende Bücher des Autors erschienen:
Risk – Du sollst mich fürchten
Fear – Angst hat einen Namen

Über den Autor:
Scott Frost lebt und arbeitet in Montana. Er war Drehbuchautor erfolgreicher TV-Serien, unter anderem für *Twin Peaks* und *Akte X*. *RISK*, sein erster Roman, war für den Edgar Award 2005 für das beste Thrillerdebüt nominiert und wurde in Deutschland zum Bestseller.

SCOTT FROST

PRAY

Du kannst nicht entkommen

Psychothriller

Aus dem Amerikanischen
von Karl-Heinz Ebnet

KNAUR TASCHENBUCH VERLAG

Die Originalausgabe erschien 2009
unter dem Titel »Don't look back«
bei Headline Publishing Group, London

Besuchen Sie uns im Internet:
www.knaur.de

FSC
www.fsc.org
MIX
Papier aus verantwortungsvollen Quellen
FSC® C014496

Deutsche Erstausgabe Dezember 2010

Ein Unternehmen der Droemerschen Verlagsanstalt
Th. Knaur Nachf. GmbH & Co. KG, München.

Redaktion: Claudia Alt
Umschlaggestaltung: ZERO Werbeagentur, München
Umschlagabbildung: F1 Online/Thom Gourley/AGE
Satz: Adobe InDesign im Verlag
Druck und Bindung: GGP Media GmbH, Pößneck
Printed in Germany
ISBN 978-3-426-50769-8

2 4 5 3 1

Für Sam, Sandra und John,
die uns geholfen haben, nach Hause zu finden.

I

Ende Februar kam endlich der Regen. Erst fielen einzelne Tropfen, die so befremdlich klangen, als sie auf den Autodächern landeten, dass die Fahrer verwundert zum Himmel blickten. Aus den Tropfen wurde ein Nieseln, das auf den Freeways von der Küste bis ins Hinterland für einen Schrotthaufen nach dem anderen sorgte. Und dann wurde aus dem Nieseln ein Wolkenbruch, der es darauf abgesehen zu haben schien, die ausgedörrte Landschaft und seine Bewohner für ihren Hochmut zu bestrafen, aus der Wüste einen Garten gemacht zu haben. Einhundertsechsundachtzig Tage war es her, dass der letzte Regen gefallen war. Exakt die Hälfte dieser Zeit war vergangen, seit ein Bewohner von Pasadena Opfer einer Gewalttat geworden war.

Ich habe mal gehört, dass das Wetter Einfluss auf die Verbrechensstatistik hat: In Hitze- oder Regenperioden steigt die Kriminalitätsrate. Aber wenn man glaubt, dass jemand ermordet wird, weil es regnet oder der Wind weht, dann muss man auch an das Gegenteil glauben: Weil es eben nicht regnet oder weil der Wind abflaut, wird der Abzug nicht durchgezogen und das Messer nicht gezückt. Und wenn man daran glaubt, kann man es mit dem Glauben auch gleich ganz sein lassen und seine Dienstmarke abgeben.

In jener Nacht brachen zwei Unwetter los. Das zweite kündigte sich an mit einem Anruf kurz nach Mitternacht. Ich saß

im Wohnzimmer und sah mir die Wiederholung einer Sendung an, die schon bei ihrer Erstausstrahlung grottenschlecht gewesen war. Seit den Ereignissen in der Wüste bei Trona mied ich den Schlaf. Er brachte keine Ruhe, sondern nur die Bilder und Geräusche jener Nacht, in der ich zum Opfer geworden war und seit der ich nicht mehr wusste, was es hieß, Polizistin zu sein.
Auf Drängen meiner Tochter, die meinte, wenn ich körperlich besser drauf wäre, würde sich auch alles andere geben, hatte ich mit dem Laufen begonnen. Mit Ersterem hatte sie recht. Meine Muskeln wurden geschmeidiger. Ich nahm ab, aß weniger, trank weniger, doch statt wieder Zugang zu diesem anderen Teil in mir zu finden, verschanzte ich mich völlig in der körperlichen Hälfte und scherte mich nicht sonderlich um die andere.
Es war Monate her, dass ich mich innerhalb des gelben Absperrbands aufgehalten und an Tatortermittlungen teilgenommen hatte. Ich blieb in meinem Büro. Mittags ging ich joggen. Ich delegierte. Ich mied es, anderen Opfern in die Augen zu schauen, weil ich fürchtete, sie könnten in meinem Blick erkennen, dass ich ihnen keinen Trost zu bieten hatte.
So saß ich also da, lauschte dem Regen, der auf das Dach trommelte, und hoffte, das Telefon würde nach einiger Zeit wieder verstummen. Nach dem vierten Klingeln wusste ich aber, dass sich niemand verwählt hatte, dass mir am anderen Ende der Leitung jemand eine Adresse mitteilen würde, wo jemand infolge von Gewalteinwirkung ums Leben gekommen war und jetzt langsam erkaltete.
Dennoch zögerte ich, wollte dem Telefon noch eine letzte Chance einräumen, und erst beim nächsten Klingeln griff ich zum Hörer.

»Delillo.«

Es folgte ein kurzes Schweigen. Ich dachte schon, ich hätte mich geirrt. Aber dann hörte ich die Stimme.

»Tut mir leid, dass ich anrufe.« Erneut eine Pause, bevor er aussprach, was er zu sagen hatte.

»Ich bin immer noch Lieutenant«, sagte ich. »Auch wenn alles dagegen spricht.«

»Das musst du mir nicht sagen«, antwortete er.

Es war mein alter Partner Dave Traver. Ich musste nur den Klang seiner Stimme hören, und ich wusste, was mich erwartete. Es gibt gewisse Verbrechen, gegen die auch ein altgedienter Polizist nicht immun ist.

»Du solltest dir was ansehen.«

»Wo bist du?«, fragte ich.

»Am Rose Bowl, Tor A, Südseite des Stadions.«

Ich zögerte einen Augenblick, wusste aber, dass es in diesem Fall nichts zu delegieren gab, und schnappte mir meine Sachen, die ich über eine Stuhllehne gehängt hatte.

»Hast du Harrison Bescheid gegeben?«

»Ist schon unterwegs.«

»Ich bin in zwanzig Minuten da«, sagte ich und legte auf.

Mehr wollte ich nicht wissen. Traver kannte mich lange genug, um es zu verstehen. Wenn ich an einen Tatort kam, wollte ich ihn nicht mit den Augen eines Zeugen betrachten oder die vorgefasste Meinung eines anderen Polizisten mit mir herumschleppen. Dave, Vater von Zwillingen, hatte mir durch seinen Tonfall alles mitgeteilt, was ich wissen musste. Das flaue Gefühl im Magen und der jetzt schon leicht erhöhte Puls bezeugten es.

Ich zog mich absichtlich so langsam wie möglich an. Ich wollte nichts übereilen und in einen langsamen Rhythmus finden, damit mir später am Tatort nicht das Geringste entging.

Die Landschaft im kalten Regen draußen erschien mir öder als sonst. Kurz blieb ich vor der Garage stehen und fing das Wasser in der ausgestreckten Hand auf. Die neuen Häuser, die anstelle der alten, vom Feuer zerstörten errichtet worden waren, schienen sich an den Boden zu krallen, während das Wasser in breiten Bächen die Berge hinunterströmte.

Bis auf den Regen war nichts zu hören. Keine Verkehrsgeräusche, keine Fernseher oder Autoradios in der Ferne. Keine lauten, sich streitenden Stimmen, kein Gelächter, das aus offenen Küchenfenstern herübergeweht wurde. Selbst der eigenartige Singsang der Kojoten, die sich vor dem Unwetter in Sicherheit gebracht hatten, war verstummt.

Ich stieg in den Volvo, fuhr die gewundenen Straßen hinunter und versuchte die Vorstellung aus meinen Gedanken zu verbannen, dass irgendwo in dem Stadion mit seinen neunzigtausend Plätzen ein Toter lag.

2

Ich fuhr am Prospect Square ab, hielt in der Rosemont Avenue an und saß einfach nur im Wagen. Der heftige Regen hatte etwas nachgelassen, ein dünnes Nebelband hing über dem Betonkanal, in dem das Wasser von den San Gabriel Mountains durch den Arroyo rauschte. Die blassen, fast dreißig Meter hohen Wände des Stadions schimmerten in der Dunkelheit. Eine Joggerin in reflektierender Kleidung sah verstohlen in meine Richtung, als sie an mir vorbeilief, und schätzte mögliche Gefahren ab. Ich sah ihr nach, wie sie in der Dunkelheit verschwand, und widerstand dem Drang, auszusteigen und ihr nachzulaufen, immer weiter, ohne einen Blick zurückzuwerfen. Ich fuhr weiter.

Vor dem Südeingang zum Stadion sah ich ein Dutzend schwarz-weiße Streifenwagen und zwei zivile Polizeifahrzeuge. Traver, Big Dave, hundertzehn Kilo schwer und einer der großherzigsten Menschen, die ich kannte, wartete mit einem aufgespannten Regenschirm vor dem Stadioneingang. Ein Hispano Ende vierzig in einer Kapuzenregenjacke lehnte einige Meter daneben an einem Streifenwagen. Traver kam zu mir herüber, nachdem ich angehalten hatte und ausgestiegen war. Er sparte sich seine üblichen Witzchen, die er immer parat hatte, wenn er mich mitten in der Nacht herausklingelte. Er wusste, dass mir durch die Misshandlung in der Wüste etwas genommen worden war, was ich noch nicht zurückgewonnen hatte. Man sieht die Welt nicht mehr so wie vorher, wenn man gefesselt, nackt ausgezogen und vergewaltigt wird. Was mir geraubt worden war, war nicht Vertrauen oder das Gefühl der Sicherheit, sondern hatte eher mit Glauben zu tun und war genauso schwer zu fassen. Traver spannte einen zweiten Schirm auf und reichte ihn mir.

»Alles in Ordnung?«, fragte er.

Ich sah zu den Streifenwagen. »Du meinst, ob ich meinen Glauben in unser Rechtssystem wiedergefunden habe? Dass alle Übeltäter bestraft werden?«

Dave lächelte. »Nein. Ich meine nur, ob du vielleicht Kaffee haben willst.«

Trotz allem musste ich lächeln.

»Einen doppelten Latte mit einem Extra-Schuss«, sagte ich und sah zum Tunnel, der ins Stadion führte.

»Alle Ausgänge sind kontrolliert. Es ist keiner mehr drin. Harrison wartet am Spielfeld«, sagte Dave.

Ich sah zum Mann am Streifenwagen. »Hat er die Leiche gefunden?«

Traver nickte. »Er heißt Flores, zweiter Platzwart. Um sieben fand ein Fußballspiel statt. Die Zuschauer waren um halb neun draußen. Als die Tribünen saubergemacht waren, so gegen zehn, war sie noch nicht da, sagt er. Er hat auch nichts mehr angerührt, sagt er, als er gesehen hat, was es ist.«

»Ein Einbruch also?«

»Den keiner bemerkt hat.«

»Wir müssen mit allen Mitarbeitern sprechen, egal, ob sie hier waren oder nicht.«

Traver nickte. Ich ging zum Platzwart.

»Können Sie die Stadionbeleuchtung anstellen?«, sagte ich zu ihm.

»Die Stadt will nicht, dass sie nach elf an ist.«
»Dann nur so viel, damit wir drinnen was sehen.«
Er nickte.
»Wie viele Leute haben Zugang zum Stadion, wenn es geschlossen ist?«, fragte ich.
»Ich und der erste Platzwart und unsere Assistenten, die haben ebenfalls Schlüssel. Vielleicht auch noch ein paar andere, das weiß ich aber nicht.«
»Wie viele von denen waren heute Abend hier?«
»Nur mein Assistent.«
»Ist er noch da?«
»Nein, er ist nach Hause gefahren.«
»Wir brauchen sämtliche Namen«, sagte ich.
»Ich habe die Liste schon«, sagte Traver.
Ich winkte einem der Beamten, der mit dem Platzwart abzog.
»Wie viele Leute haben das Spiel gesehen?«, fragte ich Traver.
»Nur ein paar hundert. Es war eine Benefizveranstaltung, ehemalige TV-Stars spielen Fußball. Nach einer Stunde haben sie wegen des Regens Schluss gemacht.«
Am Boden lagen einige grüne Werbe-Flyer verstreut. Ich hob einen auf.
»Rettet die Abalone?«
»Müssen ziemlich zweitrangige Stars gewesen sein.«
Wir betraten den dunklen Tunnel zum Spielfeld. Dave blieb einen halben Schritt zurück, um mir nicht die Sicht zu versperren. Die Luft im Tunnel roch, als bewahrte sie die Erinnerung an die unzähligen Zuschauer, die seit dem Bau des Stadions hier durchmarschiert waren – biertrinkende, zigarrenrauchende Big-Ten-Anhänger aus dem Minnesota und Ohio der dreißiger und vierziger Jahre.

Am Ende des Tunnels sickerte allmählich das Licht vom Spielfeld ein.
Innen wirkte das Rund der Schüssel wesentlich heller als von draußen. Die weite grüne Rasenfläche stieg leicht zur Mitte des Stadions an und fiel zum Nordende wieder ab. Die Stille in dem Rund, in dem neunzigtausend Zuschauer Platz fanden, wirkte unnatürlich und konnte an den Nerven zerren, wenn man sich in Gegenwart eines Toten befand.
Dunstschwaden stiegen vom nassen Rasen auf. Am Rand der Laufbahn, die sich um das Spielfeld zog, kauerte Harrison.
Wir gingen zu ihm hinüber. Langsam richtete sich Dylan Harrison auf, sah mir aber nicht in die Augen. Immer, wenn ich seine vollkommenen blauen Augen und seine muskulöse Statur betrachtete, und sei es auch nur für die kurzen Augenblicke, die wir zusammen waren, konnte ich mich selbst vergessen; das gehörte zu den wenigen Dingen, die mich seit Trona aufrechterhalten hatten.
Traver ließ sich nichts anmerken, falls ihm bewusst war, dass wir beide eine Beziehung hatten. Wir waren vorsichtig gewesen, zumindest so vorsichtig, wie es der Sex zuließ. Nicht nur, weil ich seine Vorgesetzte war, sondern weil Dylan wusste, wie schwer ich mir nach der Vergewaltigung mit der Vorstellung tat, ich wäre seiner Liebe noch wert. Und dass ich zehn Jahre älter war als er, war der Sache auch nicht unbedingt förderlich. Aber er war ein geduldiger Liebhaber, den meine arg gebeutelte Midlife-Psyche gar nicht verdient hatte. Ich richtete die Aufmerksamkeit auf den grünen Rasen.
»Beim Fußball nennt man es Feld«, sagte Harrison.
Mit einem Kopfnicken wies Traver zu der Stelle. »Sie liegt

genau dort, wo beim Football die Fünfzig-Yard-Linie wäre.«
In der Mitte des Feldes war ein dunkler Gegenstand zu erkennen. Auf dem nassen Gras waren Fußspuren zu sehen, die sich von unserem Standort zum Gegenstand und wieder zurück zogen.
»Das sind meine«, sagte Traver. »Der Platzwart ist von der anderen Seite gekommen und sofort wieder abgedreht, als er erkannt hat, worum es sich handelt.«
»Hast du irgendwelche anderen Spuren ausmachen können?«
»Nichts, was uns weiterhelfen würde. Der Platz ist vom Spiel völlig zertrampelt.«
»Trotzdem, geh um das Spielfeld herum. Vielleicht fällt dir ja was auf.«
Traver atmete tief durch und machte sich daran, den Spielfeldrand abzuschreiten.
»Warum hier?«, fragte Harrison.
Aus einem der dunklen Tunnel, die zum Spielfeld führten, hallte der Flügelschlag einer Taube. Ich sah zum leeren Stadionrund.
»Die Ränge«, sagte ich.
»Er hat es auf Publikum abgesehen.«
Ich nickte. »Am Sonntag wird es hier voll sein.«
»Die Papstmesse.«
»Wahrscheinlich hat er dort draußen gestanden und sich vorgestellt, dass ihm hunderttausend Menschen zusehen. Darunter vielleicht sogar der Papst.«
»Er will Aufmerksamkeit«, sagte Harrison.
»Die hat er jetzt«, sagte ich.
Wir traten aufs Feld und folgten Travers Spuren zur Spiel-

feldmitte, bis sie sich in den Abdrücken der Spieler verloren. Mehrere Meter vor der Mittellinie blieben wir stehen. Ein blauer, in eine durchsichtige Plastikfolie gewickelter Schlafsack lag auf dem Rasen. Der Schlafsack selbst lieferte keinen Hinweis auf seinen Inhalt. Am Ende war er eng zusammengeschnürt, nur eine schmale Öffnung verriet, was sich in ihm befand – es ragte ein langer, blonder Pferdeschwanz heraus mit einem roten, akkurat gebundenen Schleifchen.
»Ein Mädchen«, sagte Harrison.
Ich sah zu Traver, der langsam die Seitenlinie entlangmarschierte. Jeder Schritt schien dem Vater von Zwillingstöchtern schwerer zu fallen als der vorhergehende. Wahrscheinlich hätte er am liebsten zu Hause angerufen und sich vergewissert, dass es ihnen gutging, so wie ich am liebsten meine Tochter Lacy hätte anrufen wollen, um mich davon zu überzeugen, dass alles in Ordnung war. Es war alles andere als rational, aber mit dem ersten Atemzug des eigenen Kindes ging sowieso jede Vernunft flöten. Polizist zu sein machte es nur noch schlimmer. Ich habe noch keinen Polizisten gekannt, der, wenn er nur irgendwas taugte, nicht in jedem Opfer den schwachen Abglanz seiner eigenen Kinder gesehen hätte. Wenn es möglich gewesen wäre, hätte ich ihn auf der Stelle in den Urlaub geschickt. Aber was man wollte und wozu man in der Lage war, fiel in diesem Job nur selten zusammen.
Harrison ging um den Schlafsack herum und untersuchte den Rasen.
»Wenn er nicht ein paar Grashalme an den Schuhen hat und sie für uns aufhebt, sehe ich hier nichts, was uns weiterbringen würde.«
Der Regen war nur noch ein Nieseln. Ich legte den Regenschirm weg, streifte Handschuhe über und trat näher, ging in

die Hocke, ließ vorsichtig die Hand über den Schlafsack gleiten und versuchte zu bestimmen, wie das Opfer darin lag. Ich glaubte den angewinkelten Ellbogen eines kleinen Arms zu ertasten und musste mich zwingen, die Hand nicht sofort zurückzuziehen.

»Ich sollte das Haus nicht mehr verlassen«, sagte ich mir, ohne zu bemerken, dass ich es laut ausgesprochen hatte.

Harrison ging ebenfalls in die Hocke und ließ den Blick über den Schlafsack gleiten. Kurz sahen wir uns in die Augen.

»Und ich hätte mich nie zur Mordkommission melden sollen.«

»Das war meine Schuld«, sagte ich.

Harrison lächelte verhalten. »Das wird dir nie verziehen werden.«

Ich sah zu Traver, der die Taschenlampe auf die Füße gerichtet hatte, während er am anderen Ende die Seitenlinie entlangging. In der Dunkelheit waren über dem Rasen die huschenden Bewegungen von Fledermäusen zu erkennen, die in der feuchten Luft jagten.

»Ich denke, sie liegt auf dem Rücken, die Arme über der Brust gekreuzt«, sagte ich und sah wieder zum Schlafsack. Ich tastete die Umrisse ab und hielt inne, als ich ihre Schulter zu berühren glaubte.

»Hier stimmt etwas nicht. Spür mal«, sagte ich.

Harrison zog Handschuhe an und legte seine Hand neben meine.

»Es ist kalt.«

Ich betastete das Ende des Schlafsacks, wo er zusammengezurrt war. In der Dunkelheit war es mir bislang nicht aufgefallen, aber es schien Dampf auszutreten.

»Wie kalt es ist heute Abend?«, fragte ich.

»Um die zehn Grad.«
»Hier kommt kalte Luft raus.«
Ich öffnete den Schlafsack so weit, damit ich an ihrem weichen Haar vorbei die Hand hineinschieben konnte, dann berührte ich vorsichtig ihren Hinterkopf. Meine Finger brannten. Ich zog sie weg. Für einen Moment schwiegen wir beide.
»Sie ist tiefgekühlt«, sagte ich.
»Das erklärt den Schlafsack«, sagte Harrison. »Er wollte, dass der Leichnam in diesem Zustand gefunden wird.«
»Warum?«
»Es ist eine Konservierungsmethode«, sagte Harrison. »Aber was wollte er konservieren?«
Wir kannten beide die Antwort, bevor er seine Frage ausgesprochen hatte.
»Er konserviert sein Werk.«
Harrison griff erneut zum Schlafsack und hielt inne.
»Ich hab da so eine Ahnung«, sagte er.
Ich blickte ihn an und wusste nicht, was er meinte. Harrison berührte die rote Schleife. Eiskristalle fielen auf seine Finger und schmolzen sofort.
»Das hier.«
»Was?«
»Ich muss ihr Gesicht sehen.«
Er fasste zur Öffnung. Ich berührte seinen Handrücken.
»Wir müssen sie so kalt wie möglich halten. Wenn sie sich erwärmt, sehen wir nicht mehr, was er konservieren wollte.«
Harrison schüttelte den Kopf. »Es kann nicht warten.«
»Du bist dir sicher?«
Er nickte.
Ich schlug die Plastikfolie zurück und löste das Zugband so

weit, um ihr Gesicht freizulegen. Ihre Haut war so blass wie Porzellan und von einer dünnen Schicht aus Eiskristallen bedeckt. Ihre Gesichtszüge waren unberührt, vollkommen, nur dass ihnen jegliches Leben fehlte.

»Sie sieht wie siebzehn aus«, sagte ich.

Harrison musterte sie, schloss dann so dicht wie möglich den Schlafsack und sah zu den Tausenden Sitzplätzen, die uns umgaben.

»Wenn ich mich nicht irre, ist sie neunzehn«, sagte er. »Oder war es jedenfalls, als sie verschwunden ist.«

»Du kennst sie?«

Er nickte. »Ich glaube ja. Sie heißt Keri Bishop. Es ist drei Jahre her. Damals war ich noch Detective, ich habe ihre Eltern befragt, bevor das FBI den Fall übernommen und ihn als Entführung eingestuft hat. Nach einer Weile kam man dann aber zu dem Schluss, dass sie abgehauen ist, um irgendwo ein neues Leben anzufangen.«

Er schloss die Augen. Ich sah zu den Tausenden von Sitzreihen.

»Ich will, dass jede Reihe, jeder Sitz abgesucht wird.«

Harrison nickte.

Traver hatte mittlerweile das Spielfeld umrundet und hob die Arme, um anzudeuten, dass er nichts gefunden hatte.

»Er hat drei Jahre lang auf diesen Abend gewartet«, sagte ich.

»Das hat etwas zu bedeuten, meinst du?«

Die Lichter an einem der Flutlichtmasten gingen an und tauchten alles, was bislang in Dunkelheit gelegen hatte, in ein unnatürliches Zwielicht. Es hätte unzählige Dinge gegeben, an die ich hätte denken können, aber ich konnte mich auf kein einziges konzentrieren. Nur eines schien in diesem

Augenblick zu zählen, und das konnte ich genauso wenig abschütteln wie das Gefühl, dass uns irgendwo von diesen Abertausend Sitzen ein Augenpaar beobachtete. Ich sah zu Harrison.

»Es bedeutet wohl, dass es noch weitere geben wird«, sagte ich leise.

3

Es ging auf drei Uhr morgens zu, als das Mädchen in einem Kühltransporter ins Leichenschauhaus gebracht wurde. Der Todeszeitpunkt war wegen des tiefgefrorenen Zustands der Leiche kaum feststellbar, aber wir konnten herausfinden, was ihr Mörder uns sagen wollte. Und solange wir das nicht wussten, würde sie tiefgekühlt bleiben.

Harrison und ich sahen dem Transporter nach, dann setzten wir uns in meinen Volvo und lauschten dem Regen, der erneut eingesetzt hatte. Ein Dutzend weitere Beamte waren eingetroffen, gingen die Sitzplatzreihen ab und kontrollierten jeden einzelnen Sitz.

»Wann sind wir mit der Rechtsmedizinerin verabredet?«, fragte ich.

Harrison reagierte nicht. Sein Blick war nach innen gerichtet, auf irgendeinen imaginären Punkt in der Vergangenheit.

»Dylan«, sagte ich.

Er sah mich an. In ihm arbeitete es.

»Ich hätte dem Mädchen ein besserer Polizist sein sollen. Ich habe nicht geglaubt, dass sie von zu Hause ausgerissen ist, trotzdem habe ich zugelassen, dass das FBI den Fall übernahm, und habe mich nicht weiter darum gekümmert.«

»Das ist der Job«, sagte ich. »Du hattest keine andere Wahl. Ich hätte das Gleiche gemacht.«

»Wozu sind wir dann da?«

»Wir sind da, um dem nächsten Opfer zu helfen, nicht denen, die schon tot sind.«

»Sie war das nächste. Sie war noch am Leben, als ich ihr den Rücken zugekehrt habe.«

»Vielleicht ist sie erst entführt worden, nachdem sie abgehauen ist.«

Harrison sah mich an. »Das glaubst du genauso wenig wie ich.«

»Ja, du hast recht. Aber es ändert nichts daran. Alles, was ich im Stadion gesehen habe, sagt mir, dass es unmöglich war, dieses Mädchen zu retten. Du hättest es nicht geschafft, ich nicht und auch kein anderer.«

»Trotzdem war ich derjenige, der den Fall aufgenommen hat.« Harrison lehnte sich zurück und schloss die Augen.

»Willst du ein bisschen schlafen?«, fragte ich.

Er schüttelte den Kopf.

»Wann treffen wir uns mit der Rechtsmedizinerin?«, fragte ich.

»Um acht. Sie stellen einen Kühllaster bereit, in dem sie die Untersuchungen durchführen kann.«

Ich betrachtete ihn. »Willst du den Fall abgeben?«

Harrison drehte sich mir zu. »Nein.«

»Gut. Erzähl mir von der Familie.«

Harrison sah mit leerem Blick zu den Beamten, die hinter den Regenschlieren auf der Windschutzscheibe nur verschwommen zu erkennen waren.

»Die Familie heißt Bishop. Der Vater ist Anwalt.«

»Kommt mir irgendwie bekannt vor.«

»Jackson Bishop. Hatte einige hochrangige Prozesse.«

»Ich erinnere mich. Ich habe läuten hören, dass er in die Politik wollte.«

»Genau. Damit hatte es sich dann, als seine Tochter verschwunden ist.«

»Und es wurde nie ein Zusammenhang zwischen ihrem Verschwinden und seinen politischen Bestrebungen hergestellt?«

»Das FBI hat nichts gefunden, was diese Theorie untermauert hätte.«

»Die Familie?«

»Ihre Mutter war Grundschullehrerin. Eine glückliche Ehe, nach allgemeinem Dafürhalten. Wohnen in einer guten Gegend, gehen in die Kirche, zahlen Haus und Autos ab, leben im Rahmen ihrer Verhältnisse, setzen sich für andere ein. Genau die Familie, die man sich immer wünscht ... einfach perfekt.«

»Und das Mädchen?«

»War in ihrem ersten Studienjahr auf der University of Southern California. Gute Studentin, keine Drogen, beliebt.«

»Ein Freund?«

Harrison schüttelte den Kopf. »Hat sich mit einigen getroffen, aber keiner, mit dem mehr gewesen wäre.«

»Die Umstände ihres Verschwindens?«

»Ein Freitagabend. Sie war mit Freunden aus der Uni auf einer Party. Gegen elf haben sie sie zu Hause abgesetzt und sind dann gefahren, als sie im Haus war.«

»Sie hat noch bei ihren Eltern gewohnt?«

»Ja. Wollte Ende Herbst ausziehen, soweit ich mich erinnern kann.«

»Die Eltern haben die Geschichte ihres Verschwindens bestätigt?«

»Sie haben sie reinkommen hören, sie aber nicht gesehen. Als sie am Morgen aufstanden, war sie nicht mehr da. Das Bett sah aus, als hätte jemand darin geschlafen. Nichts hat auf einen Einbruch oder einen Kampf hingedeutet. Sie ist einfach verschwunden.«

»Hat irgendwas aus ihrem Zimmer gefehlt?«

»Ihr Rucksack mit der Brieftasche. Die Sachen, die sie anhatte.«

»Sonst nichts?«

Wieder schüttelte er den Kopf. »Nichts, was den Eltern aufgefallen wäre. Es war, als hätte sie sich angezogen und wäre einfach aus ihrem Leben spaziert.«

»Sie ist nicht weit gekommen.«

Ein uniformierter Polizist trat an den Wagen. Ich kurbelte die Scheibe nach unten.

»Man hat was gefunden, Lieutenant.«

Wir stiegen aus und gingen durch den Tunnel. Am Ausgang zum Spielfeld blieben wir stehen und warteten auf Traver, der uns mit einem Beweisbeutel in der Hand bereits entgegenkam.

»Das lag in Verlängerung der Fünfzig-Yard-Linie auf halber Höhe der Tribüne in einer Sandwichtüte.« Daves Haar war klatschnass. Er wischte sich die Regentropfen aus dem Gesicht und gab mir den Beutel. »Der Officer hat es erst für Müll gehalten, bis er es sich näher angesehen hat. Es ist eine Zeichnung oder so was.«

Ich öffnete den Beutel und nahm die Sandwichtüte mit der Zeichnung heraus. Harrison leuchtete mit einer Mag-lite auf das Blatt Papier.

»Sonst noch irgendetwas, was sich in der Nähe befunden hätte?«, fragte ich.

»Es lag auf dem einzigen aufgeklappten Sitz im ganzen Abschnitt«, sagte Traver.

Das Bild zeigte eine Gruppe dunkler Gestalten, die sich über eine auf dem Rücken liegende junge Frau mit nackten Brüsten und auf dem Bauch verschränkten Armen beugten. Eine dieser Gestalten schien die Mitra eines Kardinals zu tragen, andere waren mit Talaren bekleidet, ihre Gesichter waren grotesk verzerrt. Eine Frau saß zu Füßen des hingestreckten Mädchens und bedeckte mit der Hand die Augen.
»Sieht aus, als wäre es die Kopie irgendeines Drucks«, sagte ich.
»Eher einer Radierung«, sagte Harrison.
»Sieht alt aus«, sagte Traver.
Unter dem Bild waren Wörter zu erkennen. Ich konnte sie nicht entziffern, also hielt ich Harrison das Bild hin.
»Das ist Spanisch ... *Murió la Verdad*«, sagte er und schüttelte den Kopf.
»Die Wahrheit ist gestorben«, sagte ich.
Harrison sah zu mir. »Ich befürchte, wir haben es hier mit einer richtig üblen Sache zu tun.«
»Welche Wahrheit?«, fragte Traver.
»Seine Version davon«, erwiderte ich.
»Das kann alles Mögliche sein.«
»Nicht für ihn.«
Erneut sah ich auf das Bild, dann trat ich aus dem Tunnel in den kühlen Regen. Er schmeckte fast süß und so ganz anders als das, was aus dem Wasserhahn in der Küche kam. Harrison und Traver folgten mir.
»Warum hat er dafür auf den Regen gewartet?«
»Es mangelt nicht am Symbolgehalt. Ein Gewitter, eine Flut, eine Reinigung, such es dir aus.« Ich sah zu Harrison. »Wie auch immer, ich gehe davon aus, dass der Täter nichts grundlos macht.«

Drüben in den San Gabriels erhellte ein Blitz für einen Sekundenbruchteil die zerklüfteten Umrisse der Berge. Einen Augenblick später kam Donnergrollen die Hänge herab und rollte durch das Tal.

»Ich will alles über diese Zeichnung erfahren, und ich will mit allen reden, die damals am Abend ihres Verschwindens auf dieser Party waren. Und dann sollten wir uns die Vermisstenfälle ansehen, die Ähnlichkeiten aufweisen.« Ich ließ den Blick durchs Stadion wandern. Noch immer suchten Beamte methodisch die Sitzreihen ab. »Stellen wir fest, welche Tickets per Kreditkarte gekauft wurden. Wenn es zugewiesene Sitzplatznummern gab, konzentrieren wir uns auf die Reihen in der Nähe der Stelle, wo die Zeichnung gefunden wurde. Vielleicht ist jemandem was aufgefallen.«

»Du meinst, er hat sich das Spiel angesehen?«

Ich sah zu den leeren Rängen. »Er hat drei Jahre auf diesen Augenblick gewartet. Er war hier. Er hat die Vorfreude ausgekostet, er hat dort oben gesessen und sich bis in die letzten Einzelheiten ausgemalt, was geschehen würde. Wie der, der die Leiche findet, wie ein aufgeschrecktes Kind davonstürzt, wie wir uns ihr vorsichtig nähern, sie von allen Seiten betrachten, nach Hinweisen Ausschau halten, unsere Reaktion, wenn wir feststellen, dass die Leiche tiefgefroren ist. Und wir dann zu diesem Sitzplatz hinaufschauen und wissen, dass er alles unter Kontrolle hat, und wir wahrscheinlich nichts dagegen tun und nicht verhindern können, dass er den nächsten Mord begeht.«

Ich sah kurz zu Harrison, dann drehte ich mich um und verließ das Stadion.

4

Die Morgendämmerung setzte mit trübem grauem Licht ein, das sich nur widerstrebend zu einem Tag wie diesem durchringen konnte. Durch den steten Regen fuhren Harrison und ich nach Downtown L.A. zum Büro des Coroners in der Mission Road.

Einer der Kühllaster, den die Stadt für den Tag bereithält, an dem das große Beben stattfinden wird, war neben dem Anbau geparkt, in dem die Leichen auf ihre letzte Reise warteten, die sie entweder zu einem Bestattungsinstitut und ihren Familien führte oder zu einem anonymen Grab.

Wir hielten an und stiegen aus. Das Dröhnen des Kühlaggregats übertönte die Verkehrsgeräusche vom nahen Freeway im Osten. Die für den Fall zuständige Kriminaltechnikerin trat aus dem Hauptgebäude und kam auf uns zu. Sie trug eine dicke gefütterte Jacke, die aussah, als wäre sie eher für einen Skiausflug nach Aspen geeignet. Ich kannte sie von der Autopsie meines Halbbruders, von dem ich zu jenem Zeitpunkt noch nicht einmal gewusst hatte, dass es ihn überhaupt gab. Obwohl sie dadurch mit einem Opfer und einer Angehörigen zu tun hatte, wie sie es noch nie erlebt hatte, trug ihre professionelle Einstellung entscheidend dazu bei, dass ich beweisen konnte, dass er nicht Selbstmord begangen hatte, wie das LAPD behauptete, sondern einem Mord zum Opfer gefallen war. Sie streckte mir die Hand entgegen.

»Lieutenant, Margaret Chow, falls Sie es vergessen haben sollten.«

Ich schüttelte ihr die Hand und stellte Harrison vor.

»In zwei Stunden werden ihre Eltern kommen, um die positive Identifizierung zu bestätigen. Es sollte also genügend Zeit sein, um sie aus dem Schlafsack zu nehmen. Da wir die Leiche so schnell wie möglich hierherbringen wollten, ist der Bericht der Spurensicherung etwas dürftig ausgefallen. Sollte ich noch etwas wissen, bevor wir anfangen?«

Ich nickte. »Sie ist vor drei Jahren verschwunden. Es wäre hilfreich, wenn wir so genau wie möglich den Todeszeitpunkt erfahren könnten.«

»Könnte schwierig werden. Das hängt davon ab, wie sie eingefroren wurde. Warum ist das so wichtig?«

»Dann würden wir vielleicht wissen, wie lange er seine Opfer am Leben lässt.«

Sie blickte auf. »Opfer?«

»Ich gehe davon aus, dass sie nur das erste ist.«

»Ich kenne einen forensischen Anthropologen an der UCLA, der assistieren könnte, aber ich will nichts versprechen. Jede Angabe wird nicht sehr genau sein.«

Wir blieben vor der rückwärtigen Tür des Lasters stehen. »Wir haben drinnen noch ein paar Lampen aufgestellt, es ist also nicht viel Platz. Und einige zusätzliche Decken besorgt, damit Sie nicht gar so auskühlen.«

Chow stieg auf das Trittbrett, machte sich am Stahlhebel zu schaffen und schwang die Tür auf. Die herausströmende Kaltluft stach wie tausend Nadeln im Gesicht. Chow reichte uns jeweils eine Decke, wir stiegen in den Laster und schlossen die Tür.

Es fehlte der Geruch des Todes, der sonst eine Autopsie in

der Leichenschauhalle begleitete. Im Laster hing die abgestandene Luft eines Kühlschranks, in dem kaum Lebensmittel gelagert wurden. Lampen tauchten alles in ein grelles weißes Licht. Der in die Plastikfolie eingewickelte Schlafsack mit dem Mädchen lag auf einem Stahltisch, der in der Mitte des Lasters stand.

»Im Licht sieht er kleiner aus«, sagte Harrison.

Chow gab uns Latex-Handschuhe, nahm eine Schwarzlichtlampe zur Hand und schaltete die Beleuchtung aus.

»Die Plastikfolie wäre ein guter Träger für Fingerabdrücke«, sagte sie und strich mit der Schwarzlichtlampe über die Folie. Dann schüttelte sie den Kopf.

»Ein paar verschmierte Stellen, noch nicht einmal ein Teilabdruck. Sehen Sie irgendetwas?«, fragte sie und ließ den Schein der Lampe über die Folie wandern.

Ich schüttelte den Kopf.

»Drehen wir sie um.«

Wir schoben die Hände unter den Schlafsack und wendeten ihn. Einige Grashalme hafteten an der Plastikhülle, an manchen Stellen waren Erdklumpen zu erkennen. Erneut ließ Chow ihre Lampe über die Folie wandern, wieder schüttelte sie den Kopf.

»Entweder kam die Folie frisch von einer Rolle, oder sie wurde sehr sorgfältig gesäubert. Vielleicht haben wir mehr Glück mit der Haut. Fettreste, die damit in Berührung gekommen sind, werden durch Tiefkühlung konserviert.« Sie schaltete das Licht wieder an. »Wie alt war sie, als sie verschwunden ist?«

»Neunzehn«, sagte ich.

»Wie viel hat sie damals gewogen?«

Ich sah zu Harrison.

»Um die fünfzig Kilo«, sagte er.
»Wie viel, schätzen Sie, wiegt sie jetzt?«, fragte Chow.
Harrison schob die Hand unter den Schlafsack und hob ihn etwas an. »Nicht viel mehr, wenn überhaupt.«
Chow nickte. »Wir werden das genaue Gewicht bei der Autopsie bestimmen. Drehen wir sie wieder um.«
Wir wendeten den Schlafsack. Chow griff sich ein Skalpell, zerschnitt die Klebebänder, mit denen die vor Kälte steife Folie befestigt war, und schlug sie auseinander. Chow betrachtete den Schlafsack, schaltete erneut das Licht aus und ließ den Strahl ihrer Schwarzlichtlampe über das Gewebe und die Unterseite der Klebebänder wandern. Das Ergebnis war das gleiche – nichts. Sie machte wieder das Licht an.
»Ich werde jetzt den Schlafsack öffnen«, sagte sie und schnitt mit einer Chirurgenschere von der schmalen Öffnung oben bis ganz nach unten zum Fußende. »Helfen Sie mir beim Auseinanderziehen.«
Jeder von uns fasste an einem Teil des Schlafsacks an, wir hoben ihn etwas hoch und klappten ihn auf. Keiner sagte ein Wort, während wir auf den freigelegten Leichnam starrten. Der Körper war mit winzigen Eiskristallen überzogen, die Haut selbst so durchscheinend wie Porzellan. Deutlich zeichneten sich die dunklen gefrorenen Adern ab. Eine unbedachte Bewegung, so schien es, und sie würde in tausend Stücke zerspringen. Sie trug ein langes bäuerliches Kleid. Die Füße waren nackt, das Kleid war heruntergezogen, so dass ihre Schultern und kleinen Brüste freilagen. Die Arme waren über der Hüfte verschränkt, der Kopf leicht nach rechts gewendet.
»Großer Gott«, flüsterte Harrison.
»Sie liegt genauso da wie auf dem Druck«, sagte ich.

»Welcher Druck?«, fragte Chow.
Ich zog den Beweisbeutel aus meiner Jackentasche und zeigte ihr das Bild. »Das hat man auf der Stadiontribüne gefunden.«
Chow betrachtete es und hielt es ins Licht. »Vor Medizin habe ich Kunstgeschichte studiert. Vielleicht täusche ich mich, aber es sieht mir nach einem Goya aus.«
»Der spanische Künstler?«
Sie nickte. »Diese Wörter hier, das muss der Titel sein.«
»Die Wahrheit ist gestorben«, sagte ich.
Chow sah mich unheilvoll an, gab mir den Beweisbeutel zurück und wandte sich wieder der Leiche zu. Sie begutachtete das Kleid, untersuchte es unter verschiedenen Lichtquellen und hielt Ausschau nach allem, was ungewöhnlich schien.
»Ich werde das Kleid losschneiden.«
Langsam schnitt sie entlang der Seite durch die Falten des gefrorenen Stoffs. Unten angekommen, hob sie das Kleid wie einen Buchdeckel ab. Sie machte sich mit einem Vergrößerungsglas über den Kopf des Mädchens her, suchte nach Fasern oder Haaren, die augenscheinlich nicht zu ihm gehörten. Dann teilte sie vorsichtig die Haare und suchte nach Kopfwunden.
Nach dem Kopf kamen der Hals dran, der Oberkörper, die Beine, anschließend wiederholte sie die Prozedur unter Schwarzlicht. Nachdem sie fertig war, schüttelte sie den Kopf.
»Keine sichtbaren Verletzungen. Keine Verletzungen der Haut, keine Abschürfungen oder Blutergüsse. Drehen wir sie um.«
Ich hatte Dutzende, wenn nicht gar Hunderte Leichen gesehen. Wurde jemandem Gewalt angetan, wurde man ständig daran erinnert, dass das Opfer noch kurz zuvor geatmet und

gelacht und von jenen Dingen geträumt hatte, die uns zu Menschen machen. Hier aber war es anders. Die dünne Frostschicht, die sie bedeckte, reichte aus, um aus dem schönen jungen Mädchen etwas ganz und gar Unwirkliches zu machen. Die steifgefrorenen Glieder in ihrer unnatürlichen Stellung wirkten wie die einer Schaufensterpuppe. Sie war vollkommen konserviert, aber diese Vollkommenheit war nur ein fader Abglanz dessen, was einmal gewesen war.

Chow untersuchte ihre Rückseite von Kopf bis zur Zeh, dann trat sie zurück.

»Es scheint keinerlei physische Traumata zu geben, zumindest kann ich nichts erkennen. Es kann aber sein, dass durch die Tiefkühlung einiges verdeckt wird. Ob sie sexuell missbraucht wurde, lässt sich erst sagen, wenn wir ihre Glieder bewegen können. Ich werde einige Gewebeproben entnehmen und sie zur UCLA schicken, vielleicht können sie dort bestimmen, wie lange sie schon gefroren ist. Hoffentlich finden wir mehr heraus, wenn wir sie aufgetaut haben.«

Es klopfte an der Hecktür. Chow öffnete sie, wechselte einige Worte mit ihrem Assistenten und schloss die Tür.

»Die Eltern sind da. Sie warten draußen.«

Ich sah auf meine Uhr. Wir waren mittlerweile eine gute Stunde im Laster, die mir aber wie wenige Minuten vorgekommen war.

»Wissen Sie, in welchem Zustand sich die Leiche befindet?«, fragte ich.

Chow schüttelte den Kopf. »Es verstößt gegen die Vorschriften, am Telefon Einzelheiten mitzuteilen.«

»Wir werden erst mit ihnen reden«, sagte ich.

Chow zog aus einem Regal unter dem Tisch eine Plane heraus. »Ich bereite sie für die Identifizierung vor.«

Ich sah ein letztes Mal zu dem Mädchen.
»Sie ist wie eine Zeitkapsel«, sagte Chow leise.
»Und genauso stumm«, sagte ich.
»Hoffen wir nur, dass sie trotzdem ein paar Informationen für uns bereithält.«
Wir nahmen die Decken von den Schultern, legten sie neben die Tür und gingen. Draußen kam es einem warm vor. Der Regen hatte den Dreck aus der Luft gewaschen. Ich atmete tief ein, um die abgestandene Luft aus dem Tiefkühllaster loszuwerden, die sich in meinem Mund festgesetzt zu haben schien.
Harrison sah zum Hauptgebäude, wo Keri Bishops Eltern warteten.
»Ich brauche dich nicht, wenn dir das lieber ist«, sagte ich.
Harrison schüttelte den Kopf, dann sah er zu den dunklen Hügeln des Elysian-Parks auf der anderen Flussseite.
»Vor zwanzig Jahren haben Bergsteiger in den Alpen die Leiche eines Mannes gefunden, der auf einem Gletscher erfroren ist. Als sein Körper geröntgt wurde, hat man in seiner Schulter einen dreieckigen Gegenstand entdeckt. Er war mit einem Pfeil erschossen worden – der hat eine Arterie durchtrennt, er ist gestorben, wurde langsam vom Eis verschluckt und war fünftausend Jahre lang verschwunden … Er ist ermordet worden.« Harrison drehte sich zu mir hin. »Irgendwie habe ich das Gefühl, dass wir ein Geheimnis wie dieses im Körper des Mädchens nicht finden werden.«

Die Räumlichkeiten des Rechtsmediziners glichen eher einem Buchhaltungsbüro als einem Ort, wo der Tod buchstäblich seziert wird. Vielleicht war es Absicht des Bauherrn gewesen, das Gebäude so unpersönlich wie möglich zu gestalten; zy-

nisch betrachtet könnte man auch sagen, dass staatliche Stellen zu mehr nicht in der Lage sind.
Die Bishops saßen in einem fensterlosen Empfangsbereich, der mit Fotos aus dem L.A. der Vergangenheit geschmückt war, die die trauernden Familienangehörigen wohl an bessere Zeiten erinnern sollten. Die leuchtend gelbe Wandfarbe war mittlerweile verblasst und strahlte die Wärme einer Sonne an einem Smogtag aus. Als wir den Raum betraten, erhoben sich beide.
Der Jackson Bishop in meiner Erinnerung hatte ausgesehen wie ein Cover-Model von *GQ*, eine resolute Persönlichkeit, die immer bereit gewesen war, den Kampf für die kleinen Leute aufzunehmen. Der Mann vor uns wies kaum noch Ähnlichkeit damit auf. Er wirkte wie sechzig, obwohl er höchstens fünfzig sein konnte, seine Haare waren von grauen Strähnen durchzogen, und er schleppte mindestens zwanzig Kilo mehr mit sich herum als früher.
Von seiner Frau Emily hatte ich kein Bild vor mir, aber wenn dieses Paar noch über einen letzten Rest Stärke verfügte, dann durch sie. Sie trat vor, hakte sich am Arm ihres Mannes ein und zog ihn mit. Ihr Blick barg eine funkelnde Schärfe, mit der sie verzweifelt ihren Kummer zu kaschieren versuchte.
»Sie sind von der Polizei?«, fragte sie.
»Ja.« Ich stellte Harrison und mich vor.
»Keiner will uns etwas sagen, außer dass unsere Tochter tot ist«, sagte sie. Dann blieb ihr Blick an Harrison hängen. »Ich kenne Sie.«
Harrison nickte. »Ich habe den Fall bearbeitet, bevor ihn das FBI übernommen hat.«
»Sie können mit Bestimmtheit sagen, dass das Mädchen, das Sie gefunden haben, Keri ist?«, fragte Jackson.

Harrison nickte. »Ich glaube, ja.«
»Glauben Sie es oder wissen Sie es?«, kam es von Jackson.
»Es ist drei Jahre her. Vielleicht irren Sie sich«, sagte Mrs. Bishop.
Harrison setzte zu einer Antwort an, ließ es dann aber sein.
»Ich wünschte, wir könnten Ihnen etwas anderes sagen, aber dem ist nicht so. Es tut mir leid«, sagte ich.
»Ich möchte meine Tochter sehen«, forderte sie.
»Sie sollten vorher einige Dinge erfahren.«
Mrs. Bishop umklammerte die Hand ihres Mannes.
»Was ist mit unserer Tochter geschehen?«, fragte Jackson.
»Ihr Leichnam ist tiefgefroren.«
Sie schienen an mir vorbeizusehen, als überstiegen meine Worte ihr Verständnis.
»Ich kann Ihnen nicht sagen, wie sie gestorben ist«, sagte ich. »Aber wir gehen von einem Mordfall aus.«
»Bringen Sie uns zu ihr«, flüsterte Mrs. Bishop.
Margaret Chow wartete vor dem Laster, als wir die Bishops hinausbegleiteten. Sie erklärte, was sie gleich zu sehen bekommen würden und dass sie den Leichnam als Beweismittel eines Verbrechens nicht anfassen durften. Sie öffnete die Tür und führte sie hinein. Ich folgte, während Harrison draußen blieb.
Chow hatte die Leiche mit einer Plane abgedeckt. Die Decken wurden ihnen nicht angeboten, damit sie nicht länger als nötig blieben, um die Identifizierung vorzunehmen. Später würde Zeit für ihre Trauer sein, aber nicht hier, nicht jetzt.
Ich blieb am Fußende des Tisches, während die Bishops an die rechte Seite traten. Chow stellte sich ihnen gegenüber, zog die Plane zurück und deckte das Gesicht auf.

Jackson Bishop atmete scharf aus, als hätte er einen Schlag in den Magen bekommen. Emily Bishop schlug die Hand vor den Mund, ihre Augen füllten sich mit Tränen. Chow wartete kurz, dann fragte sie das Unvorstellbare.

»Ist das Ihre Tochter Keri?«

Mrs. Bishop streckte die rechte Hand aus, als wollte sie das Gesicht ihrer Tochter berühren, hielt wenige Zentimeter davor inne und nickte.

»Ja, das ist unsere Tochter«, sagte sie mit brüchiger Stimme.

Schweigend betrachteten sie den Leichnam, bis Chow nach der Plane griff.

»Ich muss sie berühren«, sagte Mrs. Bishop. Sie sah zu Chow, wieder lag diese Schärfe in ihrem Blick. »Ich werde ihre Stirn berühren.«

Chow zog die Plane nach oben, dann zögerte sie.

»Gut.«

Zärtlich legte Mrs. Bishop ihrer Tochter die Hand auf die Stirn. Die Kraft in ihrem Blick erlosch und wurde von Erstaunen abgelöst und schließlich von Gewissheit. Sie zog die Hand zurück, drückte sie sich an die Brust, und Chow breitete die Plane über Keris Gesicht.

Jackson Bishop drehte sich um und verließ wortlos den Laster. Seine Frau starrte noch auf den bedeckten Leichnam, trat dann ebenfalls zur Tür und blieb stehen. Sie wollte etwas sagen, aber ihr brach die Stimme, dann fasste sie sich.

»Warum ist sie tiefgefroren?«

»Das wissen wir noch nicht.«

Sie sah zu ihrem Mann, der sich langsam vom Laster entfernte, dann zu mir.

»Es muss doch irgendetwas geben, was Sie mir sagen können.«

»Das ist jetzt wirklich nicht der Zeitpunkt dafür. Wir können später darüber reden.«

Sie schüttelte den Kopf. »Meine Tochter ist tot, und ich will wissen, warum. Bitte, wenn Sie etwas wissen, dann sagen Sie es mir.«

Ich fasste in meine Tasche und zog den Druck heraus.

»Haben Sie das schon mal gesehen?«

Sie betrachtete es einen Augenblick, bis sie tatsächlich erfasste, was sie hier zu sehen bekam. »Mein Gott«, sagte sie leise. Kopfschüttelnd starrte sie das Bild an. »Ich habe es noch nie gesehen ... was ist das?«

»Wir haben es in der Nähe Ihrer Tochter gefunden.«

»Ich verstehe nicht.«

»Der Täter wollte, dass wir es finden.«

Mrs. Bishop rang nach Luft.

»Und die Schrift darunter, was bedeutet sie?«

»Es ist Spanisch und heißt ›die Wahrheit ist gestorben‹.«

Sie legte die Hand an den Mund und unterdrückte einen leisen Aufschrei, dann drehte sie sich weg und sah ihrem Mann hinterher.

»Sagt Ihnen das irgendetwas?«

Sie schüttelte den Kopf. Das letzte bisschen Kraft, das ihr bis jetzt noch geblieben war, hatte sie verlassen.

»Ich muss zu Ihnen kommen und mir ihr Zimmer und ihre Sachen ansehen. Das kleinste Detail, das beim ersten Mal nicht beachtet wurde, könnte uns vielleicht weiterhelfen.«

Sie nickte. »Ich muss jetzt los«, sagte sie, ohne noch einmal zu uns zu sehen, stieg die Stufen hinab und eilte ihrem Mann nach.

Ich stand in der offenen Tür und sah den Bishops hinterher,

die langsam zu ihrem Wagen gingen. Dann wandte ich mich an Chow.

»Wann werden Sie anfangen?«, fragte ich.

»Wird noch etwas dauern. Ich will sie langsam auftauen, damit nichts beschädigt wird. Die toxikologische Untersuchung wird einige weitere Tage in Anspruch nehmen. Ich melde mich, sobald ich irgendwas gefunden habe oder die Todesursache kenne.« Sie sah zur zugedeckte Leiche. »Wann müssen wir Ihrer Meinung nach mit dem nächsten Opfer rechnen?«

Ich schüttelte den Kopf. »Nach allem, was wir wissen, dürfte es bereits tot sein.«

Ich trat zu Harrison hinaus in den Nieselregen. Er sah dem Wagen der Bishops hinterher, der langsam auf die Mission Road einbog.

»Konnte sie mit dem Bild irgendwas anfangen?«, fragte er.

Mrs. Bishops vom Kummer gezeichnetes Gesicht hinter der nassen Autoscheibe glich einer verzerrten Maske.

»Sie sagt nein.«

Dylan sah mich an. »Aber du glaubst ihr nicht?«

»Nein. Ihre Reaktion auf die Beschriftung des Bildes, irgendwas war da.«

»Könnte Sie uns etwas verheimlichen?«

»Hast du jemals eine perfekte Familie gekannt?«

Harrison schüttelte den Kopf.

»Was kommt dir in den Sinn, wenn du die Worte ›die Wahrheit ist gestorben‹ hörst?«

»Eine lange Liste.«

Ich betrachtete die Gestalten auf dem Bild, die Mönche und möglicherweise einen Kardinal darstellen konnten. »Aber was steht ganz oben auf der Liste?«

»Du denkst an was Bestimmtes?«
»Schau dir die Gestalten an, die um die Leiche herumstehen. Männer in Talaren, Vertreter der absoluten Wahrheit.«
»Der Wahrheit Gottes.«
Ich nickte. »Der Künstler, der das geschaffen hat, hat den Glauben verloren und war voller Zorn.«
Harrison runzelte die Stirn. »Aber was mit dem Mädchen geschehen ist, sieht nicht so aus, als hätte jemand voller Zorn gewütet.«
»Nein. Aber was, wenn es gar nichts mit ihr zu tun hat?«
»Womit dann?«
»Wie gründlich hast du damals Jackson Bishops Anwaltskanzlei unter die Lupe genommen?«
»Es war kaum Zeit, um mehr als an der Oberfläche zu kratzen.« Harrison musterte mich. »Er bestraft Bishop für irgendeine Sache, indem er seine Tochter tötet?«
»Könnte sein.«
»Aber wofür?«
»Wir sollten so viel wie möglich über Jackson Bishops Kanzlei vor dem Verschwinden seiner Tochter herausfinden.«
Mein Handy klingelte. Es war Traver.
»Einer von den Stadionmitarbeitern ist heute Morgen nicht zur Arbeit erschienen. Soll ich dem nachgehen?«, sagte er.
»Hast du eine Adresse?«
»Glassell Park, eine Wohnung am Eagle Rock Boulevard. Block dreitausend.«
»Wir kümmern uns darum, wir sind nicht weit entfernt. Hast du einen Namen?«
»Goya.«
Mein Herz setzte kurz aus.
»Vorname Francisco«, sagte ich.

»Ja. Woher weißt du das?«
»Sprich mit dem Platzwart, finde alles über ihn heraus und schick eine Zivilstreife zu dieser Adresse.«
»Gibt es irgendetwas, was ich wissen sollte?«, fragte Traver.
Ich sah auf das Bild in meiner Hand. »Kunstgeschichte.«

5

Das Apartmentgebäude gehörte zu drei gleich aussehenden U-förmigen, zweigeschossigen Bauten, die gegenüber den Bahngleisen im Westen und dem Betonkanal des Flusses dahinter lagen. Die Eingänge zu den Wohnungen befanden sich direkt an der Außenseite, Flure gab es keine. Die Gegend war Gang-Territorium. Die meisten Fassaden waren über und über mit den Tags der lokalen Homeboys verziert, die auf der Straße das Sagen hatten und den Drogenhandel kontrollierten.

Die Wohnung, zu der wir wollten, lag im dritten Gebäude am Ende des Blocks. Wir parkten vor dem zweiten Gebäude, wo wir vom dritten nicht zu sehen waren, und stiegen aus. Die Dieselabgase des gerade vorbeifahrenden Zugs vermischten sich mit dem pappsüßen Geruch eines Donut-Ladens, der eineinhalb Block weiter am Eagle Rock Boulevard lag. Der andere Streifenwagen war noch nicht eingetroffen.

»Man hat uns bemerkt«, sagte Harrison und wies mit einem Nicken auf einen Latino-Teenager in Baggy-Jeans und Sweatshirt, der auf der gegenüberliegenden Straßenseite vor einem leerstehenden Lagerhaus herumlungerte.

Ich sah zurück zu den Fenstern im Apartmentgebäude. Hinter wenigstens einem halben Dutzend war Bewegung zu erkennen. Im gesamten Komplex klingelten die Handys und verkündeten unsere Ankunft.

»Wir können nicht auf den zweiten Wagen warten«, sagte ich und ging los.
Wir erreichten das letzte Gebäude und überflogen die Apartmentnummern.
»Erster Stock, Rückseite«, sagte Harrison.
Eine junge Mutter mit Maya-Gesichtszügen und einem Kleinkind auf dem Arm kam aus einer Wohnung, als wir den oberen Treppenabsatz erreichten. Als sie sah, wie wir die Waffen zogen, verschwand sie schnell hinter der Tür.
An der hinteren Gebäudeecke blieben wir stehen und musterten die Reihe der Türen. Spanischsprachige Fernsehsendungen tönten aus mehreren Apartments.
»Es sollte das letzte ganz hinten sein«, sagte Harrison.
Ich packte die Glock fester und ging voran. Jedes Apartment hatte ein großes Fenster, aber kein einziges war geöffnet, als würde es ausreichen, den Vorhang vorzuziehen, um sich vor der Gewalt zu schützen, die draußen auf der Straße herrschte.
Dicht an die Wand gepresst, blieben Harrison und ich vor dem Fenster des letzten Apartments stehen. Wie bei allen übrigen war der Vorhang vorgezogen, das Schiebefenster war verriegelt.
»Er muss wissen, dass wir ihn finden würden«, flüsterte Harrison.
Ich beugte mich vor und sah zur Tür. Sie war geschlossen.
»Die Frage ist nur, ob er da drin auf uns wartet«, sagte ich.
Harrison huschte am Fenster vorbei und bezog auf der gegenüberliegenden Seite der Tür Position. Ich lehnte mich nah ans Fenster und lauschte auf Geräusche. Von drinnen war nichts zu hören.
Ich ging am Fenster vorbei zur Tür und nickte Harrison zu.

Mit einem kurzen Stoß trat er die Tür kurz unterhalb der Klinke ein. Sie schwang auf. Ich fuhr herum und richtete die Glock auf die Wohnung. Das Zimmer lag in Dunkelheit, schien aber leer zu sein.

»Polizei!«, rief ich.

Keine Reaktion. Ich machte einen halben Schritt hinein und blieb stehen, damit sich meine Augen an die Dunkelheit gewöhnten. Rechts von mir lag eine kleine Küche, links das Wohnzimmer. Die einzige Tür an der gegenüberliegenden Wand schien geschlossen. Durchdringender Schweißgeruch hing in der Luft, dazu etwas anderes.

»Hier hat jemand gewohnt, aber es gibt keine Möbel«, sagte Harrison.

»Kommt dir der Geruch bekannt vor?«

Er schüttelte den Kopf. »Irgendwie chemisch.«

Ich deutete zur Tür an der gegenüberliegenden Wand. Unten am Boden schimmerte ein dünner Streifen Licht.

»Dort brennt Licht«, sagte ich.

»Machen Sie langsam die Tür auf und kommen Sie heraus!«, schrie ich. Keine Antwort. Harrison zeigte auf die Decke. Ich erkannte schwach die Umrisse einer Glühbirne.

»Gibt es an der Wand hinter mir einen Lichtschalter?«, fragte ich ihn, ohne die Waffe von der Tür gegenüber zu nehmen.

Harrison tastete hinter mir die Wand ab. »Ja.«

»Mach ihn an.«

Dylan drückte den Schalter, die Glühbirne blieb dunkel.

»Zieh den Vorhang zurück.«

Er ging zum Fenster und öffnete den Vorhang. Das Sonnenlicht flutete herein. Ich machte einen weiteren Schritt.

»Halt«, sagte Harrison.

Ich erstarrte.

»Vor dir auf dem Boden.«
Ich hatte es in der Dunkelheit übersehen: ein Blatt Papier.
Ich ging in die Hocke, und mein Herzschlag beschleunigte sich.
»Wieder ein Druck«, sagte ich. »Im Stil ähnlich dem ersten.«
Eine männliche Gestalt lag entweder tot oder bewusstlos auf dem Boden, während ein großer geflügelter Dämon oder ein fledermausähnliches Wesen auf seiner Brust saß und an seiner Kleidung zerrte. Hinter und über ihm flatterten weitere dieser Geschöpfe und warteten anscheinend darauf, dass auch sie an die Reihe kamen.
»Auch das hat einen Titel«, sagte ich.
Harrison kam näher. *»Las Resultas.«*
»Die Folgen«, flüsterte ich.
»Er hat sich bereits das nächste Opfer geholt«, sagte Harrison.
Ich stürzte zur Tür, riss sie auf und richtete die Waffe in den Raum. Harrison war dicht hinter mir. Ein kleiner Fernseher in der Mitte des leeren Zimmers war die Lichtquelle. Es lief eine Spielshow. Ich machte einen Schritt und blieb stehen. Die gegenüberliegende Wand war als Leinwand benutzt worden. Das Bild erstreckte sich fast vom Boden bis zur Decke. Ein großes, groteskes Wesen mit irrem Blick und langem Haar war gerade dabei, in die kleine halbnackte Gestalt zu beißen, die es in Händen hielt.
»Großer Gott«, flüsterte Harrison.
Im Zimmer hing schwer der Geruch von Terpentin und Ölfarbe. Harrison ging zur anderen Wand, sicherte das Badezimmer und kam zurück.
»Die Farbe ist noch nicht trocken«, sagte ich. »Wahrscheinlich hat er die letzten ein, zwei Tage noch daran gearbeitet.«

»Vielleicht ist es ein Goya wie die beiden anderen Drucke.«
»Das würde Sinn ergeben.«
Ich trat näher und betrachtete die ungezähmten Farbwirbel, entfernte mich wieder und nahm das Bild als Ganzes auf.
»Meinst du, es handelt sich um eine konkrete Darstellung oder um etwas Allegorisches?«, fragte Harrison.
Ich schüttelte den Kopf. »Das Ergebnis ist so oder so das gleiche – Wahnsinn.« Ich drehte mich ihm zu. »Schätze, du wirst dich etwas mit Kunstgeschichte befassen müssen. Wenn wir herausfinden, warum sich unser Täter mit einem Maler aus dem neunzehnten Jahrhundert identifiziert, wären wir ihm schon einen Schritt voraus.«
»Ein Schritt reicht aber vielleicht nicht.«
Ich sah wieder zum Bild. »Ich will nicht, dass hier irgendjemand reinkommt. Wir versiegeln die Wohnung.«
Er nickte. »Ich rufe die Spurensicherung.«
»Wenn der zweite Streifenwagen eintrifft, sollen sie sämtliche Anwohner befragen. Vielleicht ist denen was aufgefallen.«
Ich ging zur Tür und sah noch einmal zurück. Auf dem Fernsehbildschirm hielt eine dicke schwarze Frau die Hände vors Gesicht, während ein großes blondes Model mit grazilen Armen auf einen geschlossenen Vorhang zeigte.
»Meinst du, sie weiß etwas, was wir nicht wissen?«, fragte Harrison.
Ich warf einen weiteren Blick auf das Gemälde und trat daraufhin in das leere Wohnzimmer, wo mitten auf dem Boden der Druck lag.
»Vielleicht, wer von den zwölf Millionen Einwohnern von L.A. gerade vermisst wird?«

6

Sechs Stunden, nachdem wir in die Wohnung eingedrungen waren, ging Chief Chavez langsam um den Tisch im Besprechungszimmer des Hauptquartiers und betrachtete die mehr als ein Dutzend Drucke, die Harrison auf dem Tisch ausgebreitet hatte.

Der Chief war mittlerweile sechzig, sein früher kohlrabenschwarzes Haar war im Lauf der Jahre weitgehend grau geworden, und er hatte mindestens zehn Kilo Übergewicht, die er seiner Schwäche für üppige Tamales zu verdanken hatte, denen er, wenn schon nicht sich, dann seinen Enkelkindern zuliebe, nicht widerstehen konnte. Wenn er auch nicht der Vater war, den ich nie hatte, so kam er dem doch so nah wie kein zweiter in meinem Leben. Dass ich die Mordkommission leitete, ging nicht nur darauf zurück, dass ich gelernt hatte, Verbrechen mit seinen Augen zu sehen, sondern auch auf seinen unumstößlichen Glauben an meine Fähigkeiten. Ich hatte ihm alles zu verdanken und würde alles für ihn tun; dessen war er sich auch bewusst, als er versuchte, wieder mein Interesse an der Arbeit zu wecken.

»Die Spurensicherung hat nichts gefunden«, sagte ich. »Keine Fingerabdrücke, keine Haare, keine DNS-Spuren, weder am Gemälde noch im Badezimmerwaschbecken oder in der Dusche oder Toilette. Von den Anwohnern will sich keiner an einen Mann in Apartment 201 erinnern. Nur ein kleiner

Junge behauptet, an einem Abend ein Gespenst gesehen zu haben, das aus der Tür gekommen ist.«

»Ein Gespenst?«, fragte Chavez.

Ich nickte. »Die Hälfte der Bewohner in diesem Gebäude sind wahrscheinlich Illegale, und die übrigen haben, wenn sie klug sind, Angst vor den Gangs. Keiner von denen wird mit uns reden.«

»Was ist mit der Hausverwaltung?«

»Das Apartment ist vor drei Monaten vermietet worden. Sechs Monatsmieten wurden im Voraus bezahlt, in bar. Anscheinend nehmen sie es mit der Feststellung der Identität nicht so genau, wenn ihnen jemand mit Geld vor der Nase herumwedelt.«

»Und das Rose Bowl? Die müssen über ihn doch etwas in ihren Unterlagen haben.«

»Kommt drauf an, wie man Unterlagen definiert.«

Chavez runzelte die Stirn. »Was soll das heißen?«

»Er ist vor drei Wochen als Aushilfskraft eingestellt worden. Hat insgesamt sechs Tage gearbeitet. Seine Angaben auf der Bewerbung sind falsch. Und sein Führerschein taucht in keiner Datenbank auf. Weder der Platzwart noch die anderen Mitarbeiter können mit Sicherheit das Foto auf seinem Führerschein mit dem Mann in Übereinstimmung bringen, mit dem sie zusammengearbeitet haben. Ihre Beschreibungen sind genauso wertlos. Je nachdem, mit wem wir uns unterhalten, ist er entweder ein Weißer oder ein Latino, entweder über eins achtzig oder darunter. Einer meinte, er spreche kaum Englisch und stamme wahrscheinlich aus Oaxaca. Ein anderer glaubte, er spreche perfekt Englisch und komme aus Florida.«

»Können Sie sich das erklären?«

»Er hat meistens allein gearbeitet«, sagte Harrison. »Hat sich

kaum mit den anderen unterhalten. Wir können uns nur vorstellen, dass er jeden Tag, an dem er aufgetaucht ist, sein Äußeres leicht verändert hat, um Verwirrung zu stiften, ohne allzu sehr dabei aufzufallen.«
»Und das alles, um eine Leiche im Stadion abzulegen?«
»Wahrscheinlich hat er es auch darauf abgesehen, dass wir die Wohnung finden.«
»Warum?«
»Das alles ist kein Zufall. Er hat vermutlich mehr als drei Jahre Zeit gehabt, um alles zu planen. Er will damit etwas aussagen.«
Chavez blieb am Kopfende des Tisches stehen und nahm die Reproduktion des Drucks zur Hand, den wir in der Wohnung gefunden hatten.
»›Die Folgen‹. Sie meinen, das heißt, er hat sich noch jemanden geschnappt?«
Ich nickte. »Wenn es eine andere Erklärung gibt, kenne ich sie noch nicht.«
Chavez drehte sich zur Wand um, wo wir die Kopie des Gemäldes aus der Wohnung aufgehängt hatten. »Und was zum Teufel ist das?«
Ich sah zu Harrison.
»Es heißt *Saturn verschlingt seinen Sohn*«, sagte Harrison.
»Gemeint ist der Gott Saturn?«
»Ja. Francisco Goya hat es irgendwann um 1820 herum gemalt.«
Verwundert schüttelte Chavez den Kopf. »Was Kunst anbelangt, halte ich es eher mit *Dogs playing Poker.* Warum malt jemand so etwas?«
»Es ist ein mythisches Thema«, erklärte Harrison. »Saturn tötet seinen Sohn, damit dieser nicht die Macht übernimmt.«

»Durch Kannibalismus … sehr mythisch.«
»In der Mythologie ist Saturn der Gott der Fruchtbarkeit. Er hat die Menschen den Ackerbau gelehrt und steht für Weisheit und die Erde selbst.«
»Das hat mit Weisheit zu tun?«, fragte Chavez.
»Die Weisheit ist die positive Seite. Seine dunkle Seite besteht darin, dass er den tyrannischen Vater repräsentiert, der mit aller Gewalt das Gesetz hochhält. In der Astrologie steht Saturn für Unglück und Melancholie. Der entsprechende Ort wird als der dunkle Kerker, die Grube der Finsternis oder schlicht und einfach als Hölle bezeichnet.«
»Warum also schlüpft der Täter in die Gestalt eines Malers aus dem neunzehnten Jahrhundert?«
»Goya hat seine Kunst als Aufstand gegen die Ungerechtigkeit und Macht der Herrschenden gesehen«, sagte ich.
»Wie es auch auf diesen Bildern zum Ausdruck kommt«, sagte Chavez.
»Das mag ein Teil davon sein.«
Ich nahm eine der Kopien zur Hand und gab sie Chavez. Zu sehen war ein Mann, der von zwei Männern gehalten und mit gespreizten Beinen zu Boden gedrückt wurde, während ein anderer mit dem Schwert ausholte, um ihn zweizuteilen.
»Müssen wir mit so etwas rechnen?«, fragte Chavez.
»Nach den Drucken im Stadion und der Wohnung zu schließen, scheinen wir es mit jemandem zu tun zu haben, der meint, er bestrafe seine Opfer für eine Ungerechtigkeit, die ihm widerfahren ist.«
»Was hat das mit einem neunzehnjährigen Mädchen zu tun?«
»Wir sehen uns Bishops Kanzlei genauer an, vielleicht findet sich eine Verbindung zu einem ganz bestimmten Fall. Viel-

leicht hat der Täter ein Kind verloren und gibt nun Bishop die Schuld.«

»Worauf ist Bishop spezialisiert?«

»Zivilrecht. Er hat sich durch einige aufsehenerregende Sammelklagen einen Namen gemacht«, sagte Harrison.

»Möglich ist natürlich auch, dass Keri nur als Stellvertreterin herhalten muss für das Unrecht, das die Gesellschaft oder gar Gott ihm zugefügt hat.«

»Gott?«

»Nach dem Bild im Stadion erscheint das möglich.«

Chavez schüttelte den Kopf. »Da komm ich nicht mehr mit.«

Ich reichte ihm die Kopie der Radierung, die wir im Stadion gefunden hatten.

»Kirchenvertreter.«

Ich nickte. »Hier könnte eine Verbindung liegen. Bishop war der federführende Anwalt bei einer Klage gegen die katholische Erzdiözese.«

»Kindesmissbrauch durch Priester?«

»Ja. Das einzige Problem bei dieser Theorie ist, dass die Klage gegen Zahlung einer hohen Summe außergerichtlich beigelegt wurde.«

»Was noch?«, fragte Chavez.

»Goya war eine gequälte Seele«, sagte Harrison. »Aufgrund einer Gehirnhautentzündung oder einer Bleivergiftung ist er taub geworden. In den letzten Jahren seines Lebens hat er nur noch selten das Haus verlassen und die Wände mit seinen sogenannten schwarzen Bildern bemalt und die Radierungen geschaffen, die wir gefunden haben. Manche haben ihn für verrückt gehalten.«

»Ein Gesellschaftskritiker ist kaum mit einem Mörder zu vergleichen.«

»Eine von Goyas Radierungen trägt den Titel ›Der Schlaf der Vernunft gebiert Ungeheuer‹.«

Ich trat vor die Saturn-Kopie. »Vielleicht ist es der Wahnsinn, dem sich unser Mann verpflichtet fühlt.«

Chavez öffnete den Umschlag mit den am Fundort aufgenommenen Fotos von Keri Bishop im Schlafsack. Schweigend betrachtete er sie, dann legte er sie in den Umschlag zurück.

»Wollen Sie das FBI einschalten?«

Ich sah zu Harrison und schüttelte den Kopf.

»Wenn sie entführt worden ist, können wir es es wahrscheinlich nicht verhindern«, sagte Chavez.

»Das FBI hat schon vor drei Jahren die Entführungstheorie verworfen«, sagte Harrison.

»Und wenn wir es mit einem Serienmörder zu tun haben?«

»Bislang haben wir nur eine tiefgefrorene Leiche«, warf ich ein. »Solange wir keine definitive Todesursache haben, wäre es verfrüht, eine fremde Behörde einzuschalten.«

Chavez nickte.

Die Tür ging auf, und Traver trat ein.

»Die Bilder wurden auf einem Tintenstrahldrucker ausgedruckt und wahrscheinlich von den gleichen Internet-Seiten heruntergeladen wie unsere hier. Die Farbe in der Wohnung ist billiges Acryl, kann in jedem Künstlerbedarf oder Hobby- und Bastelladen oder online besorgt werden. Nichts, was uns weiterhelfen könnte.«

»Was bleibt jetzt also?«, fragte Chavez.

Ich sah zum Umschlag mit den Fotos des toten Mädchens. »Offensichtlich hat er eine Kunstausbildung genossen. Wir rufen die verschiedenen Institute an, mal sehen, ob sie einen Studenten kennen, der von Goya besessen war. Und wir nehmen uns sämtliche Vermisstenfälle vor, die Ähnlichkeiten aufweisen.«

»Und wenn dabei nichts herauskommt?«

»Dann warten wir auf die nächste Leiche«, sagte ich.

7

Bei Anbruch der Nacht hatte sich das Unwetter vor der Küste festgesetzt und wirbelte wie das Windrädchen eines Kindes im Kreis. In den Hollywood Hills schwappte eine Schlammlawine durch das Haus eines Schauspielers, riss den Emmy mit sich, den er für eine Folge von *Law & Order* bekommen hatte, und durchbohrte damit den BMW des hügelabwärts wohnenden Nachbarn. Im Valley schlitterte ein Pizza-Ausfahrer auf einer Kreuzung in eine Bushaltestelle und tötete dabei drei Arbeiter, die auf dem Heimweg von ihrer Tortilla-Fabrik waren.

Um acht trat ich auf die Stufen zur Garfield Plaza und zündete mir eine Zigarette an. Was wir im Lauf des Tages in Erfahrung gebracht hatten, hatte uns bislang nicht weitergeholfen. Unter den Vermisstenanzeigen gab es keine, bei der die Alarmsirenen angesprungen wären. Und es würde noch zwölf Stunden dauern, bis Margaret Chow mit der Obduktion beginnen konnte.

»Ich wusste gar nicht, dass du rauchst.«

Ich drehte mich zu Harrison um, der hinter mir aus der Tür gekommen war.

»Ich rauche auch nicht«, sagte ich und betrachtete die Glut. »Ich halte sie bloß. Weckt Erinnerungen an meine Jugend.«

»Ich habe gerade mit den Dozenten für Kunstgeschichte an

der UCLA, am Parsons, dem Design Center und der USC telefoniert. Obsessive Verhaltensweisen sind an solchen Instituten anscheinend die Norm. Würden wir nach einem stinknormalen, langweiligen Typen suchen, hätten wir mehr Glück. Sie wollen sich mal mit der Sache befassen, aber ich würde nicht viel darauf geben.«

»Wir sind also keinen Schritt weiter. Oder genau da, wo er uns haben will.« Ich sah zu Harrison, der in die Nacht hinausstarrte.

»Fragt sich nur, was schlimmer ist«, sagte er leise.

Eine weitere Bö wehte durch die Straße und trieb wirbelnde Regenschwaden über die Plaza.

»Alles in Ordnung?«, fragte Harrison.

Ich schüttelte den Kopf. »Dreiundneunzig Tage ohne Mord, und dann das hier. Wie erklärst du dir das? Eine Schießerei, ein Ehemann, der seine Frau umbringt, ein Überfall mit Todesfolge, das würde ich verstehen. Aber wie soll man sich das hier erklären?«

Harrison wandte mir das Gesicht zu. Ich sah ihm in die Augen. Ihm war anzumerken, dass er sich Vorwürfe machte, Keri im Stich gelassen zu haben.

»Man könnte sagen, es gehört nicht zu unserem Job, Erklärungen für so etwas zu finden«, sagte er.

Ich hielt die Zigarette an die Lippen und war so nahe dran wie schon lange nicht mehr, wirklich einen Zug zu nehmen. »Clevere Polizisten sehen es vielleicht als ein Spiel. Manchmal gewinnt man, manchmal verliert man, aber wenn es vorbei ist, geht man nach Hause und vergisst alles.«

»Kennst du viele Polizisten, die so drauf sind?«

»Keinen, der auch nur einen Pfifferling wert wäre.«

Ich warf die Zigarette auf die nassen Stufen und sah wieder

zu Harrison. »Wie lang ist es her, dass wir miteinander geschlafen haben?«

»In Stunden oder Tagen gerechnet?«

Ich kannte die Antwort, fast auf die Sekunde genau. Wir waren in sechs Monaten nur ein halbes Dutzend Mal zusammen gewesen, jeder Augenblick hatte sich mir daher ins Gedächtnis gebrannt: jede Berührung, jede Bewegung, jeder Schauer. Dylan war so offen wie nur möglich – ich war diejenige, die sich zurückhielt. Harrison war zehn Jahre jünger als ich; insgeheim fürchtete ich wahrscheinlich, dass ich zu viel wollte. Nicht weil ich ihm nicht vertraut hätte. Nein, was mich nervös machte, war das Glück, das ich dabei empfand. Ein Gefühl, das mir noch zu neu war. Ich drückte ihm einen sachten Kuss auf die Lippen, dann sah ich über seine Schulter zur Straße, nachdem eine weitere Windbö an uns gezerrt hatte. Er musterte mich. Überraschung lag in seinem Blick.

»Irgendwas beunruhigt dich, oder?«

»Ist ein Kuss in der Öffentlichkeit so überraschend?«, fragte ich.

»Ja, aber deswegen habe ich nicht gefragt.«

»Wie immer es hier weitergehen wird, wir werden Teil seines Plans sein«, sagte ich. »Er nimmt uns an der Hand und führt uns direkt in seinen dunklen Kerker.«

Harrison nickte.

»Ich möchte ein paar Stunden nicht darüber nachdenken«, sagte ich.

Harrison lächelte. »Wir treffen uns bei dir zu Hause.«

Er wandte sich ab und ging hinein. Ich trat aus dem Schutz des Eingangs hinaus in den Regen, die Stufen hinunter und zu meinem Wagen auf dem Parkplatz.

»Lieutenant«, hörte ich eine Stimme hinter mir.
Ich drehte mich um. Ein uniformierter Wachhabender kam die Treppe heruntergelaufen.
»Sie waren doch an ungewöhnlichen Vermisstenfällen interessiert?«
Ich nickte. Erneut ging die Tür zur Dienststelle auf, und Harrison erschien.
»Sie sollten sich das mal ansehen«, sagte der Wachhabende und reichte mir einen Bericht.
»Ein Reporter. Was für einer?«
»Vom Fernsehen.«
Ich sah mir den Namen an. Trevor Wells.
»Die Morgenshow«, sagte ich.
»Ja.«
»Wie lange wird er schon vermisst?«
»Seit heute Morgen. Normalerweise würden wir uns damit die nächsten zwölf Stunden gar nicht befassen, aber da Sie nachgefragt haben, dachte ich mir, ich sag es Ihnen mal lieber.«
Harrison kam zu uns herunter. Ich reichte ihm den Bericht.
»Was ist so ungewöhnlich an dem Fall, außer dass er Fernsehreporter ist?«
»Als er heute Morgen nicht im Sender aufgetaucht ist, hat jemand bei ihm zu Hause angerufen und eine seltsame Nachricht zu hören bekommen.«
»Wie seltsam?«
»Auf dem Anrufbeantworter teilt er mit, dass er für eine Weile weg sei …, ›um für die Folgen aufzukommen‹.«
Ich sah zu Harrison.
»Sagt Ihnen das was, Lieutenant?«
Ich überflog den Bericht.

»Ist das seine Adresse?«, fragte ich.
»Ja, über dem Arroyo. Sollen wir eine Streife hinschicken, damit die da mal nachsieht?«
Harrison und ich rannten bereits zu meinem Wagen.

8

Wir brauchten zwanzig Minuten auf den schmalen, kurvenreichen Straßen, die sich den Hang des Arroyo hinaufzogen. Alle Straßenzüge in der näheren Umgebung lagen in Dunkelheit, durch das Unwetter war der Strom ausgefallen. Langsam fuhren wir durch die Straßen und hielten nach den Hausnummern Ausschau, die auf den Randstein gepinselt waren.

»Das zweite links, das sollte es sein«, sagte Harrison.

Ich hielt an und schaltete die Scheinwerfer aus. In den Fenstern mancher Häuser war flackernder Kerzenschein zu erkennen, die Fassade von Wells' Haus allerdings lag hinter einer dichten Reihe windgebeugter Bananenstauden. Wir konnten nichts sehen.

Wir stiegen aus, Harrison überprüfte zur Sicherheit erneut die Adresse, dann nickte er. Auf dem mit Platten ausgelegten Weg ging ich zu den Bananenstauden und wartete, dass sich meine Augen an die Dunkelheit gewöhnten. Vor mir lag die Silhouette des Hauses. Die Eingangstür befand sich geschützt unter einem seitlich mit Holzlamellen verkleideten Vordach. Von meinem Standort aus schien die Fassade keinerlei Fenster aufzuweisen.

»Wenn wir mit unserer Annahme richtig liegen, gehört es zu seinem Plan, dass wir jetzt hier stehen«, sagte ich. »Er müsste uns erwarten.«

Harrison drehte sich mir zu, wischte sich den Regen von der Stirn und zog die Baretta aus dem Gürtel. »Wie beruhigend.«
Ich nahm meine Glock aus dem Halfter und huschte zwischen den Bananenstauden in Richtung Eingang. Eine durchnässte Ausgabe der *L.A. Times* war aus ihrer Plastikhülle gerutscht und lag ausgebreitet vor der Tür. Harrison wies mit einem Nicken zu einem Bewegungsdetektor am Boden und zu einer Überwachungskamera über der Tür, die in unsere Richtung zeigte.
»Wenn sich hier jemand genähert hätte, würde Wells ihn direkt im Sichtfeld gehabt haben«, sagte Harrison. Er leuchtete mit der Taschenlampe auf den Türknauf. Er schien intakt zu sein.
»In dem Fall hatte er entweder nicht abgesperrt oder ihn reingelassen. Wir müssen die Kamera überprüfen, vielleicht hat sie etwas aufgezeichnet.«
Harrison nickte. Ich griff zum Türknauf. Er ließ sich drehen. Vorsichtig öffnete ich die Tür.
»Was ist das für ein Geruch?«, fragte Harrison.
»Benzin oder so was Ähnliches«, sagte ich.
Ich hob die Waffe und schob mich in den Eingang. Die Tür öffnete sich zu einem großen Wohnzimmer. Die Rückseite des Hauses schien ausschließlich aus Fenstern zu bestehen mit Blick über Pasadena – die dunklen Straßenzüge, in denen der Strom ausgefallen war, zeichneten sich deutlich inmitten der flackernden Lichter der Stadt ab.
Nach einigen Schritten blieb ich stehen. Dämpfe standen in der Luft. Die Oberfläche des Bodens schien im fahlen, durch die Fenster einfallenden Licht zu schimmern.
»Ich stehe in Benzin«, flüsterte ich.

»Keinen Schritt weiter«, sagte Harrison.
»Der ganze Raum ist damit getränkt«, sagte ich leise.
»Komm zurück«, flüsterte Harrison.
Das Haus war U-förmig angelegt, zu beiden Seiten des Wohnzimmers erstreckten sich Seitenflügel. Ich machte einen Schritt rückwärts und blieb stehen. Irgendwo aus den dunklen Räumen neben dem Wohnzimmer war ein Geräusch gekommen.
»Versuche, genau so zurückzugehen, wie du reingegangen bist«, sagte Harrison.
»Da ist etwas.«
Erneut hörte ich das Geräusch aus dem rechten Seitenflügel. Ich hob die Waffe.
»Wäre keine gute Idee, wenn du sie benutzen würdest«, sagte Harrison. »Bei den Dämpfen würde das ganze Haus sofort lichterloh in Flammen stehen.«
Ich ließ die Sicherung einrasten. »Es geht mir besser, wenn ich sie in der Hand halte.«
Wieder ein Geräusch aus der Dunkelheit.
»Jemand ist da«, flüsterte ich und machte einen weiteren Schritt nach vorn.
»Dein Handy«, sagte Harrison.
Ich war am Eingang zum Flügel und blieb stehen. »Was ist damit?«
»Erwartest du einen Anruf?«
»Ich bin eine Mutter. Ich erwarte immer einen Anruf.« Erst dann wurde mir bewusst, warum er mich darauf angesprochen hatte. »Würde das schon ausreichen, um die Dämpfe zu entzünden?«
»Möglich.«
Ich sah mich um. Flache, von meinen Schuhen ausgehende Wellen liefen kräuselnd über die Benzinoberfläche.

»Noch irgendwelche guten Neuigkeiten, von denen ich wissen sollte?«

»Der Strom«, sagte er.

»Ja?«

»Wenn er wiederkommt, gehen die Lichter und die Alarmanlage an.«

Ich sah zu ihm. Ich hatte mir schon vor Jahren abgewöhnt, Harrisons Urteil zu Dingen, die in die Luft fliegen konnten, in Frage zu stellen.

»Peng«, sagte ich.

Harrison nickte.

»Sieh du im anderen Seitenflügel nach, ich übernehme den hier«, sagte ich und starrte in den Flur.

Das Geräusch, das ich gehört hatte, war nicht mehr zu vernehmen. Rechts lag eine Tür, dahinter öffnete sich der Flur zu einem weiteren großen, in Dunkelheit liegenden Raum.

»Hier ist die Polizei«, sagte ich.

Wieder ein Röcheln. Ich schob mich an der Kochinsel vorbei. Das Benzin sickerte mittlerweile durch meine Schuhe und durchtränkte langsam die Socken.

»Kommen Sie heraus«, sagte ich.

Aus der Dunkelheit drang ein Stöhnen. Ich machte einen Schritt, dann noch einen. Vor mir schien etwas zu sein, Genaueres aber konnte ich nicht erkennen.

»Mr. Wells?«, sagte ich.

Ich fasste in die Jackentasche, zog eine kleine Taschenlampe heraus und richtete sie auf die verschwommene Gestalt.

»Mr. Wells, wir sind hier, um Ihnen zu helfen.«

Wenn ich die Taschenlampe anschaltete, fiel mir ein, konnte ich das gesamte Haus in Brand setzen.

»Kommen Sie vor, damit ich Sie sehen kann«, sagte ich.
Keine Bewegung, kein Ton. Ich drückte den Daumen gegen den Schalter an der Taschenlampe, zögerte, dann schaltete ich die Lampe an. Der Strahl riss ein Loch in die Dunkelheit. Ich erstarrte. Die Hand, die die Glock hielt, fing an zu zittern. Ich ließ den Arm sinken.
»Harrison«, schrie ich.
Durch den Flur hörte ich patschende Schritte, die schließlich kurz hinter mir verstummten. Eine Weile sagte er nichts, dann flüsterte er: »Die Folgen.«
Ich schüttelte den Kopf. »Würdest du das so nennen?«
»Der Täter nennt es so«, sagte Harrison.
Ich steckte die Glock in das Halfter und trat vor den Toten. Er saß in einem massiven, breiten antiken Holzstuhl mehrere Meter vor einem großen Flachbildfernseher. Beine, Brustkorb und ein Arm waren mit Klebeband an den Stuhl gebunden.
»Ist das Wells?«, fragte Harrison.
Ich schüttelte den Kopf. »Ich weiß es nicht.«
»Er hat keine Augen mehr«, sagte Harrison.
Das Blut um die leeren Augenhöhlen war eingetrocknet. Mund und Kinn sowie das Hemd und die Hose waren von einer dicken Blutkruste überzogen. Ich trat näher heran.
»Einige seiner Zähne sind gebrochen. Sieht aus, als würde ihm auch die Zunge fehlen«, sagte ich.
Harrison und ich sahen uns an.
»Ein Reporter, dem Zunge und Augen herausgeschnitten wurden. Macht ihn das zu jemandem, der einen mythischen Tod gestorben ist?«
Ein Windstoß pfiff durch das gekippte Fenster und zerrte an den Rollläden.

»Ist das das Geräusch, das du gehört hast?«, fragte Harrison.

Ich nickte.

»Schau dir den Arm an, der nicht an den Stuhl gefesselt ist«, sagte ich. »Etwas ist mit Klebeband an seiner Hand befestigt.«

Harrison trat neben die Leiche und sah dann zum Fernsehbildschirm.

»Das ist die Fernbedienung.«

»Warum?«

Harrison setzte zu einer Antwort an, hielt inne und ging zum Fernseher. Schweigend starrte er ihn an.

»Deswegen.«

An der Rückseite lief ein Kabel vom Gerät zum Boden. Der Stecker und die Kabelisolierung waren entfernt worden. Die nackten Drähte lagen im Benzin.

»Großer Gott«, sagte Harrison leise.

Ich musterte die Hand mit der festgebundenen Fernbedienung. »Der Zeigefinger liegt genau auf dem Anschaltknopf.«

»Er war noch am Leben«, sagte Harrison.

Ich nickte. »Und hatte die Möglichkeit, seine Qualen zu verkürzen, indem er den Fernseher anstellt.« Ich sah zu Harrison. »Tod durch Fernsehen.«

»Aber dann ist der Strom ausgefallen, und er hat ihn nicht mehr anstellen können«, sagte Harrison. »Er ist langsam verblutet. Oder am eigenen Blut erstickt.«

Schweigend standen wir vor der Leiche. Beide konnten wir kaum fassen, was wir hier vor uns hatten.

»Ich mach Türen und Fenster auf und lass frische Luft herein«, sagte Harrison.

Erneut richtete ich den Schein der Taschenlampe auf die Leiche und nickte, als mir etwas auffiel.
»Warte«, sagte ich.
Ich ging vor Wells in die Hocke – oder vor demjenigen, den wir für Wells hielten.
»Was?«, fragte Harrison.
Ich beleuchtete die Hand mit der Fernbedienung. »Ich dachte, sein Brustkorb hätte sich bewegt.«
»Was?«
Ich schüttelte den Kopf und richtete den Lichtstrahl auf die Reste seines Gesichts. Es sah aus wie das einer zerstörten Puppe. Nichts regte sich. Sein Brustkorb hob und senkte sich nicht. Um sicherzugehen, legte ich ihm die Hand an den Hals und fühlte nach einem Puls. Nichts.
»Ich weiß nicht …«
Dann glaubte ich etwas zu spüren.
»Da ist was«, sagte ich. »Schwach, aber da.« Ich drückte ihm die Finger gegen den Hals, spürte aber nichts mehr.
»Bist du dir sicher?«
Ich presste mit der ganzen Hand dagegen, wartete auf den nächsten Pulsschlag, aber es kam nichts.
»Nein. Meine Hände sind ausgekühlt, ich weiß nicht, ob ich was spüre.« Ich beugte mich vor, um seinen Atem wahrzunehmen.
»Ich höre nichts …«
Plötzlich riss Wells den Kopf hoch, und ich stürzte nach hinten in Harrisons Arme. Sprachlos brauchten wir einen Moment, bis wir kapierten, dass der Mann, den wir hier vor uns hatten, noch am Leben war, und beide versuchten wir, nicht an das unaussprechliche Grauen zu denken, das er durchgemacht hatte.

»Er steht unter Schock. Deshalb der schwache Puls.«

»Ich rufe den Notarzt«, sagte Harrison.

»Beeil dich.«

Harrison eilte zur Schiebetür, öffnete sie, trat hinaus und wählte die Nummer. Ich ging zu Wells und betrachtete das Klebeband, mit dem er an den Stuhl gefesselt war.

»Mr. Wells, wir holen Ihnen einen Arzt. Es wird alles wieder gut.« Das war wahrscheinlich das Absurdeste, was ich jemals gesagt hatte, trotzdem wiederholte ich es noch mehrmals. Er reagierte nicht, falls er mich denn überhaupt gehört hatte. Ich begann am Klebeband zu zerren, mit dem sein Arm an die Stuhllehne gebunden war. Es war aussichtslos. Das Band war viel zu oft herumgewickelt.

»Wir brauchen ein Messer«, rief ich zu Harrison.

Er kam wieder herein. »Wir haben ein Problem.« Er sah hinaus auf das sich unter uns erstreckende Pasadena. »Der Strom kommt allmählich wieder.«

Ich lief zu ihm an die Tür. In einem Straßenzug nach dem anderen gingen die Lichter an.

»Wir müssen ihn rausschaffen«, sagte ich.

Wir eilten zu Wells zurück und packten am Stuhl an, um ihn wegzubringen. Der Stuhl rührte sich nicht.

»Heb an!«, rief ich.

Wir versuchten es erneut, aber der Stuhl ließ sich keinen Zentimeter bewegen. Harrison kniete sich hin und strich mit der Hand über die Stuhlbeine.

»Er ist am Boden festgeschraubt.«

»Ich hol ein Messer aus der Küche. Wir schneiden ihn los.«

Harrison schüttelte den Kopf. »So viel Zeit haben wir nicht mehr.«

»Zum Teufel mit der Zeit. Wir lassen ihn nicht hier zurück.«

Ich wollte in die Küche, aber Harrison packte mich am Kragen.
»Nein!«, schrie ich.
Ich hörte ein Summen; das Haus hatte wieder Strom. Ich sah zu Wells, im gleichen Moment riss Harrison mich zurück, und wir liefen zur offenen Schiebetür hinaus in den Regen. Im Zimmer begann ein Licht zu flackern.
»Dylan!«, schrie ich.
Ich hörte, wie die Elektrogeräte wieder zum Leben erwachten, flackernd ging ein Licht an, als wir über die Schwelle rannten und auf den nassen Rasen hinauswankten. Ich rappelte mich hoch und wollte wieder hinein, aber Harrison packte mich und zog mich zurück. Weitere Lichter flackerten und leuchteten dann hell auf. Harrison zerrte mich zu sich und schob schützend seinen Körper vor mich. Eine Sekunde verging, eine weitere, nichts geschah.
»Warte noch ein wenig«, sagte Harrison.
Eine Deckenlampe im Wohnzimmer schwang im Wind sacht hin und her. Wir starrten zu ihr und konnten kaum glauben, dass das Haus noch stand.
»Die offene Haustür muss für genügend Durchzug gesorgt haben«, sagte Harrison.
»Hast du den Notarzt alarmiert?«, fragte ich.
»Er ist unterwegs. Und die Feuerwehr.«
Wir rappelten uns beide auf und sahen zu dem auf den Stuhl gefesselten Mann.
»Wir müssen ihn losschneiden.«
Ich machte einen Schritt, dann sah ich, wie Wells' freier Arm sich hob und die Fernbedienung auf den Fernseher richtete.
»O Gott«, entfuhr es Harrison.
Ich rannte los, in diesem Moment entzündete, kaum einen

Meter von Wells entfernt, ein Funken den benzingetränkten Boden. Flammen schlugen hoch, schlängelten sich um seine Füße, dann verschwand er in einem Feuerblitz.

Die Hitze barst gegen mein Gesicht, ich wurde von den Füßen gerissen und nach hinten geschleudert. Ich wollte nach Dylan rufen, aber mir wurde die Luft aus der Lunge gesaugt, dann tauchte alles in Dunkelheit, und ich hörte nur noch meinen eigenen Herzschlag.

9

Mein Gesicht glühte, als hätte ich einen Sonnenbrand. In der Nase hatte ich den ätzenden Geruch von Benzin und meinen versengten Haaren. Es war drei Uhr morgens, als das letzte Feuerwehrfahrzeug den Tatort verließ. Das Feuer hatte die gesamte Einrichtung vernichtet, zurück blieben lediglich die nackten Mauern und das Dach.

Der Coroner hatte Wells' verkohlte Überreste abtransportiert. Die Hitze und die Flammen hatten ihn für immer in seiner gefesselten Stellung bewahrt. Die Hand und die Fernbedienung waren ununterscheidbar zu einem Klumpen verbrannten Gewebes und Plastiks verschmolzen.

Die Leute von der Spurensicherung wühlten sich durch die Überreste des Hauses, als wären sie Archäologen bei Grabungssondierungen, hatten bislang aber nichts gefunden. Ich ging noch einmal hinein und versuchte Schritt für Schritt die bruchstückhaften Erinnerungen an die Geschehnisse vor dem Brand zusammenzusetzen, für den Fall, dass ich irgendetwas übersehen hatte.

Das Haus stand jetzt unter Wasser, obenauf trieb eine dicke Rußschicht. Durch die Löcher im Dach, die die Feuerwehrleute zur Belüftung geschlagen hatten, fiel der stete Regen. Ich ging den gleichen Weg wie beim ersten Mal, durch den Flur und die Küche in das Zimmer, in dem Wells gestorben war.

Der verkohlte Stuhl stand immer noch in der Mitte des Zimmers. Der Fernseher, der Auslöser für den explosionsartigen Brand, war zu einer Form zerschmolzen, die sich Dalí hätte ausdenken können. Das Knacken der abkühlenden Holzbalken trug ebenfalls zur surrealen Atmosphäre bei.
»Du meinst, uns ist was entgangen?«
Ich drehte mich um. Harrison stand hinter mir in der Küche. Ein Pflaster klebte über dem linken Auge, wo ihn ein Glassplitter getroffen hatte. Seine Haut war ebenso rot wie meine. Auf seiner Kleidung waren überall feine Rußteilchen.
Ich nickte. »Du nicht?«
»Nein. Ich weiß, was ich vergessen habe. Ich hätte den Fernseher ausstecken sollen.«
Ich sah zu den Überresten des Stuhls, der nun eher verbrannten Gebeinen glich und nicht mehr einem antiken Möbelstück.
»Manches kann man sich erst vorstellen, wenn es passiert«, sagte ich und sah zu ihm. »Wahrscheinlich wäre er auch ohne das Feuer gestorben. Und wenn nicht, hätte er immer mit den Erinnerungen an das, was ihm hier zugestoßen ist, leben müssen.«
»Jetzt müssen wir damit leben.«
Harrison kam zu mir und betrachtete den Stuhl. Das Stoffmuster von Wells' Hose hatte sich schwach ins Holz gebrannt.
»Was hat ein Reporter mit der Tochter eines Anwalts zu tun?«, fragte er.
Ich sah mich um. »Wenn es hier die Antwort darauf gegeben hat, dann ist sie jetzt zerstört. Wir sollten noch mal mit den Bishops reden.«
Harrison trat an mir vorbei, ging in die Hocke und nahm den

Blickwinkel ein, den Wells gehabt hätte, wenn er noch hätte sehen können.
»Kurz bevor er in den Flammen verschwunden ist, hat er den Mund bewegt. Er hat etwas sagen wollen«, kam es von Harrison.
Ich schüttelte den Kopf. »Das habe ich nicht gesehen. Ich hab nur auf seine Hand mit der Fernbedienung geachtet.«
»Ich habe es mir noch mal durch den Kopf gehen lassen. Ich habe es nicht gehört, wenn er denn überhaupt etwas gesagt hat, aber ich bin mir ziemlich sicher, dass er mit den Lippen zwei Wörter gebildet hat.«
»Kannst du sagen, welche?«
Harrison sah zu mir auf. »Ich glaube, er hat gesagt ›vergib mir‹ oder ›vergib uns‹.«
»Ein Gebet?«
Harrison erhob sich und ging zu den Überresten des Fernsehers. »Oder eine Entschuldigung.«
»Wofür?«
Wir sahen uns an und wussten beide, dass die Antwort möglicherweise das nächste Leben retten konnte. Ein letztes Mal sah ich mich im Zimmer um, dann verließen wir das Haus und gingen zu meinem Wagen.
Ich erinnere mich nicht mehr, ob einer von uns auf dem Weg zu meinem Haus irgendetwas gesagt hatte. Ich parkte in der Einfahrt, durch den Regen gingen wir zur Tür.
»Das ist nicht die Dienststelle«, sagte Harrison und wischte mir die Regentropfen aus dem Gesicht.
Auf dem Weg durch das Haus zogen wir uns aus, bis wir unter der Dusche standen. Dylan wusch mir unter dem warmen Wasser den Benzingeruch aus den Haaren, dann widmete er sich meinen Armen, Händen, Beinen, Füßen,

dem Rücken und den Brüsten. Sein Brustkorb wies kleinere Schnitte auf, dort, wo ihn herumfliegende Kleinteile getroffen hatten. Sanft reinigte ich ihm die Wunden und entfernte die Glassplitter, die sich in die Haut gebohrt hatten.
Dylan setzte mich auf sich, und eng umschlungen sanken wir auf den Wannenboden. Seine Haut roch nach Benzin, sein Haar nach Ruß, und je schneller sich unsere Körper bewegten, je fester wir uns aneinanderpressten, umso intensiver sahen wir uns in die Augen und versuchten das Bild von Wells zu vergessen, aber umso stärker wurde nur die Erinnerung an das, was dort geschehen war.
Das Wasser wurde schließlich kalt, wir stellten es nicht ab und versuchten die letzten Stunden hinter uns zu lassen.
»Hör nicht auf«, waren die einzigen Worte, die wir sagten. Gleichzeitig.
Aber es half nichts. Je mehr wir vergessen wollten, desto weiter entfernten wir uns von dem Augenblick. Als wir vor Kälte bibberten, ließen wir erschöpft voneinander ab.
»Soll ich gehen?«, flüsterte Dylan atemlos.
Ich schüttelte den Kopf. Wir gingen ins Schlafzimmer, legten uns hin, wollten so tun, als wären wir ein ganz normales Paar, kuschelten uns aneinander und wussten doch, dass wir es nicht waren. Die Gewalt hatte uns zusammengeführt. Sie war immer da, es gab kein Entkommen vor ihr. Wir suchten Zuflucht beim anderen, so wie andere ihren Therapeuten aufsuchten oder zur Flasche griffen.
Der Schlaf brachte keine Erleichterung von dem Horror, dessen Zeuge wir geworden waren. Zweimal schreckte Dylan in der Nacht auf und versuchte nach Wells' Hand zu greifen, bevor dieser seinem Leben ein Ende setzen konnte. Ich hatte immer den gleichen, lautlosen Alptraum, aber jedes Mal

schlief ich wieder ein. Hinter jeder Ecke, um die ich in meinem Traum bog, hinter jeder Tür, die ich öffnete, wartete ein leeres, augenloses Gesicht.

Nach jedem Traum klammerten wir uns fester aneinander, doch was den Alpträumen schließlich ein Ende setzte, waren das trübe Licht der Morgendämmerung und das Klingeln des Telefons.

»Delillo«, meldete ich mich. Der Regen, der aufs Dach trommelte, läutete eine neue Unwetterrunde ein.

Es war Traver.

»Channel 11 hat heute Morgen ein Video bekommen, auf dem Wells zu sehen ist«, sagte er.

»Haben Sie es uns schon übergeben?«

»Noch nicht. Die Staatsanwaltschaft verhandelt noch mit ihnen. Sie behaupten, der erste Verfassungszusatz stehe auf dem Spiel.«

»Was ist darauf zu sehen.«

Dylan setzte sich auf.

»Das werden wir wohl bald herausfinden. Mach den Fernseher an.«

Ich griff zur Fernbedienung auf dem Nachtkästchen und schaltete Channel 11 ein. Ein Nachrichtensprecher saß an seinem Tisch, neben ihm ein freigestelltes Standbild von Wells aus der Videoaufzeichnung.

»Sie werden jetzt gleich eine Aufzeichnung sehen, die wir heute Morgen erhalten haben. Sie zeigt unseren Kollegen Trevor Wells von Channel 5, nur wenige Stunden, bevor er beim Brand seines Hauses auf so tragische Weise ums Leben gekommen ist. Natürlich arbeiten wir bei diesem schrecklichen Ereignis eng mit den Ermittlungsbehörden zusammen, wir tun aber auch alles in unserer Macht Stehende, um

Ihnen diese Nachrichten nicht vorzuenthalten und nach bestem Wissen und Gewissen Ihr Recht auf Informationsfreiheit zu wahren.«

Zu sehen war nun das Brustbild von Wells. Seine Arme lagen eng am Körper an, ich vermutete daher, dass er bereits gefesselt war. Auf seinem Gesicht glänzte Schweiß, und er zögerte, als widerstrebte es ihm, in die Kamera zu sprechen.

»Schau dir seine Augen an«, sagte ich. »Er liest vor, was Goya ihm diktiert.«

»Und er hat Angst.«

Wells holte zitternd Luft, dann begann er:

»Ich bin der Erste, der Zweite wird bald folgen. Ich hatte eine Stimme und habe nicht die Wahrheit gesprochen. Ich hatte Augen und habe nicht gesehen ... mein Tod wird von eigener Hand erfolgen ... Das Fernsehen wird mich umbringen.«

Das Bild fror ein, dann wurde erneut der Moderator eingeblendet, der ernst auf das Bild von Wells sah.

10

Nach dieser Ausstrahlung war klar, dass die Ermittlungen nicht mehr nur im Zuständigkeitsbereich des Pasadena Police Department verbleiben würden. Er war im Fernsehen ausgestrahlt worden, und damit hatte sich wie bei allem, was dieses Medium berührte, die Lage grundlegend geändert. Jetzt würde das FBI mit von der Partie sein. Es blieb einzig die Frage, wie viel Einfluss mir noch zugestanden würde.

Der Fernsehsender schickte im Lauf des Morgens eine Kopie der Wells-Aufzeichnung an die Dienststelle. Chief Chavez, ich und Harrison sahen es im Konferenzraum an. Ebenfalls anwesend war ein FBI-Beamter namens Utley von der Operativen Fallanalyse. Alle Hoffnung, dass mehr zu sehen sein würde als bei der Ausstrahlung im Fernsehen, wurde sofort enttäuscht.

Nachdem wir sie zum vierten Mal angesehen hatten, drückte ich auf die Pausentaste. Im Raum wurde es still. Alle starrten auf das eingefrorene Bild des verängstigten Wells.

»Ich bin der Erste, der Zweite wird bald folgen«, sagte Chavez schließlich. »Das heißt wohl, dass wir mit weiteren Opfern rechnen müssen.«

Ich nickte. »Er wählt seine Worte sorgfältig.«

»Was ist mit dem Mädchen? Müsste sie nicht die Erste sein?«

»Goya sieht ihren Tod vielleicht als etwas, was für sich steht. Aber warum? Keine Ahnung«, sagte ich.
»Gibt es irgendeine Verbindung zwischen ihnen?«
»Bevor Wells Moderator beim Frühstücksfernsehen wurde, hat er über die von Bishop angestrengte Sammelklage gegen die Erzdiözese berichtet. Er hat bei einer Pressekonferenz Fragen gestellt. Soweit der Nachrichtenredakteur weiß, haben sich Wells und Bishop sonst nie gesehen oder miteinander gesprochen«, sagte Harrison.
»Wir sehen seine Papiere, die Aufzeichnungen und Bänder in seinem Haus durch, das meiste davon ist aber durch den Brand vernichtet worden«, sagte ich.
»Daneben versuchen wir mehr über das Leben von Keri und ihrem Vater herauszufinden, bevor Keri verschwunden ist, bislang ist da aber nichts Auffälliges dabei«, fügte Harrison an.
»Hat Wells Kinder, die mit Keri Bishop vielleicht zur Schule gegangen sind?«
»Nein, er war Single.«
»Die Verbindung existiert vielleicht nur in Goyas Kopf. Aber sie wäre unsere einzige Chance, um ihn zu stoppen – es sei denn, wir haben das Glück, dass er irgendwann einen Fehler macht«, sagte ich.
»Hat er schon Fehler gemacht?«
»Nein.«
»Über welche E-Mail-Adresse wurde das Video verschickt?«, fragte Chavez.
»Von Wells' eigenem Computer, so gegen ein Uhr Nachmittag«, sagte ich. »Sie wurde erst heute Morgen um fünf geöffnet, als der Moderator im Sender erschien.«
Chavez starrte auf den Bildschirm.

»›Ich hatte eine Stimme und habe nicht die Wahrheit gesprochen. Ich hatte Augen und habe nicht gesehen‹«, sagte er nach einer Weile. »Kann mir irgendjemand sagen, was zum Teufel das bedeuten soll?«

»Er war Reporter«, sagte ich. »Goyas Meinung nach hat Wells seinen Job nicht ordentlich gemacht, also hat er ihn bestraft, indem er ihm seine Arbeitswerkzeuge genommen hat.«

»Und ›das Fernsehen wird mich umbringen‹ … Versucht dieser Goya witzig zu sein?«, fragte Chavez.

»Vielleicht ironisch«, sagte ich.

»Das Fernsehen als Waffe.«

»Ich habe schon schlimmere Bezeichnungen gehört.«

Chavez wandte sich an den FBI-Mann. Utley war groß und hager, hatte schwarzes Haar und scharf geschnittene Gesichtszüge, die ihm etwas Krähenartiges verliehen.

»Hat das FBI dem irgendwas anzufügen?«

»Wir werden eine Anfrage in VICAP starten, aber ich würde mir nicht sonderlich viel erwarten. Soweit ich sagen kann, scheint es keinen Zusammenhang zu anderen bekannten Serienmördern zu geben, die im Moment im Land aktiv sind. Goya ist neu, und er arbeitet anders als die anderen.«

»Ist das gut oder schlecht?«

»Gut, wenn man die Opfer zusammenzählt.«

»Das heißt?«

»Er tötet nicht zur sexuellen Befriedigung oder um seine Machtphantasien auszuleben, die Zahl der Opfer sollte sich meiner Meinung nach also in Grenzen halten.«

»In welchen Grenzen?«

»Ted Bundy hat, bevor er gefasst wurde, zwischen neunundzwanzig und hundert Frauen umgebracht.«

Chavez atmete durch. »Und das Schlechte daran?«
»Goya wählt sich seine Opfer wie Wells aufgrund ihrer Beteiligung an einer bestimmten Sache, durch die ihm, wie er glaubt, Unrecht getan wurde.«
»Und das heißt?«
»Täter wie Bundy zielen auf Opfer ab, denen sie zufällig begegnen und die leicht angreifbar sind. Goyas Opfer sind öffentliche Verantwortungsträger, die eine gewisse Machtposition in der Gesellschaft einnehmen.«
»Geht das etwas präziser?«, fragte Chavez.
Utley schüttelte den Kopf. »Wenn wir wissen, welches Unrecht ihm angeblich zugefügt wurde, können wir eher einschätzen, wen er zu bestrafen beabsichtigt. Der Tod des Mädchens, egal, ob es nun etwas mit Wells zu tun hatte oder nicht, war vielleicht nur eine Impulshandlung. Dass er sie in einem so perfekten Zustand konserviert hat, deutet möglicherweise auf gewisse Reuegefühle hin. Für ihn blieb sie daher am Leben, solange er sie tiefgekühlt aufbewahrt hat.«
»Wells freilich hat er solche Gefühle nicht entgegengebracht«, sagte Chavez.
Erneut schüttelte Utley den Kopf. »Und er wird sie auch den zukünftigen Opfern nicht entgegenbringen.«
Chavez ging zu den Kopien der Radierungen an der Wand und ließ den Blick darüberschweifen.
»Können wir daraus vielleicht auf das nächste Opfer schließen?«, fragte er.
»Möglich«, antwortete ich. »Die Machtstrukturen, die der Maler Goya angeklagt hat, haben sich seitdem nicht so sonderlich geändert.«
»Die Kirche, Politiker.«
Ich nickte.

»Aber von denen hat er keinen umgebracht«, sagte Chavez.
»Nein, aber es gehört nicht viel dazu, das Fernsehen zu der Liste der gesellschaftlichen Übel hinzuzufügen.«
Die Tür ging auf, und Traver kam herein.
»Büro des Coroners«, sagte er und deutete auf das Telefon.
Ich drückte auf den aufleuchtenden Knopf der aktivierten Leitung und nahm den Hörer ab.
»Ms. Chow, Sie haben was für mich?«, sagte ich.
»Das Einfrieren hat zu bedeutenden Gewebeschädigungen geführt.«
»Was heißt das?«
»Es heißt, dass sie in einer Umgebung aufbewahrt wurde, die, was Temperatur und Luftfeuchtigkeit anbelangt, vergleichbar ist mit einer Tiefkühltruhe für den Privathaushalt.«
»Haben Sie schon eine Todesursache?«
»Noch nichts Definitives. Möglicherweise ist sie während des Einfrierens gestorben, es könnte aber noch eine andere Erklärung geben.«
»Die lautet?«
»Da ist etwas, womit wir nicht gerechnet haben«, sagte Chow. »Wir haben einige Gegenstände in ihr gefunden.«
Mir lief es eiskalt über den Rücken. »Gegenstände? Was für Gegenstände?«
Sie zögerte, bevor sie fortfuhr. »Bevor ich es Ihnen erkläre, wäre es besser, wenn Sie selbst vorbeikommen und es sich ansehen.«

11

Margaret Chow erwartete Harrison und mich in ihrem Büro, und gemeinsam machten wir uns auf den Weg ins Labor.

»Wir tauen den Leichnam nur ganz langsam auf. In diesem Zustand belassen wir ihn, bis wir sicher sind, dass wir alles untersucht haben. Damit verlangsamen wir den Verfallsprozess – falls wir noch weitere Untersuchungen vornehmen wollen.«

»Erzählen Sie mir von diesen Gegenständen«, sagte ich.

»Wir haben den noch tiefgefrorenen Körper geröntgt, dabei sind wir auf sie gestoßen.«

»Wo befanden sie sich?«

»Alle bis auf einen im Magen. Aufgrund der Verletzungen in der Speiseröhre würde ich sagen, sie hat sie verschluckt, als sie noch am Leben war. Könnte natürlich auch sein, dass sie bewusstlos war und sie man ihr zwangsweise eingeführt hat. Auch dadurch könnten die Abschürfungen in der Speiseröhre zustande gekommen sein.«

»Sie sagten, alle bis auf einen?«, fragte ich.

Wir waren am Labor angekommen. Neben der Tür befand sich ein Kasten mit Latex-Handschuhen.

»Sie müssen sie anziehen.«

Wir streiften uns die Handschuhe über und traten ein.

»Bei dem Gegenstand, den wir in der Kehle fanden, können wir ebenfalls nicht sagen, ob er vor oder nach ihrem Tod eingeführt wurde. Hat er sich dort verkeilt, als sie noch am Leben war, wäre sie an Hypoxie gestorben.«

»Sie wäre erstickt?«

»Möglich. Die Sauerstoffzufuhr wäre blockiert gewesen. Aber, wie gesagt, vielleicht wurde er auch erst nach dem Tod eingeführt. Erfrieren und Ersticken führen zu ähnlichen Symptomen. Das beschädigte Gewebe und der Zeitraum, der seitdem vergangen ist, machen die Sache noch komplizierter. Klärung könnte erst die toxikologische Untersuchung bringen, aber es wird noch vierundzwanzig Stunden dauern, bis erste Ergebnisse vorliegen.«

Wir hielten vor einem der Obduktionsräume an und traten ein.

»Und um welche Gegenstände handelt es sich?«

Chow zog eine Röntgenaufnahme aus einem Umschlag und legte ihn auf einen Leuchtkasten. Im Magen war ein undefinierbarer Wirrwarr zu erkennen, in dem keine Einzelheiten zu unterscheiden waren. Der Gegenstand im Hals war nichts anderes als eine dunkle amorphe Masse.

»Wir haben sie zuerst für organischen Ursprung gehalten, Knochen oder nur teilweise verdaute Essensreste.« Sie ging zu einem anderen Tisch, nahm eine mit einem Tuch abgedeckte Schale und brachte sie zu uns herüber. »Wir haben uns getäuscht.«

Sie zog das Tuch weg. Schweigend starrten Harrison und ich auf die Gegenstände. Ich hob einen auf. Sie waren aus Plastik und jeweils etwa zwei bis drei Zentimeter groß.

»Buchstaben«, sagte Harrison.

»Aus einem Kinderspiel«, fügte Chow an.

Der Buchstabe, den ich in der Hand hielt, war ein dunkelblaues S. »Er hat uns eine Botschaft hinterlassen.«

Chow nickte. »Wir sind aber noch nicht recht weit gekommen. Ist jemand von Ihnen gut im Scrabble?«
»Welcher wurde im Hals gefunden?«, fragte ich.
»Das gelbe E«, sagte Chow.
Ich starrte auf die Lettern und versuchte sie in eine sinnvolle Reihenfolge zu bringen.
»Wir sind auf einzelne Wörter gekommen, aber nichts, bei dem alle Buchstaben gepasst hätten«, sagte Chow. »Alle Buchstaben zusammen ergeben nur Unsinn.«
Harrison beugte sich über den Tisch.
»Siehst du etwas?«, fragte ich.
Sein Blick wanderte zwischen den einzelnen Plastiksteinen hin und her, als würde er still für sich etwas zusammensetzen.
»Dylan?«
Er nickte. »Das ist nicht Englisch, deshalb haben Sie sich so schwergetan.« Er ordnete die Buchstaben neu. »Sondern Latein.«
»Ego sum soluta«, las ich ab.
»Natürlich«, sagte Chow.
Ich schüttelte den Kopf. »Ich war nur auf einer staatlichen Schule. Sie müssen es mir schon übersetzen«, sagte ich.
»Ich bin frei«, sagte Harrison.
Wieder sah ich auf die Wörter.
»Frei wovon?«, fragte Chow. »Das kann doch alles Mögliche heißen.«
»Frei von etwas ganz Bestimmtem.« Ich nahm das E zur Hand. »Ist sie sexuell missbraucht worden?«
»Sie war keine Jungfrau mehr, aber ich habe keinerlei Indizien gefunden, dass sie kurz vor ihrem Tod freiwillig oder unfreiwillig Geschlechtsverkehr hatte.«

»Und nach dem Tod?«, fragte ich.
Chow schüttelte den Kopf. »Ich kann Ihnen nur sagen, dass kein Sperma gefunden wurde.«
»Wer führt Wells' Obduktion durch?«, fragte ich.
»Ich. Heute Nachmittag«, sagte Chow und wusste sofort, warum ich die Frage gestellt hatte. »Die beiden Toten haben etwas miteinander zu tun?«
Ich nickte. »Wäre es möglich, dass Gegenstände in Wells' Körper das Feuer überstanden haben?«
»Sie meinen weitere Buchstaben?«
»Ja.«
Sie dachte nach. »Ich habe nur einen kurzen Blick auf die Leiche geworfen. Die Extremitäten sind übel verbrannt, bis hinunter auf die Knochen, und das fast auf ganzer Länge. Aber der Torso ist im Grunde noch intakt. Könnte sein, dass der Mageninhalt nicht beschädigt wurde. Genauso könnte es aber sein, dass die Magenflüssigkeit zu kochen begann und alles andere zerstört hat.«
Ich hielt den Buchstaben hoch. »Könnten die dabei geschmolzen sein?«
Chow betrachtete stirnrunzelnd den Buchstaben. »Ich weiß es nicht.«
»Wenn er ebenfalls eine Botschaft enthält, würden wir das gern so schnell wie möglich erfahren.«
»Ich ziehe die Obduktion vor.«

12

Wir verließen das Büro des Coroners und fuhren durch die Stadt zum Haus der Bishops, das einige Blocks südlich des 134 lag, an der Westseite des Arroyo. Eine weite, leicht ansteigende Rasenfläche führte zum Eingang. Rechts davon, bis zur Grundstücksgrenze, erstreckte sich ein Beet mit Rosen in voller Blüte. Mrs. Bishop empfing uns an der Tür und führte uns in ein geräumiges Wohnzimmer mit Fensterscheiben, die vom Boden bis zur Decke reichten und durch die man einen Ausblick über den Arroyo hatte. Der Betonkanal zog sich als dunkles Band unter uns dahin. Gelegentlich dröhnte durch das Rauschen des Wassers der dumpfe Schlag eines großen, von der Strömung mitgerissenen Felsbrockens über die Hänge herauf.

Das Wohnzimmer selbst sah aus, als könnte es die Hochglanzseiten von Architektur- oder Lifestyle-Magazinen zieren, wäre nicht die dicke Staubschicht gewesen, die auf jedem einzelnen Gegenstand lag. Es war alles vorhanden, was man bei einem gelebten Leben erwarten würde, trotzdem wirkte alles so, als wäre das Haus abgestorben.

»Können Sie mir etwas Neues zum Tod meiner Tochter sagen?«, fragte Mrs. Bishop.

»Wir würden gern mit Ihrem Mann sprechen.«

Sie zuckte merklich zusammen.

»Das würde ich auch gern«, sagte sie.

»Wir haben ein paar Fragen, die wir Ihnen beiden stellen müssen.«
»Möchten Sie ihr Zimmer sehen?«, fragte sie, als hätte sie mich überhaupt nicht gehört.
Sie drehte sich um und ging voraus zu einer Tür, die auf halber Länge des Flurs lag. Ein kleiner handgeschriebener Zettel haftete daran. Sowohl das Papier als auch die Tinte hatten sich bereits gelblich verfärbt. *Bitte anklopfen* stand darauf.
Mrs. Bishop drückte die Klinke durch, die andere Hand hatte sie bereits erhoben, um zu klopfen, bis sie bemerkte, was sie vorhatte. Sie ließ die Hand sinken und öffnete die Tür.
Im Zimmer des toten Mädchens war nichts verstaubt. Ich hatte den Eindruck, dass es noch genauso aussah wie zum Zeitpunkt ihres Verschwindens – für den Fall, dass die Tochter eines Tages zurückkehren würde. Es schien der einzige Ort im Haus zu sein, an den das Leben sich noch klammerte.
Harrison und ich sahen uns im Zimmer um, machten aber keinerlei Anstalten, irgendetwas näher in Augenschein zu nehmen.
»Tut mir leid, deswegen sind Sie nicht hier, oder?«, sagte Mrs. Bishop.
Ich verneinte.
»Was wollen Sie wissen?«
»Wenn Ihr Mann da ist, würden wir gern Ihnen beiden unsere Fragen stellen.«
Sie sah zum Flur hinaus. »Er ist in seinem Arbeitszimmer.«
Sie verließ das Zimmer und führte uns zu einer geschlossenen Tür am Ende des Flurs. Kurz zögerte sie, bevor sie anklopfte.
»Jackson?«

Es kam keinerlei Reaktion.
»Jackson, die Polizei hat einige Fragen an uns. Mach die Tür auf.«
Ich hörte das Knarren eines Stuhl, dann wurde der Riegel an der Tür gelöst. Mrs. Bishop drückte die Tür weit auf, zögerte aber einzutreten.
»Jackson?«, wiederholte sie.
Ihr Mann stand vor dem Fenster und sah hinaus zum reißenden Wasserlauf am Grund des Arroyo. Die Luft war abgestanden und alkoholgeschwängert. Lose Blätter lagen verstreut auf dem Boden und auf einem großen Schreibtisch vor dem Fenster. Ich trat an Mrs. Bishop vorbei in den Raum.
»Mr. Bishop, ich brauche Ihre Hilfe. Ich habe einige Fragen.«
Sein Atem ging flach, seine Schultern sackten kaum merklich nach unten.
»Haben Sie eine Todesursache?«, fragte er so leise, dass er fast nicht zu verstehen war.
»Nichts Definitives. Aber es wurden keinerlei Verletzungen gefunden, die auf Gewaltanwendung hinweisen.«
»Kommt darauf an, was Sie unter Gewaltanwendung verstehen«, sagte er.
Langsam drehte er sich um. Er hatte sich nicht rasiert, seine Augen waren gerötet. Er hatte auch nicht die Kleidung gewechselt, seitdem wir ihn am Tag zuvor beim Coroner getroffen hatten. Seine ganze Haltung hinterließ den Eindruck, als wäre er wie ein Puzzle zusammengesetzt: Eine falsche Berührung, und alles würde auseinanderfallen.
»Ist sie vergewaltigt worden?«
»Allem Anschein nach nicht.«
»Was wollen Sie wissen, Lieutenant?«

Ich sah zu Mrs. Bishop. Sie nickte, als wollte sie mir zu verstehen geben, dass ich unbesorgt weitermachen könnte.
»Sagt Ihnen beiden der Name Trevor Wells etwas?«
»Der TV-Reporter, der in seinem eigenen Haus verbrannt ist?«, fragte Mrs. Bishop.
»Ja«, antwortete ich.
Mrs. Bishop schüttelte den Kopf. »Nein, nichts.«
»Ich habe mit ihm vielleicht ein- oder zweimal gesprochen, als ich noch in der Kanzlei gearbeitet habe.« Mr. Bishop klang, als spräche er von einem anderen Leben.
»Wie ist es mit Ihrer Tochter, können Sie sich erinnern, dass Sie jemals seinen Namen erwähnt hat?«
»Nein«, sagte Mrs. Bishop. »Warum fragen Sie das?«
»Das Feuer ist nicht zufällig ausgebrochen«, sagte ich. »Er wurde ermordet.«
Für einen flüchtigen Augenblick regte sich so etwas wie Leben in Jackson Bishops Augen. »Sie wollen damit sagen, das steht im Zusammenhang mit unserer Tochter?«
Ich nickte. »Wir gehen davon aus, dass es sich um denselben Täter handelt. Die einzige Verbindung, die wir bislang gefunden haben, betrifft Ihre Klage gegen die Erzdiözese. Wells hat darüber berichtet.«
»Das ist Jahre her«, sagte Bishop.
»Drei Jahre«, sagte ich.
Das Leben wich wieder aus Bishops Augen. »Das Jahr, in dem Keri uns verließ«, sagte er, als wäre sie nicht entführt worden, sondern hätte sich auf eine längere Reise begeben. Er sah mich an, dann drehte er sich um, ging an die Schiebetür, öffnete sie und trat hinaus in den Regen.
Mrs. Bishop ging ebenfalls zur Tür und versuchte ihren Mann dazu zu überreden, wieder hereinzukommen. Er aber starrte

nur in die Ferne, während seine Kleidung allmählich vom Regen durchnässt wurde. Schließlich kam sie zurück.

»Entschuldigen Sie«, sagte sie und begann die Blätter auf dem Boden einzusammeln. »Er ist nicht mehr er selbst …« Der Rest des Satzes verlor sich; sie sah auf die Blätter in ihrer Hand und legte sie auf den Schreibtisch. »Wollen Sie noch etwas wissen?«

»Hat sich Ihre Tochter für Kunst interessiert?«, fragte ich.

Die Überraschung war ihr anzusehen. Sie nickte. »Sie hat in der Zeit, bevor sie verschwunden ist, ein Abendseminar im Art Center besucht, darüber aber nie viel erzählt. Ich dachte, sie hätte mit den Seminaren an der Uni schon genug am Hals, aber sie hat sich nicht davon abbringen lassen.«

»Was hat sie studiert?«

»Sie wollte Journalistin werden.« Sie sah zu ihrem Mann. »Jackson wollte, dass sie Jura studiert, damit sie in seine Kanzlei eintreten konnte.«

»Haben Sie noch irgendwelche Arbeiten, die sie in ihrem Kunstseminar gemacht hat?«

»Ist das wichtig?«

»Vielleicht.«

Sie nickte und führte uns zurück zum Zimmer ihrer Tochter. Sie zog einige große Mappen unter dem Bett hervor, die einzelne Zeichnungen und ein 28 mal 35 Zentimeter großes, gebundenes Skizzenbuch enthielten.

»Ich kann mich nicht erinnern, das damals nach Keris Verschwinden zu Gesicht bekommen zu haben«, sagte Harrison und deutete zum Skizzenbuch.

Mrs. Bishop gab es mir. »Es befand sich im Art Center und wurde uns erst Monate später zugeschickt.«

Ich blätterte die Seiten durch. Die erste Hälfte enthielt hauptsächlich Studien von Flaschen und Schalen, Blumen und anderen Alltagsgegenständen. Die zweite Hälfte bestand aus Studien am lebenden Objekt: Hände, Füße, Beine und Augen.

»Sie hatte einen sehr feinen Strich«, sagte ich.

Ich blätterte weiter und blieb am Bild eines jungen Mannes mit nacktem Oberkörper hängen, der im Profil abgebildet worden war. Unten auf der Seite stand der Buchstabe M.

»Sagt Ihnen das irgendwas?«, fragte ich.

Mrs. Bishop schüttelte den Kopf. »Ich nehme an, es war einfach nur ein Modell.«

Auf der folgenden Seite war ein loses Blatt eingelegt. Es zeigte ein nacktes Mädchen, das mit dem Rücken zum Betrachter rittlings auf einer mit einem Tuch bedeckten Kiste saß. Zwei Vorhänge dahinter gaben den Blick auf etwas frei, was ein Bett zu sein schien. Unten auf der Seite stand *für immer m.*

»Kann ich das sehen?«, fragte Mrs. Bishop.

Sie betrachtete die Zeichnung und schlug die Hand vor den Mund.

»Das ist Keri«, flüsterte sie.

»Sie sind sich sicher?«

Sie nickte. Tränen traten ihr in die Augen. »Ich kenne meine Tochter.«

»Hat sie jemals jemanden erwähnt, dessen Name mit M anfängt?«

Sie schüttelte den Kopf. »Nein.«

»Wussten Sie, dass Ihre Tochter keine Jungfrau mehr war?«, fragte ich.

Ihr Blick war Antwort genug.

»Sind Sie sich sicher?«, fragte Mrs. Bishop.

Ich nickte. »Verzeihen Sie.«

»Sie hat nie jemanden erwähnt.«
Sie sah wieder auf die Zeichnung. Ihre Hände begannen zu zittern.
»Mein wunderbares Mädchen«, sagte sie leise.
Vorsichtig nahm ich ihr die Zeichnung aus der Hand.
»Ich würde die gern für eine Weile behalten«, sagte ich. »Ich werde dafür sorgen, dass Sie sie wiederbekommen.«
»Wenn Sie meinen, dass es Ihnen weiterhilft.«
Ich legte die Zeichnung in das Skizzenbuch zurück. Sie drehte sich weg und wischte sich die Tränen aus den Augen.
»Wir finden alleine raus«, sagte ich.
Im Wagen schlug Harrison im Skizzenbuch die Zeichnung des jungen Mannes auf und verglich sie mit der Körperstudie von Keri.
»M kann für fast alles stehen … für Modell … vielleicht hat sie damit auch einfach nur ihre Zeichnungen signiert …«
»Das glaube ich nicht. Die beiden Zeichnungen wurden von zwei verschiedenen Leuten angefertigt.«
»Bist du dir sicher?«
»Schau dir die einzelnen Striche auf den jeweiligen Bildern an. Keris Zeichnung der männlichen Gestalt ist äußerst exakt, jeder Strich hat ein klar definiertes Ende. Die Striche auf der anderen Zeichnung dagegen laufen einfach so aus.«
»Eine geheime Liebe«, sagte ich.
Harrison nickte, starrte aber weiterhin auf die Zeichnung von Keri.
»Aber darum geht es dir gar nicht, oder?«, sagte ich.
Er schüttelte den Kopf.
»Was dann?«, fragte ich.
»Ich habe das schon mal gesehen«, sagte er.
»Tatsächlich?«

»Ich glaube schon. Die Haarfarbe ist anders, ansonsten ist aber alles gleich.«
»Wo hast du das schon mal gesehen?«
»Bei den Recherchen über die Bilder, die wir im Stadion und in der Wohnung gefunden haben.«
»Eine Kopie eines Goya«, sagte ich.
Harrison nickte. Ich ließ den Motor an und schlug die Richtung nach Norden ein, hin zu den Bergen westlich des Rose Bowl und des Art Center.

13

Die Leiterin des Dezernats für Studium und Lehre erwartete uns in ihrem Büro auf dem am Berg gelegenen Campus. Harrison hatte ihr bereits am Telefon erzählt, dass wir wegen eines ehemaligen Studenten kämen, den Grund dafür aber verschwiegen. Sie hieß Hanes und hatte etwas von einer gluckenden Mutter, die sich schützend vor ihre Studentenschaft stellte.

Sie sah auf die Zeichnung, die Keri drei Jahre zuvor angefertigt hatte, und schüttelte den Kopf. »Ihnen ist klar, dass uns die Privatsphäre unserer Studenten ein großes Anliegen ist und gesetzlich garantiert wird.«

»Außer Name und Adresse interessiert uns nichts. Ich könnte auch einen richterlichen Beschluss erwirken, wenn es Ihnen dann leichter fiele, aber uns läuft die Zeit davon.«

Sie atmete theatralisch ein und betrachtete erneut die Zeichnung. »Mehr haben Sie nicht?«

»Und einen Namen, der vielleicht mit M anfängt.«

»Vor- oder Nachname?«

»Das können hoffentlich Sie mir sagen«, entgegnete ich.

»Für einen Abendkurs muss man sich nicht offiziell einschreiben, auch wenn es viele Studenten machen. Selbst wenn wir ihn identifizieren sollten, könnte es also gut sein, dass wir keinerlei Aufzeichnungen über ihn haben.«

Wieder sah sie auf die Zeichnung, schüttelte den Kopf und

rief ins angrenzende Büro. Eine Frau Ende zwanzig kam herein. Sie trug eine gestreifte Hose, einen wahren Alptraum aus den Siebzigern. Ihre blasse Haut erinnerte an eine Crack-Süchtige, die seit Monaten kein Sonnenlicht mehr zu sehen bekommen hat. Sie hatte kurze schwarze Haare, in der Nase steckten mehrere Silberringe.

»Das ist Amber, meine Stellvertreterin. Sie kennt fast jeden Studenten auf diesem Campus.«

Amber musterte mich von oben bis unten.

»Die Creme der Homeland Security?«, fragte sie.

»Nein, nur die von Pasadena«, sagte ich.

»Sie wollen jemanden aufspüren, der hier vielleicht mal studiert hat«, sagte Hanes. »Wird diese Person wegen irgendetwas gesucht?«

»Wir müssen nur mit ihm reden.«

»Und Sie kennen den Namen nicht.«

»Der Name beginnt vielleicht mit einem M«, sagte Hanes.

Ich hielt ihr die Zeichnung hin. Sie sah darauf und warf dabei verstohlene Blick zu Harrison und mir, als wollte sie unsere Reaktion einschätzen.

»Wann soll er hier gewesen sein?«, fragte sie.

»Vor drei Jahren«, antwortete Harrison.

Sie schüttelte den Kopf. »Ich glaube nicht, dass ich Ihnen weiterhelfen kann.«

»Schauen Sie sich das Bild noch mal an«, bat ich.

Sie tat es – oder gab vor, es zu tun.

»Könnte jeder x-Beliebige sein«, sagte sie. »Ich habe jedes Jahr mit Hunderten von Studenten zu tun. Mit M's und H's und Z's und D's.«

»Er war vielleicht in einem Abendseminar.«

Wieder schüttelte sie den Kopf, während sie sich die Zeichnung anschaute. »Tut mir leid, dass ich Ihnen nicht helfen kann. Drei Jahre sind eine lange Zeit. Vielleicht sollten Sie das nächste Mal eine bessere Zeichnung mitbringen.«

Zehn Minuten nachdem wir das Verwaltungsgebäude verlassen hatten, kam Amber heraus und steuerte zielstrebig ihren Wagen an. Als sie die Tür öffnen wollte, traten wir von hinten auf sie zu. Ich war überzeugt, dass sie nicht die Wahrheit gesagt hatte.

»Warum haben Sie uns angelogen?«, fragte ich.

Überrascht fuhr sie herum und drückte sich an die Wagentür.

»Ich habe nicht gelogen.«

Ich zog die Augenbraue hoch. »Jetzt haben Sie es schon wieder getan.«

»Hören Sie zu, meine Aufgabe ist es, den Studenten zu helfen. Zu meinem Job gehört es nicht, sie in Schwierigkeiten zu bringen. Ich muss los, ich bin spät dran.«

»Wohin müssen Sie?«

»Zum Essen.«

»Hier geht es um Mordermittlungen. Das Essen kann warten.«

Sie sah mich an. »Mordermittlungen … Sie meinen, er hat jemanden umgebracht?«

»Das wollen wir herausfinden.«

»Ich habe Sie nicht angelogen. Wie gesagt, nach der Zeichnung könnte es so ziemlich jeder sein.«

»Hatten Sie was mit ihm?«, fragte Harrison.

Sie starrte ihn an und schüttelte den Kopf. »Hallo … ich bin lesbisch.«

»Ein Mädchen in seinem Abendseminar ist ermordet wor-

den«, sagte ich. »Wir nehmen an, dass sie ihm Modell gestanden hat.«
Sie schnappte kurz nach Luft, als hätte ihr jemand einen Schlag auf den Rücken verpasst.
»Haben Sie für ihn Modell gestanden?«, fragte ich.
Sie sah ein, dass sie unseren Fragen nicht weiter ausweichen konnte. Sie holte Luft und schüttelte den Kopf.
»Ich würde es vorziehen, wenn die Uni-Verwaltung nichts davon erfährt, dass ich für Studenten Modell stehe. Das würde einen falschen Eindruck erwecken, und ich mag den Job.«
»Es gibt keinen Grund, warum sie das erfahren sollte.«
Sie zögerte. »Ich bin mir noch nicht mal sicher, ob es der gleiche Typ ist. Ich habe für viele Modell gestanden.«
»Aber die Zeichnung hat Sie nur an einen erinnert, oder?«
Sie nickte. »Kann schon sein. Ich weiß nicht, vielleicht war das der Grund, warum ich nichts sagen wollte.«
»Hat sein Name mit M angefangen?«
Sie nickte. »Er hat sich Miguel genannt, aber ich glaube nicht, dass das sein richtiger Name war. Ich denke, er hatte ein Problem damit, dass er weiß war.«
Ein Regentropfen traf sie am Augenwinkel, worauf eine dunkle Mascara-Schliere langsam über ihre Wange lief.
»Sollen wir aus dem Regen?«, fragte ich.
Wir gingen zu meinem Wagen, packten sie auf den Rücksitz und stiegen vorn ein.
»Erinnern Sie sich an seinen Nachnamen?«
»Nein. Wie gesagt, ich glaube nicht, dass ich seinen richtigen Namen jemals zu hören bekommen habe.«
Ich schlug das Skizzenbuch auf und zeigte ihr die nackte Rückenansicht von Keri. »Kommt Ihnen das bekannt vor?«

Sie konnte ihre Überraschung nicht verbergen. »Mein Gott! Ja, es ist genau wie meins, nur dass ich kurze Haare habe … er hat mir gesagt, meins sei das einzige seiner Art.«

»Erzählen Sie mir von ihm.«

»Er war ein paar Jahre älter als die meisten hier, vielleicht dreiundzwanzig oder vierundzwanzig. Und hat fließend Spanisch gesprochen. Ich hatte den Eindruck, dass er Geld hatte.«

»Wie kommen Sie darauf?«

»Er hatte ein ziemlich großes Atelier und hat mir doppelt so viel fürs Modellstehen gezahlt, als üblich wäre. Sehr viel kann ich Ihnen nicht sagen. Man redet nicht so viel, wenn man nackt vor jemandem sitzt.«

»Ist er noch an der Uni eingeschrieben?«, fragte Harrison.

Sie schüttelte den Kopf. »Nein, er hat nur ein paar Seminarstunden besucht. Ich glaube, er hat die meisten anderen verachtet.«

»Warum?«

»Er wollte ein richtiger Maler werden. Die meisten hier wollen das nächste Traumauto designen oder Filmregisseur werden.«

»Wie oft haben Sie für ihn Modell gestanden?«

»Nur einmal.«

»Wann?«

»Vor etwa drei Jahren.«

»Und dann haben Sie ihn nicht mehr gesehen?«

»Nein.«

»Hat die Uni Aufzeichnungen über ihn, ein Passfoto oder Ähnliches?«, fragte Harrison.

Sie schüttelte den Kopf. »Bei Abendseminaren gibt es so was nicht. Ich habe versucht, seine Adresse ausfindig zu machen, bevor ich für ihn gemodelt habe, aber unter seinem Namen war nichts zu finden.«

»Sie haben es trotzdem gemacht.«

Sie zuckte mit den Schultern. »Ich habe das Geld gebraucht.«

»Wo haben Sie für ihn Modell gestanden?«

»Er hatte ein Atelier in der Santa Fe mit Blick auf den Fluss. Irgendwo auf Höhe der Seventh Street. Die genaue Adresse weiß ich nicht mehr.«

»Würden Sie es wiedererkennen, wenn Sie es sehen würden?«

Amber nickte. »Ich glaube schon.«

»Sie haben gesagt, Sie wissen nicht viel über ihn, trotzdem erinnern Sie sich nach drei Jahren noch an ihn. Warum?«, fragte ich.

»Er hatte ziemlich seltsame Ideen.«

»Worüber?«

»Irgendwie war er auf einem Leidenstrip.«

»Für seine Kunst?«, fragte Harrison.

Sie schüttelte den Kopf. »Für alles.«

14

Das Viertel mit den Lagerhäusern hatte früher einige Blocks östlich von Little Tokyo umfasst. Als jedoch die Immobilienpreise nach oben schossen, zogen Künstler, die auf billige Mieten aus waren, in die heruntergekommene Gegend weiter südlich, bis durch den Zusammenbruch des Hypothekenmarkts der weiteren Ausbreitung der Eigentumswohnungen und BMWs ein Ende gesetzt wurde.

Ich fuhr bei Amber mit, Harrison folgte uns in meinem Volvo. Amber musterte die einzelnen Gebäude, nachdem wir auf die Santa Fe Avenue eingebogen waren und sie von Norden nach Süden in ganzer Länge abfuhren. Dann drehten wir um und fuhren zurück. Einen Block südlich der 6th Street, an der Jesse Street, fuhr sie an den Randstein und hielt an. An der westlichen Ecke lag eine fensterlose Bar. Im Eingang stand ein Mexikaner mit weißem Cowboyhut und Stiefeln mit Silberspitzen und sah in den Regen. Auf dem Bürgersteig davor lag ein großes rosafarbenes Zuckerwatteknäuel, das langsam zerrann.

»Ich habe mich getäuscht, es war nicht in der Santa Fe«, sagte Amber und deutete auf die zum Fluss führende Seitenstraße. »Sondern dort.«

Der gesamte Block wurde von hohen Backsteingebäuden eingenommen.

»Jesse Street«, sagte ich.
Sie nickte. »Im Gebäude mit dem ausgewaschenen Schriftzug. Im dritten Stock.«
Die ausgebleichten Lettern lauteten STINSON PAINT.
»Wissen Sie noch die Nummer?«
Sie starrte auf das Gebäude, lautlos bewegten sich ihre Lippen. »Vierhundertsiebenundzwanzig.«
»Sicher?«
Sie dachte nach, dann nickte sie. Ich dankte ihr und öffnete die Wagentür.
»Lieutenant«, sagte sie, während ihr Blick erst zu mir, dann zum Gebäude ging. »Ich habe nachgedacht, über die Zeichnung und dieses andere Mädchen. Sie ist diejenige, die umgebracht wurde, oder?«
Ich nickte.
Sie wollte noch etwas sagen, wusste aber nicht, wie.
»Sie müssen sich keine Sorgen machen«, sagte ich.
»Woher wollen Sie das wissen?«
Ich streckte ihr eine meiner Visitenkarten hin.
»Er hat mit ihrem Tod vielleicht gar nichts zu tun«, sagte ich. »Vielleicht besteht überhaupt kein Zusammenhang.«
»Aber das glauben Sie nicht«, sagte sie.
»Es gehört zu meinem Job, allen Möglichkeiten nachzugehen.«
Ihrem Blick nach zu schließen boten ihr meine Worte nicht viel Trost.
»Ich habe die gleiche Pose wie sie eingenommen«, sagte sie.
»Und dann sind Sie nach Hause gefahren«, sagte ich.
»Warum sie und nicht ich?«
Ich schüttelte den Kopf. »Alles, was zählt, ist, dass Sie es nicht waren.«

»Aber nicht für das andere Mädchen.«

»Wenn Ihnen noch was einfällt, dann rufen Sie mich an«, sagte ich.

Sie nahm die Karte, ich stieg aus und sah ihr nach, wie sie davonfuhr. Durch die offene Bartür kam Mariachi-Musik. In der feuchten Luft lag klebriger Zuckerwattegeruch.

Harrison fuhr in meinem Volvo heran, und ich stieg ein.

»In der Mitte des Blocks, das Stinson-Paint-Gebäude.«

Harrison bog um die Ecke in die Jesse Street und hielt gegenüber dem fraglichen Gebäude an. »Willst du einen Durchsuchungsbeschluss beantragen?«

Ich sah auf meine Uhr. Es war fast vier. »Gib Bescheid, dann klopfen wir an.«

Harrison holte sein Handy heraus und wählte. Ich stieg aus, überquerte die Straße und ging zum Gebäudeeingang. Ausgetretene grau-weiß karierte Fliesen bedeckten den Boden der Lobby. Es roch nach Zigaretten und Reinigungsmittel. Ein Flur führte am Ende des Gebäudes zu einer Treppe. An der Wand daneben gab es einen altertümlichen Otis-Aufzug sowie eine Auflistung der Mieter.

Ich trat vor die Tafel und studierte die Nummern des dritten Stocks. 427 hatte keinen Eintrag. Man hörte, wie der Aufzug sich in Bewegung setzte und nach unten in die Lobby kam. Die Tür ging auf, und ein chassidischer Jude mit langem grauem Bart und dunklem Filzhut kam heraus. Er sah hinaus in den Regen, knöpfte sich seinen langen Mantel bis oben hin zu, dann sah er zu mir.

»Sie wollen Diamanten kaufen?«, fragte er.

»Nein.«

Er starrte mich einen Moment lang an, nickte kaum merklich und verließ das Gebäude, während Harrison hereinkam.

»Ein Streifenwagen kann in zwanzig Minuten mit einem Durchsuchungsbeschluss hier sein, falls wir ihn brauchen.«
Ich zog die Fahrstuhltüren auf, wir traten ein und drückten den Knopf für den dritten Stock. Knarzend setzte sich das Ding in Bewegung. Mein Handy klingelte.
»Lieutenant, hier ist Margaret Chow.«
»Sie haben was?«
»Sie hatten recht, es war eine weitere Botschaft in Wells' Körper. Diesmal keine Buchstaben, sondern ausgeschrieben und in ein Plastikfläschchen eingerollt.«
»Auf Latein?«
»Ja. Allerdings sind wir uns über die Bedeutung nicht ganz im Klaren.«
»Wie lautet es?«
»Crimen Sollicitationis.«
»Noch mal, bitte.«
»*Crimen Sollicitationis.* Grob übersetzt heißt es …«
»Ich weiß, was es heißt. Fand sich noch etwas?«
»Seine Augen und seine Zunge waren ebenfalls im Magen. Alles andere war ziemlich verbrannt.«
»Danke.«
Ich beendete das Gespräch, als der Fahrstuhl den dritten Stock erreichte. Wir traten in den fahl beleuchteten Flur. Harrison sah auf die Nummer der nächstgelegenen Tür und deutete zum entfernten Ende in der Dunkelheit.
»Dort hinten. Schön ruhig und abgelegen. Genau wie das Apartment im Eagle Rock Boulevard«, sagte er.
Harrison sah zu mir. »Es gab eine weitere Botschaft?«
»Ja«, sagte ich. *»Crimen Sollicitationis.«*
Er sah mich nur verständnislos an.
»Du bist nicht katholisch erzogen worden, oder?«

»Nein.«
»*Crimen Sollicitationis,* das Verbrechen der Verführung, bezieht sich auf sexuelle Übergriffe durch Priester im Rahmen der Beichte. Es ist auch der Titel eines 1962 vom Vatikan erlassenen Dokuments, das jedem Bischof unter dem Siegel der Vertraulichkeit weltweit zugestellt wurde. Durch den Skandal in der Bostoner Erzdiözese kam es vor ein paar Jahren ans Licht.«
»Und worum ging es dabei?«
»Es verpflichtet alle Beteiligten einer kirchlichen Untersuchung über solche Missbrauchsfälle zu höchster Verschwiegenheit. Alle, die mit der Kirche zu tun haben, die kirchlichen Ermittler, die Richter, Zeugen, der Angeklagte, selbst das Opfer, müssen schwören, nichts davon nach außen dringen zu lassen. Es wies sogar an, dass alle Dokumente, die nicht eindeutig die Schuld des angeklagten Priesters beweisen können, zu vernichten seien.«
»Berechtigte Zweifel ließ man nicht gelten?«
»Nein. Und wer dieser Anweisung nicht Folge leistete, konnte exkommuniziert werden.«
»Was innerhalb der Kirche geschieht, bleibt auch innerhalb der Kirche.«
»Genau.«
»Geht es jetzt in unserem Fall also darum, ob ein Geheimnis verraten oder eben nicht verraten wurde?«
Ich sah durch den Gang. »Die Antwort finden wir vielleicht dort hinten.«
Wir gingen ans Ende des Flurs. Es war nichts zu hören, keine Fernseher, keine Stimmen, keine Musik. Alles schien wie ausgestorben. Selbst von der Straße drang kein Lärm herauf. An der letzten Tür im Gang war mit Klebeband ein Umschlag

mit dem Wort *Polizei* an den Metallrahmen geheftet. Wir zogen die Waffen und bezogen zu beiden Seiten der Tür Stellung.
»Das kann Gutes oder Schlechtes bedeuten«, sagte Harrison.
»Meinst du wirklich?«
Er schüttelte den Kopf.
»Ich auch nicht«, sagte ich.
Ich löste den Umschlag und öffnete ihn. Darin steckte ein handgeschriebener Zettel, den ich, vorsichtig an den Rändern fassend, herauszog. Zwei Zeilen waren darauf geschrieben.
»›Was Menschen Übles tun, das überlebt sie‹«, las ich vor.
Ich sah zu Harrison.
»Shakespeare«, sagte er. »Aber den zweiten Teil des Zitats verschweigt er.«
»Du erinnerst dich daran?«
Er dachte nach. »›Das Gute wird ihnen oft begraben.‹«
Ich sah wieder auf den Zettel.
»Da kommt noch etwas«, sagte ich. »›Der Feige stirbt schon vielmal, eh er stirbt, die Tapfern kosten einmal nur den Tod.‹ Auch Shakespeare?« Ich schob den Zettel in den Umschlag zurück.
Harrison nickte. »Julius Caesar.«
Ich klebte den Umschlag wieder an den Türrahmen.
»Ich denke, wir werden nicht auf den Durchsuchungsbeschluss warten«, sagte ich.
Harrison fasste zum Türgriff.
»Es ist nicht abgesperrt«, sagte er.
Ich nickte und stieß die Tür auf. Wir drückten uns an den Türrahmen und starrten in das dunkle Innere. Nichts war zu hören. Graphit- und Tuschegeruch hing in der Luft.

»Polizei!«, schrie ich.
Keine Reaktion.
Ich schwang mich um den Türrahmen und richtete die Glock in die Dunkelheit. Ich konnte nichts erkennen.
»Mach die Taschenlampe an«, sagte ich.
Harrison zog seine Mag-lite heraus und richtete sie ins Loft. Ein schmaler Streifen Licht schnitt in die Dunkelheit. Staub wirbelte im Strahl der Lampe, den Harrison langsam hin und her wandern ließ. Das Loft schien durch eine Wand geteilt zu sein, der Durchgang war durch eine schwere Plastikplane abgedeckt.
»Hier ist nichts«, sagte Harrison.
Ich trat hinein und tastete an der Wand nach einem Lichtschalter, den ich nicht finden konnte.
»Schau!«
Harrison richtete das Licht auf eine fast eineinhalb Meter hohe Zeichnung, die mit Reißnägeln links von uns an die Wand geheftet war. Sie zeigte äußerst detailliert zwei mit einem Draht gefesselte Hände. Der Draht schnitt tief in die Haut. Darunter standen Worte geschrieben.
»Er betitelt seine Werke wie Goya«, sagte ich. *So fängt es an,* stand darauf.
»Hier sind noch andere«, sagte Harrison, während er den Strahl seiner Taschenlampe durch den Raum wandern ließ.
Nacheinander tauchten im Lichtstrahl an die Wand geheftete Zeichnungen auf. Alle zeigten bis in die kleinsten Einzelheiten verschiedene Körperteile, die der Folter ausgesetzt waren. Eine davon stellte einen nackten, mit Striemen überzogenen Rücken dar. *Ein schlechter Tag.* Eine andere zeigte mit einem dicken Seil zusammengebundene Fußknöchel, darunter der Titel: *Der Ursprung des Glaubens.* Das

letzte zeigte einen Nacken mit dem geröteten Abdruck einer Hand.
»Die lenkende Hand«, las Harrison vor. »Könnte das Keri sein?«
»Chow hat keine Spuren von Misshandlung entdeckt.«
Ich betrachtete die Zeichnung mit dem striemenüberzogenen Rücken.
»Ich glaube nicht, dass das eine Frau ist«, sagte ich.
»Sind das Bilder von früheren Opfern oder von denen, die noch kommen werden?«, fragte Harrison.
Ich trat vor die Zeichnung mit den gefesselten Händen.
»Hier geht es vielleicht um etwas anderes. Schau dir die Hände an, die Haut. Das sind Kinderhände«, sagte ich.
Harrison betrachtete eingehend die anderen Zeichnungen.
»Das sind alles Kinderkörper.«
»Nichts, was er bislang getan hat, weist darauf hin, dass er es auf Kinder abgesehen hat.«
Ich leuchtete mit meiner Taschenlampe wieder über die erste Zeichnung.
»So fängt es an«, sagte ich.
»Wahnsinn?«, sagte Harrison.
Ich sah zu ihm. »Vielleicht wird hier immer das gleiche Kind abgebildet.«
»Du meinst Goya?«
»Es könnten Bilder aus seiner Vergangenheit sein.«
Ich nickte. »Wie auch immer, er hat jedenfalls gewollt, dass wir es finden, damit wir es verstehen. Stellt sich nur die Frage, was wir verstehen sollen.«
»Was Menschen Übles tun, das überlebt sie«, erwiderte Harrison.
»Von welchen Menschen ist die Rede? Und dann bleibt im-

mer noch die Frage, warum er einen TV-Reporter umgebracht hat.«

»Vielleicht hat Wells von Missbrauchsfällen gewusst, aber nicht darüber berichtet.«

»Würde Sinn ergeben, wenn Goya das Kind auf diesen Zeichnungen ist. Aber was, wenn er der Täter ist oder dieser Taten beschuldigt wurde, aber unschuldig ist?«

Schweigend sahen wir zu den Zeichnungen.

»Siehst du hier irgendetwas, das so etwas wie Unschuld andeuten könnte?«, fragte ich.

Harrison schüttelte den Kopf.

»War Wells katholisch?«, fragte ich.

»Keine Ahnung.«

»Ich will die Namen sämtlicher Priester sowie der Opfer, die mit der von Bishop eingereichten Klage in Zusammenhang stehen.«

»Da man sich außergerichtlich geeinigt hat, könnte es sein, dass die Unterlagen dazu unter Verschluss gehalten werden.«

Ich stellte mich noch mal vor die Zeichnung des misshandelten Rückens. »Noch mehr Geheimnisse.«

Harrison ging zum Durchgang, der in die zweite Hälfte des Loft führte, zog die Plastikplane beiseite und trat ein. Ich richtete meine Taschenlampe auf die Zeichnung der Hände. Die Einzelheiten waren so exakt ausgeführt, dass der abgebildete Gegenstand nahezu lebensecht aussah. Es erinnerte mich an die Studien von Michelangelo.

»Du solltest dir mal das hier ansehen«, rief Harrison.

Hinter der Plastikplane waren seine Silhouette und der Schein seiner Taschenlampe zu erkennen. Ich ging in den anderen Raum und blieb neben ihm stehen. An der gegenüberliegenden Wand unter einer mit Pappkarton abgedunkelten Fensterreihe stand eine große Tiefkühltruhe. Nur ihr leises Summen war zu hören.

»Sonst ist hier nichts«, sagte Harrison.

Links davon lag eine Matratze auf dem Boden. Gegenüber befand sich eine kleine Küche mit Ausguss und einem Tresen. Daneben führte eine offene Tür in ein Badezimmer mit Toilette und Dusche. Wir steckten unsere Waffen ins Halfter und sahen schweigend zur Tiefkühltruhe.

»Ich bin frei«, zitierte ich die Botschaft, die in Keris Leichnam gefunden worden war.

»Vielleicht gibt es noch mehr.«

»Lassen wir etwas Licht herein.«

Harrison löste einige Pappkartons vor den Fenstern. Das Quietschen eines Busses, der an einer Haltestelle hielt, war das einzige Geräusch, das von draußen hereindrang. Ich trat vor die Kühltruhe und zögerte. Insgeheim wollte ich nicht wissen, was darin lag.

»Öffne du sie«, sagte ich.

Harrison zog ein Taschentuch aus der Hosentasche und schwang damit am Handgriff den Deckel nach oben. Kühle Luft stieg auf, dazu schaler Gefriergeruch. Wir richteten unsere Taschenlampen ins Innere.

»Nichts«, sagte Harrison.

Ich starrte in die leere Truhe. »Nicht ganz.« Ich leuchtete die linke Seitenwand aus.

»Abdrücke«, sagte Harrison.

Ich beugte mich hinein und tastete die schmalen Abdrücke ab.

»Abdrücke von Absätzen«, sagte ich.

Wir sahen uns an, dann schloss ich den Deckel.

»Tod durch Erfrieren«, sagte Harrison.
Ich ging ans Fenster und sah hinaus zur Betoneinfassung des Flusses. »Er hat gewusst, dass wir das Apartment im Eagle Rock und schließlich auch das hier finden werden. Würde mich nicht überraschen, wenn er uns in diesem Augenblick beobachten sollte. Was würdest du an seiner Stelle erwarten, dass wir als Nächstes tun?«
»Uns den Mietvertrag anschauen, das Gebäude von oben bis unten durchsuchen, es observieren lassen.«
»Was uns wahrscheinlich alles nicht weiterbringen dürfte.«
Harrison nickte.
»Dann machen wir mal was anderes«, sagte ich.
»Du hast eine Idee?«
»Wir überraschen ihn.« Ich drehte mich um. »Wir machen ihn zum berühmtesten Künstler von ganz L.A. Wir stellen seine Zeichnungen in den Zehn-Uhr-Nachrichten aus. Vielleicht fällt jemandem ja etwas auf, was zu ihm führen könnte.«
»Ich lasse einen Fotografen kommen.«
Mein Handy klingelte. Es war Traver.
»Ich habe einen Blick auf die ursprüngliche Anklageschrift geworfen, die Bishops Kanzlei gegen die Erzdiözese eingereicht hat. Einer der angeblichen Missbrauchsfälle hat sich in den Neunzigern in Pasadena ereignet. Es kam allerdings nie zur Anklage.«
»Sind die Namen der Opfer aufgeführt?«
»Es wird nur auf einen Minderjährigen männlichen Geschlechts verwiesen.«
»Und der damals in dem Fall ermittelnde Beamte?«
»Ein Detective Chavez.«
»Chief Chavez?«

»Ja«, sagte Traver. »Es wurde ein Bericht geschrieben, im Archiv findet sich aber keine Kopie davon.«

»Wieso nicht?«

»Weiß ich nicht. Ich habe ihn gefragt, aber er will mir dazu nichts sagen. Er möchte mit dir sprechen.«

15

Die Abenddämmerung brach über Pasadena herein, als ich mich mit Chavez in einer kleinen Bar traf. Er saß in einem Abteil ganz hinten, in sicherer Entfernung von den Typen in ihren Business-Anzügen, die sich mit den erfolgreich geschlagenen Schlachten des Tages brüsteten. Zwei leere Gläser standen vor ihm, ein weiteres hielt er in der Hand. Ich roch den Bourbon. In den zwanzig Jahren, die ich ihn mittlerweile kannte, hatte ich nie erlebt, dass er was Stärkeres als Bier getrunken hätte. Zudem war er ein gläubiger Mensch, der zweimal die Woche in die Kirche ging.

»Einen Drink gefällig?«, fragte er.

»Nein, danke.«

»Was haben Sie bislang herausgefunden?«

»Vor achtzehn Jahren haben Sie in einem Missbrauchsfall gegen einen Priester aus Pasadena ermittelt. Es gab einen Bericht, aber der ist verschwunden. Wollen Sie mir sagen, warum?«

Chavez schüttelte den Kopf. Ich legte ein Foto von Goyas Zeichnung der gefesselten Hände auf den Tisch und schob es zu ihm hinüber.

»Wells ist gezwungen worden, eine Botschaft zu verschlucken, bevor er gefoltert wurde. Sie lautete *Crimen Sollicitationis*«, sagte ich.

Chavez sah überrascht auf.

»Sie wissen, was das heißt?«, fragte er.
Ich nickte. »Meine Mutter hofft noch immer, dass ich irgendwann mal wieder in die Kirche eintrete. Sie schickt mir monatlich eine Ausgabe des *Katholischen Reporters.*«
Chavez nahm das Foto zur Hand. Er betrachtete es eine Weile, so, als erinnerte es ihn an irgendetwas.
»Das haben wir heute in Goyas Atelier gefunden. Es gibt noch ein halbes Dutzend ähnlicher Zeichnungen. Diese hier trägt den Titel: *So fängt es an.*«
»Konnten Sie seine Identität ermitteln?«
»Noch nicht. Er mietet Räume, die sonst keiner haben will, und zahlt gleich für Monate im Voraus, in bar.«
»Was ist mit den anderen Anwohnern?«
»Nichts. Das halbe Gebäude steht leer.«
Chavez legte das Foto zur Seite und lehnte sich zurück.
»Erzählen Sie mir von 1990«, sagte ich.
Chavez atmete langsam ein, als erwartete er jeden Moment einen Schlag in den Magen. »Wenn Sie wissen, was *Crimen Sollicitationis* ist, dann wissen Sie auch, dass ich darüber nicht reden kann.«
»*Crimen Sollicitationis* ist nicht mehr kanonisches Recht.«
»Nennen Sie mich altmodisch, aber einen Eid, den man Gott geleistet hat, kann man nicht zurücknehmen.«
»Sie haben den Eid nicht Gott, sondern der Kirche geleistet.«
»Als Katholikin wissen Sie, dass es da keinen Unterschied gibt.«
»Ich rede nicht mit einem Katholiken, sondern mit einem Polizisten. Was ist mit diesem Bericht geschehen?«
Chavez zögerte.
»Sagen Sie mir, wer ihn unterschlagen hat?«
Er antwortete nicht.

»Albert, reden Sie mit mir.«

»Warum glauben Sie, dass es eine Verbindung zu Goya gibt?«

»Ihr Blick.«

Chavez schüttelte den Kopf. »Der Priester, um den es damals ging, wurde von allen Pflichten entbunden, bei denen er Kontakt zu Kindern gehabt hätte. Mittlerweile wäre er viel zu alt, er ist nicht für die Taten verantwortlich, die Goya begangen hat.«

»Ich suche nicht nach einem Priester«, sagte ich. »Ich glaube, Goya war eines der Opfer. Falls ich mich nicht täusche, sind die Zeichnungen in seinem Loft Selbstporträts.«

Erneut sah Chavez auf das Foto, dann schloss er die Augen.

»Wir haben versucht, die damalige Anklageschrift zu bekommen, bei der außergerichtlichen Einigung wurde allerdings festgelegt, sämtliche Unterlagen unter Verschluss zu halten. Wenn Goya wirklich zu den Kindern gehört hat, die von einem Priester missbraucht wurden, sind Sie und dieser fehlende Bericht das Einzige, was mich zu Goya führen könnte.«

Wieder schüttelte Chavez den Kopf.

»Wissen Sie, wie viele Opfer es in der Erzdiözese gegeben hat, wie viele Priester beteiligt waren?«, sagte er.

»Ja, ich habe es nachgeschlagen. Über fünfhundert Opfer und möglicherweise bis zu hundertzweiundzwanzig Priester.«

»Der Fall, in dem ich ermittelt habe, war nie Gegenstand einer Anklage.«

»Woher wissen Sie das?«

»Weil es über meine Ermittlungen nie hinausgegangen ist«, antwortete Chavez. »Niemand wollte damals damit an die Öffentlichkeit.«

»Was meinen Sie mit ›niemand‹?«
»So wie ich es gesagt habe.«
»Niemand bei der Polizei?«
Chavez nickte. »Und außerhalb.«
Nur langsam dämmerte mir, was er mir damit zu verstehen gab. Ich wollte nicht hören, was er gleich sagen würde, wollte nicht hören, dass er beteiligt gewesen war, aber an diesem Punkt gab es kein Zurück mehr.
»Sie wurden unter Druck gesetzt?«, fragte ich.
Er lächelte verhalten, dann nahm er einen Schluck von seinem Drink. »Noch nicht einmal die Eltern der Jungen wollten, dass es über die Kirche hinaus bekannt wurde.«
»Hat irgendjemand die Jungen gefragt, was sie wollten?«
Er schloss die Augen und schüttelte den Kopf. Alles, was die Polizei für mich bedeutete, verkörperte dieser Mann, und jetzt war er drauf und dran, das alles zu zerstören.
»Sie haben die ganze Sache unter den Tisch gekehrt.«
Eine Weile saß er nur schweigend da. Dann sagte er: »Es ist gefährlich, wenn man zurückschaut, aber nach einiger Zeit und mit einiger Übung kann man fast alles rechtfertigen … fast alles.«
»Ich frage nicht, weil ich Sie verletzen möchte«, sagte ich.
»Es ist längst überfällig.« Er sah mich an, seine Augen waren feucht. »Habe ich Ihnen jemals gesagt, wer hier als jüngster Detective zum Captain befördert wurde?«
»Ich will es nicht wissen.«
»Sie müssen es wissen.«
Ich sah ihm in die Augen. »Sie.«
Chavez nickte. »Ich habe getan, was man mir gesagt hat, und habe mich wie ein guter Katholik verhalten, nicht wie ein guter Polizist. Und jetzt bin ich Leiter dieser Dienststelle.«

Ich schwieg und suchte verzweifelt nach einem Ausweg, aber ich konnte die Augen davor nicht verschließen.

»Haben Sie es getan, weil Sie es für richtig hielten oder weil Sie meinten, es wäre Ihrer Karriere dienlich?«

Chavez nahm seinen Drink zur Hand und starrte in die bernsteinfarbene Flüssigkeit, als sähe er darin die Vergangenheit.

»So oder so, es läuft immer auf dasselbe hinaus, also spielt es keine Rolle, oder?«

»Für mich schon«, sagte ich.

Er atmete tief durch. »Ich habe gewusst, was ich tat.«

»Dann gründet meine Karriere also auf Ihren Schuldgefühlen?«

Er sah mich an. »Wenigstens etwas Gutes musste dabei ja herauskommen.«

Ich fasste zu seinem Drink, entwand ihn seinen Händen und nahm einen Schluck. Keiner von uns beiden sagte ein Wort. Es war, als hätte sich der Boden, auf dem wir seit Jahren standen, verschoben.

»Was soll ich Ihrer Meinung nach tun?«, fragte er schließlich.

»Goya wird wieder töten, und ich glaube, es wird bald geschehen. Sie müssen mir sagen, was Sie wissen.«

Er schüttelte den Kopf. »So einfach ist es nicht.«

»Doch, es ist so einfach.«

Chavez sah mir in die Augen, als hätte er mehr gehört, als ich gesagt hatte.

»Als meine Mutter und ich von meinem Vater verprügelt wurden«, erzählte ich, »ging sie zu ihrem Priester und erzählte ihm alles in der Beichte. Er sagte ihr, wenn sie ihm eine gute Ehefrau wäre, würde alles aufhören, wenn sie ihn aber verließ, würde sie eine Sünde begehen.«

Chavez sah auf seine Hände.
»Eine gute Ehefrau«, sagte ich leise.
Chavez warf einen letzten Blick auf das Foto, gab es mir und nickte.
»Wie viele Kinder sind Ihres Wissens nach missbraucht worden?«, fragte ich.
»Im Fall, in dem ich ermittelt habe, gab es nur einen offiziellen Kläger. Das Opfer hat zwei weitere Jungen genannt.«
»Haben Sie noch eine Kopie des Berichts?«
»Nein. Der Bericht und meine sämtlichen Aufzeichnungen wurden vernichtet.«
»Erinnern Sie sich an Namen?«
Er schwieg eine Weile. »Nur den, in dessen Fall ich ermittelt habe … Donald Bonner. Durch ihn weiß ich, dass es mindestens noch zwei weitere Opfer gegeben hat.«
»Wie alt waren sie?«
»So um die vierzehn, fünfzehn.«
»Haben Sie mit ihnen gesprochen?«
Er schüttelte den Kopf. »Laut der Kirche wurde ihre Identität auf Bitten der Eltern geheim gehalten.«
»Könnte dieser Donald die Namen der anderen wissen?«
»Einige Monate, nachdem ich ihn befragt habe, hat er sich das Leben genommen.«
»Wie hat er sich umgebracht?«
»Er hat sich an einem Baum erhängt.« Chavez nahm das leere Highball-Glas zur Hand und starrte auf sein verzerrtes Spiegelbild.
»Wie hieß der beschuldigte Priester?«
Chavez zögerte. »Vater Patrick«, sagte er dann, als würde er sich von einer alten Last befreien.
»Haben Sie ihn befragt?«

Chavez nickte. »Einmal. Er hat auf seiner Unschuld beharrt.« Der Chief sah zu mir, dann zur Theke.

»Sie haben ihm geglaubt?«, fragte ich.

»Als Polizist oder als Katholik?« Chavez beugte sich vor und starrte auf seine Hände. »Die Wahrheit und der Glaube bilden manchmal ein verqueres Gespann. Er hat sich irgendetwas schuldig gemacht, daran hatte ich keinen Zweifel, in gewisser Weise hat er mir aber auch die Wahrheit gesagt. Wie das aber genau aussah, musste ich nie herausfinden.«

»Aus welcher Gemeinde war er?«

»St. Gabriel.«

»Was ist mit ihm passiert?«

»Er wurde Geistlicher eines kleinen katholischen Krankenhauses in San Bernardino. Alle paar Jahre wurde er erneut versetzt. Ihm wurden Aufgaben übertragen, bei denen er keinen Kontakt zu Kindern hatte.«

»Sagt die Kirche?«

Chavez nickte nach einigem Nachdenken.

»Sie sind sich sicher, dass Donalds Tod wirklich Selbstmord war?«

Er sah mich überrascht an. »Ich habe in dem Fall nicht ermittelt. Ich habe den Bericht dazu gesehen; mir ist nichts Ungewöhnliches aufgefallen. Warum?«

»Zu den Goya-Radierungen von 1812 gehört eine mit einem Mann, der an einem Baum aufgeknüpft wird.«

Chavez überlegte, was ich damit meinte. »Warum sollte er eines der anderen Opfer töten?«

»Ich habe keine Ahnung.«

»Dann wäre er noch ein Teenager gewesen, als er seinen ersten Mord begangen hat.«

Ich griff zum Foto der Zeichnung. »Er hat früh gelernt, was

körperliche Gewalt ist. Würde es etwas bringen, die Kirche direkt nach der Identität der anderen Jungen zu fragen?«
»Nein, selbst wenn die Unterlagen dazu noch vorhanden wären. Die Kirche hat jahrhundertelange Erfahrung damit, Geheimnisse für sich zu behalten.«
»Meinen Sie, Vater Patrick würde reden?«
»Wenn er mit Ihnen redet, belastet er sich selbst.«
»Und rettet dabei sein Leben.«
Chavez rang sichtlich mit sich. »Ich könnte versuchen, mit ihm Kontakt aufzunehmen«, sagte er schließlich.
»Vielleicht wäre es besser, wenn die Anfrage von mir kommen würde«, sagte ich.
Chavez sah mich an. Er nickte.
»Wissen Sie, wo er sich aufhält?«
»Er ist mittlerweile im Ruhestand. Er assistiert nur noch bei der Kommunion, mehr aber nicht mehr.«
»Wo?«
»In einer kleinen Kirche in der High Desert, St. Anne. Er wohnt dort im Pfarrhaus.«
»Noch etwas, was hilfreich wäre?«
Chavez stierte vor sich hin, ohne mich anzusehen. »Wells hat von dem Fall gewusst.«
Ich sah ihn an und wusste nicht, ob ich ihn richtig verstanden hatte oder nur einfach nicht glauben wollte, was ich soeben gehört hatte.
»Sie haben es gewusst und es uns nicht gesagt?«
»Ich sage es Ihnen jetzt. Ich wollte sichergehen, dass es eine Verbindung gibt.«
»Seine Leiche hat dazu nicht gereicht?«
Chavez wandte den Blick ab. »Damals war er noch nicht TV-Moderator. Er war jung und ehrgeizig.«

»Wie viel hat er gewusst?«
»Gerüchte hier und da. Wie auch immer, er hat gewusst, dass er an einer großen Sache dran war.«
»Kannte er Namen?«
»Wenn, dann hat er sie mir nicht mitgeteilt.«
»Haben Sie ihm irgendetwas erzählt?«
»Nein.«
»An wen hat er sich dann gewandt?«
»An die Erzdiözese. Ich weiß nicht, mit wem er dort gesprochen hat.«
»Hat er einen Artikel darüber verfasst?«
Er sah mich an und schüttelte den Kopf.
»Was ist passiert?«
»Ich denke, er wurde von der Erzdiözese gekauft ... oder von jemandem, der genauso viel Geld zu bieten hatte. Er hat die Angelegenheit ad acta gelegt, genau wie ich.«
»Bis Bishop einen Prozess angestrengt hat?«
Chavez nickte. »Aber da war es schon publik geworden. Trotzdem, die Anschuldigungen gegen St. Gabriel wurden nie erwähnt.«
Ich stand auf und wollte los.
»Die Zeichnung«, sagte Chavez.
Ich setzte mich wieder und gab ihm das Foto. Chavez starrte darauf.
»Was ist damit?«, fragte ich.
»Die Art und Weise, wie die Handgelenke gefesselt sind. Das Seil.«
»Was?«
»Es besteht aus Baumwolle. Genau wie der Strick, den Franziskaner um ihre Kutte tragen.« Er gab mir das Foto zurück und umklammerte wieder sein Glas.

»Donald hat behauptet, dass ihm das auch widerfahren ist.« Harrison am Ende der Theke nickte mir zu und ging daraufhin nach draußen. Ich schob das Foto in meine Tasche und erhob mich.

»Ich kann nicht versprechen, dass ich dieses Geheimnis für mich behalten werde. Es könnte unangenehm für Sie werden.« Chavez sah zu mir auf.

»Gut«, sagte er leise.

»Es tut mir leid, Albert«, sagte ich.

»Es gibt nichts, was Ihnen leidtun müsste, Alex. Ich war bislang immer sehr stolz auf Ihre Arbeit als Polizistin.«

Ich drehte mich um und ging an der Theke vorbei, vorbei an den anderen Gesprächen, die vielstimmig ineinanderflossen und zu einem einzigen leisen Flüstern wurden. Ich trat nach draußen. Der Regen war zu dichtem Nebel geworden. Die Bremslichter der Autos auf der Colorado glühten in der dicken Suppe und warfen ihren roten Schimmer auf die Bürgersteige. Ich konnte gar nicht genug frische Luft bekommen, so, als müsste ich mich von dem, was ich soeben erfahren hatte, innerlich reinigen.

Harrison stieg aus dem Zivilwagen und kam auf mich zu. Er wollte etwas sagen, hielt aber inne. »Alles in Ordnung?«

Ich schüttelte den Kopf, sah hinauf in den Nebel und sog den feuchten Dunst ein.

»Schau nicht zurück«, flüsterte ich.

»Was?«

»Ein Donald Bonner hat vor mehreren Jahren Selbstmord begangen. Ich will den Bericht dazu sehen.«

»Ich werde mich darum kümmern.«

Ich sah zum Eingang der Bar. Die Tür ging auf, und zwei Geschäftsleute kamen heraus.

»Was ist passiert?«, fragte er.
»Der Mann, der meine Karriere ermöglicht hat, hat mir gerade den Hammer in die Hand gegeben, um seine zu zertrümmern.«
»Muss ich das verstehen?«
»Nein, noch nicht … Hast du was für mich?«
»Jemand hat angerufen und sich wegen eines Graffitos beschwert. Ein Streifenwagen ist hingeschickt worden, sie haben sich gerade gemeldet.«
»Es ist kein Graffito.«
Harrison schüttelte den Kopf. »Der FBI-Beamte Utley wird sich dort mit uns treffen.«
»Goya?«, sagte ich.
Harrison nickte. »Schätze mal.«
»Was ist es?«
»Ich denke, das Bild des nächsten Opfers.«

16

Wir fuhren auf der Orange Avenue nach Osten und dann nach Norden in Richtung der Berge. Mit jedem Straßenzug schien der Nebel dichter zu werden. Auf dem Sierra Madre Boulevard bogen wir in einen fast leeren Parkplatz. Harrison hielt an und sah auf das Gebäude.

»Eine Kirche«, sagte er.

»Nicht irgendeine Kirche«, sagte ich. »St. Gabriel.«

Harrison drehte sich mir zu. »Das sagt dir was?«

Ich nickte. »Ja, ich glaube schon.«

Er wartete, dass ich mehr verriet, aber ich schwieg.

»Ich könnte dich fragen, woher du deine Information hast, aber das lasse ich wohl lieber«, sagte Harrison.

»Danke.«

»Das heißt aber nicht, dass mir das gefällt.«

»Dann sind wir schon zu zweit«, sagte ich und sah zur Kirche, die sich als schwarzer Umriss in der nebligen Dunkelheit abzeichnete.

Das Gebäude war in den Fünfzigern errichtet worden, als man versucht hatte, die Kirche aus ihrer finsteren Vergangenheit zu befreien, indem man ihr ein modernes Antlitz verpasste. Aber mehr als schlechte Architektur war dabei nicht herausgekommen.

»Das Bild befindet sich anscheinend an der Ostseite der Kirche.«

Ein grauer Ford mit dem FBI-Beamten Utley am Steuer hielt neben uns an. Wir stiegen aus.
»Haben Sie Neuigkeiten für mich?«, fragte ich Utley.
Er sah zum Himmel und zog den Kragen enger. »Vielleicht. Ob es nützlich ist, hängt davon ab, was sich an der Wand befindet.«
»Es ist unter dem Buntglasfenster auf der Rückseite der Kirche«, sagte Harrison.
Wir folgten dem Pflasterweg, der um die Kirche herumführte. Harrison holte seine Taschenlampe heraus und richtete ihren Strahl auf die Kirchenwand. Zu sehen war das Bild einer an einen Pfahl gefesselten Gestalt, deren Augen verbunden waren. Die Handgelenke waren vor dem Körper zusammengebunden, die Hände fehlten. Blut strömte aus einer Wunde am Hals. Schweigend betrachteten wir es.
»Das ist ein Priester«, sagte Harrison.
»Darunter steht etwas«, sagte Utley. *»Silentium Dei?«*
»Wieder Latein«, sagte ich.
»Das Schweigen Gottes«, erklärte Harrison.
Utley trat näher heran. »Warum diese Kirche?«, fragte er.
»Ich habe Grund zu der Annahme, dass Goya hier von einem Priester missbraucht wurde.«
Beide wandten sich mir zu.
»Woher wissen Sie das?«, fragte Utley.
»Das kann ich Ihnen noch nicht sagen.«
»Wenn Sie das wissen, müssen Sie auch wissen, um wen es sich handelt.«
Ich schüttelte den Kopf. »Wenn dem so wäre, würden wir jetzt nicht hier stehen.«
Utley musterte mich. »Es geht nichts über offenen Informationsaustausch.«

»Mehr kann ich im Moment nicht sagen«, erwiderte ich. »Wir müssen die Erzdiözese darüber in Kenntnis setzen.«

»Wir können nicht jeden Priester in der Stadt beschützen«, sagte Harrison.

»Das müssen Sie auch nicht«, sagte Utley.

»Warum nicht?«, fragte ich.

Utley sah zu dem Bild. »Ich gehe davon aus, dass dieser Priester bereits tot ist.«

»Woher wollen Sie das wissen?«, fragte ich.

»Offener Informationsaustausch wirkt manchmal Wunder.« Erneut sah Utley zum Bild, dann drehte er sich uns zu. »Ich bin die Datenbank mit den Serienmördern durchgegangen. VICAP hat für die zurückliegenden Jahre nichts ausgespuckt. Also habe ich die Suche ausgedehnt.«

»Inwieweit ausgedehnt?«

»Geographisch.«

»Wie weit?«

»Interpol hatte nichts.« Er griff in seine Jacke und zog einen Umschlag heraus. »Aber die mexikanische Polizei hat vor ein paar Stunden das hier geschickt.«

Er reichte mir den Umschlag. Ich öffnete ihn und holte zwei Fotos heraus.

»Ein Tatort«, sagte ich.

Er nickte. »Das war Vater Monroe.«

Ich betrachtete das Foto, dann sah ich zum Bild an der Wand.

»Das ist ein und derselbe«, sagte ich.

Utley nickte. »Es ist vor drei Jahren passiert.«

»Wann genau?«

»Im Dezember.«

»Und wo in Mexiko?«

»Baja.«
»Wann ist Keri verschwunden?«, fragte ich.
»Zwei Monate vorher. Im Oktober«, sagte Harrison.
»Er war Priester in der Erzdiözese Los Angeles. Die mexikanische Polizei schrieb den Mord Drogenhändlern zu. Er wurde erwürgt, wies mehrere Messerstiche auf, und seine Hände waren abgeschnitten.«
Ich sah zu den Bilder. »Das als Messerstiche zu bezeichnen ist eine Untertreibung.«
Utley nickte. »Die Schlussfolgerung der mexikanischen Behörden dürfte etwas voreilig gewesen sein.«
»Wurden seine Hände gefunden?«, fragte Harrison.
»Nein.«
»Was hat er in Mexiko gemacht?«, fragte ich.
»Laut der Verlautbarung der Erzdiözese war er auf einem Angelausflug, allerdings gibt es keinerlei Hinweise, dass er jemals auf einem Fischerboot gewesen wäre.«
»Welcher Gemeinde war er zugeteilt?«
»Keiner. Monroe arbeitete direkt für die Erzdiözese.«
»In welcher Funktion?«
»Darüber hat sich die Kirche nur vage ausgelassen. Neben seiner Ordination hatte er auch eine Zulassung als Rechtsanwalt. Nach allem, was ich mir über sein Tätigkeitsfeld zusammenreime, war er für juristische und wirtschaftliche Fragen zuständig.«
»Dreckskerl«, flüsterte ich.
»Bei Ihnen klingelt was?«, fragte Utley.
»Möglich. Gehörte zu seinen Pflichten auch die Ermittlung in angeblichen Missbrauchsfällen?«
»Sie meinen, er war dafür zuständig, solche Angelegenheiten zu vertuschen?«

Ich nickte. Utley wandte sich wieder dem Gemälde an der Wand zu.

»Die Kirche hat über sein genaues Aufgabengebiet nichts mitgeteilt, aber es wäre natürlich nur folgerichtig, dass jemand mit seinen Qualifikationen an solchen Ermittlungen in irgendeiner Form beteiligt war. Aber so ist das immer bei Verschwörungstheorien. Wenn wir die Antworten hätten, würden sich die Fragen gar nicht stellen.«

»Wurde bei der Leiche eine Botschaft hinterlassen, die einen Zusammenhang mit Wells oder Keri Bishop vermuten lässt?«

»Nicht direkt.«

»Woher wussten Sie, dass die Morde in einem Zusammenhang stehen?«, fragte ich.

Er zog einen weiteren Umschlag aus der Tasche und entnahm ihr eine dritte Fotografie. »Das hat man im Mund des Priesters gefunden.«

Ich betrachtete das Foto und reichte es an Harrison weiter.

»Ein Heiligenmedaillon«, sagte er. »Könnte vielleicht ihm gehört haben.«

Ich schüttelte den Kopf. »Das glaube ich nicht.«

»Warum nicht?«

»Der heilige Paulus ist darauf dargestellt.«

»Und das bedeutet was?«

»Für die Katholiken ist er der Schutzheilige der Wahrheit.«

»Das ist die Verbindung«, sagte Utley.

»Die Wahrheit ist gestorben«, sagte Harrison.

Wieder sah ich zur Kirche.

»Du hast gesagt, jemand hätte angerufen und es gemeldet«, sagte ich. »Hat der Anrufer seinen Namen hinterlassen?«

»Nein«, antwortete Harrison.

Ich sah mich um. Im dichten Nebel betrug die Sichtweite keine hundert Meter.
»Diese Wand ist von der Straße oder den umliegenden Häusern aus nicht zu sehen. Heute Abend hält sich niemand draußen auf oder geht spazieren. Welche Vorwahl hatte der Anrufer?«
»Acht eins acht.«
»Hier ist sechs zwei sechs.«
»Könnte es ein Handy gewesen sein?«
»Ich will wissen, von wo der Anruf getätigt wurde.«
Ich runzelte die Stirn. An der südlichen Ecke war eine Tür eingelassen.
»Goya hat uns angerufen«, sagte ich.
»Wäre plausibel«, sagte Harrison.
»Aber er hat uns nicht nur wegen des Bildes hierher gelotst.«
»Warum dann?«, fragte Utley.
Ich sah zum Bild und schüttelte den Kopf. »Er hätte es überall malen können. Er hat diese Kirche aus einem bestimmten Grund gewählt.«
»Sie sagen, er wäre hier missbraucht worden«, sagte Utley.
Ich sah zur Tür. Was mir im ersten Moment als Schatten erschienen war, war gar keiner. Ich zog meine Waffe.
»Die Tür steht offen«, sagte ich. »Er will, dass wir reingehen.«
»Ist es klug, zu tun, was er von uns will?«, fragte Utley.
»Haben Sie einen besseren Vorschlag?«
Er zuckte die Achseln. Wir setzten uns in Bewegung. Die Tür war ein Notausgang. Durch den offenen Spalt war das schwache Glühen des roten Notausgangschilds zu erkennen, das von der gegenüberliegenden Wand reflektiert wur-

de. Harrison zog die Tür ganz auf, ich trat ein und hob die Waffe.
»Ein Flur«, flüsterte ich und ging voraus.
Der Gang schien sich bis zum Haupteingang der Kirche zu ziehen. Am Ende hing ein zugezogener Vorhang, hinter dem es, wie ich vermutete, rechts in den Kirchenraum ging. Davor lagen zwei Türen. Ich ging zur ersten, lauschte auf Geräusche von drinnen, drehte am Knauf und stieß sie auf. Ich wartete auf eine Reaktion. Als nichts kam, trat ich ein. Der schwache Umriss einer weißgewandeten Gestalt war zu erkennen.
Ich richtete die Glock darauf.
»Polizei«, sagte ich. »Drehen Sie sich um.«
Die Gestalt rührte sich nicht. Als hinter mir Harrison mit der Waffe im Anschlag auftauchte, ließ ich meine Glock sinken.
»Mach das Licht an«, sagte ich.
Er betätigte den Lichtschalter und ließ ebenfalls seine Waffe sinken.
»Talare«, sagte er.
»Das ist die Sakristei.«
Mehrere auf Bügel aufgehängte Talare vermittelten den Eindruck einer aufrecht stehenden Person. Ich ging hinaus in den Gang. Utley stand vor der zweiten Tür.
»Auf der Toilette ist nichts«, sagte er leise.
Wir gingen an ihm vorbei zum Vorhang und blieben stehen.
»Ich war seit zwanzig Jahren nicht mehr in einer Kirche«, flüsterte ich Harrison zu.
Er lächelte verhalten. »Viel Glück.«
Ich riss den Vorhang zurück und trat in den Kirchenraum.
»Das Mittelschiff«, flüsterte ich.
In der Dunkelheit waren die Bankreihen auszumachen, die sich zur gegenüberliegenden Wand erstreckten. Eine Reihe

brennender Kerzen vor einem kleinen Altar links der Kanzel tauchte alles in ein fahles Licht. Nichts war zu hören, nichts rührte sich.

»Er will, dass wir hier drin irgendetwas finden. Wo würdest du es plazieren?«

»Da darfst du mich nicht fragen«, sagte Harrison. »Meine Eltern waren Unitarier.«

Utley trat hinter uns.

»Sie sind der Profiler. Wo würde Goya etwas für uns hinterlassen?«, sagte ich.

Er sah nach vorn. Ein großes Kreuz hing im Altarraum von der Decke, die blasse Christusfigur daran wurde vom flackernden Kerzenlicht erhellt.

»Der Altar«, sagte Utley.

Ich nickte. »Sie gehen an der Seite nach vorn, ich in der Mitte.«

Ich ging zum Mittelgang, wo auf einem Piedestal ein Weihwasserbecken stand. Aus alter Gewohnheit streckte ich die Hand aus und zog sie erst zurück, als ich den Finger bereits eingetaucht hatte. Dann starrte ich auf die dunkle Flüssigkeit, die an meinem Finger klebte.

»Das ist kein Weihwasser. Das Weihwasserbecken ist mit Blut gefüllt«, sagte ich.

Harrison und Utley blieben stehen. Ich wischte mir das Blut ab und sah zu Harrison.

»Ein weiteres Opfer?«, fragte er.

»Nur das Blut Christi kann uns von den Sünden reinigen«, sagte ich. »Wie würde Goya das interpretieren?«

»Es könnte sein eigenes sein«, sagte Utley.

»Womit er sein Leben mit dem von Christus gleichsetzt?«

Utley nickte. »Er sieht sein Werk als eine Art Opfer.«

Ich eilte durch den Gang, ließ den Blick über die Bankreihen schweifen, bis ich bei der letzten angelangt war. Langsam trat ich an das Geländer, mit dem der Altarraum von der Gemeinde abgetrennt war. Nichts auf der Kanzel, nichts am Pult rechts.

Harrison ging an mir vorbei und durchsuchte den Altarraum.

»Hier ist nichts«, sagte er.

Utley trat vor den kerzenbeleuchteten Seitenaltar. »Hier auch nicht.« Stirnrunzelnd sah er sich um. »Er muss das Blut mitgebracht haben.«

»Hier muss es irgendwo etwas geben, was wir übersehen haben«, sagte Harrison.

»Haben Sie bis zum Grund des Weihwasserbeckens gefasst?«, sagte Utley. »Vielleicht liegt etwas drin.«

Ich schüttelte den Kopf.

»Ich habe Handschuhe im Wagen.« Er wollte bereits den Gang zurück.

»Warten Sie«, sagte ich.

Utley blieb stehen. In der Dunkelheit waren mir bislang nicht die drei Türen an der Nordseite der Kirche aufgefallen.

»Dort«, sagte ich. »Wenn er uns etwas dagelassen hat, dann dort.«

»In den Beichtstühlen«, sagte Harrison.

Ich ging eilig darauf zu, die Hand fest am Griff der Glock. Kurz vor den Beichtstühlen blieb ich stehen, Utley und Harrison traten neben mich.

»Welcher?«, fragte Harrison.

»Die Sünder sitzen links oder rechts, der Priester in der Mitte«, sagte ich. »Goya will sich nicht von seinen Sünden befreien, sondern andere für ihre bestrafen.«

»Die mittlere also«, sagte Utley.
»Das würde ich auch vermuten.«
Mit gezückter Waffe ging ich darauf zu und schwang die Tür zurück. In der Dunkelheit erkannte ich nur die Bank, auf der der Priester sitzen würde.
»Schauen Sie in den anderen nach«, sagte ich. Harrison und Utley öffneten die Türen.
Gebückt trat ich ein und spürte, wie mir Finger über die Wange strichen. Ich zuckte zusammen, drehte mich um und spürte erneut, wie etwas meinen Nacken berührte. Mit einem Satz war ich wieder draußen.
»Ich brauche deine Taschenlampe«, sagte ich.
Harrison kam zu mir herüber und richtete den Strahl hinein. Zwei abgetrennte, an einer Schnur aufgehängte Hände schwangen sacht hin und her. Utley betrachtete sie schweigend.
»Es ist kein Blut auf dem Boden«, sagte Harrison.
Ich nahm Harrison die Taschenlampe ab und beleuchtete die Hände. »Die Stümpfe scheinen ausgebrannt worden zu sein.«
»Die Hände des Priesters?«, fragte Utley.
Ich betastete die Finger. »Sie sind kalt. Er hat sie tiefgefroren aufbewahrt.«
»Vielleicht hat Goyas Missbrauch hier seinen Anfang genommen«, sagte Utley. »Einen besseren Ort für ein Geheimnis gibt es nicht.«
»Oder dem Missbrauch ist hier die Absolution erteilt worden«, sagte ich. »Durch ein Kreuzzeichen.«
Ich sah mich in der Kirche um.
»Was treibt er?«, fragte Utley. »Wenn Vater Monroe von den Missbrauchsfällen gewusst und sie verschleiert hat, verstehe

ich, warum er umgebracht wurde. Aber das erklärt nicht, was mit Wells und Keri Bishop geschehen ist.«
»Wells hat von Anfang an von den Missbrauchsfällen gewusst«, sagte ich. »Aber nie darüber berichtet. Möglicherweise ist ihm eine Art Schweigegeld gezahlt worden.«
Utley starrte mich an. »Was wissen Sie noch?«
»Es gibt vielleicht noch ein viertes Opfer.«
»Wen?«
»In dieser Kirche ist es zu drei Missbrauchsfällen gekommen. Das erste Opfer, das zur Polizei ging, war ein gewisser Bonner. Mehrere Monate danach fand man ihn an einem Baum aufgehängt. Damals ist es als Selbstmord eingestuft worden. Ich denke aber, Goya hat ihn umgebracht.«
»Ich finde, es ist an der Zeit, dass Sie uns alles mitteilen, was Sie wissen«, sagte Utley.
Ich sah zu Harrison. Er nickte.
»Das Seil, an dem er hing, glich dem, das auf Goyas Zeichnung zu sehen ist.«
»Das kann nicht alles sein.«
»An die Kirchenmauer malt Goya das Schweigen Gottes. Wells trug die Botschaft *Crimen Sollicitationis* in sich. Meiner Meinung nach waren alle Opfer auf die eine oder andere Weise daran beteiligt, alles zu vertuschen, was hier geschehen ist. Und das Schweigen hat mit Bonners Einigung mit St. Gabriel begonnen.«
»Das erklärt nicht den Tod des Mädchens«, sagte Utley.
»Vielleicht doch, nur wissen wir darüber noch zu wenig.«
»Wenn Sie recht haben, ist jeder in Gefahr, der mit den Vorgängen in dieser Kirche zu tun gehabt hat«, sagte Utley. »Das kann bis hinauf zur Erzdiözese gehen.«
Mir lief es kalt über den Rücken.

»Vielleicht sogar noch höher«, sagte ich. »Uns bleiben noch vier Tage, um ihn zu finden.«
Harrison und Utley verstanden sofort, wovon ich sprach.
»Der Papstbesuch«, sagte Utley schließlich.
Ich nickte. »Er liest im Rose Bowl die Messe.«
»Deshalb hat Goya dort die Stelle angenommen«, sagte Harrison.
»Möglich«, sagte ich. »Selbst wenn er es nicht auf den Papst abgesehen hat, werden sämtliche Vertreter der Erzdiözese anwesend sein.«
»Er könnte sich sein Opfer in aller Ruhe aussuchen«, sagte Harrison.
»Wer ist für die Sicherheit verantwortlich?«
»Die Schweizer Garde und der Secret Service sind für den unmittelbaren Personenschutz zuständig. Die Polizei von Pasadena koordiniert die Sicherheitsmaßnahmen im Stadion, und andere Dienststellen sorgen für das nötige Personal.«
Ich rief auf meinem Handy Chavez an. Nach dem vierten Klingeln hörte ich seinen Anrufbeantworter. Ich hinterließ die Nachricht, er möge mich so schnell wie möglich zurückrufen.
»Chief Chavez?«, fragte Harrison.
»Ruf die Zentrale an, sie sollen ihn auftreiben, und wenn sie ihn haben, sollen sie einen Streifenwagen zu ihm schicken. Ich will, dass er geschützt wird.«
Harrison sah mich an. »Von ihm weißt du also das über die Kirche und das andere Opfer.«
Ich nickte.
»Woher wusste Chavez davon?«, fragte Utley.
Ich sah zu Harrison.

»Es geht hier schon längst nicht mehr darum, jemanden zu schützen«, sagte er.

Ich holte tief Luft. »Chavez war der Ermittlungsbeamte im ersten Fall hier.« Ich sah sie beide an. »Er wurde unter Druck gesetzt, den Bericht unter Verschluss zu halten.«

»Und das hat er getan?«, fragte Harrison.

»Ja.«

»Wer hat ihn unter Druck gesetzt?«, fragte Utley.

»Die Dienststelle, die Stadtverwaltung, St. Gabriel. Sie hatten anscheinend alle ihre Finger mit im Spiel. Laut Chavez wollten sogar die Eltern des Opfers, dass die Anschuldigungen nicht an die Öffentlichkeit kamen.«

»Haben Sie die Namen der Leute, die darauf gedrängt haben, diesen Bericht zu unterschlagen?«, fragte Utley.

»Abgesehen von denen, die bereits tot sind? Nein. Chavez kannte noch nicht einmal die Namen der anderen Opfer. Sie wurden ihm von der Kirche vorenthalten.«

»Und Sie glauben, Goya war eines der Opfer?«

Ich nickte. »Das ist das Einzige, was Sinn ergeben würde.«

»Was ist mit dem beschuldigten Priester geschehen?«

»Er wurde in andere Gemeinden versetzt und mit Aufgaben betraut, bei denen er keinen Kontakt mit Kindern mehr hatte.«

»Sagt die Kirche«, kam es von Utley.

»Ja.«

»Lebt er noch?«

»Chavez meinte, ja.«

»Wenn Sie mit Ihren Vermutungen richtig liegen sollten, haben wir nur vier Tage, um herauszufinden, wer dieser Goya ist.«

»Schicken Sie die Spurensicherung hierher. Ich will, dass das

Blut im Weihwasserbecken analysiert wird, und sie sollen die Fingerabdrücke der Hände hier mit denen abgleichen, die bei der Führerscheinstelle von dem toten Priester vorliegen.«

Ich drehte mich um und wollte los.

»Wo gehst du hin?«, fragte Harrison.

Neben dem Weihwasserbecken blieb ich stehen. Im fahlen Licht konnte ich im dunklen Blut gerade so mein Spiegelbild erkennen.

»Einen Priester finden.«

17

Die Fahrt durch das Valley hinauf in die High Desert dauerte über eine Stunde. Oben am Pass rissen die Wolken und der Nebel auf und gaben den Blick auf einen klaren Himmel und den fast vollen Mond frei. Vor uns auf der Ebene erstreckten sich die Lichter von Palmdale und Lancaster, die sich bis zu dem ausgetrockneten See zogen, auf der die Edwards Air Force Base lag. Dahinter erhoben sich die erloschenen Vulkane im Norden.

St. Anne the Divine, eine in den Fünfzigern erbaute Kirche im spanischen Stil östlich der Stadt, sollte sich um die Bedürfnisse der Militärangehörigen kümmern, die sich in immer größerer Zahl hier ansiedelten. Eigentlich hatte man noch eine Schule errichten wollen, doch als sich herausstellte, dass der schmale Granitkamm, auf dem die Kirche stand, zum San-Andreas-Graben gehörte, wurde die Schule zusammen mit den anderen militärischen Einrichtungen einige Meilen weiter nach Norden verlegt.

St. Anne war mittlerweile von kleinen, schachtelförmigen und von mexikanischen Immigranten bewohnten Häusern umgeben, von unbefestigten Straßen und Halb-Hektar-Ranches, auf denen gelegentlich ein Pferd am Zaun entlangtrottete.

Es ging auf zweiundzwanzig Uhr zu, als ich vor der Kirche anhielt. Sie überragte die übrigen Häuschen an der Straße,

und wie die alten Missionen hatte sie einen Glockenturm. Die großen Felsen, die den Eingang zum Parkplatz markierten, waren weiß gestrichen und leuchteten im Mondlicht.
In der Kirche selbst brannte kein Licht, im dahintergelegenen Pfarrhaus allerdings war im Fenster der kalte Schein eines Fernsehers zu sehen. Ich stieg aus dem Volvo und machte mich auf den Weg zum Pfarrhaus. Schwerer Beifußduft wehte von der Wüste herüber. Auf dem Dach war eine Satellitenschüssel montiert. Irgendwo aus der Dunkelheit kam von einem Autoradio mexikanische Musik.
Der mit Steinplatten belegte Weg führte an zwei hohen Weiden vorbei. Neben dem Eingang waren zwei Namen angebracht: MONSIGNORE TAVARES und VATER PATRICK. Keine Klingel, weshalb ich anklopfte. Die schwere Holztür ging von allein auf.
»Monsignore Tavares«, rief ich.
Keine Antwort. Ich tat einen Schritt. Frischer Zigarettengeruch hing in der Luft. Ich stand in einem einfach eingerichteten Wohnzimmer. Mehrere Kreuze schmückten die Wände, es gab einen kleinen Schrein, in dem eine Heiligenfigur stand. Mein Pulsschlag beschleunigte sich.
»Der heilige Paulus«, flüsterte ich.
Das Fernsehbild war eingefroren, die Fernbedienung lag vor dem Apparat auf dem Boden. Ein Moderator saß an seinem Tisch, hinter seiner Schulter war eine von Goyas Zeichnungen zu sehen.
»Vater Patrick«, rief ich.
Wieder keine Antwort. Ich betrat die kleine Küche. Auf dem Tisch stand eine Tasse Kaffee. Ich legte den Finger daran – sie war noch warm. Die nach draußen führende Hintertür stand halb offen.

Ich machte sie ganz auf. Die Wüste erstreckte sich in die Ferne. Aus der Dunkelheit ertönte das Donnergrollen eines Jets, der auf der Air Base abhob, und verstummte dann. Ich ging um das Pfarrhaus herum und folgte dem Pfad vorbei an den Weiden zum Eingang der Kirche. Die schwere Holztür war geöffnet.

Im Altarraum, neben dem Altar, brannten mehr als ein Dutzend Kerzen, ihr Licht tanzte über die weißen Wände. Vor den Kerzen, mit dem Rücken zu mir, kniete eine Gestalt in einem langen weißen Gewand und hatte den Kopf zum Gebet gesenkt.

Ich ging zum Weihwasserbecken hinten am Gang und betrachtete den Inhalt – Wasser.

»Vater Patrick?«, sagte ich.

Die Gestalt bewegte sich nicht. Ich wollte schon zur Waffe greifen, ließ es aber sein, als meine Finger den kühlen Plastikgriff berührten. Durch den Mittelgang ging ich an den Bänken vorbei nach vorn.

»Ich bin von der Polizei …«, sagte ich.

»Ich weiß, wer Sie sind«, unterbrach mich der Mann.

Auf Höhe der ersten Bankreihe blieb ich stehen.

»Dann wissen Sie auch, warum ich hier bin«, sagte ich.

»Ja. Ich werde Ihnen nicht helfen.«

Ich machte einen weiteren Schritt. »Vater …«

»Kommen Sie nicht näher. Ich habe eine Waffe.«

Ich blieb stehen.

»Ich bin nicht hier, um Sie zu verhaften. Ich komme nicht näher«, sagte ich.

Ich zog die Waffe aus dem Halfter.

»Wie heißen Sie?«, fragte der Priester.

»Delillo … Lieutenant.«

»Sind Sie katholisch, Lieutenant?«
Ich zögerte. Seit vielen Jahren war ich von einem Priester nicht mehr so direkt gefragt worden.
»Ich war katholisch.«
»Sie haben den Glauben verloren.«
»Ja, nehme ich an«, antwortete ich.
»Den Glauben an die Kirche oder an Gott?«
»Ich weiß nicht recht.«
Er nickte. »Ich bin auf ähnliche Weise geprüft worden. So sind die Zeiten, in denen wir leben, nicht wahr? Wissen Sie, dass die Kirche die Beichte umbenannt hat? Man beichtet jetzt nicht mehr seine Sünden, sondern man versöhnt sich mit Gott. Das ist nicht das Gleiche. Das Sakrament der Beichte ist damit herabgewürdigt worden. Soll ich Ihnen die Beichte abnehmen? Mehr darf ich nicht mehr tun, seit Jahren schon nicht mehr.«
»Ich denke, ich würde lieber Ihre Beichte hören, Vater«, sagte ich.
Er drehte sich um, als wollte er mich ansehen, hielt dann aber mitten in der Bewegung inne.
»Sie haben in St. Gabriel drei Jungen missbraucht«, sagte ich.
Er schüttelte den Kopf. »Nein.«
»Ich habe mit dem Beamten gesprochen, der damals in der Sache ermittelt hat.«
»So war es nicht.«
»Einer dieser Jungen bringt alle um, die damals mitgeholfen haben, die Sache zu verschleiern. Vier Menschen sind schon gestorben. Es wird noch mehr Tote geben, wenn ich ihn nicht aufhalte.«
»Bitte gehen Sie«, sagte er.

»Sie wissen, wer Goya ist. Ich brauche seinen Namen.«
»Ich werde Ihnen nicht helfen.«
»Warum nicht?«
»Sie würden es nicht verstehen.«
»Einer der Toten wurde bei lebendigem Leib verbrannt. Goya hat ihn gefoltert.«
Vater Patrick schüttelte den Kopf.
»Er hat ihm die Augen, dann die Zunge herausgeschnitten.«
Er hob die Hand. »Hören Sie auf.«
»Der Junge, der Sie beschuldigt hatte, wurde an einem Baum aufgehängt.«
»Nein«, flüsterte er.
»Erzählen Sie mir, was damals geschehen ist.«
Er senkte den Kopf und atmete tief durch. »Wir hatten eine Beziehung. Er war sechzehn, er hat mich geliebt, und ich habe ihn geliebt.«
»Sie waren sein Priester.«
Er nickte. »Ich war schwach.«
»Sie machen es sich zu einfach, Vater.«
»Ja. Als er herausgefunden hat, dass ich auch andere geliebt habe, hat er mich des Missbrauchs angeklagt.«
»Wie viele andere?«
Er schüttelte den Kopf. »Ich weiß es nicht mehr.«
»Dann hat es nichts mit Liebe zu tun. Hätten Sie geliebt, würden Sie sich erinnern.«
»Ich habe nie jemandem weh getan.«
»Hat Goya auch dazu gehört?«
»Nicht so, wie Sie meinen. Ich hätte nie jemandem weh tun können.«
»Sie haben ihn gefesselt.«
»Ich habe ihn nie angefasst.«

»Haben Sie die Zeichnungen gesehen? Ich kann Ihnen noch mehr Bilder zeigen, wenn Sie Ihrem Gedächtnis auf die Sprünge helfen wollen. Aber es sind keine Bilder der Liebe.«

»Nein.«

»Haben Sie ihm das angetan?«

»Nein.«

»Wer dann?«

»Keiner«, flüsterte er.

»Jemand muss es getan haben.«

»Es war nicht so, wie Sie glauben.«

»Dann klären Sie mich auf.«

Er setzte zu einer Antwort an, zögerte aber.

»Wer?«, schrie ich.

»Donald. Es war Donald. Die Bilder zeigen nicht Goya, wie Sie ihn nennen.«

»Donald Bonner? Der Junge, mit dem Sie eine Beziehung hatten?«

Vater Patrick nickte. Ich versuchte zu verstehen, was er mir damit sagte.

»Goya hat ihm das angetan? Er hat ihn gefoltert?«, fragte ich.

»Ja«, sagte Vater Patrick, barg das Gesicht in den Händen und begann zu weinen.

»Sie haben gewusst, dass Goya ihn umgebracht hat, und haben nichts dagegen unternommen?«

»Ich konnte nicht.«

»Warum nicht?«

Er atmete schwer ein.

»Sie haben es in der Beichte erfahren?«, sagte ich.

»Das Beichtgeheimnis ist absolut. Wer es bricht, wird exkommuniziert.«

»Ein Strick wurde ihm um den Hals gelegt, und er wurde an einem Baum aufgehängt. Sehen Sie das Bild vor sich, Vater?«
»Davon habe ich in der Beichte nichts erfahren.«
»Warum haben Sie geschwiegen?«
»Er hat geglaubt, er verrichte Gottes Werk und würde mich schützen.«
»Sie schützen? Wovor?«
»Lügen.«
»Crimen Sollicitationis«, sagte ich leise. »Darum geht es, nicht wahr. Er bringt nicht jene um, die das Geheimnis bewahrt haben, sondern die, die sich nicht daran gehalten haben und Sie gefährden könnten.«
Er sah zum Altar.
»Die Kirche hat das Gesetz geändert«, sagte ich.
Vater Patrick schüttelte den Kopf. »Ein paar öffentlichkeitswirksame Maßnahmen ändern nichts an Gottes Gesetz. Verstößt man gegen das Gesetz, wird man bestraft.«
»Es ist gegen Gottes Gesetz, andere zu ermorden.«
»Er ist kein Mörder.«
»Als was würden Sie ihn bezeichnen?«
»Wie gut sind Sie in der Geschichte der katholischen Kirche bewandert?«, fragte Vater Patrick.
»Ich bin zur Sonntagsschule gegangen.«
»In der Kirche hat es immer welche gegeben, die getan haben, was getan werden musste, um den Glauben zu verteidigen und die Kirche von denen zu reinigen, die sie zu zerstören trachten.«
»Reinigen?« Mir stellten sich die Nackenhaare auf. »Wovon sprechen Sie?«
»Die Geschichte hat stets ihre Opfer gefordert. Wie alle großen Organisationen muss die Kirche sich selbst schützen.

Sie haben keine Namen, keine Gesichter, aber es hat sie immer gegeben, und sie haben immer getan, was getan werden musste.«

»Wir leben nicht mehr im Mittelalter, Vater.«

»Gottes Gesetz ist absolut.«

»Warum schützen Sie ihn?«

»Goya, wie Sie ihn nennen, hat die anderen nicht umgebracht«, sagte Vater Patrick. »Er wäre zu solchen Taten nicht fähig.«

»Woher wollen Sie das wissen?«

»Weil ich sein Lehrer gewesen bin.«

»Was haben Sie ihn gelehrt?«

»Die Wahrheit.«

So leise wie möglich machte ich einen Schritt nach vorn. »Die Wahrheit? Die Wahrheit ist verdreht worden.«

»Die Wahrheit ist manchmal schwer zu verstehen.«

»Wollen Sie wissen, wie Ihre Wahrheit aussieht, Vater? Eine junge Frau musste in einer Tiefkühltruhe erfrieren. Ein Reporter wurde lebendig verbrannt, nachdem ihm Augen und Zunge herausgeschnitten wurden.«

»Gottes Urteil«, sagte er.

Ich machte einen weiteren Schritt. »Wer ist es?«

Er drehte den Kopf. »Kommen Sie nicht näher.«

Ich blieb einige Meter von ihm entfernt stehen. »Geben Sie mir einen Namen.«

»Alles Fleisch ist schwach, Lieutenant.«

»Das ist keine Antwort«, sagte ich.

»Eines Tages werden Sie es verstehen, Lieutenant … wenn Sie lange genug leben.«

»Wer sind die anderen Jungen? Wenn Sie ihnen das Leben retten wollen, dann geben Sie mir ihre Namen.«

»Das kann ich nicht.«
»Er bringt Menschen um. Ist das Gottes Werk?«
»Ich bin nur sein Diener. Ich werde für sie beten.«
»Das reicht nicht.«
»Das ist alles, was ich Ihnen geben kann.«
Er richtete den Blick auf das Kreuz hinter dem Altar und senkte den Kopf.
»Wir danken Gott für das große Geschenk unseres Sohnes und bitten ihn, unser Kind wieder gesund werden zu lassen, sofern dies sein heiliger Wille ist. Diesen Gefallen erbitten wir von ihm durch seine Liebe, die er seinen Kindern und der Mutter Gottes zukommen lässt. Amen.«
»Sie werden mit mir kommen müssen, Vater«, sagte ich.
»Ihr Gesetz hat in dieser Kirche keine Geltung.«
»Man wird nicht in dieser Kirche über Sie zu Gericht sitzen.«
»Gottes Gericht ist das einzige, das ich anerkenne.«
»Das wird später kommen«, sagte ich. »Es deutet manches darauf hin, dass er vorhat, den Papst umzubringen.«
Er sah mich an. In seinem Blick lag eine Mischung aus Überraschung und Verwirrung. »Er würde dem Heiligen Vater nie etwas antun.«
»Woher wollen Sie das wissen?«
Er schüttelte den Kopf. »Nein. Sie irren sich.«
»Er ist nicht mehr Ihr Schüler. Sie müssen mir helfen, ihn aufzuhalten.«
Er begann zu zittern. »Das kann ich nicht.«
»Sie brauchen Hilfe, Vater. Ich werde dafür sorgen, dass Sie sie bekommen.«
»Ich kann nur eines tun, um Ihnen zu helfen, Lieutenant«, flüsterte er und bekreuzigte sich.

»Vater Patrick«, sagte ich.
Er ließ den Arm sinken, aus seiner Hand fiel ein Messer zu Boden.
»Vater …«, begann ich, bis ich bemerkte, wie sich der Saum seines weißen Gewands rot färbte. Er schauderte kurz, dann sackten seine Schultern ein, und er fiel von den Stufen, auf denen er gekniet hatte, nach hinten.
Ich stürzte zu ihm und presste sofort die Hand auf die Wunde, der Blutschwall aber, der aus seinem Körper pulsierte, war viel zu stark. Er hatte sich, als er sich bekreuzigt hatte, die Halsschlagader durchtrennt. Er sah mich an, und ich hielt ihm die Hand.
»Können Sie mich verstehen?«, fragte ich.
Er blinzelte, als wollte er meine Frage bejahen.
»Wer ist er?«
Er reagierte nicht.
»Nennen Sie mir einen Namen. Noch ist es nicht zu spät, ihn aufzuhalten.«
Vater Patrick hauchte ein Wort, das ich nicht verstehen konnte.
»Versuchen Sie es noch einmal«, sagte ich.
»Filius meus«, flüsterte er.
Seine Hand umklammerte meine, dann entspannte sich sein Körper. Der pulsierende Blutschwall aus seinem Hals wurde mit jedem Herzschlag schwächer, kurz beschleunigte sich seine Atmung, bis sie allmählich verebbte.
»Ich habe den Glauben an die Menschen verloren«, sagte ich, »nicht an Gott. Es tut mir leid, dass ich kein Gebet für Sie sprechen kann.«
Er sah mich kurz an, richtete den Blick an mir vorbei zum Altar, dann breitete sich der trübe Schleier des Todes über

seine Augen. Ich legte ihm die Hand auf die Brust und trat von der sich ausbreitenden Blutlache zurück. Meine Hände waren über und über mit Blut bedeckt, ich zitterte, und mein Herz raste. Ich ging zurück zu den Bankreihen, setzte mich und wartete, bis der Adrenalinschub vorüber war. Ich hatte in Hunderten von Morden ermittelt, bei denen die leere Hülle des Toten nichts anderes war als ein Rätsel, das mir aufgegeben wurde. Hier war es anders. Mitzuerleben, wie jemand stirbt, hält nichts von dieser Faszination bereit, die immer erst später einsetzt. Ein Herz, und mochte es noch so befleckt gewesen sein, hatte soeben aufgehört zu schlagen, und jedes Mal, wenn ich so etwas erlebte, fühlte ich mich nachher klein und unbedeutend.

Ich rief beim County-Sheriff von L.A. an und informierte ihn über den Selbstmord, dann ging ich ins Pfarrhaus, wusch mir im Küchenausguss das Blut von den Händen und trat in das kleinere Schlafzimmer.

Es stand ein schmales Bett darin, eine Kommode mit einem halben Dutzend Schubladen und ein Schrank. Ich ging als Erstes die Kommode durch. Zwei dunkle Anzüge, daneben Freizeitkleidung und ein Sportsakko lagen darin. Auch wenn ich mir nicht sicher war, was ich mir davon erhoffte, durchsuchte ich sämtliche Taschen, fand aber nichts.

Oben auf der Kommode lag eine dünne dunkle Lederbrieftasche. Sie enthielt keine Kreditkarten, keinen Führerschein, nur seinen Ausweis von der Erzdiözese. Im Geldscheinfach befanden sich zweiundzwanzig Dollar und ein kleines, zerknittertes Schwarzweißfoto einer jungen schwangeren Frau mit dunklen Haaren und kaffeebrauner Haut. Sie hatte den Kopf leicht nach links gewendet, als hätte sie zu jemanden oder etwas gesehen, was neben dem Fotografen stand. In den Händen hielt sie einen Rosenkranz. Hinter ihr ragte ein Kirchturm auf. Auf der Rückseite war mit einem mittlerweile ausgebleichten Bleistift ein Name geschrieben.

Maria.

Als ich die erste Schublade der Kommode aufzog, hörte ich Schritte in der Tür hinter mir.

»Was ist der Grund für dieses Eindringen?«

Ich drehte mich um. Ein Mann mit hispanischen Gesichtszügen, Anfang vierzig, bekleidet mit einem Bowling-Shirt, stand in der Tür.

»Sie müssen Monsignore Tavares sein«, sagte ich.

Er nickte. Ich zeigte ihm meine Dienstmarke und stellte mich vor.

»Sie haben noch nicht erklärt, warum Sie hier sind, Lieutenant«, sagte er.

Ich erzählte ihm, dass sich Vater Patrick in der Kirche das Leben genommen habe. Er schlug die Hand vor den Mund und bekreuzigte sich.

»Ich muss zu ihm«, sagte er und drehte sich um.

Ich hielt ihn zurück, als im Fenster die Scheinwerferlichter des Sheriffs aufleuchteten, der in den Parkplatz einbog.

»Hat Vater Patrick Ihnen gegenüber jemals den Namen Goya erwähnt?«

Er brauchte einen Moment, bis er sich gefangen hatte. »Den Maler?«

Ich nickte.

»Er war einer seiner Lieblingsmaler. Er hat mir erst vor einigen Wochen eine seiner Zeichnungen gegeben. Ich habe sie in meinem Schlafzimmer.«

»Könnte ich sie sehen?«
»Ist das jetzt nötig?«
»Ja.«
Er verließ den Raum und öffnete die Tür auf der anderen Gangseite. An der gegenüberliegenden Wand neben dem Fenster stand eine kleine gerahmte Zeichnung. Sie zeigte einen Priester in einem langen Gewand, der auf einem über einer johlenden Menge gespannten Seil balancierte.
»Das hat er Ihnen vor einigen Wochen gegeben?«
»Ja. Wahrscheinlich sah er es als Sinnbild seines eigenen Lebens. Er nannte es die Anfechtbarkeit des Glaubens. Das dürfte aber nicht der ursprüngliche Titel sein.«
»Er war wütend auf die Kirche und wie sie mit ihm umgegangen ist?«, fragte ich.
»Die moderne Kirche sagte ihm nicht sonderlich zu. Seiner Meinung nach sollten wir zu den Grundsätzen des ersten Vatikanischen Konzils zurückkehren.«
»Die Unfehlbarkeit des Papstes. Die letztendlich auch auf Priester zutrifft.«
Tavares schüttelte den Kopf. »Diese Zeiten sind schon lange vorbei.«
Ich sah ihn an. »Trotzdem bewahrt die Kirche nach wie vor ihre Geheimnisse.«
Er musterte mich argwöhnisch. »Was führt Sie hierher, Lieutenant?«
Ich betrachtete das Bild des Priesters auf dem Hochseil. »Der Verlust des Glaubens, vermutlich.«
»Sind Sie katholisch?«
»Ich war es, vor langer Zeit. Hat Vater Patrick jemals mit Ihnen über die Anschuldigungen gesprochen, die gegen ihn erhoben wurden?«

»Wenn er es getan hat, dann in einem Kontext, der es mir verbietet, darüber zu reden.«
»Ich ermittle in mehreren Mordfällen und versuche zu verhindern, dass weitere Morde geschehen. Deswegen bin ich hier, Vater.«
»Mordfälle?«
Ich zeigte ihm das Foto, das ich in Vater Patricks Brieftasche gefunden hatte.
»Sagt Ihnen dieses Bild etwas?«
Vater Tavares betrachtete es und schüttelte den Kopf. »Es scheint alt zu sein. Ich habe es noch nie gesehen.«
»Hat er Familienangehörige?«
»Ich kenne keine. Vielleicht ist es seine Mutter.«
»Vielleicht.«
Er atmete tief durch. »Es ist eine Sünde, sich das Leben zu nehmen«, sagte er. »Eine schreckliche Sünde.« Er drehte sich um und wollte gehen.
»Wissen Sie, ob Vater Patrick jemals mit einem Vater Monroe von der Erzdiözese gesprochen hat?«
Er sah mich überrascht an. »Der, der in Mexiko ermordet wurde?«
Ich nickte.
»Ja, sie haben beide gern geangelt. Sie sind mehrmals zusammen nach Baja gefahren.«
»Sie sind sich dessen sicher?«
Er nickte. »Vater Patrick hat einmal für die Fastenzeit Fisch mitgebracht. Einige der Frauen aus der Gemeinde haben daraus mit Limonen und Koriander Eintopf zubereitet. Viele haben sich an ihre alte Heimat erinnert gefühlt.«
»War er auch dabei, als Vater Monroe umgebracht wurde?«
»Er hatte es vorgehabt, konnte aber nicht. Wahrscheinlich

hat er sich deswegen Vorwürfe gemacht und gedacht, dass es nicht passiert wäre, wenn er dabei gewesen wäre. Vater Patrick hat in seinem Leben viele Prüfungen auf sich nehmen müssen.«

»Wissen Sie, welche Aufgaben Vater Monroe in der Erzdiözese hatte?«

Tavares zögerte, bevor er antwortete. »Nein, leider nicht.«

»Wissen Sie, ob er Vater Patrick wegen der Missbrauchsfälle befragt hat?«

Der Priester sah mich an, sein Kiefer spannte sich dabei. »Der angeblichen Missbrauchsfälle«, sagte er. »Er ist niemals angeklagt worden.«

»Ich dachte, er wurde all seiner Pflichten enthoben und von einer Gemeinde zur nächsten geschickt, damit er sich ganz dem Gebet widmen konnte?«

»Mehr als das, was ich Ihnen bereits gesagt habe, kann ich Ihnen leider nicht mitteilen.«

»Natürlich nicht.«

»Ich muss jetzt zu ihm.«

»Eines noch«, sagte ich.

Er blieb in der Tür stehen und drehte sich zu mir um.

»Können Sie mir sagen, was das Lateinische *filius meus* bedeutet?«

Er nickte. »Mein Sohn. Es bedeutet mein Sohn.«

18

Ich teilte dem Deputy des Sheriffs alle mir vorliegenden Informationen mit, verließ die High Desert und fuhr zurück in das wolkenverhangene Tal. Es ging auf Mitternacht zu. Als ich den Westrand des Valleys erreichte, sprühte mir wieder der Nebel gegen die Windschutzscheibe. Die intensiven Gerüche der High Desert wurden vom schwachen Meeresgeruch abgelöst.

In der Hand hielt ich das Foto der jungen schwangeren Frau. Ihr Blick schien auf etwas außerhalb des Bildes gerichtet zu sein, auf ein Geheimnis, das ich noch nicht kannte. Als ich vom Freeway 5 auf den 134 abbog, klingelte mein Handy – es war Harrison.

»Sind die Fingerabdrücke schon abgeglichen worden?«

»Das steht noch aus«, sagte er. »Wo hast du gesteckt?«

»Der Priester, den Chavez damals in St. Gabriel vernommen hat, heißt Patrick. Ich habe mit ihm gesprochen. Er ist mit Vater Monroe mehrere Male nach Baja zum Angeln gefahren. Er hätte ihn auch begleiten sollen, als Monroe umgebracht wurde, aber er hat den Trip im letzten Moment abgesagt.«

»Du meinst, er hat ihn in eine Falle gelockt?«

»Keine Ahnung. Vermutlich haben wir uns geirrt – Goya war kein Opfer. Zumindest nicht in dem Sinn, wie wir gedacht haben. Vater Patrick hat sich als seinen Lehrer gesehen.«

»Lehrer wovon?«

»Seiner Version der Wahrheit. Er hatte wohl ziemlich radikale Ansichten zur Richtung, die die Kirche einzuschlagen hat.«
»Kennt er die anderen Jungen?«
»Er hat sie gekannt, aber keine Namen genannt«, sagte ich.
»Wird er ihre Namen nennen?«
»Nein ... er hat sich umgebracht. Ganz egal, wen er zu schützen versucht hat, die betreffende Person war ihm jedenfalls so viel wert, dass er dafür sein Leben geopfert hat. Hast du Chavez erreicht?«
Schweigen am anderen Ende der Leitung.
»Dylan, hast du ihn gefunden?«
»Eine Streife hat seinen Wagen einige Blocks von der Bar entdeckt, in der du dich mit ihm getroffen hast.«
»Wie lautet die genaue Adresse?«
»Palmetto Drive, gleich bei der Fair Oaks Avenue. Kurz nachdem wir gegangen sind, ist laut dem Barkeeper ein Priester ins Lokal gekommen, hat sich zu ihm gesetzt und mit ihm geredet.«
In meinem Magen machte sich eine gewisse Nervosität bemerkbar. Unwillkürlich drückte ich ein wenig stärker aufs Gaspedal.
»Das wäre nichts Ungewöhnliches für Chavez«, sagte ich.
»Anscheinend haben sie gemeinsam das Lokal verlassen.«
»St. Michael ist nur ein paar Blocks entfernt. Der Priester könnte von dort stammen.«
»Das glaube ich nicht«, sagte Harrison.
Eine Stimme in meinem Kopf schrillte *nein, nein, nein.*
»Warum nicht?«
»Das Gleiche habe ich auch gedacht, also habe ich dort angerufen. Der Priester war an der Uni-Klinik und hat einem

Gemeindemitglied die Sterbesakramente erteilt. Und der Kaplan hat den ganzen Abend vor dem Fernseher gesessen und Fußball geschaut.«

»Es gibt noch was, oder?«

»Ja. Wir haben den Anruf zurückverfolgt, durch den Goyas Bild an der St. Gabriel gemeldet wurde.«

»Und?«

»Er kam von einem öffentlichen Telefon, einen halben Block von der Bar entfernt. Ich war gerade da. Von dort hat man genau den Eingang im Blick.«

Ich umklammerte das Lenkrad fester und spürte trotzdem, wie meine Hände zu zittern anfingen.

»Er hat uns beobachtet«, sagte ich. Die Nervosität im Magen breitete sich wie ein Buschfeuer im ganzen Körper aus.

»Ich glaube nicht, dass es ein Priester war«, sagte Dylan.

Die Stimme in meinem Kopf war mittlerweile zu einem wilden Kreischen geworden.

»Hat der Barkeeper eine Beschreibung geliefert?«, fragte ich im verzweifelten Versuch, mich wie eine Polizistin zu verhalten.

»Er erinnert sich nur daran, dass er schwarz gekleidet war und einen Priesterkragen trug. Tut mir leid, Alex.«

Mir entglitt das Handy, Tränen traten mir in die Augen. Ich schaltete die Sirene ein und presste den Fuß aufs Gaspedal.

Ich brauchte mehr als zwanzig Minuten, um nach Pasadena und an die Stelle zu gelangen, wo man Chavez' Wagen gefunden hatte. Die beiden Enden der Straße waren von schwarzweißen Streifenwagen blockiert. Mehrere uniformierte Beamte suchten mit Taschenlampen den Bürgersteig ab. Ich fuhr an einem Streifenwagen vorbei, hielt, einen halben Block von der Fair Oaks entfernt, hinter Harrisons Wagen an und trat hinaus in den Nebel. Harrison stieg ebenfalls aus und kam auf mich zu. Der Wagen des Chief war knapp zehn Meter vor uns. Der rechte Vorderreifen stand auf dem Randstein, die Fahrertür war offen.

»Die Spurensicherung ist unterwegs.«

Ich wollte zum Wagen, aber Harrison hielt mich am Arm zurück.

»Es wird dir nicht gefallen, was du zu sehen bekommst«, sagte er. »Überleg dir, ob du das willst.«

Ich widerstand dem Drang, mich loszureißen und zum Wagen zu rennen, atmete tief durch und schüttelte den Kopf.

»Da gibt es nichts zu überlegen.«

Harrison sah mich an und nickte.

Ich blickte mich um: Hier gab es nur Geschäftsgebäude, die alle bereits geschlossen hatten. Die nächste Straßenlaterne war einen Block entfernt.

»Er hat den Ort gut gewählt«, sagte ich.

»Wir überprüfen die Geschäfte, mal sehen, ob die Überwachungskameras etwas aufgezeichnet haben.«

Wir gingen zu Chavez' Wagen. Die Heckscheibe war innen immer noch leicht beschlagen.

»Sie müssen eine Weile drinnen gesessen haben«, sagte Harrison. »Ich stelle mir vor, er ist dem Chief in die Bar gefolgt und hat dann seinen eigenen Wagen hierher gefahren.«

»Und sie haben sich unterhalten«, sagte ich.

Harrison zögerte. »Mehr als unterhalten.«

Ich schob mich an ihm vorbei zur Fahrertür. Am Griff waren Blutspuren zu erkennen, weitere verschmierte Abdrücke fanden sich am Türrahmen.

Ich zog die Tür ganz auf. Die Mittelkonsole sowie der Rand

des Fahrersitzes waren ebenfalls voller Blut. Das Funkgerät war herausgerissen; Plastikteile und lose Drähte lagen am Boden.

»Er ist an der rechten Körperseite verletzt worden«, sagte ich.

Harrison setzte zu einer Antwort an, überlegte es sich aber anders, als zögerte er, mir seine Meinung zum Paten meiner Tochter zu sagen.

»Dylan, sei dir über eines im Klaren. Wir werden diesen Dreckskerl schnappen, und der Chief wird überleben.«

Harrison sah mich an, dann nickte er.

»Also sag, was du zu sagen hast«, forderte ich ihn auf.

Er sah in den Wagen. »Wenn ich raten sollte, würde ich sagen, dass er mit einem Messer in den Unterarm gestochen wurde. Nach der Blutmenge zu schließen dürfte eine Arterie verletzt worden sein.«

»Damit hat er sein Opfer unter Kontrolle«, sagte ich.

Harrison nickte. »Wer vollauf damit beschäftigt ist, nicht zu verbluten, gibt sich sehr kooperativ.«

Ich trat zurück und suchte auf der Straße und dem Bürgersteig nach Blutspuren. Im dichten Nebel war kaum etwas zu erkennen. Ich versuchte, mich zu konzentrieren, versuchte, die Beschaffenheit des Bodens wahrzunehmen, aber je mehr ich mich anstrengte, umso stärker drängten sich meine Erinnerungen in den Vordergrund. Meine gesamte Zeit bei der Polizei hatte ich unter seiner Leitung verbracht, jeder Erfolg meinerseits war zum Teil auch seiner gewesen. Unter jedem anderen Polizeichef wäre ich wahrscheinlich nie zur Leiterin der Mordkommission aufgestiegen.

»Sein Bild wird an jeden Polizisten in L.A. geschickt«, sagte Harrison.

»Bevor Vater Patrick sich umgebracht hat, hat er davon gesprochen, dass die Kirche gereinigt werden müsse«, sagte ich.
»Gereinigt wovon?«
»Vom zwanzigsten Jahrhundert. Vater Patrick war ein strikter Befürworter der päpstlichen Unfehlbarkeit. Und damit, wenn man es weiterdenkt, auch seiner eigenen.«
»In einem solchen System wird ein Priester nicht belangt, wenn er sich an Jungen vergreift.«
»Ja. Die letzten hundertfünfzig Jahre und die Veränderungen, die die Kirche in dieser Zeit durchlaufen hat, waren ihm wahrscheinlich ein Greuel. Als ihm das Priesteramt entzogen wurde, bedeutete das in seinen Augen nur einen weiteren Verrat der Kirche.«
»Und Goya hat er sich zu einem Werkzeug erzogen, um die Uhr zurückzudrehen.«
Ich nickte. »Scheint so. Allerdings hat er behauptet, Goya hätte die anderen Opfer nicht umgebracht.«
»Er will ihn schützen.«
»Möglich. Aber warum räumt er dann ein, dass Goya Donald Bonner gefoltert und getötet hat, und bestreitet alle anderen Morde?«
»Vielleicht wollte er sich nicht eingestehen, dass Goya ihm über den Kopf gewachsen ist.«
»Da war noch etwas.«
»Was?«
»Er hat von der Geschichte gesprochen. Es gebe andere, die die Kirche reinigen würden.«
»Welche anderen?«
»Namenlose, gesichtslose Diener Gottes.«
»Ach, diese anderen.«

Ich nickte. »Die Kirche hat weiß Gott wie viel Blut an den Händen, trotzdem dürfte es etwas überzogen sein zu glauben, dass Killer aus dem Vatikan in Los Angeles ihr Unwesen treiben.«

Schweigend sahen wir uns an.

»Das wäre die vernünftige Sicht auf die Dinge«, sagte Harrison schließlich.

Ich sah die Straße hinunter. Ganz unten stand ein Kojote mitten auf der Fahrbahn und beobachtete jeden unserer Schritte.

»Lässt man die Verschwörungstheorien mal außer Acht, gibt es wahrscheinlich noch einen Grund, warum er Goya schützen will.«

»Der wäre?«

»Er hat Goya im Sterben als seinen Sohn bezeichnet.«

Harrison dachte kurz nach.

»Als seinen Sohn im geistigen oder im buchstäblichen Sinn?«, sagte er dann.

»Er hat von der Schwäche des Fleisches gesprochen und behauptet, Goya würde ihn beschützen.«

»Das würde ein Sohn tun. Es wäre auch nicht das erste Mal, dass ein Priester ein Kind gezeugt hätte. Aber wie passt das alles mit den Missbrauchsfällen zusammen?«

»Wir gehen immer davon aus, dass es nur Jungen waren. Vielleicht war das aber gar nicht der Fall. Solche Täter sind nicht immer nur auf ein Geschlecht fixiert, zumindest nicht von Anfang an. Vielleicht waren es zu Beginn auch Mädchen. Eine Schwangerschaft hat ihn dann möglicherweise gezwungen, sein Vorgehen zu ändern.« Ich fasste in meine Tasche und reichte Harrison das Foto der jungen Frau. »Die Antwort liegt vielleicht bei ihr.«

Harrison musterte es eingehend.
»Maria. Dann wäre Goya also …«
Ich nickte. »Zumindest in Vater Patricks Augen.«
Harrison gab mir das Foto zurück. Ich betrachtete ihren leeren Blick und dann den Kirchturm im Hintergrund.
»Wenn sie ein Mitglied seiner Gemeinde war, könnte das seine Kirche gewesen sein.«
Harrison nickte.
»Goya dürfte zwischen fünfundzwanzig und dreißig sein«, sagte ich. »Wir finden heraus, welcher Gemeinde Vater Patrick damals zugeteilt war, und stellen fest, ob der Kirchturm mit dem auf dem Foto übereinstimmt. Vielleicht erkennt jemand in der Gemeinde sie.«
»Und wenn nicht?«
»Dann gehen wir die Geburtsregister der katholischen Krankenhäuser durch.«
»Du redest da von möglicherweise einigen tausend Personen.«
Ich sah auf das Bild. »Vielleicht auch nicht. Eine junge hispanische Frau, unverheiratet. Wir fangen mit den Krankenhäusern an, die der Kirche am nächsten liegen, und arbeiten uns von dort aus weiter vor.«
»Ich leite alles Weitere in die Wege«, sagte Harrison.
»Stell dafür so viele ab, wie nötig.«
Ich sah in den Wagen und entdeckte ein weiteres Detail, das mich wieder in die Gegenwart zurückbrachte. Zwischen den Plastikteilen des Funkgeräts lag eine Perle von Chavez' Rosenkranz. Ich hob sie auf und betrachtete sie auf meiner offenen Handfläche.
»Sein Rosenkranz«, sagte ich und schloss die Faust. »Hätte er nicht mit mir geredet, wäre es vielleicht nicht passiert.«

»Das weißt du nicht.«
Ich trat vom Wagen zurück. »Doch, ich weiß es. Goya hat es auf diejenigen abgesehen, die das Schweigen brechen.«
»Er konnte doch nicht gewusst haben, worüber ihr euch unterhalten habt.«
»Nein, aber der Chief hätte sich einem Priester anvertraut, der sich zu ihm setzt und ihm einen Drink spendiert.«
Ich sah auf meine Uhr. Soeben hatte ein neuer Tag begonnen.
»Nehmen wir einfach mal an, Vater Patrick war nicht völlig verrückt, und das, was er mir gesagt hat, enthält zumindest einen Funken Wahrheit.«
»Dann haben wir es hier mit einer Verschwörung zu tun, die von Rom ausgeht? Von welchem Funken reden wir?«
Ich schüttelte den Kopf. »Davon, dass Goya glaubt, er sei Teil eines größeren Ganzen.«
»Ein Soldat, der Gottes Werk verrichtet?«
»Auch wenn er sich das nur einbildet.«
»Dadurch wäre zumindest seine Motivation erklärt. Er verteidigt nicht nur den Mann, der sein Lehrer und möglicherweise auch sein Vater war, sondern schützt die gesamte Kirche.«
»Klingt nachvollziehbar«, sagte ich.
Harrison nickte. »Aber das macht es nicht leichter, ihn zu stoppen.«
»Nein.«
Harrison dachte eine Weile nach.
»Wir wenden uns damit an die Erzdiözese, vielleicht geben sie die Aufzeichnungen über die Geschehnisse in St. Gabriel frei, und wir können den Täter identifizieren. Vater Patrick ist tot, ihm kann kein Schaden mehr entstehen.«

»Der Zeithorizont der Kirche dürfte wesentlich weiter gefasst sein als ein Menschenleben.«
»Wir könnten eine gerichtliche Vorladung erwirken.«
Ich sah zu Chavez' Wagen. »Und wenn die juristischen Auseinandersetzungen darüber abgeschlossen sind, sind die Toten längst begraben.«

Nach der Rückkehr zur Dienststelle rief ich meine Tochter an der UCLA an und erzählte ihr, was geschehen war. Ich verschwieg keinerlei Einzelheiten, wie es vielleicht andere Eltern in ähnlichen Situationen getan hätten. Sie war selbst schon einmal entführt worden, hatte Angst und Gewalt am eigenen Leib erfahren, daher wusste sie, was nötig war, um zu überleben. Als ich geendet hatte, sagte sie nur einen Satz; ihre Stimme verriet nichts von den Gefühlen, die ich selbst so notdürftig zu unterdrücken versucht hatte.
»Wenn du meinen Paten findest, sag ihm, dass ich ihn liebe.«

19

Nachdem die Morgenzeitungen ausgetragen waren, gingen innerhalb einer Stunde im Hauptquartier über zwanzig Anrufe von Personen ein, die zu wissen glaubten, wo Chief Chavez sich aufhielt. Drei von ihnen behaupteten, Zeugen der Entführung gewesen zu sein, konnten aber keinerlei glaubhafte Einzelheiten dazu mitteilen; einer wollte ihn gesehen haben, wie er ins Wasser stieg und aufs offene Meer hinausschwamm; eine Handvoll waren Gang-Mitglieder, die sich damit brüsteten, die Tat begangen zu haben; weitere zehn Anrufer meinten, er sei von Gott für seine Sünden bestraft worden. Zwei von ihnen hatten mit ihm sogar Kontakt im Jenseits aufgenommen.

Um neun Uhr setzten wir die Vertreter des Secret Service, der Schweizergarde und Utley vom FBI über die mögliche Gefahr in Kenntnis, in der der Papst schwebte. Der stellvertretende Polizeichef Kelly und Harrison waren neben mir die einzigen Repräsentanten der Polizei in Pasadena. Der Vorgesetzte der Schweizer Garde, Rezzitti, ein Mann Mitte vierzig, trug einen schwarzen Anzug, der wahrscheinlich mehr gekostet haben dürfte als die gesamte Garderobe der Polizei in Pasadena.

Ich legte die Abfolge der Ereignisse dar, beginnend mit den Missbrauchsfällen in St. Gabriel bis zu den Geschehnissen am Tag zuvor. Als ich fertig war, nahm Rezzitti die Goya-

Radierung zur Hand, die im Rose Bowl gefunden worden war, und betrachtete sie.

»Gegen den Heiligen Vater wurde keine explizite Drohung ausgesprochen«, sagte er in seinem weichen, von seinem Aufenthalt in Italien abgeschliffenen schweizerdeutschen Akzent.

»Keine explizite Drohung, aber im Ganzen gesehen …«

»Ich gehe davon aus, dass es sich um ein lokales Problem handelt. Eine große Tragödie, ja, aber meiner Erfahrung nach geben Künstler schlechte Attentäter ab, Lieutenant.«

»Und was bringt Sie zu dieser Einschätzung?«, fragte ich.

»Das Leben in Italien.«

»Vier Menschen sind schon tot, und einer wird vermisst.«

»Mord ist nichts Politisches. Hier geht es um etwas anderes.«

»Ich habe nicht behauptet, dass Goya aus politischen Motiven handelt.«

»Wie würden Sie es dann beschreiben?«, fragte Rezzitti.

»Ich würde sagen, seine Motivation beruht auf seinem verqueren Glauben.«

»Glauben?«

Ich nickte.

»Der Glaube an Dinge, die ihrem Wesen nach nicht beweisbar sind«, sagte Rezzitti. »Das ist gefährliches Terrain für eine Polizistin.«

»Ja, die Kirche hat darin wohl mehr Erfahrung. So wie sie auch per se an das Gute in der Geistlichkeit glaubt.«

Rezzitti lächelte. »Gott sei Dank bin ich genau wie Sie nur Polizist, und ohne weitere Beweise sind mir in diesem Fall die Hände gebunden.« Er sah zu Utley. »Pflichtet das FBI der Schlussfolgerung des Lieutenant bei, dass Gefahr besteht?«

Utley nickte. »Ein Einzelner, der seine Taten in einen historischen Kontext bettet, wie Goya das tut, muss als sehr gefährlich eingestuft werden, selbst wenn keine expliziten Drohungen ausgesprochen wurden.«

»Spätestens jetzt ist Goya im Besitz einer Waffe«, sagte Kelly. »Für mich ist das Beweis genug.«

»Er mag ja gefährlich sein, aber für wen, das ist doch die Frage. Welches Kaliber hat die Waffe Ihres Vorgesetzten?«, fragte Rezzitti.

»Neun Millimeter.«

»Kein Problem. Wenn er dem Heiligen Vater mit einer solchen Waffe gefährlich werden wollte, müsste er sich schon im päpstlichen Fahrzeug selbst aufhalten. Eine Neun-Millimeter durchschlägt das Glas nicht.«

»Werden die Besucher Metalldetektoren passieren?«

»Es wird eine Messe gefeiert, Lieutenant. Man unterzieht die Menschen, die in die Kirche gehen, keiner Leibesvisitation«, sagte Rezzitti.

Der Secret-Service-Agent schüttelte den Kopf. »Bei der Zahl der Anwesenden wäre es sowieso nicht praktikabel«, sagte er. »Wir bräuchten allein zehn Stunden, wenn wir sie alle wirklich durchsuchen wollten. Man wird in aller Stille Stichkontrollen vornehmen, doch nur die Besucher, die direkt vor dem Bereich sitzen, wo der Papst die Predigt hält, werden durch Detektoren müssen. Die meisten davon werden allerdings Rollstuhlfahrer sein. Insgesamt dürfte es sich dabei um höchstens einige hundert Personen handeln. Alle anderen werden mindestens dreißig Meter davon entfernt sein, die meisten sogar wesentlich weiter.«

»Und der Heilige Vater wird hinter einem Schutzschirm stehen«, fügte Rezzitti hinzu.
»Wie viele Priester nehmen an der Messe teil?«
Rezzitti beugte sich vor.
»Ihr Vorgesetzter war zum letzten Mal mit einem Priester gesehen worden?«, fragte er.
Ich nickte.
»Und Sie glauben, Goya wäre Priester?«
»Ich weiß es nicht. Ich schließe die Möglichkeit nicht aus, genauso wenig, dass sein Vater ein Priester gewesen ist.«
»Sie haben dafür Beweise?«
»Nein.«
»Dann ist alles reine Spekulation.«
»Chief Chavez' Blut im Wageninneren ist keine Spekulation.«
»Ich will Ihnen nicht zu nahe treten, Lieutenant, aber ich habe jeden Tag mit einem Dutzend solcher Drohungen gegen Seine Heiligkeit zu tun.«
»Priester aus ganz Südkalifornien, Nordmexiko und anderen Bundesstaaten werden anwesend sein. Ihre Zahl geht in die Hunderte«, sagte der Secret-Service-Agent.
»Werden sie durchsucht?«
Rezzitti sah zum Secret-Service-Agenten, dann schüttelte er den Kopf. »Wenn Sie eindeutige Informationen bezüglich einer Drohung durch einen Priester haben, werden wir das in Betracht ziehen. Bis dahin werde ich die Anzahl der Wachen im unmittelbaren Umfeld Seiner Heiligkeit erhöhen, recht viel mehr kann ich nicht tun. Und selbst wenn es eine konkrete Bedrohung gäbe, bezweifle ich, ob der Heilige Vater eine Änderung seiner Pläne zulässt. Der Glaube unterscheidet sich manchmal nicht so sehr von der Politik.«

Die Tür ging auf, Traver kam herein und winkte mich zu sich heran.

»Wir haben einen weiteren Anrufer, der behauptet, etwas zu wissen. Er hat ausdrücklich nach dir verlangt«, sagte er.

»Ich habe jetzt keine Zeit dafür.«

»Ich denke schon.«

»Wieso?«

»Es geht nicht um den Chief, es geht um Keri Bishop.«

Am Tisch neben der Tür stand ein Telefon.

»Leitung zwei«, sagte Traver und ging hinaus.

Ich nahm den Hörer ab. »Sie haben Informationen über Keri Bishop?«

»Ich spreche mit Lieutenant Delillo?«

Die Stimme eines Mannes, der in kurzen, abgehackten Sätzen redete, fast so, als wäre er zu Fuß unterwegs und würde sich ständig umdrehen, um nach jemandem Ausschau zu halten.

»Ja. Mit wem spreche ich?«

»Ich bin noch nicht bereit, mich zu erkennen zu geben.«

»Was wissen Sie?«

»Warum sie umgebracht wurde.«

»Fahren Sie fort.«

»Sagt Ihnen der Name Vater Monroe etwas?«

»Der Priester, der bei einem Angelausflug in Mexiko ermordet wurde.«

»Sie wurde von den Leuten getötet, die auch ihn auf dem Gewissen haben.«

»Leuten?«, sagte ich. »Können Sie das näher erklären?«

»Zu gefährlich am Telefon. Wenn Sie erfahren wollen, was ich weiß, müssen Sie sich mit mir treffen, allein, an einem Ort meiner Wahl.«

»Wenn Sie über Informationen verfügen, machen Sie sich strafbar, wenn Sie sie zurückhalten.«
»Sie haben keine Ahnung, in welcher Gefahr Sie schweben. Die gleichen Leute überwachen auch Sie.«
»Ich habe im Moment einiges um die Ohren. Wenn Sie Informationen haben, rufen Sie die Neun-eins-eins an«, sagte ich und wollte schon auflegen.
»Sie wurde vom Vatikan ermordet.«
Ich legte den Hörer wieder ans Ohr.
»Und Sie werden jetzt von denen überwacht«, sagte ich.
Ich sah zum Tisch. Rezzitti blickte in meine Richtung.
»Sind Sie interessiert?«, fragte der Anrufer.
Noch immer sah Rezzitti zu mir, bevor er beiläufig den Blick senkte.
»Warum sollten sie das tun?«, fragte ich.
»Um ihre Geheimnisse zu bewahren«, sagte er.
»Können Sie das beweisen?«
»Meinen Sie, ich würde Sie anrufen, wenn ich das könnte? Wollen Sie nun erfahren, was ich weiß?«
»Ja, ich bin interessiert«, sagte ich.
»Einen halben Block weiter in Richtung Plaza gibt es ein öffentliches Telefon. In zehn Minuten wird es klingeln. Seien Sie vorsichtig. Wenn Sie nicht allein sind, werden Sie nie mehr von mir hören.«
Es wurde aufgelegt. Ich kehrte zum Konferenztisch zurück und nahm wieder neben Rezzitti Platz. Mir fiel auf, dass er mehrmals kurz in meine Richtung sah. Die Diskussion ging noch einige Minuten weiter, aber ich bekam nichts mehr davon mit.
»Haben Sie dem noch irgendetwas hinzuzufügen, Lieutenant?«, fragte Kelly.

Ich sah zu Kelly; ich hatte seine Frage gar nicht gehört.

»Haben Sie dem noch irgendetwas hinzuzufügen?«, wiederholte er.

Ich schüttelte den Kopf. »Nein.« Ich schob den Stuhl zurück und erhob mich. »Sie entschuldigen mich. Ich muss dringend jemanden anrufen.«

Ich ging zur Tür. Rezzitti stand ebenfalls auf und kam mir um den Tisch herum entgegen.

»Lieutenant, ich warte auf weitere Informationen«, sagte er. »Schließlich wollen wir beide das Gleiche, nicht wahr?«

Ich sah ihn an. »Natürlich.«

»Bene«, sagte er.

Ich nickte und ging hinaus. Noch bevor ich die Treppe erreichte, hörte ich Harrison hinter mir.

»Was war das für ein Anruf?«

Durch die halboffene Tür zum Konferenzraum sah ich Rezzitti ausladend gestikulieren.

»Komm mit.«

Wir gingen nach unten zum Eingang an der Garfield Avenue.

»Also?«, fragte Harrison.

Ich sah zur Plaza. Das vom Anrufer erwähnte öffentliche Telefon war von hier aus deutlich zu sehen.

»Ich habe dir von den ›anderen‹ erzählt, von denen Vater Patrick gesprochen hat. Du erinnerst dich?«

»Die, die die Kirche reinigen?«

»Ja.«

Er nickte.

»Es gibt noch jemanden, der sie anscheinend nicht für ein Hirngespinst hält. Er hat gesagt, Vater Monroe und Keri Bishop seien vom Vatikan ermordet worden, und wir würden überwacht werden.«

Harrison drehte sich zum Treppenaufgang um. »Vom Vatikan?«

»Ja.«

»Hat er Namen genannt?« Harrison lächelte.

»Noch nicht.«

»Du glaubst doch nicht an solche Verschwörungstheorien?«

»Der Glaube an etwas und die Wahrheit sind nicht immer das Gleiche.«

Ich beobachtete die Straße, musterte jeden Fußgänger, jeden, der am Steuer eines vorbeifahrenden Autos saß, und versuchte jemanden zu entdecken, der nicht ganz in die Umgebung passte. Ich fand ihn nicht, selbst wenn er irgendwo hier war und mich beobachtete.

»Hat er irgendwelche Beweise für seine Behauptungen?«

Ich sah auf meine Uhr. »In sechs Minuten wird er dieses Telefon dort anrufen. Dann werde ich es herausfinden.«

»Ich halte das für keine gute Idee.«

»Du meinst, ich soll es einfach klingeln lassen?«

Er schüttelte den Kopf.

»Er klang verängstigt, nicht bedrohlich«, sagte ich.

»Trotzdem wäre es besser, wenn ein paar von unseren Leuten in der Nähe wären.«

»Dazu ist keine Zeit mehr. Du bist in der Nähe. Pass von hier aus auf … falls was schiefläuft, können wir die Verschwörungstheorie ja noch mal überdenken.«

20

Es hatte endlich aufgehört zu regnen, als ich den halben Block zur Telefonzelle ging. Die grauen Wolken allerdings hingen so niedrig, dass sie die umliegenden Gebäude zu berühren schienen. Ein Schwarm grüner Papageien kreiste über der Straße vor der Plaza, bei jedem Überflug stießen die Vögel ihr lautes Kreischen aus.

Knapp fünf Meter vor der Telefonzelle blieb ich stehen und sah mich um. Ein Mexikaner, der bunte Luftballons und Stofftiere verkaufte, überquerte die Straße und kam auf mich zu. Eine japanische Familie stand auf der Plaza und ließ sich fotografieren. Ich sah zurück zum Hauptquartier. Harrison stand unten an den Stufen und sah in meine Richtung. Als ich den Arm hob, um einen Blick auf die Uhr zu werfen, klingelte das Telefon.

Ich ging zur Telefonzelle, sah mich ein weiteres Mal um, dann nahm ich den Hörer ab.

»Ich bin hier«, meldete ich mich.

Hinter mir hörte ich quietschende Reifen. Ich drehte mich um. Ein kleiner heller Ford kam neben mir zum Halt. Der Fahrer schien Ende zwanzig, Anfang dreißig zu sein, seine Augen waren hinter der Sonnenbrille nicht zu erkennen.

»Wenn Sie reden wollen, steigen Sie ein.«

Ich sah die Straße hoch. Harrison setzte sich in Bewegung.

»Das war nicht ausgemacht«, sagte ich.

»Jetzt ist es aber so. Kommen Sie?«
Ich sah zu Harrison, der in meine Richtung spurtete.
»Ja oder nein«, sagte der Fahrer und sah in den Rückspiegel. »Ich fahre.«
Erneut warf ich einen Blick zu Harrison, dann riss ich die Beifahrertür auf und stieg ein. Der Fahrer trat sofort aufs Gas, sah in den Rückspiegel und fuhr los.
»Ich hab Ihnen gesagt, Sie sollen allein kommen«, schrie er.
Ich legte die Hand an den Griff meiner Glock.
»Und Sie haben nichts von einer Spritztour gesagt.«
Wir bogen um eine Ecke. Harrison verschwand aus meinem Blickfeld.
»Das hier ist kein Spiel. Sie haben damit gerade angefangen, aber ich arbeite schon seit Jahren daran. Sie haben ja keine Ahnung. Sie haben nicht die geringste Ahnung, ist Ihnen das klar, Sie wissen gar nichts.«
»Das war mein Partner. Kein Grund zur Sorge.«
»Sorge. Ich mach mir keine Sorgen, es geht mir gut, das Leben ist wunderbar.«
Die Worte sprudelten nur so aus ihm heraus. Auf dem Rücksitz lagen Pappkartons mit zusammengeschnürten Papierbündeln. Der Boden war übersät mit zerknüllten Kaffeebechern und Powerriegel-Verpackungen. Sein Gesicht wirkte jünger, als ich im ersten Moment gedacht hatte, Mitte bis Ende zwanzig vielleicht, trotz der tiefen Falten, die unter der Sonnenbrille erkennbar waren. Seine Kleidung sah aus, als hätte er mehr als nur ein paar Nächte darin geschlafen.
»Sie sollten langsamer fahren.«
Er schüttelte den Kopf.
»Es hilft keinem von uns beiden, wenn Sie einen Crash bauen«, sagte ich.

Er blieb auf dem Gas, bis wir um die nächste Ecke waren, dann sah er in den Spiegel, wurde langsamer und lehnte sich auf seinem Sitz zurück.

»Wohin fahren wir?«, fragte ich.

Er sah mich kurz an. »Sind Sie verkabelt?«

»Nein. Sie haben zu viele Filme gesehen.«

Er bog links ab und kurz darauf ein weiteres Mal in ein Parkhaus. Wir fuhren in den ersten Stock hinauf, durchquerten ihn ganz und hielten auf einem freien Platz gleich neben der Ausfahrt.

Eine Weile saß er nur so da, hatte noch immer das Lenkrad umklammert, entspannte sich dann und atmete mehrmals tief durch.

»Wie wäre es, wenn Sie mir Ihren Namen nennen würden.«

»John.«

»Nur John?«

»Vorerst, bis ich weiß, ob ich Ihnen trauen kann.«

»Der Pate meiner Tochter ist letzte Nacht vom gleichen Täter entführt worden, der wahrscheinlich auch Keri Bishop getötet hat. Ich gehe davon aus, dass wir beide die gleichen Interessen verfolgen. Und ich habe nicht viel Zeit.«

Er sah mich an, dann ließ er das Lenkrad los.

»Morrison. Ich heiße Morrison.«

»Okay, John, warum sind wir hier?«

Er drehte sich um und sah nach hinten. »Ich bin Journalist.«

»Für wen?«

»Freiberufler. Ich arbeite seit vier Jahren an dieser Story.«

Ich drehte mich zu den Kartons um. »Das ist das Ergebnis?«

Er nickte. »Ich habe es immer dabei. Um es zu schützen.«

»Vor wem?«

»Vor denen«, sagte er aufgeregt. »Der Kirche, ihren Leuten,

ist ja nicht so, dass die immer Namensschilder tragen. Seit der Entführung von Keri bin ich immer unterwegs, ich bleibe nie länger als eine Nacht an einem Ort.«
»Sie schlafen viel in Ihrem Wagen.«
Er nahm die Sonnenbrille ab. Seine Augen sahen aus wie die eines Fünfzigjährigen.
»Ich schlafe nie viel«, sagte er und justierte den Rückspiegel so, dass er im Blickfeld hatte, was hinter unserem Rücken geschah.
»Ich denke, wir sollten ganz von vorn beginnen«, sagte ich.
Er nickte. »Ich habe an einer Story über Missbrauchsfälle in der Kirche gearbeitet – sind Sie katholisch?«
»War ich mal.«
Er nickte. »Ich auch.«
»Erzählen Sie weiter.«
»Ich habe so wie immer angefangen, habe versucht, die Namen der Priester herauszubekommen, es gab ja so viele, Dutzende. Nur ein paar wurden der Öffentlichkeit bekanntgegeben, ich habe sie aufgespürt, aber das war schwierig, die Kirche hat sie ständig versetzt, und da die kirchlichen Aufzeichnungen dazu nicht zugänglich sind … habe ich mich eben für eine andere Herangehensweise entschieden.«
»Die wäre?«
»Geld … Sie kennen doch den alten Spruch, immer dem Geld folgen, genau das habe ich getan, und es führt immer zu etwas Üblem.«
»Und wohin hat es Sie geführt?«
»Zu Vater Monroe.«
»Der in Mexiko ermordet wurde?«
John nickte. »Die Erzdiözese hat sich nach meiner letzten Zählung aus fünfhundertacht Anklagen herausgekauft und

dafür insgesamt über siebenhundertzwanzig Millionen Dollar gezahlt. Und sie hat so gut wie nichts preisgeben müssen. Wie ist so etwas möglich? Betrachten Sie sich die Geschichte. Dieses Land hat es noch gar nicht gegeben, da hatte die Kirche schon jahrhundertelange Erfahrung mit solchen Praktiken. Stellen Sie sich bloß vor, eine kontinuierliche Herrschaft, die jede andere Regierung auf diesem Planeten überdauert hat. Kreuzzüge, Weltkriege, das Mittelalter, die Renaissance, egal was, Regierungen sind gestürzt worden, Monarchien wurden aufgelöst, aber nicht die Kirche, die Kirche hat sie alle überlebt. *Templum est eternus, vir nusquam est.*«

»Sie sprechen Latein?«

»Wenn Sie die Kirche verstehen wollen, müssen Sie ihre Sprache sprechen.«

»Und was bedeuten diese Worte?«

»Sie stammen von einem der ersten Päpste. ›Die Kirche ist ewig, der Mensch ist nichts.‹ Und jetzt ist Keri tot, genau wie Trevor Wells.«

»Erzählen Sie mir von Vater Monroe.«

»Ahh … hier wird es interessant.« Er wandte sich nach hinten und wühlte in einem Karton.

»Nur in groben Zügen, das reicht vorerst«, sagte ich.

Er drehte sich wieder nach vorn. »Wissen Sie, was er für die Erzdiözese gemacht hat?«

»Ich weiß, dass er Anwalt war.«

»Ich sehe ihn eher als eine Art Verwalter. Er hat getan, was getan werden musste, er hat alles am Laufen gehalten, hat an einem Tag Schmiergelder verteilt, am anderen … haben Sie irgendeine Ahnung, was die Erzdiözese allein an Immobilien wert ist?«

»Nein.«
»Nach konservativen Schätzungen vier Milliarden Dollar. Und Monroe hat es verwaltet.«
»Was hat das mit Keri Bishop zu tun?«
John wandte sich mir zu, und mit einem Schlag war seine manische Energie, die er kaum zu bezähmen wusste, verschwunden.
»Ich habe sie dazu animiert.«
»Zu was animiert?«
»Ich habe versucht, die Schweigegeldzahlungen nachzuverfolgen, die in den Achtzigern in Pasadena stattgefunden haben.«
»St. Gabriel?«
Er sah mich überrascht an. »Sie wissen davon?«
»Ja.«
»Nach meinen Informationen hat Monroe städtische Beamte, Familien, die Presse, sogar ...« Er zögerte. »Sogar die Polizei bestochen.«
»Ich habe die Gerüchte gehört.«
»Ich hielt einen Vortrag in einem Journalismus-Seminar an der USC. Ich sollte aus dem wirklichen Leben erzählen, nicht diese CNN-Kacke, ein Tag im Leben eines Journalisten ... blablabla, was man eben so von sich gibt.«
»Und Keri war in diesem Seminar.«
John nickte. »Wir haben uns danach unterhalten, und ich habe erfahren, wer ihr Vater war, und sie gefragt, ob sie nicht Lust hat, mal was Richtiges zu machen.«
»Insider-Informationen aus der Anklage ihres Vaters gegen die Erzdiözese zu beschaffen.«
»Ja, genau. Wir haben ganz einfach angefangen, sie hat die Namen der anonymen Opfer beschafft.«

»Sie haben die Namen?«, fragte ich.
Er nickte. »Ein paar, aber das war gar nicht der Hammer.«
»Der Hammer?«
»Der Grund, warum sie umgebracht wurde. Geld. Bei jeder Schmier- oder Schweigegeldzahlung, jedes Mal, wenn Vater Monroe Immobilien ge- oder verkauft hat, hat er für sich einen Teil der Summe abgezweigt.«
»Wie viel?«
»Bei seinem Tod hatte er Millionen zusammen, ich weiß nicht, wie viel. Es ist eine Sache, den Namen des Herrn zu missbrauchen, aber wenn man ihm sein Geld stiehlt, bekommt man ziemliche Probleme. Sie haben ihn umgebracht.«
»Wie hat Keri das herausgefunden?«
»Ihr Vater hat entdeckt, dass Monroe ein Dieb war. Jeder gute Steuerberater wäre dahintergekommen, da es aber bei den Transaktionen der Kirche diese Kontrolle von außen nicht gibt, konnte er sie leicht geheim halten. Deshalb ist die Anklage auch so schnell außergerichtlich beigelegt worden. Die Schweigegelder allerdings waren wesentlich höher als die Summe, die die Familien der Opfer erhalten haben.«
»Und das übrige Geld floss wohin?«
»Kurz vor Keris Verschwinden hat sie in den Papieren ihres Vaters einige Kontonummern gefunden, die zu keiner Bank gepasst haben, die ihr bekannt war.«
»Sie sagen, Monroe hat auch ihren Vater bestochen?«
»Das hat Keri geglaubt. Aber ich kann es nicht beweisen.«
»Und Sie können auch nicht beweisen, dass Wells vom Vatikan ermordet wurde.«
»Hatten Sie noch nie einen Fall, bei dem Sie den Schuldigen kannten, aber keine Beweise vorlegen konnten?«

»Haben Sie irgendetwas zum Mord an Vater Monroe, was einem Beweis zumindest nahekommen könnte?«
Er lehnte sich auf seinem Sitz zurück und spannte die Schultern an. »Ich biete Ihnen hier Informationen. Wenn Sie sie nicht wollen …«
»Hat sich Keri jemals mit Trevor Wells getroffen?«, fragte ich.
»Nein. Aber ich habe ihn gesehen, ein paar Wochen, bevor sie verschwunden ist. Ich war mir ziemlich sicher, dass er entweder von Bishop oder von Monroe bezahlt wurde. Ich habe ihn dann wieder angerufen, als ihre Leiche gefunden wurde, und er hat eingewilligt, dass wir uns treffen. Dazu ist es dann nicht mehr gekommen.«
»Wie hat Keri sich die Informationen von ihrem Vater beschafft?«
»Er wollte, dass sie Jura studiert, und sie hat in seiner Kanzlei eine Art Praktikum angefangen, um herauszufinden, ob die Arbeit ihr gefällt.«
»In Wirklichkeit aber hat sie Informationen beschafft.«
»Ja.«
»Ist ihr Vater dahintergekommen?«
Er zögerte. »Ich weiß es nicht. Ein paar Tage vor ihrer Entführung muss zwischen ihnen etwas vorgefallen sein. Sie hat mir gesagt, es sei nun aus mit den Informationen.«
»Sagt Ihnen der Name Goya etwas?«
Er schüttelte den Kopf.
»Kennen Sie die Namen der Opfer von St. Gabriel?«
»Ich habe einen aufgespürt, aber seitdem ist er verschwunden.«
»Haben Sie mit ihm gesprochen?«
»Ich habe es versucht, aber es hat nichts gebracht.«

»Warum nicht?«
»Na, jetzt wird es abgefahren.«
»Was soll das heißen?«
»Er ist einem kontemplativen Orden beigetreten, in dem die Brüder ein Schweigegelübde ablegen.«
Ich war mir nicht sicher, ob ich ihn richtig verstanden hatte. »Orden?«
John nickte. »Ja. Trappisten. Er war Mönch in einem Kloster oben in der High Desert östlich von Palmdale. Monroe hat sich mit Geld das Schweigen eines Mannes erkauft, der seit Jahren kein Wort gesprochen hat.«
»Haben Sie irgendwelche Personalien oder ein Bild von ihm?«
Morrison schüttelte den Kopf. »Ich habe nur seinen alten Highschool-Ausweis aufgetrieben. Da war er achtzehn.«
»Von St. Gabriel?«
»Ja.«
»Wie heißt er?«
»Damals Michael Sanchez.«
»Er hat seinen Namen geändert?«
»Ja, mit dem Eintritt in den Orden hat er einen anderen Namen angenommen. Bruder Paul.«
»Paul.«
»Ja.«
»Sicher?«
»Absolut. Solche Sachen kann man doch nicht erfinden. Er kassiert das Schweigegeld der Kirche, tritt in einen Orden ein und nimmt den Namen des Schutzheiligen der Wahrheit an. Das Mittelalter war nichts dagegen.«
»Wann hat er den Orden verlassen?«
»Den genauen Zeitpunkt kenne ich nicht, aber es muss ein paar Monate nach Keris Verschwinden gewesen sein.«

»Ich würde diesen Schülerausweis gern sehen.«
Er beugte sich nach hinten, wühlte in einem der Kartons und zog einen Ordner heraus. Er blätterte ihn durch und reichte mir schließlich ein Blatt Papier. Es war die Kopie eines Schülerausweises aus den späten Achtzigern. Sanchez hatte kurze dunkle Haare und hellbraune Haut. Ich betrachtete das Gesicht und versuchte vergeblich, Ähnlichkeiten mit Vater Patrick oder der jungen schwangeren Frau zu finden.
»Haben Sie seine Eltern aufspüren können?«
Morrison schüttelte den Kopf. »Ich habe sie nicht gefunden, wenn sie denn überhaupt noch am Leben sind. Seine Mutter stammte wohl aus Mexiko, vielleicht ist sie zurückgegangen.«
»Und der Vater.«
»Über ihn habe ich gar nichts gefunden. Ich wollte über St. Gabriel an ihn herankommen, aber die Antworten können Sie sich ja vorstellen.«
»Und das war das einzige Opfer, das Sie ausfindig machen konnten?«
»Keri hatte vielleicht noch den Namen eines weiteren Jungen, aber keinerlei Informationen über ihn.«
»Hat sie Ihnen einen Namen genannt?«
»Nein, hat sie nicht. Sie wollte ihn wohl schützen, solange sie nicht wusste, dass er wirklich zu den Opfern gehört hat.«
»Sie ist durch ihren Vater auf ihn gestoßen?«
»Ja.«
Ich lehnte mich zurück, betrachtete das Foto und suchte nach Gründen, warum ich Morrisons Story glauben sollte.
»Wenn Vater Monroe und Keri wirklich von jemandem aus dem Vatikan umgebracht wurden, wie Sie behaupten, warum ist dann ihr Vater noch am Leben?«, fragte ich.

»Er stellte keine Bedrohung dar. Die Kirche hatte ihn zu ihrem Kompagnon gemacht und ihn sich gekauft. Hätte er sein Schweigen gebrochen, wäre das sein Ruin gewesen. Keri hingegen war eine Bedrohung. Genau wie ich … und Ihr …« Er verstummte.

»Fahren Sie fort.«

»War Ihr Chief derjenige, den Vater Monroe bestochen hat, damit die Ermittlungen in St. Gabriel eingestellt wurden?« Ich faltete die Kopie des Schülerausweises. »Ich brauche ihn.«

»Sie haben meine Frage nicht beantwortet, Lieutenant«, sagte er.

»Ich werde Ihnen Bescheid geben.« Ich öffnete die Tür. »Streifenwagen werden nach mir suchen. Sie sollten sich lieber mal vom Acker machen.«

»Noch etwas. Ich habe noch nicht alles beisammen, wahrscheinlich ist das auch gar nicht möglich, aber der Papstbesuch in L.A. ist nicht zufällig zustande gekommen. Er hätte sich unzählige andere Städte aussuchen können, aber er kommt hierher, jetzt. Warum?«

»Sie haben eine Theorie dazu?«

Er nickte. »Ich habe einen Informanten im Vatikan, dem zufolge findet in Rom ein Machtkampf zwischen Traditionalisten und Reformern statt, was nichts Neues ist, das geht schon seit Jahrhunderten so. Im Grunde steht der Papst eher auf Seiten der Traditionalisten, die Missbrauchsfälle allerdings haben ihn dazu genötigt, eine Richtung einzuschlagen, über die die Traditionalisten alles andere als erfreut sind.«

»Welche?«

»Zum einen hat er erlaubt, dass der Skandal an die Öffentlichkeit gelangt. In der alten Kirche wäre so etwas nie und nimmer geschehen. Zum anderen ist da das Geld. Die siebenhundertzwanzig Millionen, die die Kirche allein in dieser Erzdiözese gezahlt hat, sind nur ein Bruchteil dessen, was die Kirche weltweit dafür aufwenden muss. Mir sind Gerüchte zu Ohren gekommen, dass der Heilige Vater sich hier in Los Angeles mit sämtlichen amerikanischen Kardinälen treffen und einige Veränderungen vornehmen wird. Sehr mächtige Leute werden dabei ihre Macht verlieren. Und die lehnen sich nicht einfach zurück und lassen alles mit sich geschehen. Ich habe keine einschlägigen Informationen, aber wenn es stimmt, dass ein Attentäter aus der Kirche bereits Monroe und möglicherweise auch Keri umgebracht hat, dann könnte man, wenn man das und alles andere zusammennimmt, zu dem Schluss kommen, dass während des Papstbesuches noch jemand sterben wird. Vielleicht sogar der Papst selbst.«

»Ein Staatsstreich innerhalb der Kirche?«

»Sie meinen, das hat es noch nicht gegeben? In zweitausend Jahren Christentum ist alles schon mal vorgekommen.«

Ich schob die Ausweiskopie in meine Tasche und stieg aus.

»Wie kann ich Sie kontaktieren?«, fragte ich.

Morrison schrieb eine Nummer auf eine Karte und reichte sie mir. »Es ist eine Mailbox. Hinterlassen Sie eine Nachricht, und ich rufe zurück.«

»Wie hat das Kloster geheißen, in dem Sie Sanchez aufgespürt haben?«

»St. Timothy.«

Von der gegenüberliegenden Auffahrt zum Parkhaus waren quietschende Reifen zu hören. Ich drehte mich um. Morrison trat aufs Gas und verschwand über die Rampe nach unten.

Zum ersten Mal seit Tagen brach das Sonnenlicht durch die Wolkendecke. Dunst stieg vom nassen Teer auf, während Harrison in einem Zivilfahrzeug neben mir anhielt und heraussprang.

»Alles in Ordnung?«, fragte er.

Ich nickte. »Ja.«

Harrison lief zur Abfahrt.

»Er ist schon weg«, sagte ich.

»Was hat er dir erzählt?«

»Später«, sagte ich und stieg ein.

Dylan kam zurück und ließ sich hinter dem Steuer nieder.

»Erzähl mir, wie das Meeting gelaufen ist«, sagte ich.

»Der Secret Service und die Schweizergarde geben uns Bescheid, falls sie unsere Unterstützung brauchen.«

»Wir brauchen uns nicht bei denen zu melden, sie melden sich bei uns?«

»So ungefähr. Ich habe um den päpstlichen Routenplan am Tag der Messe gebeten. Sie haben versprochen, ihn uns noch vor seiner Ankunft zuzustellen.«

»Dann ist das nicht mehr unser Problem.«

Wir sahen uns an und konnten es beide nicht fassen.

»Was Neues über den Chief?«, fragte ich.

»Nichts Gutes. In einem der Gebäude gibt es in der Lobby eine Überwachungskamera.« Er reichte mir das Standfoto der Aufnahme. »Alle Zweifel über das, was letzte Nacht dort geschehen ist, sind damit wohl ausgeräumt. Wir haben drei Bilder – das hier ist das beste. Auf den anderen beiden kommen sie gerade ins Bild oder verlassen es wieder.«

Es handelte sich um eine grobkörnige Schwarzweiß-Aufnahme. Chief Chavez war deutlich zu erkennen. Sein rechter Hemdsärmel war dunkel verfärbt, mit der linken Hand

drückte er sich den verletzten Arm an die Brust. Sein Gesicht war schmerzverzerrt. Mein Pulsschlag erhöhte sich, als ich das Bild betrachtete.
»Es wird nicht das letzte Bild sein, das wir von ihm haben.«
»Nein, bestimmt nicht«, sagte Dylan.
»Ich will nicht, dass es im Fernsehen zu sehen ist.«
»Keiner außerhalb der Dienststelle wird es zu Gesicht bekommen.«
Ich richtete die Aufmerksamkeit auf die zweite Gestalt, die kaum einen Meter hinter dem Chief stand. Der weiße Kragen hob sich deutlich vom dunklen Anzug ab. Sein Gesicht war verschwommen, er hatte sich von der Kamera abgewandt und sah nach rechts.
Wieder richtete ich den Blick auf den blutigen Arm des Chief.
»Du hattest recht mit der Verletzung«, sagte ich.
»Schau, die linke Hand des Priesters.«
Auch sie war verschwommen, dennoch war zu erkennen, dass er die Waffe des Chief in der Hand hielt.
»Ich hab es zum Cal Tech geschickt, vielleicht können sie mehr Details aus der Aufnahme herausholen.«
Ich starrte auf das Gesicht des Priesters und versuchte Details zu erkennen, die nicht vorhanden waren.
»Was sagt dir deine Intuition?«, fragte ich.
Dylan schüttelte den Kopf. »Das willst du nicht wissen.«
»Nein«, flüsterte ich. »Mit jeder Sekunde, die er verschwunden ist, wird es schwieriger, ihn freizubekommen.«
Harrison sah zum Parkhaus. »Und was hast du herausgefunden?«
»Eine ziemlich abgefahrene Geschichte.« Ich lehnte mich zurück und atmete tief durch. »Er heißt John Morrison.

Freier Journalist, paranoid trifft es noch nicht einmal annähernd.«
Ich schrieb sein Autokennzeichen auf einen Zettel und reichte ihn Harrison.
»Versuch etwas über ihn herauszubekommen. Seiner Ansicht nach ist Vater Monroe von Rom ermordet worden, weil er die Erzdiözese um einige Millionen Dollar erleichtert hat.«
»Kann er das beweisen?«
»Nein, aber Keris Vater hätte es beweisen können, behauptet er, weshalb ihm ein Schweigegeld gezahlt wurde. Morrison hat Keri in einem Seminar an der Uni kennengelernt und sie benutzt, um an Informationen aus der Kanzlei ihres Vaters zu gelangen. Er meint, sie wurde umgebracht, weil sie Beweise sowohl für Monroes Schweigegeldzahlungen an ihren Vater als auch für Monroes Betrügereien gegenüber der Erzdiözese gefunden hat. Er kommt zu den gleichen Schlussfolgerungen wie wir, nur aufgrund anderer Informationen.«
»Der Papst«, sagte Harrison.
Ich nickte. »Er ist überzeugt, dass im Vatikan ein Machtkampf tobt und der Papst während seines L.A.-Besuchs ermordet werden soll.«
»Von Goya weiß er nichts?«
»Nein.«
»Glaubst du ihm?«
»Ich glaube, er glaubt daran. In seiner Welt ist die Kirche nichts anderes als die Mafia.«
»Du meinst also, es wäre möglich, dass wir es hier mit zwei voneinander unabhängigen Verbrechen zu tun haben?«
»Dass Monroe vom Vatikan umgebracht wurde und Keri und Wells von Goya?«
Harrison nickte. Bislang hatte ich Morrisons Geschichte kei-

nen Deut Glaubwürdigkeit zugestanden, jetzt aber, nachdem ich es laut ausgesprochen hatte, war dem Zweifel einen Spalt breit die Tür geöffnet.

»Es klingt nicht ganz abwegig, auch wenn die Logik, die dahintersteht, unausgegoren ist.«

»Zwei Killer statt einem? Ich weiß nicht, was schlimmer wäre.«

»Zwei«, sagte ich.

»Vor allem dann, wenn einer davon ein Profi ist.«

»Ich halte nicht viel von Verschwörungstheorien, aber er ist vielleicht über einige Dinge gestolpert, die uns weiterhelfen könnten.«

»Die wären?«

»Morrison hat eines der Opfer von Vater Patrick aufgespürt.« Ich reichte Harrison die Kopie des Schülerausweises. »Michael Sanchez.«

»Ein Schülerausweis von St. Gabriel.«

Harrison musterte ihn. »Etwas Aktuelleres gibt es nicht?«

»Nicht auf Papier.«

»Er war so um die sechzehn, als das Foto gemacht wurde. In zehn bis zwölf Jahren kann mit einem Gesicht viel passieren. St. Gabriel müsste doch Informationen über seine Eltern haben.«

»Laut Morrison könnte die Mutter nach Mexiko zurückgekehrt sein, und über den Vater hat er nichts finden können.«

»Also haben wir wirklich nur diesen alten Ausweis?«

»Morrison hat ihn in einer Abtei in der High Desert aufgetan, dort hat er das Schweigegelübde abgelegt.«

»Er war Mönch?«

»Anscheinend.«

»Wieder dieses Wort.«

»Schweigen, ja. Laut Morrison soll Keri kurz vor ihrem Verschwinden auch Kontakt mit einem der anderen Opfer aufgenommen haben. Sie hat ihm keinen Namen genannt, kurz darauf ist sie allerdings verschwunden. Und mit ihr Michael Sanchez.«

»Und er ist nie mehr aufgetaucht?«

»Nein.«

Harrison betrachtete noch mal das Ausweisfoto.

»Ein Kloster in der High Desert, das wäre nicht weit von Vater Patrick entfernt. Meinst du, er ist tot? Das würde die Hände erklären, die wir in St. Gabriel gefunden haben.«

»Es wäre eine weitere Möglichkeit.«

Harrison überlegte. »Der Franziskanerstrick auf Goyas Zeichnung.«

Ich nickte. »Michael Sanchez und Goya sind ein und dieselbe Person.«

»Im Art Center hat sich Goya Miguel genannt. Würde passen.«

»Und der Name, den er im Kloster angenommen hat, lautete Paul«, sagte ich.

Dylan drehte sich mir zu. »Das kann kein Zufall mehr sein.«

»Es ist an der Zeit, dass wir noch mal mit Keris Vater reden.«

21

Das Haus der Bishops wirkte verändert, als wir an den Randstein heranfuhren. Ich hielt Harrison davon ab, die Wagentür zu öffnen, und deutete zum Haus.

»Sag mir, was du siehst.«

»Was meinst du?«, fragte er.

Ich wies mit dem Kopf zur Hausfassade. »Schau es dir an, etwas ist anders.«

Harrison starrte zum Haus.

»Die Rosen«, sagte er.

Ich stieg aus und eilte über den Fußweg. Wenige Schritte vor den Stufen zur Eingangstür blieb ich stehen. Das Rosenbeet, das sich bis zur rechten Hausecke erstreckt hatte, war zerstört; die Stiele lagen verstreut wie Gebeine zwischen den leuchtend roten Blütenblättern.

»Sie sind einfach umgehackt worden«, sagte Harrison.

Ich ging rasch zur Tür und klingelte. Kurz darauf hörte ich eine Stimme.

»Wer ist da?«

»Hier ist Lieutenant Delillo, Mrs. Bishop.«

Die Sicherheitskette wurde abgenommen, und langsam ging die Tür auf. Ihre Haare waren ungekämmt, sie wirkte erschöpft.

»Geht es um meinen Mann?«, fragte sie.

»Was ist hier passiert, Mrs. Bishop?«, fragte ich.

Ihr Blick schweifte zum zerstörten Rosenbeet, dann drehte sie sich um und ging ins Haus. Wir traten ein und folgten ihr durch den Flur zum Büro ihres Mannes, wo sie vor der Tür stehen blieb.

»Ich war letzten Abend mit einer Freundin aus. Als ich zurückgekommen bin, waren die Rosen so, wie Sie sie jetzt sehen. Und dann das hier.«

Sie drückte die Tür auf. In der Luft hing abgestandener Zigaretten- und Alkoholgeruch. Jackson Bishops Büro war ebenso verwüstet wie das Rosenbeet. Die dunklen Holzpaneelen an den Wänden, die Möbel, ein Gemälde, alles war kurz und klein geschlagen. Holzsplitter, zerfledderte Dokumente, alles, was sich im Büro befunden hatte, lag über den Boden verstreut. In der Wand neben dem Fenster steckte eine Axt.

»Ich weiß nicht, wo er ist«, sagte sie und wandte sich an mich. »Wissen Sie es?«

»Nein«, sagte ich.

Harrison und ich traten in den Raum und sahen uns um. Neben den Überresten des Schreibtisches stand ein nun zertrümmerter Papierschredder. Dylan fasste hinein und zog ein Blatt heraus, auf dem noch der Briefkopf von Bishops Kanzlei zu sehen war.

»Er hat Dokumente vernichtet«, sagte Dylan. »Und das im großen Stil, nach der Menge hier zu schließen.«

»Und dann liefen die Dinge ziemlich aus dem Ruder«, sagte ich.

»Seitdem Sie hier waren, hat er kaum noch das Zimmer verlassen.«

»Hat er mit jemandem gesprochen?«

»Nicht dass ich wüsste. Können Sie mir sagen, was hier vor sich geht?«

»Wissen Sie, welche Papiere er hier aufbewahrt hat?«, fragte ich.
»Zum größten Teil unsere eigenen, nur wenige Unterlagen aus der Kanzlei.«
»Unterlagen zu Rechtsfällen oder bürokratischer Papierkram?«
Sie schüttelte den Kopf. »Das weiß ich nicht.«
»Wo bewahrt er die übrigen Unterlagen der Kanzlei auf?«
»In einem Mietlager in der Innenstadt.«
»Haben die Rosen irgendwas mit Ihrer Tochter zu tun?«
Sie nickte. »Woher wissen Sie das?«
»Erklären Sie es mir.«
»Jackson hat den ersten Stock bei ihrer Geburt gepflanzt, und dann bei jedem Geburtstag einen neuen Stock. Was geht hier vor sich, Lieutenant?«
»Bevor Keri verschwunden ist, hat sie einem Journalisten bei der Recherche zu den Missbrauchsfällen in der Erzdiözese geholfen. Sie hat anhand der Anklageschrift Ihres Mannes versucht, an die Namen der Opfer zu kommen.«
Verwirrt sah Mrs. Bishop mich an und versuchte sich alles zusammenzureimen. »Deswegen hat sie in Jacksons Kanzlei angefangen?«
»Ich nehme es an. Möglicherweise ist Keri auf eines der Opfer gestoßen, und möglicherweise war er es, der sie entführt hat. Hat Ihr Mann mit Ihnen jemals über die Identität der betroffenen Jungen gesprochen?«
»Nein. Er hat den Familien versprochen, die Identität der Kinder nie publik zu machen. Soweit ich weiß, hat er dieses Versprechen gehalten. Er hat nie mit mir darüber geredet, noch nicht einmal die anderen, die mit ihm zusammen den Fall bearbeitet haben, kannten ihre richtigen Namen. In den

Dokumenten wurden sie immer nur John Does eins, zwei und drei genannt.«

»Und nach der außergerichtlichen Einigung tauchten ihre Namen nicht mehr in öffentlichen Dokumenten auf?«

»Richtig.«

»Sagt Ihnen der Name Michael Sanchez etwas?«

Lautlos sprach sie sich den Namen vor. »Ich glaube nicht.« Sie hob einen kleinen, leeren Bilderrahmen auf.

»Warum sollte mein Mann das hier getan haben?«, fragte sie.

»Vielleicht hat Ihre Tochter noch etwas aufgedeckt, was Ihr Mann gern geheim gehalten hätte.«

»Was?«

»Vielleicht hat er für diesen Fall Gelder außerhalb des üblichen Honorarrahmens erhalten.«

»Außerhalb des üblichen Honorarrahmens?« Mrs. Bishop sah mich an. »Wollen Sie damit sagen, mein Mann sei bestochen worden?«

»Der Journalist, für den Keri gearbeitet hat, hat es geglaubt. Aber ich habe dafür keine Beweise, genauso wenig wie dafür, dass es etwas mit dem Tod Ihrer Tochter zu tun hat«, sagte ich. »Wäre so etwas Ihrer Ansicht nach möglich?«

Sie ließ den Blick durch das Zimmer schweifen und schüttelte den Kopf. »Ich habe mich daran gewöhnt, dass das Unmögliche die Realität weit in den Schatten stellt.«

»Anscheinend hat Keri Kontonummern gefunden, die ihr unbekannt waren. Sagt Ihnen das etwas?«

»Sie meinen, er hat da das Geld heimlich deponiert?«

»Ja.«

»Ich weiß von den Anlagen für unseren Ruhestand. Von weiteren Mitteln, die er irgendwo deponiert haben könnte, weiß ich nichts.«

»Ich brauche die Adresse des Mietlagers.«
»Die müsste hier irgendwo sein. Sehen Sie sich ruhig um.«
»Uns läuft die Zeit davon, Mrs. Bishop. Wissen Sie, wohin sich Ihr Mann zurückgezogen haben könnte?«, fragte ich. »Vielleicht einen Ort aus seiner Vergangenheit, den er aufgesucht haben könnte?«
Sie schüttelte den Kopf und sah mich an. »Sind noch andere in Gefahr?«
Ich nickte.
»Der Polizeichef, gehört der auch dazu?«
»Ja.«
Sie dachte nach, dann seufzte sie erschöpft. »Ich wünschte, ich könnte Ihnen helfen. Aber wenn er einen heimlichen Unterschlupf, seine eigene private Hölle hat, dann hat er mir nie etwas davon erzählt.«

Die wenigen Sonnenstrahlen, die am Morgen durchgestoßen waren, hatten sich wieder hinter die Wolkendecke verzogen, als wir das Haus der Bishops verließen. Wir fuhren nach Norden zum Art Center und trafen Amber in ihrem Büro an. Sie war die einzige uns bekannte Person, die Goya identifizieren konnte oder ihn wenigstens drei Jahre zuvor hätte identifizieren können.
Harrison reichte ihr das Bild. Schweigend betrachtete sie es.
»Das ist das Beste, was Sie haben?«
Ich nickte. »Das muss reichen. Er war zum Zeitpunkt der Aufnahme so um die sechzehn.«
Sie holte tief Luft. »Wenn ich es beschwören müsste, könnte ich nicht sagen, dass er es ist, aber ich kann auch nicht sagen, dass er es nicht ist. Er sieht aus, wie Teenager eben so aussehen.«

»Sie haben ihm Modell gesessen. Sehen Sie sich das Bild genau an«, sagte ich.
Sie folgte meiner Aufforderung, dann schüttelte sie den Kopf. »Ich habe jedes Jahr mit Hunderten von Studenten zu tun, und die meisten versuchen so ziemlich alles, um nicht mehr so auszusehen wie in der Highschool. Der Typ, für den ich Modell gesessen habe, war damals schon zehn Jahre älter als auf der Aufnahme. Und auch das ist mittlerweile drei Jahre her. Tut mir leid, mehr kann ich Ihnen nicht sagen.«
Draußen war wieder Nebel aufgezogen. In der Luft hing der durchdringende Duft der Zitronenbäume in den Gärten der Häuser, die hinter dem Art Center am Hang lagen.
Wir saßen im Wagen, während sich an der Windschutzscheibe Kondenstropfen bildeten. Seit dem Anbruch des Unwetters waren an die sechshundert Autounfälle gemeldet worden. Das Dach eines Haushaltswarenladens in El Monte war unter dem Gewicht des Wassers eingebrochen und hatte dabei zwei Menschen verletzt. Ein Mann, der am L.A. River in der Nähe des Griffith Park seinen Hund ausgeführt hatte, war in die reißenden Fluten gefallen und zwei Meilen flussabwärts mitgerissen worden, bevor er unter die schlammige Oberfläche gesogen wurde. In einem abgebrannten Areal in den Bergen östlich von Pasadena war eine Schlammlawine einen schmalen Canyon heruntergekommen, war durch eine kleine Ranch geschwappt und hatte das schlafende Rentnerehepaar unter sich begraben. In den Tälern waren Hochwasserwarnungen ausgerufen worden, am Fuß der Berge war mit Geröllawinen zu rechnen. Eine U-Bahn-Station in Hollywood musste geschlossen werden, weil die Kanalisation durch den Müll verstopft war und die Treppen hinunter zu den Bahnsteigen sich in einen Wasserfall verwandelt hat-

ten. Am glücklichsten Ort der Welt musste die *Pirates-of-the-Caribbean*-Fahrt geschlossen werden, nachdem es durch die Feuchtigkeit zu einem Kurzschluss gekommen war und ein Dutzend japanische Touristen zwei Stunden neben einem einäugigen, einbeinigen, säbelschwingenden Piraten festsaßen, der unablässig AHOI KUMPEL! plärrte. Das Paradies wurde unter Beschuss genommen, und keiner der Millionen Einwohner von L.A. hatte auch nur einen leisen Schimmer davon, was noch kommen sollte.

22

An Schlaf war nicht mehr zu denken. Die Erinnerung an das, was Goya seinen Opfern zugefügt hatte, war noch zu frisch. Allein die Vorstellung, Albert Chavez, mein Vorgesetzter und Freund, könnte ähnliche Folterqualen erleiden, war unerträglich. Und die Tatsache, dass alles daher rührte, weil er vor Jahren seinen unerschütterlichen Glauben höhergestellt hatte als seine Gesetzestreue, machte es nur noch schlimmer. Ich war aus der Kirche ausgetreten, weil ich meinen Glauben verloren hatte. Chavez war ihr treu geblieben, weil er niemals den Glauben an Erlösung verloren hatte.

Nach meiner Scheidung und dem nachfolgenden Tod meines Ex-Mannes hatte ich Chavez gestanden, ich könne nicht mehr erkennen, dass Gott seine ordnende Hand über uns halte. Er hatte darauf wie jeder gute Polizist erwidert, wenn die Beweise so klar auf der Hand liegen, welchen Wert hätte dann der Glaube noch?

Harrison und ich verließen das Art Center und fuhren hinauf in die High Desert und zum Kloster, das, von windgepeitschten Bäumen umgeben, in einem breiten Tal zwischen dem Angeles National Forest und den Tehachapi Mountains lag.

Der Tag war einfach so vorübergegangen, ohne dass wir sehr viel weiter gekommen waren. Am östlichen Horizont brach bereits die Abenddämmerung herein, und die Luft hatte sich abgekühlt, nachdem wir den Pass hinter uns gelassen hatten.

Dort, wo die umliegenden Berge gegen die Wolken stießen, war Schnee zu erkennen. Das Kloster bestand aus kleinen, mit gebrannten Dachziegeln gedeckten Gebäuden; sie waren mit steingesäumten Wegen verbunden, die allesamt in der Mitte der Anlage zusammenliefen, wo eine Kirche mit einem Glockenturm stand.
Wir stiegen aus. Aus einem der Gebäude erschien ein Mönch im dunklen Gewand des Ordens. Er hatte gegen die abendliche Kühle die Kapuze hochgezogen, trug aber nur Sandalen an den Füßen.
Er blieb einige Meter vor uns stehen. Sein Gesicht verschwand im Schatten der Kapuze. Ich stellte uns vor, worauf er uns mit einer Handbewegung zu verstehen gab, dass wir hier warten sollten, und sich entfernte.
»Das Schweigegelübde«, sagte Harrison.
Der Mönch verschwand in einem der Gebäude, und kurz darauf kam ein anderer Mönch auf uns zu, allerdings hatte er den Kopf nicht bedeckt, so dass sein dichtes blondes, bereits von grauen Strähnen durchsetztes Haar zu sehen war. Er hatte die Arme vor der Brust verschränkt, als versteckte er etwas in den Händen. Er musste Mitte fünfzig sein, und seine grauen Augen strahlten eine Ruhe aus, wie ich sie nur selten bei jemandem erlebt hatte.
»Sie müssen Bruder Andrew verzeihen. Er ist Novize und hat erst vor kurzem das Schweigegelübde abgelegt. Ich bin Vater Unger, der Abt hier. Sie sind von der Polizei?«
Ich stellte uns erneut vor, und er führte uns ins nächstgelegene Gebäude, eine Töpferwerkstatt mit Verkaufsraum. Auf langen Tischen standen dicht gedrängt buntglasierte Schalen und Tassen, deren Farbenpracht in starkem Gegensatz zu den dunkelbraunen Kutten ihrer Schöpfer standen.

»Sie haben kein Schweigegelübde abgelegt, Vater?«, fragte ich.
»Jeder Bruder unterzieht sich dem Gelübde mindestens einmal, oft auch mehrmals während seines Aufenthalts bei uns. Wie Sie sich vorstellen können, ist das für die Verwaltung mit gewissen Herausforderungen verbunden.«
»Wir suchen nach einem Mann, der hier eine gewisse Zeit verbracht haben soll. Sein Name könnte Michael Sanchez lauten.«
Er dachte nach. »Wird er wegen eines Verbrechens gesucht?«
»Einem sehr gravierenden.«
»Zu unseren Regeln gehört unter anderem, dass wir unseren Geburtsnamen ablegen. Das ist der erste Schritt, um das alte Leben zurückzulassen und Gott anzunehmen. Trotzdem, der Name ist mir nicht vertraut.«
»Das ist das letzte Bild, das wir von ihm haben.«
Ich reichte ihm den Schülerausweis von Michael Sanchez. Er betrachtete es und schüttelte den Kopf. »Das ist das Bild eines Jungen.«
»Er müsste vor drei Jahren hier gewesen sein. Möglicherweise hat er den Namen Paul angenommen.«
Sein Blick verriet, dass ihm dieser Name durchaus etwas sagte.
»Es gab zu dieser Zeit einen Bruder Paul, aber ich könnte nicht sagen, dass er der Junge auf dem Foto ist. Der Paul, den ich kannte, hatte einen Vollbart und war natürlich wesentlich älter.«
»Können Sie mir etwas über ihn erzählen?«
»Zu uns kommen die Menschen aus vielerlei Gründen. Aber alle lassen ihr bisheriges Leben hinter sich. Wir stellen nur

wenige Fragen und bilden uns kein Urteil über sie. Gottes Güte kann nur in einem Umfeld gedeihen, das alle vorbehaltlos schützt, die diesen Weg einschlagen.«

»Mit anderen Worten, Sie werden mir nichts erzählen.«

»Ich kann Ihnen etwas zeigen«, sagte er und bedeutete uns, ihm nach draußen zu folgen.

Wir gingen über den Steinweg zu einem großen Gebäude und traten ein. Im angrenzenden Raum saßen zwanzig oder mehr Männer schweigsam an zwei langen Tischen, die einzigen Geräusche stammten vom Klappern des Bestecks. Ein Mönch sah verstohlen in unsere Richtung, bevor er sich mit leicht abgewandtem Kopf wieder seiner Mahlzeit widmete. Unweigerlich kam mir der Gedanke, dass sich dadurch jemand gerade verraten hatte, dessen Vergangenheit bei seinen Mitbrüdern wahrscheinlich für Entsetzen sorgen dürfte.

»Das hier kann ich Ihnen zeigen«, flüsterte Vater Unger und deutete auf die Wand neben dem Bogengang, der zum Speiseraum führte.

An der Wand hing eine kleine Zeichnung einer auf dem Rücken liegenden Frau, die von grotesken Gestalten in Talaren umgeben war; von ihrem Körper gingen Lichtstrahlen aus.

»Bruder Paul hat das gezeichnet?«, fragte ich.

Der Abt nickte.

»Si resucitara«, las ich den Titel ab.

»Wird sie wiederauferstehen?«, übersetzte Harrison.

»Die Wiederauferstehung ist einer der Grundpfeiler des Glaubens«, sagte Unger.

»In diesem Fall, Vater, ist die Zeichnung der Grundpfeiler von etwas ganz anderem.«

»Es ist mehr oder weniger die Vorskizze zu der Zeichnung, die wir im Rose Bowl gefunden haben«, sagte Harrison.

»Meinst du, sie war noch am Leben, als er es gezeichnet hat?«

»Vielleicht hat sie irgendwo zwischen Leben und Tod geschwebt.« Ich trat näher und suchte nach Einzelheiten, die mir vielleicht entgangen waren. »Die Zeichnung wirft eine Frage auf, die durch die nächste Zeichnung beantwortet wurde.«

Harrison nickte.

»Welche nächste Zeichnung?«, fragte Unger.

Ich sah in den Raum mit den schweigenden, über ihr Essen gebeugten Gestalten. Sieht so der Friede aus?, fragte ich mich. Und wenn ja, wie hatte Goya sich unbemerkt in diese Welt einfügen können?

»Hat er sich mit Ihnen über seine Mutter unterhalten?«

Der Abt verneinte.

»Das Leben von Menschen hängt davon ab, dass wir Antworten finden, Vater«, sagte ich. »Für Geheimniskrämereien fehlt mir die Zeit.«

»Menschen können auf eine Art und Weise errettet werden, von der Sie keine Ahnung haben, Lieutenant.«

»Und Menschen können auf eine Art und Weise getötet werden, von der Sie keine Ahnung haben, Vater. Es geht um Mordermittlungen.«

Unger wollte darauf etwas erwidern, zögerte aber.

»Vielleicht kann sich ja einer der anderen an etwas erinnern«, sagte ich und ließ den Blick durch den Speisesaal schweifen.

Unger blickte in den stillen Raum, dann deutete er zur Tür. Wir traten in die Kühle hinaus. Der Wind hatte aufgefrischt; Wolken und die einsetzende Dunkelheit verhüllten die Berge. Ich roch die Feuchtigkeit in der Luft, aber noch regnete es nicht.

»Bruder Paul war etwas mehr als zwei Jahre bei uns. Die meiste Zeit davon verbrachte er im Schweigen. Er ist immer sehr für sich geblieben. Ich könnte Ihnen noch nicht einmal sagen, wie seine Stimme geklungen hat. Er war äußerst andächtig. Der Glaube kann, wie wir alle wissen, von einem so stark Besitz ergreifen, dass er zur Gefahr für die eigene Gesundheit werden kann. Es wurden Bedenken geäußert, dass seine Frömmigkeit gefährlich werden könnte.«

»Gefährlich für wen?«

»Für ihn selbst.«

»Wenn er immer geschwiegen hat, wer hat dann die Bedenken geäußert?«, fragte Harrison.

»Ich bin einmal spätabends an seinem Zimmer vorbeigekommen, als der Santa Anna blies. Die Tür war durch den Wind einen Spaltbreit aufgeschoben worden. Er schlief auf dem nackten Holzboden neben seinem unberührten Bett. Sein Rücken war von Narben überzogen, die aussahen, als hätte er sich gegeißelt. Einige davon waren noch ganz frisch und schorfig.«

»Hat er jemals Besucher empfangen?«

»Nein. Manche werden von Familienmitgliedern besucht, aber er schien keine gehabt zu haben.«

»Hat er einen Vater Patrick erwähnt?«

Unger sah mich überrascht an. »Woher wissen Sie das?«

»In welchem Kontext hat er von ihm gesprochen?«

»Er hat ihn einmal als seinen Lehrer bezeichnet.«

»Sonst nichts?«

»Nein.«

»Ist es für die Brüder möglich, das Kloster für gewisse Zeit zu verlassen?«

»Ja, den Brüdern steht es frei, das Kloster jederzeit zu verlas-

sen, solange ihre Studien dadurch nicht beeinträchtigt werden.«
»Hat er das Kloster verlassen?«
»Ja. Gegen Ende seines Aufenthalts war er immer häufiger fort. Das geschieht oft, wenn jemand beschließt, in die Welt draußen zurückzukehren.«
»Haben Sie zufällig Aufzeichnungen, um welche Zeiträume es sich gehandelt hat?«
Er schüttelte den Kopf. »Wir sind kein Gefängnis.«
»Sind Ihnen an ihm, wenn er zurückgekehrt ist, irgendwelche Veränderungen aufgefallen?«
»Nichts, was mir in Erinnerung geblieben wäre.«
»Unter welchen Umständen hat er dann endgültig von Ihnen Abschied genommen?«
»Es schien keinen bestimmten Auslöser dafür gegeben zu haben. Eines Morgens ist er nicht zum Gebet erschienen. Jemand wurde in sein Zimmer geschickt, und er war verschwunden. Irgendwann im Lauf der Nacht ist er einfach gegangen.«
»Hat er etwas zurückgelassen?«
»Die Zeichnung, die ich Ihnen gezeigt habe, und einen Umschlag mit zehntausend Dollar in bar.«
»Haben Sie irgendeine Vorstellung, woher das Geld stammen könnte?«
»Nein. Das ist alles, was ich Ihnen erzählen kann«, sagte Unger.
Ich gab ihm meine Karte.
»Sollte jemandem irgendetwas einfallen, wäre ich Ihnen sehr dankbar, wenn Sie mich anrufen würden«, sagte ich.
»Natürlich. Ich muss jetzt zurück«, sagte er und lächelte. »Am Freitag ist nämlich Bingo-Abend.«

»Noch etwas, Vater. Wird jemand aus dem Kloster an der Papstmesse teilnehmen?«

Er nickte. »Ja, die meisten werden hinfahren. Wir haben dafür eigens einen Bus gemietet.«

Er drehte sich um, hielt inne und sah zu mir zurück. »Ich werde dafür beten, dass niemandem Schaden widerfährt.«

»Sparen Sie nicht mit Ihren Gebeten, Vater«, sagte ich.

Unger kehrte in den Speisesaal zurück, und kurz nachdem die Tür geschlossen war, drangen Stimmen zu uns heraus.

»Geht doch nichts über ein tolles Bingo«, sagte Harrison. »Morrison hatte also recht. Er ist hier gewesen. Das Geld, das er zurückgelassen hat, könnte von seinem Anteil aus der außergerichtlichen Einigung stammen. Zumindest kann man dieser Geschichte nicht eine gewisse Ironie absprechen.«

»Er hätte Monroe in Mexiko umbringen können, als er wieder einmal fort war.«

»Es sei denn, Morrison hat auch darin recht, und einer aus dem Vatikan hat ihn ermordet.«

»Ich ziehe es vor, die Sache so einfach wie möglich zu halten«, sagte ich.

Harrison sah zum Speisesaal. »Damit er diese Zeichnung anfertigen konnte, musste er Keri bereits gekannt haben. Er musste also bereits am Abendseminar im Art Center teilgenommen haben.«

Ich nickte. »Er musste herausgefunden haben, wer sie war, und daraufhin beschlossen haben, sie zu töten.«

»Und dann marschiert er mitten in der Nacht davon und setzt es in die Tat um.«

Mein Handy klingelte. Ich ging ran.

»Wells' Fernsehsender hat eine weitere Videoaufzeichnung

erhalten. Wie schnell kannst du dich mit mir im Studio in Hollywood treffen?«, fragte Traver.

»Geht es um Wells?«, fragte ich.

»Nein. Sie wollen die Aufzeichnung so lange zurückhalten, bis wir sie ausgewertet haben. Aber um elf wollen sie sie senden.«

Es war kurz nach sieben. Ich gab Harrison einen Wink, und wir machten uns auf den Weg zum Wagen.

»Wer ist auf dem Video zu sehen?«

Traver holte tief Luft. »Chavez.«

23

Der Rückweg in die Stadt und zum Fernsehsender dauerte eineinhalb Stunden. Auf dem Highway 14 hatte sich ein mit Zitronen beladener Vierzigtonner quergestellt, war in Flammen aufgegangen und hatte fruchtig duftende Feuerkugeln über die Fahrbahn kullern lassen.

Der Regen hatte wieder eingesetzt, als wir von Osten nach Hollywood hineinfuhren. Die Crack-Junkys, Nutten und von zu Hause davongelaufenen Teenager, die für eine Mahlzeit bei Poppy's Fried Chicken ihre Körper verkauften, mussten in den Hauseingängen und unter den Markisen der Läden Unterschlupf suchen.

Vize-Polizeichef Kelly war bereits beim Sender eingetroffen. Ich erkannte seinen Wagen auf dem Parkplatz, daneben standen zwei Crown Victorias mit Regierungskennzeichen, die dem FBI gehörten.

Wir wurden durch einen langen Gang, der zur Feier der zweihundertsten Episode von *Extreme Dating* mit Star-Postern behängt war, in einen großen Konferenzraum geführt.

Ein Monitor war an dem einen Ende eines langen Tisches aufgebaut. An einer Seite saßen die Vertreter des Senders – der Nachrichtenredakteur Lang, der Vorstand Wallace und der Justiziar namens Levinson. An der Wand hinter ihnen hing ein Poster von Edward R. Murrow während der Bombenangriffe auf London, daneben eines der Sendung *Entführung durch Außerirdische 3: Die ganze Wahrheit.*

Kelly saß an der gegenüberliegenden Seite neben dem FBI-Mann Utley und einem anderen, den ich als seinen Kollegen Hicks erkannte.

»Das ist vor gut zwei Stunden bei uns eingetroffen. Außer uns hat nur eine einzige Person das Video gesehen«, begann Wallace.

»Wer?«, fragte ich.

»Wells' Produzent. Er kümmert sich noch um Trevors E-Mails. Sie ist auf dieselbe Art verschickt worden wie das erste Video.«

»Von welcher Adresse?«, fragte Hicks.

»Wells' privater E-Mail-Adresse. Wir nehmen an, der Täter hat einfach Wells' Laptop mitgenommen.«

»Wie viele Kopien gibt es davon mittlerweile?«, fragte ich.

»Zwei«, antwortete der Nachrichtenredakteur. »Diese hier und eine weitere, mit der wir arbeiten.«

»Auf wie viele Computer ist sie bereits heruntergeladen worden?«

Lang wollte schon antworten, wurde aber vom Justiziar unterbrochen. »Ich denke, wir verfolgen hier alle das gleiche Ziel, Lieutenant«, sagte er.

»Spielen Sie es ab«, sagte ich.

»Die Ziffern unten am Bildschirm geben die Zeit an«, sagte Lang.

Der Justiziar nickte Lang zu, der daraufhin die Vorführung startete. Es begann mit einem schwarzen Bildschirm; fast eine Minute lang kam nichts anderes als ein schwarzes, stummes Bild, dazu ein Ton, kaum mehr als ein Rauschen. Dann mehrere kurze, schnaufende Atemzüge.

»Sein Atem«, sagte Lang.
Ich drückte mich gegen die Stuhllehne, und mit jedem verzweifelten Schnaufen, das aus der Dunkelheit kam, umklammerte ich die Armlehnen fester. Die Atemzüge beschleunigten und verlangsamten sich, ohne dass ein Rhythmus zu erkennen gewesen wäre. Ich wollte nur noch, dass es aufhörte, aber stattdessen fing es immer wieder von neuem an. Eine Minute verging, dann eine weitere und noch eine. Ich starrte auf die Zeitangabe, sah die Sekunden verstreichen, eine nach der anderen, hoffte, sie würden stehenbleiben, doch das geschah nicht, so dass ich mich auf das schwarze Bild konzentrierte und Einzelheiten zu erkennen versuchte, die natürlich nicht da waren. Noch eine Minute verging, eine weitere. Am liebsten hätte ich meine Waffe gezogen und das gesamte Magazin in den Monitor entleert. Ich rückte den Stuhl nach hinten, stand auf, verschränkte die Arme, musste mich zwingen, nicht einfach loszubrüllen vor Wut auf meine erzwungene Hilflosigkeit; darüber, dass ich nichts anderes tun konnte, als auf den verdammten Bildschirm zu starren und diesen Geräuschen zu lauschen. Goya hatte uns alle in der Hand. Er spielte mit uns.
Keiner im Raum gab einen Laut von sich. Nach sieben Minuten wurde ein anderes Geräusch hörbar, die Atemzüge beschleunigten sich, wurden lauter, so, als würde jemand in Panik geraten. Dann erschien ein Lichtblitz, erhellte kurzzeitig diesen Alptraum, bevor alles wieder in Dunkelheit versank. Mein Herz raste. Ich griff zur Stuhllehne, klammerte mich mittlerweile an sie, als ginge es um mein Leben. Ich sah zum Justiziar; sein Gesicht war leichenblass, der Schweiß stand ihm auf der Stirn.
Ein Flüstern war in der Dunkelheit zu hören, und ich spürte,

wie meine Knie nachzugeben drohten, als hätte ich soeben einen Schlag in den Magen bekommen.
»*Posterus praeteritus est* … Verzeih ihnen, Vater, denn sie wissen nicht, was sie tun …«
Damit endete abrupt die Aufzeichnung. Eine Weile sagte keiner etwas. Lang brach schließlich das Schweigen.
»Das ist alles«, sagte er leise.
Ich sah zu Harrison, der den Kopf schüttelte.
»Ist das Chavez' Stimme?«, fragte Hicks.
Ich atmete tief durch und versuchte, die Fassung wiederzugewinnen.
»Ja«, sagte ich.
»Wir haben den ersten Teil des Satzes nicht verstanden.«
»Es ist Latein«, sagte Harrison. »Die Zukunft ist die Vergangenheit.«
»Ein Rätsel?«
Ich schüttelte den Kopf. »Kein Rätsel. Alle Botschaften von Goya sind sehr eindeutig. Es hat etwas zu bedeuten.«
»Vom Naheliegenden mal abgesehen, hat das, was er zum Schluss gesagt hat – ›verzeih ihnen‹ –, eine besondere Bedeutung? Wem verzeihen?«, kam es vom Vorstand Wallace.
»Wenn etwas von Bedeutung ist, dann hat es meiner Erfahrung nach meistens nichts mit dem Naheliegenden zu tun«, erwiderte ich.
»Können wir herausfinden, was wir in diesem Lichtblitz zu sehen bekommen haben?«, fragte Wallace. »Wenn wir das Bild anhalten, wäre es möglich, die Person zu identifizieren?«
Kelly sah zu mir, als hätte er die gleiche Frage stellen wollen.
»Ja«, sagte ich.

»Es war ja kaum mehr als ein Wimpernschlag«, sagte Wallace.
»Es war mehr als das«, sagte ich. »Spielen Sie zum Blitz zurück und halten Sie das Bild an.«
Lang ließ die Aufzeichnung rückwärtslaufen, bis es aufblitzte, und hielt sie an.
»Der Blitz dauert lediglich zwei oder drei Einzelbilder. Ich lasse es Bild für Bild abspielen.«
Auf dem ersten Bild breitete sich das Licht explosionsartig aus und erhellte das untere Drittel des Bildschirms. Die Gestalt war von der Hüfte abwärts erkennbar, barfuß und mit einem dicken Seil um die Knöchel.
»Er sitzt«, sagte Harrison. »Sieh dir das Seil an.«
Ich nickte. »Wie auf den Zeichnungen.«
Lang rief das nächste Bild auf. Das geisterhaft weiße Licht breitete sich über die gesamte Gestalt aus. Kurz starrte ich auf den Monitor, dann wandte ich den Blick ab. Er hatte die an den Gelenken gefesselten Hände im Schoß; ein blutverschmierter Verband war unter dem Seil am rechten Handgelenk zu sehen. Ein weiteres Seil war um seinen Hals gebunden und fesselte ihn an die Stuhllehne. Sein Mund war mit einem Klebeband bedeckt. Sein Gesicht wurde vom grellen Licht weggebrannt, nur die dunklen Augen stachen deutlich hervor. Fast konnte man meinen, dass unter der geisterhaft durchscheinenden Haut seine Schädelform zu erkennen war.
»Auf seiner Brust ist etwas auf das weiße Hemd geschrieben«, sagte Kelly.
»*Crimen*«, sagte Harrison. »Lateinisch für Verbrechen, Vorwurf, Anklage. Er klagt ihn eines Vergehens an.«
»Ist das Chavez?«, fragte Lang.
»Gehen Sie weiter zum nächsten Bild«, sagte ich.

Lang tat es. Das Licht löste sich wieder in Dunkelheit auf. Die Gesichtszüge traten durch die Schatten scharf hervor.

»Ist er es?«, fragte Hicks.

Ich nickte.

»Wessen ist er angeklagt?«, fragte Lang. »Der Täter muss ihm doch etwas vorwerfen.«

»Chavez hat sich nichts zuschulden kommen lassen«, beeilte ich mich zu antworten.

»Warum hat er ihn sich dann ausgesucht?«

»Weil er Polizist ist, das ist alles.«

»Würden Sie es als eine terroristische Tat bezeichnen?«, fragte Lang.

Ich starrte auf das Gesicht des Mannes, der der Pate meiner Tochter war.

»Nein, ich würde es als Terror bezeichnen. Können Sie das ausschalten?«, sagte ich.

Der Bildschirm wurde schwarz.

»Albert hat zwei Töchter. Sie können das nicht senden«, sagte ich.

»Es hat einen Nachrichtenwert. Bei allem Respekt, aber ich glaube nicht, dass Sie das beurteilen können«, sagte Levinson.

»Diese Aufzeichnung ist Beweismaterial in einem Verbrechen, bei dem die Bundesbehörden zuständig sind«, entgegnete Hicks. »Entweder Sie fügen sich uns, oder ich lasse in einer Viertelstunde vierzig Beamte aufmarschieren, die jeden Computer in diesem Gebäude beschlagnahmen. Wenn Sie sich auf den ersten Verfassungszusatz berufen wollen, wird sich sicherlich ein Richter finden, der sich nach dem Wochenende damit beschäftigt. Und achtundvierzig Stunden darauf dürften Sie dann auch Ihre Computer wiederhaben.«

Lang sah zum Vorstand, der nickte und sich dann an mich wandte.
»Sie sind überzeugt, dass es sich um denselben Täter handelt, der auch Trevor Wells ermordet hat?«
»Ja«, sagte ich.
Lang sah zu seinem Justiziar und dann zu mir. »Trevor war mein Freund. Ich halte die Aufnahme zurück, bis ich von Ihnen etwas anderes höre.«
»Gibt es vielleicht Aufzeichnungen darüber, wen er in den letzten Wochen alles interviewt hat?«
Er schüttelte den Kopf. »Die Redaktion hat natürlich Unterlagen über alle offiziell anberaumten Interviews, aber Trevor ist da nicht aufgeführt. Er hat zum größten Teil unabhängig gearbeitet.«
»War er an einer bestimmten Geschichte dran?«
»Nicht dass ich wüsste.«
»Könnte es sein, dass andere in der Redaktion zufällig etwas darüber wissen?«
»Ich höre mich mal um.«
»Würden Sie uns für einen Moment allein lassen?«, fragte ich Lang.
Er nickte, worauf er, Wallace und Levinson den Raum verließen.
»Ist jemandem während des Blitzlichts irgendetwas aufgefallen, was auf den Ort hinweist?«, fragte ich.
»Es gab da etwas«, sagte Harrison.
»Was?«
»Nicht während des Blitzes, davor.«
Er griff sich die Fernbedienung, spielte die Aufzeichnung zurück und ließ sie von Anfang an ablaufen.
»Da ist nur Dunkelheit«, sagte Kelly.

»Und etwas anderes«, sagte Harrison.
Ich starrte auf den Bildschirm, die Sekunden vergingen, die Schwärze kam mir wie eine Waffe vor, die jederzeit losgehen konnte.
»Hier«, sagte Dylan und hielt das Bild an.
»Ich habe nichts gesehen«, sagte Hicks.
»Es gab auch nichts zu sehen.«
Ich starrte auf die Schwärze, dann wandte ich mich an Dylan. »Hintergrundgeräusche.«
Er nickte. »Der Chief wird in einer Umgebung festgehalten, in der der Täter alles unter Kontrolle hat. Ich vermute also, es kommt von außerhalb des Gebäudes.«
»Von draußen?«, sagte Kelly.
»Eine Straße in der Stadt, in der einiges los ist. Die meisten älteren Gebäude haben keine Isolierfenster. Ich drehe die Lautstärke hoch und spiele es noch einmal vor.«
Die Zeitanzeige lief zehn Sekunden rückwärts und dann wieder vorwärts. Das Geräusch dauerte keine drei oder vier Sekunden, gleich danach war zum ersten Mal Chavez' keuchender Atem zu hören.
»Kurz vor dem Einsetzen der Atemzüge. Habt ihr es gehört?«, fragte Harrison.
Ich nickte.
»Ja, da war etwas«, sagte Hicks.
»Zwei unterschiedliche Geräusche«, sagte Dylan. »Ein erstes und kurz darauf ein zweites. Ich spiele es noch einmal ab.«
Erneut tickten die Sekunden vor sich hin.
»Hier das erste Geräusch«, sagte Harrison.
Es war kaum mehr als ein rauschender Luftstoß. Nach drei weiteren Sekunden war das zweite Geräusch zu hören.
»Eine Stimme?«, sagte ich.

Harrison nickte.
»Könnte sein«, sagte Utley. »Aber die Worte sind nicht zu verstehen.«
»Sie ist weit entfernt, aber ich glaube, es ist Spanisch«, sagte Harrison. »Aber hören Sie sich noch einmal das erste Geräusch an.«
Ich lauschte angespannt, konnte es aber nicht im Geringsten einordnen.
»Es hört sich wie Luft an, vielleicht ein Windstoß«, sagte Hicks.
Dylan schüttelte den Kopf. »Vielleicht täusche ich mich, aber es könnte eine aufgehende Bustür sein.«
Er spielte es noch mal ab.
»Genau jetzt«, sagte er. »Druckluft … whuusch.«
Ich lauschte. Es war kaum lauter als ein fernes Flüstern, aber wir bildeten es uns nicht ein.
»Wie bei einer Bustür, die geöffnet wird. Es könnte also eine Bushaltestelle vor dem Gebäude liegen«, sagte ich.
»Warum sollte man jemanden gleich neben einer Bushaltestelle festhalten, an der immer einiges los ist?«
»Weil den Leuten, die auf einen Bus warten, durch den Kopf geht, ob sie rechtzeitig zur Arbeit kommen oder von der Einwanderungsbehörde erwischt werden; es interessiert sie nicht, was im Gebäude hinter ihnen los ist, damit haben sie nichts am Hut. In einer Wohnstraße handelt man sich höchstens neugierige Nachbarn ein, die sich fragen, was hinter den geschlossenen Fenstern so vor sich geht.«
»Ich schicke das Video nach Washington und lasse die Geräusche verstärken.«
Kelly schüttelte den Kopf. »Wie soll uns das weiterbringen?«

Kellys Fähigkeiten als stellvertretender Leiter der Dienststelle waren schon immer eher politischer als ermittlungstechnischer Natur gewesen. Hätte er jemals an einem Tatort gearbeitet, wäre sein kriminalistischer Instinkt nicht gar so verkümmert gewesen.
»Die Tür eines Busses geht auf, jemand steigt aus oder ist gerade dabei auszusteigen, und dann sagt er etwas zum Fahrer oder zu einem anderen Fahrgast«, sagte ich.
Hicks nickte. »Könnte sein … wenn wir Glück haben.«
»Was könnte sein?«, fragte Kelly.
»Könnte sein, dass er nach einer Richtungsangabe gefragt hat«, sagte ich. »Damit könnten wir den Ort eingrenzen.«
»Und das ist alles, das Geräusch von so einem gottverdammten Bus?«, sagte Kelly. »Wissen Sie, wie viele Bushaltestellen es in dieser Stadt gibt?«
»Es ist eine Chance«, sagte ich.
Er schob den Stuhl vom Tisch zurück und stand auf. »Was der Chief zum Schluss gesagt hat, das ist aus der Bibel, oder?«
»Aus Lukas. Jesu Worte am Kreuz«, sagte ich.
»Und stammen die Worte vom Chief oder von Goya?«
Ich schüttelte den Kopf. »Auf dieser Aufzeichnung ist nichts, was Goya nicht gewollt hätte.«
»Was haben sie dann zu bedeuten?«
»Das weiß ich nicht.«
»Wie lange wird die Tonanalyse des Videos dauern?«, fragte er.
»Wenn etwas drauf ist, nicht allzu lange. Bis morgen früh, wenn wir Glück haben. Wenn nicht … dann eben länger«, sagte Hicks.
»Und wie viel Zeit bleibt Chavez noch?«

Im Raum wurde es still.
»So oder so, das alles endet mit der Papstmesse am Sonntagmittag«, sagte ich.
Kelly sah auf seine Uhr. »Achtunddreißig Stunden.«

Lang wartete auf mich, als wir den Konferenzraum verließen.
»Können wir uns unter vier Augen unterhalten?«
Ich nickte. Harrison entschuldigte sich. Ich begleitete Lang durch den Gang und betrat mit ihm einen leeren Redaktionsraum.
»Sie haben etwas herausgefunden?«, fragte ich.
Er nickte. »Wells hat an etwas gearbeitet. In den letzten Tagen hatte er eine Reihe von Treffen außerhalb seines Büros. Einer unserer Produzenten hat ihn gefragt, ob er einen Kameramann braucht. Er hat es verneint.«
»Wissen wir, mit wem er sich getroffen hat?«
»Es gibt nur ein paar handschriftliche Notizen in seinem Schreibtischkalender.«
»Ich würde sie gern sehen.«
Er beugte sich zum Tisch neben unserem hinüber, griff sich einen Ordner und schlug ihn auf. »Trevor wäre alles andere als einverstanden gewesen, wenn dadurch ein Informant in Gefahr gebracht werden würde.«
»Ich bin nur daran interessiert, den Täter zu finden, der ihn umgebracht hat.«
Lang nahm mehrere Blätter aus dem Kalender und reichte sie mir. »Zwei Telefonnummern und ein paar Buchstaben.«
Die erste Telefonnummer war die von Morrison, die er auch mir gegeben hatte, falls ich ihn kontaktieren wollte. Die zweite kannte ich nicht. Neben den Nummern standen drei

Großbuchstaben. Neben Morrisons Nummer ein M. Der zweite Buchstabe, ein B, hatte keine zugeordnete Nummer. Unter der zweiten, mir unbekannten Telefonnummer stand der Buchstabe K.

»Trevor hat oft mit Abkürzungen gearbeitet. Die Buchstaben stehen, vermute ich, für die Namen bestimmter Personen.«

»Haben sie die Nummern ausprobiert?«, fragte ich.

Er schüttelte den Kopf. Ich holte mein Handy heraus und wählte die zweite Nummer. Beim zweiten Klingeln sprang ein Anrufbeantworter an. »Sie sind mit der Erzdiözese Los Angeles verbunden.«

Ich legte auf.

»Ich würde das gern mitnehmen«, sagte ich.

Er nickte. »Können Sie damit was anfangen?«

»Mal sehen«, meinte ich achselzuckend.

Ich ging nach draußen zu Harrison, der im Wagen wartete, und reichte ihm die Seite aus dem Kalender.

»Vor seinem Tod hat Wells mit dem Reporter Morrison und mit jemandem von der Erzdiözese gesprochen. Dabei ging es wahrscheinlich nicht um seinen Abfall vom Glauben.«

Harrison überflog Wells' Gekritzel.

»Wenn die Buchstaben für Personen stehen, dann scheint er auch mit Jackson Bishop gesprochen zu haben.«

Ich nickte.

»Was ist mit dem letzten Buchstaben, dem K? Könnte eines der Opfer sein oder jemand, der ebenfalls Schweigegeld erhalten hat«, sagte Harrison. Er gab mir das Blatt zurück.

»Könnte aber auch für seinen Mörder stehen«, sagte ich.

Mein Handy klingelte. Traver war dran.

»Wir haben die Kirche auf dem Foto gefunden. Sie liegt in East L.A.«

24

Es war fast elf, als wir vor der Kirche anhielten, die vom Stadtzentrum aus gesehen auf der anderen Flussseite lag. Boyle Heights war von einem Iren gegründet worden, und im Lauf der Zeit hatten sich dort all jene niedergelassen, die man in der Stadt westlich vom Fluss nicht haben wollte: Juden, Japaner, Mexikaner, Osteuropäer und Russen. Im Zweiten Weltkrieg wurden die Japaner in Busse geladen und in Auffanglager verfrachtet. Die Juden zogen nach West L.A., und die Osteuropäer und Russen verstreuten sich einfach. Nur die Mexikaner blieben. Was, ethnisch gesehen, einmal eines der heterogensten Gegenden der Stadt gewesen war, befand sich nun fest in hispanischer Hand.

Die Kirche sah genauso aus wie auf dem Foto. Sie schien sich mit ihrem Glockenturm und den schweren Holztüren kaum verändert zu haben, sah man von einem aufwendigen Wandgemälde ab, das ein von Cesar Chavez gesteuertes Cabrio zeigte, auf dessen Rückbank John Kennedy und Jesus saßen. Einige Frauen gingen mit Kerzen unter bunten Regenschirmen vor dem Eingang auf und ab.

»Eine Totenwache«, sagte ich.

»Machtkämpfe der Gangs«, sagte Harrison.

»Das sieht aber anders aus.«

Wir hielten an und stiegen aus. Ein Taco-Stand am Ende des Blocks machte trotz des Wetters hervorragende Geschäfte.

Der Duft von Grillhähnchen, Kreuzkümmel und Koriander schwebte im leichten Wind. Ein Zivilwagen mit Regierungskennzeichen stand auf der gegenüberliegenden Straßenseite. Die dunklen Silhouetten zweier Personen waren darin zu erkennen.

»Die Einwanderungsbehörde«, sagte ich.

Als wir uns der Kirche näherten, entdeckten uns die versammelten Frauen, stellten sich vor die Tür und blockierten uns den Weg. *»Santuario, santuario …«*, skandierten sie.

»Zufluchtsstätte«, sagte Harrison.

»Die Kirche gewährt jemandem Asyl.«

Die Tür ging auf, ein Priester kam heraus und erblickte uns. Er hob die Hand, worauf die Frauen verstummten, und kam uns durch die kleine Menge entgegen.

»Das hier ist ein Gotteshaus. Sie dürfen nicht rein. Wir gewähren Kirchenasyl«, sagte er.

Der Priester war Anfang dreißig, seine blonden Haare wirkten im Kontrast zu dem schwarzen Talar beinahe weiß. Ich hielt ihm meine Dienstmarke hin und erklärte, dass wir wegen einer anderen Sache hier seien.

Er sah zur anderen Straßenseite und dem Fahrzeug der Einwanderungsbehörde.

»Wir müssen sehr vorsichtig sein. Sie haben mehrmals versucht, in die Kirche einzudringen. Ich bin Vater Samulson.«

Wir stellten uns vor, und er führte uns vorbei an den argwöhnischen Blicken der kerzentragenden Wächterinnen in die Kirche. Im Inneren sprangen einige junge Frauen auf. Ihre Gesichter deuteten auf indianische oder Maya-Abstammung hin. Eines der Mädchen begann am ganzen Leib zu zittern.

»No estoy aquí para tí«, beruhigte Vater Samulson sie und gab ihnen zu verstehen, dass wir nicht ihretwegen kamen.

»Wie lange geht das schon?«, fragte ich.
»Seit zehn Tagen«, sagte er. »In der Fabrik, in der sie als Näherinnen gearbeitet haben, ist eine Razzia durchgeführt worden. Wissen Sie, was sie genäht haben? Mit Obstmotiven bestickte Socken. Und jetzt werden sie wie Terroristen behandelt.«
»Wir sind auf der Suche nach einer Frau, Vater. Sie wird nicht wegen eines Verbrechens gesucht, aber es ist wichtig, dass wir sie finden. Menschenleben hängen davon ab. Sie war vielleicht früher hier Gemeindemitglied.«
Ich zeigte ihm das Foto der jungen schwangeren Frau. Er trat an den Altar und betrachtete es im Schein der Kerzen.
»Ich kenne sie nicht. Aber ich bin auch erst seit ein paar Jahren hier.«
»Sie heißt möglicherweise Sanchez«, sagte ich.
Wieder schüttelte er den Kopf. »Aber es gibt vielleicht jemanden, der sie kennt.«
Der Priester rief nach einer jungen Frau, die bei den illegalen Einwanderinnen saß. Er sagte etwas zu ihr, worauf sie zur Tür eilte und die Kirche verließ.
»War hier jemals ein Vater Patrick Priester?«, fragte ich.
Er dachte kurz nach, dann nickte er.
»Ich glaube schon, aber das muss fast dreißig Jahre her sein.«
Die Tür ging auf, und eine untersetzte Frau kam herein. Sie hatte ein Kreuz und eine bunte Perlenkette um den Hals, über ihrem dunkelgrünen Hemd trug sie einen reichverzierten Schal.
»Das ist Marisala«, sagte der Priester. »Es gibt kaum etwas in dieser Kirche, von dem sie nicht weiß.«
Sie war Ende fünfzig, und ihre dunkelbraunen Augen wirk-

ten, als hätten sie schon alles gesehen. Sie musterte Harrison und mich, dann wandte sie sich an den Priester.
»Ja, Vater?«, sagte sie.
»Diese Leute sind von der Polizei.«
»Ja, ich weiß«, antwortete sie.
»Sie suchen jemanden. Vielleicht können Sie helfen.«
»Und warum sollte ich das tun?«, entgegnete sie.
»Weil sie damit das Leben eines Mannes retten können, der mir sehr am Herzen liegt«, sagte ich.
Die Frau sah mir in die Augen und schien einschätzen zu wollen, ob ich ihr etwas verschwieg. Nach einer Weile nickte sie. Ich reichte ihr das Foto.
»Wir glauben, ihr Name lautete Sanchez. Wir brauchen ihre Hilfe, wissen aber nicht, wo wir sie finden können.«
Marisala schüttelte den Kopf. »Nein.«
»Sicher?«
»Ich bin mir sicher, dass sie nicht Sanchez hieß.« Sie ließ den Blick aufmerksam zwischen Harrison und mir hin und her wandern.
»Sie ist Ihr Boss?«, fragte sie Harrison.
Er lächelte. »In jeder Beziehung.«
Ein feines Lächeln legte sich auf ihre Lippen. »Perez. Ihr Name war Maria Perez.«
»Sie hatte einen Sohn«, sagte ich.
»Nein, sie hatte keine Kinder«, sagte sie an mich gewandt.
»Bestimmt nicht? Schauen Sie sich doch das Foto an. Sie sieht aus, als wäre sie schwanger.«
Sie machte keine Anstalten, sich das Bild anzusehen.
»Ich habe zwölf Enkelkinder, ich weiß, wie es aussieht, wenn man schwanger ist. Sie hatte keine Kinder.«
Sie gab mir das Foto zurück.

»Wie können wir sie finden?«, fragte ich.
»Ich weiß nicht. Ich glaube, sie ist nach Mexiko zurückgegangen.«
»Wann?«
»Vor etwa zehn Jahren vielleicht. Ich weiß es nicht.«
Ich zeigte ihr den Schülerausweis von Michael Sanchez. »Haben Sie ihn schon mal gesehen?«
»Nein.«
»Haben Sie Maria Perez gut gekannt?«, fragte ich.
Sie neigte den Kopf und atmete schnell ein und aus.
»Ich habe sie gekannt, aber nicht gut«, sagte sie.
»Erzählen Sie mir von ihr.«
»Sie ist als junge Frau hierhergekommen, um auf den Erdbeerplantagen in Oxnard zu arbeiten. Dann hat sie Arbeit in einer Näherei gefunden.«
»Sie war illegal hier?«
Marisala sah zu den Frauen, die in der Kirche Zuflucht gesucht hatten.
»Wie kann ein Mensch illegal sein?«
»Warum ist sie nach Mexiko zurückgekehrt?«, fragte ich.
»Sie hat ihre Familie vermisst. Sie waren alle noch dort.«
»Sie war hübsch. Warum hat sie nicht geheiratet? Sie hätte amerikanische Staatsbürgerin werden können.«
Sie fasste mich an der linken Hand und sah zu meinem Ringfinger, an dem kein Ring steckte.
»Manche Frauen haben kein Glück in der Liebe.«
Ich lächelte.
»Lebte sie hier, als Vater Patrick Priester war?«
Sie dachte nach und zuckte die Achseln. »Muss so um diese Zeit gewesen sein … ich weiß es nicht mehr.«
»Er hat gestern Selbstmord begangen«, sagte ich.

Die Entschlossenheit in ihrem Blick geriet einen Moment ins Wanken und wurde von etwas anderem ersetzt, das ich nicht auf Anhieb einordnen konnte. Vater Samulson bekreuzigte sich und senkte kurz den Kopf.

»Warum?«, fragte er.

Ich hielt das Foto von Maria Perez hoch. »Ich glaube, es hatte mit ihr zu tun«, sagte ich und sah zu Marisala. »Haben Sie ihn gut gekannt?«

Sie schüttelte den Kopf. »Er war nicht lange hier.«

Wir gingen hinaus und stiegen in unseren Wagen, fuhren aber nicht los. Die Frauengruppe, die vor der Kirche gestanden hatte, begann sich mehr und mehr aufzulösen, je später es wurde. Diejenigen, die blieben, hatten eine Plane aufgebaut, saßen, in Decken gehüllt, auf Gartenstühlen und harrten so in der kühlen Nacht aus.

»Sie hat uns nicht die Wahrheit erzählt. Oder zumindest nicht alles, was sie weiß«, sagte Harrison.

»Wenn sie weiß, dass Vater Patrick ein Kind gezeugt hat, war es ihr vielleicht peinlich, das in Anwesenheit eines Priesters zuzugeben.«

»Sie kommt mir nicht wie eine Frau vor, die sich leicht in Verlegenheit bringen lässt«, sagte Harrison.

»Hast du ihren Blick gesehen, als ich ihr von Vater Patricks Tod erzählt habe?«

Dylan schüttelte den Kopf. »Wie hat sie darauf reagiert?«

Ich versuchte mich in sie hineinzuversetzen. »Als würde sie Genugtuung empfinden.«

Ich sah zum Eingang der Kirche. Marisala kam heraus und sah sich um. Sie sprach kurz mit einer Frau, richtete ihren Blick auf unseren Wagen und ging in unsere Richtung.

»Scheint, wir müssen ihr gar nicht nachlaufen«, sagte Harrison.

Ich kurbelte die Scheibe nach unten, als Marisala am Wagen war.

»Wollen Sie aus dem Regen?«, sagte ich.

Sie schüttelte den Kopf. »Der Regen reinigt uns von allen Sünden.«

»Gehört dazu auch das Lügen in einer Kirche?«, fragte ich.

»Gott wird es verstehen.«

»Ich würde es auch gern verstehen«, sagte ich.

»Sind Sie Katholikin, Lieutenant?«, fragte sie.

»War ich mal.«

»Waren Sie eine gute Katholikin? Haben Sie Ihrem Priester immer die Wahrheit gesagt?«

Ich lächelte. »Das hing von der Wahrheit ab.«

»Ja«, sagte sie.

»In diesem Fall sieht die Wahrheit so aus, dass ein Mord geschehen ist – mehr als nur ein Mord. Wer in einem solchen Fall lügt, begeht ein Verbrechen.«

»Wer jemanden vergewaltigt, begeht auch ein Verbrechen. Aber einen Priester kann man nicht wegen Vergewaltigung anzeigen, nicht wahr? Zumindest damals konnte man es nicht.«

»Vater Patrick hat Maria Perez vergewaltigt?«

Sie nickte. »Mehr als einmal. Sie hat nicht zur Polizei gehen können, aus Angst, abgeschoben zu werden. Sie hat sich auch an niemanden in der Gemeinde wenden können. Und nach Hause konnte sie auch nicht, wegen der Schande.«

»Aber sie hat es Ihnen erzählt?«, sagte ich.

Sie sah mir in die Augen. »Was für eine Polizistin sind Sie?«, fragte sie.

»Eine verzweifelte«, antwortete ich.

»Sie hat es mir erst erzählt, als sie schwanger war, als sie nicht mehr gewusst hat, was sie tun soll. Ich habe einen Doktor gekannt, der ihr hätte helfen können. Aber das wollte sie nicht, es wäre eine Sünde gewesen. In ihren Augen.«

»Und dann?«

»Vater Patrick hat sie weggebracht, vielleicht in ein Kloster, ich weiß es nicht. Eines Tages war sie fort. Kurz danach hat Vater Patrick eine andere Gemeinde übernommen. Ich habe ihn nie wiedergesehen.«

»Haben Sie sie wiedergesehen?«

Marisala nickte. »Viele Jahre später, mehrmals. Sie hat gesagt, sie hätte einen Sohn und würde ihn suchen. Er musste zu der Zeit schon ein Teenager gewesen sein. Das letzte Mal, als sie hier war, hat sie sich an die Erzdiözese gewandt, aber die wollte ihr nicht helfen.«

»Wann war das?«

»Vor ungefähr drei Jahren.«

»Hat sie ihn gefunden?«

»Ich weiß es nicht. Maria war nicht mehr ganz gesund im Kopf. Sie war überzeugt, dass sie ihren Sohn durch eine Jungfrauengeburt bekommen hat, nicht wegen einer Vergewaltigung. Sie war wie die jungen Mädchen hier in der Kirche. Sie war nicht gebildet, alles was sie wollte, war die Chance auf ein besseres Leben. Ich und meine Familie leben schon in der dritten Generation in Los Angeles. Aber ich spreche noch ihre Sprache, und es ist mir schleierhaft, wie sie den Mut aufbringen, in dieses Land zu kommen und das alles auf sich zu nehmen.«

Sie sah hinauf in den Himmel und ließ sich die Regentropfen aufs Gesicht fallen, bevor sie wieder zu mir sah.

»Dieser Mann hat ihr alle Chancen auf ein besseres Leben genommen.«
»Ja«, sagte ich. »Hat sie jemals etwas über die Zeit erzählt, als Vater Patrick sie von hier weggebracht hat?«
»Sie hat nur davon gesprochen, dass sie ihren Sohn finden möchte.«
»Hat sie seinen Namen genannt?«
»Ich glaube, er hieß Miguel.«
»Aber sie hat nie erwähnt, wo sie all die Jahre verbracht hat?«
»Nein.«
»Irgendeine Ahnung, wo sie sich jetzt aufhalten könnte?«
»Sie hat davon gesprochen, nach Mexiko zurückzukehren. In ihrer Vorstellung ist es das Paradies. Ich weiß nicht, ob sie es je getan hat.«
»Und seitdem haben Sie sie nicht mehr gesehen?«
»Nein. Sie sind auf der Suche nach ihrem Sohn?«
»Ja.«
»Hat er jemanden umgebracht?«
»Höchstwahrscheinlich mehrere Menschen.«
»Dann werde ich dafür beten, dass sie ihn niemals findet und ihr zumindest dieser Kummer erspart bleibt.« Sie wollte schon gehen, wandte sich dann aber noch einmal um. »Ich werde für meine Lügen in der Kirche vier Gegrüßet sei's du Maria beten und Gott für Vater Patricks Tod danken.«
Sie drehte sich um und ging zu der kleinen Gruppe der Frauen, die sich um das flackernde Kerzenlicht geschart hatten.

»Vater Patrick scheint also ein Doppelleben geführt zu haben«, sagte Harrison. »Er war zum einen Seelsorger, zum anderen ein Vergewaltiger.«

Ich nickte. »Langsam ergibt alles einen Sinn.«
»Und sowie der Junge alt genug ist, um von zu Hause abzuhauen, verlässt Vater Patrick seine Maria, und sie wird darüber wahnsinnig.«
»Laut Marisala hat Maria Perez vor drei Jahren nach ihrem Sohn gesucht«, sagte ich.
»Also zu der Zeit, als er den ersten Mord begangen hat. Du meinst, es besteht ein Zusammenhang?«
»Vielleicht hat sie ihn gefunden, und das war dann der letzte Tropfen, der bei ihm das Fass zum Überlaufen gebracht hat.«
»Ich gebe ihre Namen im Computer ein, mal sehen, ob sie irgendwo auftauchen«, sagte Harrison.
Die Frauen vor der Kirche stimmten leise ein spanisches Lied an.
»Die Frucht einer Vergewaltigung. Goyas Leben hat nicht besonders schön angefangen«, sagte ich.
»Das Bild im ersten Apartment ergibt jetzt noch mehr Sinn.«
»Saturn verschlingt seinen Sohn?«
Harrison nickte.
»Goya muss es autobiographisch gesehen haben«, sagte ich.
»Und er wusste bereits, auf was alles hinauslaufen sollte.«
Der Rauch vom Taco-Stand trieb über den regennassen, in der Dunkelheit glitzernden Bürgersteig.
»Was Goya Chavez hat sagen lassen – die Zukunft ist die Vergangenheit. Was stellst du dir darunter vor?«, fragte ich.
Harrison dachte nach. »Spricht er von der nahen oder der weit zurückliegenden Vergangenheit?«
»Alles, was wir wissen sollen, hat er uns entweder gezeigt oder gesagt. Das Bild des Vaters, der seinen Sohn verschlingt,

die Misshandlungszeichnungen. Er will, dass wir empfinden, was auch er empfindet.«

»Du meinst, wir haben etwas übersehen?«

»Es muss so sein.«

»Das bringt uns trotzdem nicht weiter.«

»Dann gehen wir eben alles noch mal durch.«

»Wo fangen wir an?«

»Wie hat die Botschaft an der Tür zu seinem Atelier gelautet? Der Feige stirbt schon vielmal, eh er stirbt, die Tapfern kosten einmal nur den Tod.«

»Der Fall des Helden in einer Tragödie von Shakespeare.«

»Sein Atelier«, sagte ich.

Harrison sah mich an, dann drehte er den Zündschlüssel um.

25

Es war nach eins, als wir gegenüber dem Gebäude anhielten, in dem wir auf Goyas Zeichnungen und die Gefriertruhe gestoßen waren, die zum Sarg von Keri Bishop geworden war.

Harrison stellte den Motor ab und schaltete die Scheinwerfer aus. Meine Augen gewöhnten sich an die Dunkelheit. In einem Eingang gegenüber hatte ein Obdachloser einen großen Pappkarton zu einem notdürftigen Unterschlupf umfunktioniert. Ich sah zum Stinson-Gebäude. Auf halber Höhe der Backsteinfassade lagen die Fenster des Ateliers.

»Wann war die Spurensicherung hier fertig?«, fragte ich.

»Nachdem wir gegangen sind, waren sie noch etwa acht Stunden da. Das ist jetzt über vierundzwanzig Stunden her.«

Ich öffnete die Wagentür, stieg aus und sah zum dritten Stock hoch.

»Es müssen die beiden Fenster am Ende sein, oder?«, sagte ich.

Harrison nickte.

»Schau dir das rechte Fenster an, am unteren Rand. Da ist was anders.«

Dylan starrte darauf. »Es steht offen. Vielleicht hat die Spurensicherung vergessen, es zu schließen.«

»Und wenn nicht?«

Wir überquerten die Straße und gingen zum Gebäudeeingang. Ich drückte die Tür auf.
»Jemand ist da noch am Arbeiten«, sagte Harrison.
Am Ende der Lobby war ein flackerndes fluoreszierendes Schimmern zu sehen, das den Raum in ein fahlblaues Licht tauchte. Die Treppe nach oben war so finster wie eine Höhle. Ich betätigte den Lichtschalter über der ersten Stufe, ohne Ergebnis. In der Dunkelheit oben war eine Tür zu hören, die geöffnet und mit einem Klicken wieder geschlossen wurde.
»Gab es nicht auch einen Hinteraufgang?«, fragte ich.
Harrison nickte.
»Blockier den Aufzug, dann gehst du hinten rauf. Wir treffen uns vor dem Atelier.«
Harrison entfernte sich. Ich schaltete meine kleine Mag-lite an und ging hinauf zum ersten Treppenabsatz, wo ich neben der Tür zur Feuerleiter stehen blieb. Ich hielt die Taschenlampe gesenkt und öffnete langsam die Tür. Nichts bewegte sich. Nichts war zu hören.
In der Luft lag schwacher Zigarettengeruch. Unwillkürlich ging meine Hand zur Glock, während ich die Tür schloss und den Strahl der Taschenlampe auf die vor mir liegenden Stufen richtete.
Irgendwo von oben hörte ich Schritte, dann Stille. Ich zögerte, wartete, aber als nichts mehr zu hören war, stieg ich zum nächsten Treppenabsatz und blieb erneut vor der Tür zur Feuerleiter stehen. Der Zigarettenrauch wurde stärker, dazu kam durchdringender menschlicher Schweißgeruch. Ich machte einen Schritt, dann hörte ich hinter mir ein Knarren.
Mit der Taschenlampe in der Hand fuhr ich herum. Ich sah,

wie die Türklinke nach unten gedrückt wurde, gleichzeitig griff ich zur Glock und bemerkte noch, wie die Tür aufging und mich die schwere Stahltür – alles war nur eine verschwommene Bewegung – an der Schulter traf. Ich wurde nach hinten geschleudert, die Taschenlampe fiel mir aus der Hand; ihr Strahl kreiselte durch die Finsternis.

Ich knallte mit dem Rücken auf die Stufen, mir wurde die Luft aus den Lungen gepresst, und ich rang nach Atem. Ich wollte mich aufrichten, aber es war, als würde mich ein unsichtbares Gewicht nach unten drücken.

Die Taschenlampe rollte gegen die Wand und blieb dort liegen. Eine dunkle Silhouette kam auf mich zu. Ich griff zur Glock, konnte sie aber nicht richtig fassen; ich wollte mich als Polizistin zu erkennen geben, brachte aber keinen Ton heraus.

Ein Mann trat neben mich. Schweigend stand er vor mir, dann ging er in die Hocke. Seine Kleidung schien aus unzähligen Schichten zu bestehen, als hätte er eine zweite Haut nötig. Sein Gesicht war schwarz vor Ruß und Dreck, nur seine hellblauen Augen, die in der Dunkelheit fast zu leuchten schienen, stachen heraus.

»Bist du es?«, flüsterte er mit stockender Stimme und einem Akzent, aus dem sein Wahnsinn herauszuhören war. Er beugte sich zu mir vor und neigte den Kopf. »Bist du die eine?«

»Die eine?«, krächzte ich.

»Du bist es, oder? Er hat gesagt, du würdest kommen.«

Allmählich bekam ich wieder Luft. »Wer hat das gesagt?«, fragte ich.

»Der Allmächtige.« Er starrte mich an, griff nach meiner linken Hand und bog mir die Finger auf. »Das ist für dich.«

Er drückte mir etwas in die Handfläche und erhob sich. Als

die Tür oben auf dem nächsten Treppenabsatz aufging, floh er mit einem seltsam krächzenden Singsang über die Treppe nach unten und verschwand.

»Alex?«, hörte ich Harrison.

Ich holte tief Luft, der strenge Geruch des Obdachlosen klebte mir am Gaumen.

»Hier«, brachte ich nur heraus und hörte Harrison herunterkommen.

Er fand mich in seinem Taschenlampenstrahl, übersprang die letzten Stufen und half mir, mich aufzusetzen.

»Alles in Ordnung?«

Die Schulter tat mir weh, sonst schien ich aber nicht verletzt zu sein. Ich atmete einige Male langsam ein und aus und stand mit Dylans Hilfe auf.

»Alles in Ordnung«, sagte ich.

»Was stinkt hier so?«

»Das kommt von einem Boten des Allmächtigen.«

»Ich hab eine Tür knallen hören, deswegen bin ich hier rüber.«

»Die Tür hat mich getroffen.«

»Was ist passiert?«

»Ich habe einen Obdachlosen überrascht, der mir ein Geschenk des Allmächtigen gebracht hat.«

»Geschenk?«

Ich betrachtete den Gegenstand, den mir der Obdachlose in die Hand gelegt hatte. Mein Herz raste, mühsam rang ich nach Luft. Mein Blick ging hinauf zum dritten Stock.

»Er ist dagewesen.«

»Was ist es?«, fragte Harrison.

Ich streckte ihm die geöffnete Handfläche entgegen. Er richtete die Taschenlampe darauf.

»Das Kreuz von Chavez' Rosenkranz«, sagte ich.
Dylan hob meine Taschenlampe auf, und wir rannten hinauf zur Tür zum dritten Stock und schoben sie auf. Eine einsame Deckenlampe sorgte für die ganze Beleuchtung im Flur. Am gegenüberliegenden Ende erkannten wir das Absperrband vor der Tür zum Atelier. Kurz zögerten wir, dann gingen wir durch den Flur darauf zu.
Vor dem Band blieben wir stehen. Harrison ließ den Strahl der Taschenlampe über die Tür wandern.
»Sie ist offen«, sagte er.
Das Siegel war sauber durchgeschnitten. Wir zogen unsere Waffen und schlüpften unter dem Absperrband durch. Ich sah zu Dylan, er nickte, dann griff ich zur Klinke.
»Bereit«, sagte ich. Ich riss die Tür auf, und wir hoben die Waffen.
Unsere Taschenlampen schnitten durch den in Dunkelheit liegenden vorderen Raum. Die Zeichnungen waren von der Spurensicherung allesamt entfernt worden. Überall waren die schwarzen Flecken erkennbar, wo Fingerabdrücke abgenommen worden waren.
Ich richtete den Lichtstrahl auf die Plastikplane, die das Loft teilte.
»Er war da und ist wieder fort«, sagte ich.
Ich ließ die Waffe sinken. Harrison ging zur Plane und leuchtete in den zweiten Raum. Ich durchquerte den ersten, um zu sehen, ob etwas verändert worden war, aber mir fiel nichts auf.
»Hier ist nichts«, sagte ich und folgte Harrison in den zweiten Raum.
Dylan leuchtete auf die Gefriertruhe. Auch sie war überall mit den schwarzen Puderflecken der Spurensicherung über-

zogen. Der Deckel war ebenfalls versiegelt. Die Gefriertruhe gab ein leises elektrisches Summen von sich.
»Sie ist wieder angesteckt worden«, sagte ich.
»Und das Band ist durchgeschnitten«, sagte Harrison.
Meine linke Hand schloss sich um Chavez' Kreuz, ich lief zur Truhe und wollte schon zum Griff fassen.
»Warte«, sagte Harrison und hielt mich zurück. »Genau das erwartet er von dir. Lass mich erst nachsehen.«
»Zum Teufel mit ihm«, sagte ich. »Er hat nichts gegen uns, er hat nur was gegen seine Vergangenheit. Gegen die kämpft er an.«
Ich hielt inne und konnte den Blick nicht von der Gefriertruhe nehmen. Mit einem Mal sah ich Trevor Wells vor mir, dessen leere Augenhöhlen mich anstarrten. Die Hand, mit der ich den Griff des Deckels hielt, begann zu zittern. Ich versuchte das Bild des Paten meines Kindes, der dort drin lag, zu verscheuchen, aber es gelang mir nicht.
»Lass mich«, sagte Dylan.
Ich sträubte mich, gab dann aber nach und ließ abrupt den Griff los, als hätte ich mich daran verbrannt.
Dylan hob den Deckel an. Kalte Luft strömte heraus und kondensierte zu einer Dunstwolke. Hektisch wedelte ich mit der Hand, während Harrison die Taschenlampe in das Innere richtete. Die wabernde Dunstwolke teilte sich.
»Nichts«, flüsterte ich. »Sie ist leer.«
»Nein, da ist was.«
Kaum sichtbar unter den Eispartikeln lag ein frostüberzogener Zettel. Dylan holte ihn heraus. Ich schloss den Deckel, und er legte den Zettel auf die Truhe.
Nachdem die Kristalle in der warmen Luft weggeschmolzen waren, wurde sichtbar, was darauf geschrieben stand.

»Wieder auf Latein. *Iustitia caeca est*«, sagte Dylan.
»Das musst du mir nicht übersetzen«, sagte ich. Jeder, der nur ein bisschen mit der Justiz zu tun hatte, musste die Worte schon mal gehört haben. »Die Justiz ist blind.«
Ich starrte auf die Buchstaben, dann drehte ich mich um und ließ den Blick durch den Raum schweifen.
»Irgendwas stimmt hier nicht«, sagte Harrison. »Bislang hat er immer Bilder hinterlassen, keine Wörter.«
Erneut sah ich auf den Zettel und strich sanft mit den Fingern über die Buchstaben. Sie hoben sich leicht vom Papier ab.
»Er hat sie mit Farbe geschrieben, nicht mit Tinte.« Ich drehte mich um und leuchtete mit der Taschenlampe den Raum ab.
»Wonach suchst du?«, fragte Harrison.
»Die Justiz ist blind. Er fordert uns auf, etwas zu sehen.« Ich begann abermals nach Veränderungen zu suchen, sollten sie auch noch so unscheinbar sein.
»Schau im Badezimmer nach, vielleicht fällt dir etwas auf, was anders ist«, sagte ich.
Ich kehrte durch die Plastikplane in den ersten Raum zurück, in dem wir die Zeichnungen gefunden hatten. Die Wände waren mit weichen Spanplatten verkleidet, an die Goya seine Zeichnungen geheftet hatte. Ich leuchtete sie der Reihe nach ab.
»Im Badezimmer ist alles unverändert«, sagte Harrison, während er in den ersten Raum kam.
Ich ging zur Wand, an der Goya die Zeichnung mit dem Titel *So fängt es an* aufgehängt hatte. Winzige Holzspäne lagen am Boden. Ich strich mit den Fingern über die Schrauben, mit denen die Platte an der Wand befestigt war. Die untere

Schraube war nicht ganz ins Holz getrieben. Bei der Schraube oben war es genauso.
»Die Platte ist abgenommen und wieder angeschraubt worden.«
Harrison ging in die Hocke und inspizierte den Boden unterhalb der rechten Ecke der Platte. »Das sieht wie getrocknetes Gesso aus.«
»Gesso?«
»Eine Gips-Leim-Verbindung, die man als Grundierung auf Leinwänden aufträgt.«
Er zog ein kleines Taschenmesser heraus und löste die Schrauben, wir hoben die Platte weg und richteten die Taschenlampen auf die Wand. Schweigend betrachteten wir das Bild, das wir freigelegt hatten. Das Gemälde maß etwa ein Meter auf eins fünfzig.
»Es ist noch nicht ganz fertig«, sagte Harrison.
»Es ist fertig genug.«
Er fasste mit dem Zeigefinger an den Rand des Bildes. »Es ist noch nicht mal trocken. Er kann höchstens ein paar Stunden fort sein.«
Links auf dem Bild war eine Gestalt an einen Pfosten oder Baum gebunden, der Mund stand offen, als stieße er einen Schrei aus, während er mit schreckgeweiteten Augen zu den Soldaten starrte, die ihre Gewehre auf ihn angelegt hatten.
»Ein militärisches Erschießungskommando«, sagte ich.
Harrison nickte.
»Kannst du dich erinnern, dieses Bild unter den Originalzeichnungen des spanischen Künstlers gesehen zu haben?«, fragte ich.
Dylan ging einen Schritt auf das Gemälde zu und besah es sich genauer.

»Nicht als Ganzes.«
»Was meinst du damit?«
»Es kommt mir alles bekannt vor, aber nicht in dieser Zusammenstellung. So, als hätte Goya mehrere Bilder kombiniert und aus ihnen dieses hier geschaffen. Ich erinnere mich an das Erschießungskommando, aber es hat auf eine Menschenmenge angelegt. Und die schreiende Gestalt stammt, wenn ich mich recht erinnere, aus einem anderen Bild.«
»Die Botschaft, die er uns hinterlassen wollte, fand sich nicht in einem bestimmten Werk, also hat er dieses gemalt.«
Harrison trat neben mich.
»Und welche Botschaft hat er uns damit hinterlassen?«, fragte er.
Ich sah zur Gefriertruhe. »Er schreibt, die Justiz sei blind, und malt das Bild einer Exekution. Was sagt dir das?«
»Das Erschießungskommando besteht aus Soldaten … beim Original-Goya standen sie für das Gesetz und die korrupte Regierung.«
»Es ist ein Bild von uns«, sagte ich.
»Ja. Und wir können wohl getrost annehmen, dass der Mensch, der gleich sterben wird, in seinen Augen unschuldig ist.«
»Nicht unbedingt Ausdruck seines Vertrauens in unser Rechtswesen.«
»Es könnte ein Bild seines eigenen Todes sein«, sagte Harrison.
»Und wenn nicht?«
»Dann wird noch jemand sterben.« Er drehte sich mir zu. »Und das vielleicht durch unsere Hand.«

26

Die Morgendämmerung schien nur widerwillig anzubrechen, als zauderte der Tag, sein Licht auf die kommenden Ereignisse zu werfen. Von meinem Bürofenster aus erschien sie als dünne blutrote Linie, die sich über den dunklen Umrissen der San Gabriels abzeichnete.

Ich öffnete das Fenster und hielt das Gesicht in die vom Regen gereinigte Luft. Mit jedem Atemzug drehte ich in Gedanken die Uhr zurück zu der Zeit vor der Erfindung des Automobils und seines Versprechens, ein vorstädtisches Paradies zu schaffen, nur um es dann unter einer Smogwolke zu verhüllen.

Die Straße erwachte nur langsam. Eine Joggerin drehte ihre Runden um den Block. Ein Imbisswagen, der den Geruch von Chorizo und gebratenem Speck hinter sich herzog, fuhr vorüber. Die schwarzen BMWs der Broker steuerten ihre Machtzentralen an. Drei Meilen entfernt, im Schatten des Arroyo, trafen am Rose Bowl die ersten Gläubigen für die morgige Messe ein.

Harrison lag auf der Couch, hatte die Augen geschlossen und versuchte sich auszuruhen. Die Tür ging auf, und Traver kam herein.

»Irgendwas vom FBI?«, fragte ich.

Er schüttelte den Kopf und reichte mir ein Blatt Papier, auf dem unter anderem eine Adresse in Tujunga angegeben war.

»Was ist das?«

»Eine Vermisstenanzeige, die gestern aufgegeben wurde. Schau dir den Namen an«, sagte Traver.

»Michael Sanchez«, sagte ich.

Harrison sprang von der Couch auf und kam zum Schreibtisch.

»Wie ist sie aufgegeben worden?«, fragte er.

»Per Telefon, von einem Freund der Familie.«

Ich überflog die Anzeige. »Er wurde einen Tag, bevor Keri Bishops Leiche gefunden wurde, zum letzten Mal gesehen.«

Traver nickte. »Ich habe den Namen mit der Führerscheinstelle abgeglichen. Es ist wirklich die Adresse der vermissten Person.« Er reichte mir einen weiteren Zettel. »Hier ist sein Führerschein.«

Ich stand vom Schreibtisch auf und ging an die Wandtafel, an der Michael Sanchez' Schülerausweis von St. Gabriel hing.

»Dazwischen liegen vierzehn Jahre«, sagte Harrison.

Ich hielt das neue Bild neben das alte. Unweigerlich wurde mein Blick zu seinen dunklen Augen gezogen. Er war glatt rasiert, seine Gesichtszüge konnten fast als zart bezeichnet werden.

»Könnte sein«, sagte ich.

»Er sieht immer noch wie ein kleiner Junge aus«, sagte Harrison.

»Nicht unbedingt das Gesicht eines Ungeheuers«, fügte Traver hinzu.

Ich ging die wenigen Einzelheiten der Anzeige durch.

»Wir haben die Anzeige aufgenommen?«, fragte ich.

Traver nickte.

»Tujunga liegt im Zuständigkeitsbereich des L.A.-County-Sheriffs. Warum ist sie nicht bei denen gelandet?«, fragte ich.

»Der Freund, der angerufen hat, muss in Pasadena wohnen.«

»Ist die Anzeige an den Sheriff weitergeleitet worden?«

»Ja.«

»Das heißt, es wird noch ein paar Tage dauern, bis die sich darum kümmern.«

»Falls sonst nichts ansteht«, sagte Harrison.

Erneut betrachtete ich das Bild. Harrison hatte recht: die weichen Gesichtszüge waren die eines kleinen Jungen.

»Wie sieht ein Ungeheuer denn aus?«, fragte ich.

Die Adresse lag oben auf einem schmalen Kamm mit Blick auf ein Geröllauffangbecken am Fuß der Bergausläufer. Es war kurz nach sieben, als wir einen halben Block vom Haus entfernt anhielten. Ein SWAT-Team wartete am Fuß des Kamms. Die Straße glich denen der unzähligen Neubaugebiete, die hier in den Sechzigern aus dem Boden geschossen waren. Ranchhäuser in Split-Level-Bauweise, die bis auf Größe und Lage der Garage und der Anfahrt allesamt gleich aussahen.

Traver hielt hinter uns in einem weiteren Wagen an. Harrison fuhr an und rollte langsam an dem Haus vorbei. Die Vorhänge in den vorderen Fenstern waren zugezogen. Der Rasen war ordentlich gemäht.

»Zeitungen«, sagte ich.

Auf dem Weg zum Eingang und im angrenzenden Blumenbeet lag ein halbes Dutzend Zeitungen. Am Ende der Straße kehrten wir um und blieben vor dem Nachbarhaus stehen.

»Kommt dir das nicht seltsam vor?«, fragte ich.
Harrison sah zum Haus. »Dass Goya in einer so normalen Straßen wohnen sollte?«
»Nein, an der Straße gibt es nichts auszusetzen, davon gibt es Tausende.«
Auf der gegenüberliegenden Straßenseite öffnete sich ein Garagentor. Ein silberfarbener Audi kam rückwärts heraus. Der Fahrer, ein Asiate, sprach in sein Handy, während er zur Arbeit aufbrach.
Ich nahm die Kopie von Sanchez' Führerschein zur Hand, betrachtete das Bild und schüttelte den Kopf.
»Das Seltsame ist doch, dass Goya angeblich einen Freund hat, der ihm so nahesteht, dass er eine Vermisstenanzeige aufgibt. Er ist ein Fanatiker. Wenn er Menschen an sich heranlässt, dann nur, wenn er sie dazu benutzen kann, seine Arbeit für ihn zu vollenden.«
Ich starrte zu den Zeitungen, die, sauber in ihrer Plastikhülle verpackt, auf dem Gras lagen wie zufällig verstreute Leichensäcke.
»Mein Gott«, sagte ich und riss die Wagentür auf.
»Was machst du?«, fragte Harrison. »Warte auf das SWAT-Team.«
»Dafür ist es zu spät«, sagte ich.
»Alex«, rief Harrison mir nach, als ich schon zum Haus lief. Harrison rannte hinter mir her. Aus dem Augenwinkel heraus sah ich Travers Wagen, der mit quietschenden Reifen am Randstein zum Halt kam.
Ich griff zu meiner Glock, nahm sie aber nicht aus dem Halfter. Mein Blick ging zur Fassade, dann drehte ich mich um und sah zu den anderen Häusern in der Straße. Harrison blieb neben mir stehen.

»Wir müssen nicht rein«, sagte er.
Ich schüttelte den Kopf und sah wieder zum Haus vor mir.
»Doch. Schau dir die Fenster an«, sagte ich. »Überall sind die Rollläden oder die Vorhänge vorgezogen, selbst an der Seite. Es ist das einzige Haus in der gesamten Straße, bei dem es so ist. Er ist hier gewesen.«
»Lass das SWAT-Team reingehen«, sagte Harrison. Mittlerweile war auch Traver bei uns angekommen.
»Nein. Das hier ist ein Tatort. Die würden nur alles verwüsten.«
»Das weißt du nicht.«
In dem Moment brachen die ersten richtigen Sonnenstrahlen, die wir seit Tagen zu sehen bekommen hatten, durch die Wolkendecke.
»Schau mal zu den Vorhängen im großen Fenster und sag mir, was du siehst.«
Traver schüttelte den Kopf. »Ich sehe gar …«
»Ein Bild«, sagte Harrison.
Ich nickte. »Irgendwas ist auf die andere Seite gemalt.«
Ich ging zum Eingang und blieb stehen.
»Dave, schau in der Garage nach, ob da ein Wagen steht, dann geh zur Rückseite und sieh dich da um.«
»Suche ich nach was Bestimmtem?«
Ich schüttelte den Kopf. »Das weißt du dann schon, wenn du es findest.«
Traver verschwand um die Ecke.
»Wenn es nicht Goya ist, wer dann?«, fragte Harrison.
»Morrison hat nur gesagt, dass Sanchez eines der Opfer in St. Gabriel war.«
Ich wollte schon die Stufen hinauf, hielt aber abrupt inne. »Hörst du das?«

»Chormusik. Von drinnen.«
Ich machte einige Schritte, blieb erneut stehen und lauschte den Stimmen.
»Auf Latein«, sagte Harrison.
»Kommt mir bekannt vor. Ein Requiem.«
Harrison hörte zu und übersetzte. »Erlöse mich ... vom ewigen Tod an jenem schrecklichen Tag, an dem Himmel und Erde erbeben werden und Du kommen wirst, um die Welt mit Feuer zu richten. Ich werde zittern und das Gericht fürchten, das kommen wird, und den Zorn ... So ungefähr jedenfalls.«
»Hört sich nicht unbedingt nach einem Happy End an«, sagte ich.
Traver kam um die Hausecke. »Das solltet ihr euch mal ansehen.«
Wir folgten der Anfahrt, die neben der Garage noch weiterführte. Eine Zypressenreihe und ein hoher Zaun bildeten die Grenze zum Nachbargrundstück. An der Rückseite war nichts mehr außer dem Hang, der zum Auffangbecken hinunterführte.
»Es steht kein Wagen drin. Die Garage wurde für etwas anderes benutzt«, sagte Traver.
Das Garagentor war geschlossen, die Tür daneben stand offen. Ich blieb auf der Schwelle stehen. Ein durchdringender Geruch strömte heraus, den ich nicht einordnen konnte.
»Was ist das?«, fragte Harrison, als er neben mich trat.
Ich fasste nach innen und schaltete das Licht an, machte einen halben Schritt und blieb stehen.
»Daher kommt der Geruch«, sagte ich.
In der Mitte der Garage befand sich eine getrocknete Blut-

lache. Darüber an den Deckenbalken baumelte ein Strick, an dessen Ende zwei Lederriemen befestigt waren.
Ich trat an den Rand der Lache und betrachtete den Strick eingehend. Die Seilenden an den Lederriemen waren blutdurchtränkt.
»Folter«, sagte Harrison. »Der gleiche Strick wie auf den Zeichnungen.«
Ich nickte. »Ich glaube, wir haben den Besitzer der abgetrennten Hände gefunden.«
Ich verließ die Garage und sah zum Haus. Auch an den Fenstern der Rückseite waren die Läden geschlossen. Traver ging in die Hocke und betrachtete etwas im Gras.
»Was ist da?«, fragte ich.
»Spuren im Gras. Als wäre jemand weggeschleift worden und hätte versucht, sich mit den Fingern ins Gras zu krallen.«
»Such weiter«, sagte ich, ging an ihm vorbei zur Hintertür und stieß sie auf. Vor mir lag die Küche. Alles erschien ganz normal, außer dass mehrere Stühle am Tisch umgefallen waren und eine Schranktür zum Teil abgerissen war und lose an einem Scharnier hing. Dylan trat neben mich.
»Er wurde durch den Raum geschleift«, sagte ich. »Er wollte sich an der Schranktür und an den Stühlen festhalten.«
Harrison ging in die Hocke und betrachtete etwas. »Er hat sich auch an der Unterseite der Tür festgeklammert. Das sieht mir wie Blut aus.«
Man brauchte nicht viel Phantasie, um sich den verzweifelten Überlebenskampf vorzustellen, der hier stattgefunden hatte. Ich folgte dem vermutlichen Weg des Opfers zur gegenüberliegenden Tür, die ins Esszimmer führte. Teller und Schalen waren auf dem Tisch der Länge nach aufgebaut, in der Mitte

stand eine halbvolle Flasche Wein, daneben ein in Stücke gebrochener Laib Weißbrot.

»Kommt mir irgendwie bekannt vor«, sagte Harrison.

»Das Brot, der Wein, es geht um Verrat.«

»Das Letzte Abendmahl?«, fragte Harrison.

Aus dem angrenzenden Zimmer war die Chormusik zu hören. Harrison zog die Waffe und sah zu mir.

»Lass mich«, flüsterte er.

Wir durchquerten das Esszimmer, zögerten, dann schwang sich Harrison mit erhobener Waffe durch die Tür, sah ins Zimmer und ließ schließlich die Waffe sinken. Ich trat an ihm vorbei und blieb stehen. Die Möbel waren an die Wände gerückt. Der Großteil des Bodens war mit Farbe bekleckert. Die Musik kam aus einem Ghettoblaster auf dem Boden. Vor den Fenstern der Vorderseite war eine Leinwand gehängt, die vom Gemälde nahezu vollständig ausgefüllt wurde.

»Erkennst du es?«, fragte ich.

Harrison nickte. »Es stammt aus der gleichen Serie wie die anderen Goyas. Der Titel lautet *Leichenhaufen.*«

Ich trat näher. Auf den ersten Blick erschien es wie eine abstrakte Komposition, nur allmählich nahmen die Formen und Flächen vor meinen Augen Gestalt an. Leichen waren aufeinandergeworfen, ihre Gliedmaßen waren ineinander verschlungen, so dass nicht zu unterscheiden war, welche zu wem gehörten.

»In Goyas Original sind die Toten Kriegsopfer«, sagte Harrison. »Er muss sein Tun also unter den gleichen Vorzeichen sehen.«

»Ein heiliger Krieg.«

Harrison berührte die Farbe auf der Leinwand. »Sie muss seit

mehreren Tagen, vielleicht noch länger trocken sein«, sagte er.
Ich starrte darauf. »Genau wie das Blut draußen in der Garage.«
»Also, wo ist Sanchez?«, fragte Harrison.
Ich drehte mich um und sah durch den Flur zur Westseite des Hauses. Am Ende schien eine Tür einen Spaltbreit offen zu stehen, durch den ein rot glühendes Licht fiel.
»Mach die Musik aus«, sagte ich.
Harrison ging zum Ghettoblaster und schaltete ihn aus. Ich ging durch den dunklen Flur, blieb vor den anderen Türen stehen und warf einen Blick in die jeweiligen Zimmer – alle waren leer, nichts darin verwies auf das Drama, das sich in diesem Haus abgespielt haben musste.
Vor der letzten Tür und dem roten Licht zögerte ich kurz, bevor ich hineinging. Ein Schlafzimmer. Nichts, was sofort ins Auge gestochen hätte, sah man von der roten Glühbirne ab, die in die Lampe auf dem Nachtkästchen geschraubt war.
Ich sah mich um.
Harrison kam nach.
»Sieht unberührt aus«, sagte er.
»Scheint so, aber Goya hat aus irgendeinem Grund gewollt, dass wir hierherkommen.«
Ich ging zur Ankleide. Gerahmte Fotos waren der Reihe nach aufgebaut. Ich nahm eines zur Hand, auf dem er und vier weitere Personen zu sehen waren, seine beiden Schwestern und die Eltern, wie ich annahm.
»Sieht relativ neu aus«, sagte ich. »Er hat irgendwo eine Familie. Wir müssen sie finden. Wenn er zu den missbrauchten Jungen in St. Gabriel gehört, kennen sie vielleicht die anderen Opfer.«

»Und was ist mit ihm passiert?«, fragte Harrison.
»Keine Ahnung.«
Ich wollte mich schon umdrehen, als mein Blick an einem der Fotos hängenblieb. Das Bild war eine typische Fotostudio-Aufnahme. Die jungenhaften Gesichtszüge auf seinem Schülerausweis waren hier bei dem Porträt des jungen Erwachsenen noch deutlich zu erkennen. Auf der Ankleide selbst lag eine dünne Staubschicht, bei diesem Foto allerdings war anhand der Staubspuren deutlich zu sehen, dass es vor kurzem verrückt worden sein musste.
»Schau dir den Staubrand an. Das Bild ist verstellt worden.«
»Um ein, zwei Zentimeter. Warum macht Goya das?«
Ich sah in die Richtung, in die das Foto zeigte.
»Er wird ausgefeilter in seinen Spielchen. Er genießt es. Er will uns auf etwas aufmerksam machen.«
Wir suchten beide das Zimmer nach dem vermeintlichen Detail ab, auf das Goya unsere Aufmerksamkeit lenken wollte.
Harrison schüttelte den Kopf. »Ich sehe nichts.«
Ich ließ weiterhin den Blick schweifen.
»Vielleicht ist es auch gar nicht so gedacht. Vielleicht will er nur, dass wir uns etwas genauer anschauen, was wir sowieso schon sehen.«
Das Bild wies in Richtung Bett und dem dahinterliegenden Fenster. Ich ging zum Bett, kniete mich hin und sah darunter nach.
»Nichts«, sagte ich.
Ich sah zur Tagesdecke und ließ die Hand darübergleiten.
»Halt«, sagte ich. »Sie ist nicht glatt. Da ist was darunter.«
Ich erhob mich und sah sie an. Das Bett war ordentlich gemacht, alles lag exakt auf Kante; perfekt. Ich ging zum Kopfbrett.

»Hilf mir, die Decke zurückzuschlagen«, sagte ich.
Harrison ging zur anderen Seite, und langsam zogen wir gemeinsam die Decke von den Kissen. Die Kissenbezüge waren sauber und kaum verknittert.
»Da hat niemand drin geschlafen«, sagte Harrison.
Wir deckten das Bett auf und hielten erst inne, als nur noch gut dreißig Zentimeter bis zum Fußende blieben. Eine Weile lang starrten wir auf das, was vor uns lag.
»Erde?«, sagte Dylan. »Jetzt kapiere ich gar nichts mehr.«
Dunkle Erde war weitflächig auf dem Bett ausgebreitet. Ich zerkrümelte etwas davon zwischen den Fingern.
»Staub zu Staub«, sagte ich leise, ließ dann die Decke fallen, rannte zum Fenster und zog die Vorhänge weg.
»Was ist los?«, fragte Harrison.
Vom Fenster aus sah man den Garten und den hohen Holzzaun, vor dem sich blühende Bougainvilleen um ein Spalier rankten. Traver stand am Rand des Rasens und sah zum Zaun. Ich lief aus dem Schlafzimmer, durch den Gang und die Küche nach draußen. Traver untersuchte das Gras.
»Da ist etwas weggeschleift worden. Sieht aus, als wäre es ziemlich schwer gewesen – schau nur, wie die Halme geknickt sind.«
Harrison kam heraus, während ich über den Rasen zur Bougainvilleen-Reihe ging. Die einzelnen Pflanzen standen etwa einen bis eineinhalb Meter auseinander, die Erde darunter war von vertrockneten, roten und orangefarbenen Blütenblättern bedeckt. Ich kniete mich hin, wischte die Blüten zur Seite und drückte gegen die Erde. Sie war hart. Das Gleiche tat ich bei der nächsten Pflanze. Unter der dritten verströmte die Erde einen intensiveren Geruch, der Boden war sehr viel lockerer.

»Hier ist der Boden aufgegraben worden«, sagte ich und sah zu Harrison.
Mit den bloßen Händen scharrte ich die Erde weg und stieß bei der dritten Handvoll auf etwas, was sich wie feines Wurzelwerk anfühlte, nur war es schwarz und gehörte nicht zur Pflanze. Noch mit der Erde in der Hand stand ich auf.
»Er hat diesen Ort nie verlassen«, sagte ich.
Ich ließ die Erde langsam durch die Finger rieseln. Wenn der Leichnam vor uns der von Michael Sanchez war, hatte ich seinen Hinterkopf freigelegt. Er schien in gekrümmter Stellung bestattet worden zu sein. Sein dünnes, schwarzes Haar unterschied sich deutlich von den helleren Wurzeln der Bougainvilleen.
»Nach der Schulterlinie zu schließen sind ihm vielleicht die Arme auf den Rücken gebunden«, sagte Harrison. »Aber wenn die Hände, die wir in der Kirche gefunden haben, ihm gehören, warum sollten ihm dann die Arme gefesselt werden?«
Ich sah ihn an. »Vielleicht waren es die Hände von jemand anderem?«
»Ich benachrichtige den Rechtsmediziner«, sagte Traver und entfernte sich.
»Goya verbindet mit jedem Opfer eine ganz bestimmte Aussage. Er hat ihn nicht vergraben, um den Leichnam zu verstecken, warum also die Mühe?«, fragte Harrison.
»Welche Bilder siehst du vor dir, wenn du an eine Beerdigung denkst?«, sagte ich.
Harrisons Blick ging zu den freigelegten Haarsträhnen im Boden.
»Vielleicht ist noch etwas mit ihm vergraben. Bei Ritual-

morden wird mit dem Opfer gern noch ein Gegenstand in die Erde gelegt.«

»Was, wenn er noch am Leben gewesen ist, als er in die Grube gestoßen wurde?«

Nachdenklich sah mich Harrison an.

»Er wurde lebendig begraben … Stille, Schweigen.«

Ich nickte.

»Scheint, dass wir immer wieder darauf gestoßen werden.«

Es dauerte eine Stunde, bis der Leichnam freigelegt war. Die Totenstarre war noch feststellbar, der Todeszeitpunkt konnte also höchstens zweiundsiebzig Stunden zurückliegen. Die Leiche war nackt und befand sich, wie wir vermutet hatten, in hockender Stellung; die Knie waren angezogen, die Arme auf den Rücken gebunden. Über Rücken, Nacken und Brust zogen sich mehrere lange, nicht sehr tiefe Wunden.

»Erinnert dich das an etwas?«, fragte Harrison.

»Wunden wie bei einer Geißelung, so ähnlich, wie der Abt sie bei Bruder Paul gesehen hat.«

»Daran ist er nicht gestorben.«

Der Gerichtsmediziner drückte den Leichnam nach hinten und leuchtete in den offenen Mund.

»Voller Erde«, sagte er.

Ich sah zu Dylan. Michael Sanchez' Hände waren in die Erde gekrallt.

»Nach den Abschürfungen im Bereich der Lippen zu schließen war er noch am Leben, als er in die Grube geworfen wurde, oder ihm wurde davor die Erde mit Gewalt in den Mund gestopft«, sagte der Rechtsmediziner.

Ich schüttelte den Kopf. »Er war noch am Leben. Schauen

Sie sich die Finger an – unter den Fingernägeln steckt Erde. Er hat mit den Händen auf dem Rücken versucht, sich freizuschaufeln.«

Ich stand auf und sah zum Haus, wo sich die Spurensicherung an die Arbeit gemacht hatte.

»Die Hände in der Kirche«, sagte Dylan. »Es bleibt also immer noch eines der Opfer, das wir finden müssen.«

27

Wir gingen ins Haus zurück, suchten Zimmer für Zimmer nach irgendwelchen Verbindungen zu St. Gabriel und den dortigen Missbrauchsfällen ab, fanden aber nichts. Es war, als würde es hier keine Vergangenheit geben. Kein einziges Foto, keine Schulbücher, keine Zeitungen. Nichts, was darauf schließen ließ, dass Michael Sanchez einmal jung gewesen war oder Erinnerungen hatte, die ihm lieb und teuer waren und vor denen er nicht weglaufen musste. Er hatte sich ein Zuhause geschaffen, in dem er sich sicher wähnte, bis die Vergangenheit ihn eingeholt und auf gewaltsame Weise das Leben gekostet hatte.

Seine Eltern wohnten in einem weiträumigen Ranchhaus in Sichtweite der hohen Palmen der Pferderennbahn in Santa Anita.

Es wäre mir lieber gewesen, wenn wir ihnen mehr als eine Stunde Zeit hätten geben können, um mit dem Tod ihres Sohnes zurechtzukommen, aber diesen Luxus konnten wir uns nicht leisten.

Sein Vater hieß uns an der Tür willkommen. Er trug einen teuren Anzug mit einem kleinen silbernen Kreuz am Revers, und führte uns ins Haus. Wenn ihr Sohn versucht hatte, seiner Vergangenheit zu entkommen, so schienen die Eltern darauf bedacht gewesen zu sein, sie wenigstens teilweise zu bewahren. Der Eingang, die Wände im Flur und im Wohn-

zimmer waren voll mit Fotografien der jungen und noch unbeschwerten Familie.
Mr. Sanchez brachte uns in die Küche, wo wir am Tisch Platz nahmen. Hinter mir an der Wand hing ein Kreuz.
»Sie sagten, es könne nicht warten«, begann er, während er uns gegenüber Platz nahm.
»Das Leben anderer Menschen ist in Gefahr. Sie können uns womöglich helfen, aber das bedeutet, dass Sie auf Fragen antworten müssen, vor denen Sie vielleicht zurückschrecken.«
»Hilft es, den Täter zu fassen, der das meinem Sohn angetan hat?«
»Ja«, antwortete ich, ohne zu zögern.
»Dann werde ich versuchen, Ihnen zu helfen. Meine Frau hat sich hingelegt. Ich weiß nicht, ob sie noch kommen wird.«
Ich nickte. »Ihr Sohn war eines der Missbrauchsopfer in St. Gabriel, als er dort zur Schule gegangen ist?«
Er schien sich auf manches gefasst gemacht zu haben, aber nicht auf diese Frage. Kurz wurde er kreidebleich und mahlte mit dem Kiefer. Er wollte antworten, zögerte, dann schüttelte er den Kopf.
»Darüber kann ich nicht reden«, kam es stockend von ihm.
»Ich weiß, dass von der Kirche eine Abfindung gezahlt wurde und Sie sich im Gegenzug zu Stillschweigen verpflichtet haben. Außerdem weiß ich, dass weitere Personen Gelder entgegengenommen haben, damit sie schweigen.«
Er schüttelte noch mal den Kopf und wiederholte kaum hörbar, was er zuvor gesagt hatte. »Darüber kann ich nicht …«
»Wir gehen davon aus, dass der Mörder Ihres Sohnes ebenfalls an diesen Missbrauchsfällen beteiligt war. Weiterhin nehmen wir an, dass er das noch verbliebene Opfer und an-

dere, die an der Vertuschung beteiligt waren, bis morgen umbringen wird.«

»Mein Gott«, flüsterte er.

»Drei Menschen sind bislang getötet worden, vielleicht sogar mehr. Unser Problem besteht darin, dass wir nicht wissen, wer das andere Opfer war. Hier können Sie uns vielleicht helfen.«

Reglos saß er vor uns und hatte den Blick auf eine Vergangenheit gerichtet, an die er nicht erinnert werden wollte.

»Darüber kann ich nicht …«

»Du musst darüber reden«, erklang eine Stimme hinter uns.

Ich drehte mich um. Mrs. Sanchez stand in der Tür und hielt sich am Rahmen fest. Schweigend sah sich das Ehepaar an.

»Wenn du nicht redest, werde ich es tun«, sagte sie.

Sie kam zum Tisch. Sie war eine schmale, fragil wirkende Frau, die aussah, als könnten bei jedem Schritt die Knochen brechen. Ohne zu ihrem Mann zu sehen, nahm sie Platz.

»Ich sage Ihnen alles, was ich weiß.«

»Ihr Sohn hat zu den Opfern in St. Gabriel gehört?«, fragte ich.

Sie nickte.

»Wissen Sie, ob jemand in letzter Zeit versucht hat, Kontakt zu Ihrem Sohn aufzunehmen, um über die damaligen Ereignisse zu reden?«

Sie zögerte, dann schüttelte Mr. Sanchez den Kopf.

»Wir haben unseren Sohn seit zwei Jahren nicht mehr gesehen«, antwortete er.

Ich sah zu Mrs. Sanchez, die schwer einatmete.

»Das ist nicht ganz richtig, oder?«, sagte ich zu ihr.

Sie sah zu ihrem Mann.

»Nein«, sagte sie.

»Hat jemand Kontakt zu Ihrem Sohn aufgenommen wegen damals?«, fragte ich.
Abermals nickte sie. »Jemand hat ihn angerufen. Ich weiß nicht, wer es war, aber ich hatte den Eindruck, er war ein Reporter.«
»Wie kamen Sie darauf?«
»Er hat davon gesprochen, seine Geschichte offenzulegen, damit alle die Wahrheit darüber erfahren, was damals vorgefallen ist.«
»Sagt Ihnen der Name Morrison etwas?«
»Nein, ich glaube nicht.«
Wieder sah sie zu ihrem Mann.
»Michael wollte dringend darüber reden. Es hat ihn aufgefressen, dass er nicht reden konnte.«
»Hat er mit Ihnen darüber gesprochen?«
»Nein, aber ich glaube, er hätte es getan, wenn ihm mehr Zeit geblieben wäre.«
Mr. Sanchez warf seiner Frau einen Blick zu, erhob sich von seinem Stuhl und verließ den Raum. Mrs. Sanchez faltete die Hände im Schoß und senkte den Kopf.
»Sie müssen verstehen, mein Mann ist streng katholisch. Das alles war für ihn sehr schwierig.«
»Ihr Sohn konnte mit ihm darüber nicht reden.«
»Nein. Die Kirche hat befohlen, darüber zu schweigen, und mein Mann will und kann dieses Gebot nicht übertreten.«
»Können Sie Näheres zu den damaligen Vorfällen sagen?«
Sie stieß einen tiefen Seufzer aus. »Ich weiß, es war nicht das, was man uns erzählt hat.«
»Können Sie das ausführen?«
»Irgendetwas hat nicht gepasst, so, wie die ganze Geschichte rauskam.«

»Was meinen Sie damit?«
»Der Priester hat von sich aus gestanden, bevor überhaupt irgendwelche Anschuldigungen gegen ihn erhoben wurden. Warum sollte er das tun?«
Ich sah sie fragend an. »Was meinen Sie denn?«
»Ich habe mich immer gefragt, ob er nicht jemand anderen schützt, einen anderen Priester vielleicht, ich weiß es nicht. Er hat die Schuld auf sich genommen, und das war es dann.«
Ich sah auf meine Uhr.
»Wir haben nicht mehr viel Zeit, Mrs. Sanchez. Soweit wir wissen, hat es in St. Gabriel drei Opfer gegeben. Donald Bonner ist kurz nach den anfänglichen Ermittlungen gestorben. Ihr Sohn ist jetzt das zweite. Wissen Sie, wer das dritte Opfer war?«
»Er heißt Andrew Simms. Sie waren damals unsere Nachbarn. Die andere Familie haben wir nicht gekannt.«
»Hier?«
Sie schüttelte den Kopf. »Wir haben damals in Pasadena gewohnt.«
»Haben Sie noch Kontakt zu ihnen?«
»Nein. Die Vorfälle waren damals für alle Familien eine große Belastung. Das Stillschweigen, zu dem wir uns verpflichtet haben, ist einfach zu viel geworden – es war, als würde uns immer jemand über die Schulter schauen, wenn wir irgendetwas gesagt haben. Wir sind schließlich in eine andere Gemeinde gezogen.«
»Wissen Sie, ob die Simms noch in Pasadena wohnen?«
»Ich kann es mir kaum vorstellen.«
»Wissen Sie, ob Ihr Sohn in letzter Zeit Kontakt mit Andrew Simms hatte?«, fragte ich.

Sie sah weg, schien in ihre Erinnerungen zu versinken und riss sich dann davon los.

»Er hat nichts davon erwähnt. Das letzte Mal, als ich mit Michael gesprochen habe, meinte er, er will der Vergangenheit einen Besuch abstatten, aber ich weiß nicht, ob er das damit gemeint hat.«

Sie sah hinaus in den Garten, in dem eine Reihe Rosen standen.

»Können Sie mir Andrew Simms beschreiben?«

Sie dachte nach, dann stand sie auf.

»Ich habe etwas Besseres für Sie. Kommen Sie mit.«

Sie führte uns in den Flur und zu einer Tür.

»Das war Michaels Zimmer.«

Sie öffnete die Tür und trat ein. Der Raum war zu einem Büro umgewandelt worden, die Rückwand wurde von einem großen Bücherregal eingenommen. Sie nahm das Foto eines Basketball-Teams von einem der Regale.

»Das war im zweiten Jahr an der Highschool, kurz bevor alles passiert ist.«

Sie reichte mir das Bild.

»Hier ist Michael, der zweite von links in der ersten Reihe.«

Er sah direkt in die Kamera, ein ernster Junge, der nicht lächelte. Ich mied es, die jugendlichen Gesichtszüge mit dem Toten in Verbindung zu bringen, den wir im Garten ausgegraben hatten.

»Andrew steht gleich hinter ihm«, sagte Mrs. Sanchez.

Von den neun jungen Männern auf dem Foto war Andrew Simms der einzige, der nicht stoisch in die Kamera blickte. Auf seinen Lippen lag ein hintergründiges Lächeln; ein Lächeln, das man aufsetzt, wenn man ein Geheimnis mit sich herumträgt. Seine Augen waren kohlrabenschwarz.

»Können Sie mir irgendetwas über ihn erzählen?«, fragte ich.
»Er hat schon vor den Vorfällen in St. Gabriel seine Probleme gehabt.«
»Welche Probleme?«
»Verhaltensauffälligkeiten.«
»Können Sie sich an bestimmte Dinge erinnern?«
»Er hat zu Gewalt geneigt, schon als kleines Kind. Während seiner Grundschulzeit wurden in der Nachbarschaft einige Haustiere vermisst, und etwa einen Monat später hat man eines davon gefunden, schwer misshandelt, nicht sehr tief in der Erde verscharrt.«
Ich sah zu Harrison. Wir hatten ihr keinerlei Einzelheiten zum Tod ihres Sohnes mitgeteilt.
»Es konnte nie etwas bewiesen werden, aber ich habe immer Andrew dahinter vermutet«, sagte sie. »Seine Eltern waren ihm gegenüber ziemlich hilflos.«
»Waren Andrew und Michael befreundet?«
Sie nickte. »Als sie klein waren. Aber irgendwas ist am Anfang der Highschool passiert, und das war es dann mit ihrer Freundschaft.«
»Wissen Sie, was es war?«
Sie schüttelte den Kopf. »Michael hat nie darüber reden wollen.«
Ich betrachtete das Foto. Andrew Simms Hautfarbe war etwas dunkler als die der anderen Spieler.
»War einer seiner Eltern hispanischer Abstammung?«
»Das weiß ich nicht. Andrew war ein Adoptivkind.«
»Sie sind sich dessen sicher?«
»O ja. Die Simms' haben es ziemlich lange versucht, bis sie sich zu diesem Schritt entschlossen haben.«

»Wissen Sie noch, welche Organisation die Adoption vermittelt hat?«
»Die Kirche und der katholische Wohlfahrtsverband.«
Das hintersinnige, geheimnisvolle Lächeln auf dem Foto bekam plötzlich etwas Unheilvolles.
»Wann kam er an die Schule?«
»In der ersten Klasse, genau wie Michael.«
»Wissen Sie noch, wann Vater Patrick in die Gemeinde kam?«
Der Name traf sie unvermittelt. Sie schien wie vom Donner gerührt.
»Tut mir leid, dieser Name ist in diesem Haus schon lange nicht mehr erwähnt worden.«
»Wissen Sie noch, wann er hierherkam?«, fragte ich erneut.
»Er kam zur Gemeinde, als Michael in der ersten Klasse war. Damals war er noch Hilfsgeistlicher. Später hat er die Gemeinde als Priester übernommen.«
»Kann ich dieses Foto behalten?«
Sie nickte.
»Hat Vater Patrick mit dem allen irgendetwas zu tun?«, fragte sie.
»Vater Patrick hat vor zwei Tagen Selbstmord begangen«, sagte ich.
Sie starrte mich an, schien sich die Worte mehrmals selbst vorsagen zu müssen, bis sie sie glauben konnte, dann schloss sie die Augen. Als sie sie aufschlug, standen Tränen darin.
»Ich würde gern Näheres über die Zahlungen erfahren, die Sie von der Kirche erhalten haben«, sagte ich.
»Ich sage Ihnen alles, soweit ich es weiß.«
»Wie haben Sie die Zahlung erhalten?«
»Ein Anwalt hat die Verhandlungen geführt.«

»Bishop?«
»Ja.«
»War er auch derjenige, der Ihnen das Geld überreicht hat?«
»Nein, wir wurden zu einem Treffen einberufen.«
»Wo?«
»In der alten Kathedrale in der Innenstadt. Vermutlich wollte man uns mit der Macht der Kirche beeindrucken ... es hat funktioniert.«
»Wer war dort anwesend?«
»Der Kardinal, unser Stadtteilabgeordneter, mehrere Kirchenvertreter, alle im feinsten Ornat. An Namen kann ich mich nicht mehr erinnern, aber einer, glaube ich, ist sogar aus Rom angereist.«
»Ein Priester?«
»Nein, er hatte wohl eine andere Funktion. Er trug einen dunklen Anzug und hat die ganze Zeit kein Wort gesagt.«
»War auch Bishop anwesend?«
»Nein, wir waren auf uns allein gestellt.«
»Wie hieß der Stadtteilabgeordnete?«
»Brown.«
Harrison sah mich an.
»Der jetzige Bürgermeister?«
Sie nickte. »Er hat zu uns über den Wert der Gemeinschaft gesprochen und dass manchmal Opfer gebracht werden müssen zum Wohl der Gemeinde. Er hat unsere Söhne noch nicht einmal erwähnt, dann hat er uns mit den Kirchenvertretern allein gelassen.«
»Bevor das Geld überreicht wurde?«
»Ja.«
»Und Ihnen wurde dann ein Scheck gegeben?«
»Die Unterlagen zu einem Bankkonto, das auf unseren Na-

men eröffnet worden war. Das Geld war bereits eingezahlt. Alles ganz einfach und sauber. Es war also nicht so, als hätten wir das Geld angenommen. Es war nur eine Vereinbarung mit Gott.«

»Können Sie sich an Personen erinnern, die ebenfalls von dieser Vereinbarung mit der Kirche wissen könnten?«

»Es muss noch andere geben, aber wer das ist, kann ich nicht sagen.«

»Verzeihen Sie meine Frage, aber war Ihr Sohn schwul oder bisexuell?«

Sie sah in den Flur, durch den ihr Mann davongegangen war.

»Wir haben nie darüber gesprochen, aber ja, ich glaube, er war es.«

Ich reichte ihr meine Karte mit der Telefonnummer.

»Wenn Ihnen noch etwas einfallen sollte, dann rufen Sie mich bitte an.«

Sie drehte sich um und sah aus dem Fenster.

»Wie fängt so etwas an, Lieutenant?«, sagte sie.

Ich sah sie an, dann schüttelte ich den Kopf. »Ich weiß es nicht.«

»Ich habe versucht zu verstehen, warum diese Dinge geschehen sind«, sagte sie. »Ich habe immer gedacht, es müsste eine Antwort geben, aber ich habe sie nie gefunden. Er war doch noch ein Kind, ein wunderbares Kind. Warum passiert so etwas? Warum tun die Menschen, die dem hätten Einhalt gebieten können, nichts, weder in der Kirche noch in der Schule, weder die Behörden noch sein Vater oder ich selbst? Wir haben ihr Geld genommen und dann jeden Abend schweigend am Esstisch gesessen, so, als wäre nie etwas geschehen. Zeit … die Zeit würde alles heilen, aber sie heilt

nichts, oder? Das hat sie nie. Sie verrinnt nur viel zu schnell.«
Ich wollte schon gehen, sprach sie dann aber noch einmal an. »Erinnern Sie sich zufällig, ob sich Andrew Simms für Kunst interessiert hat?«
Mrs. Sanchez sah mich überrascht an.
»Ja. Seine Eltern sind deswegen immer sehr stolz auf ihn gewesen.«
»Danke.«
Schweigend führte sie uns durchs Haus. Durch eine offene Tür im Gang sah ich ihren Mann, der in einem Sessel saß und mit leerem Blick die Wand anstarrte.

Wir saßen im Wagen vor dem Haus und besprachen, was wir gerade in Erfahrung gebracht hatten, während ich noch mal einen Blick auf das Basketball-Foto warf. Acht ernste junge Männer und einer, der nicht zu den anderen zu gehören schien, dessen schwarze Augen mehr Geheimnisse bargen, als ich mir vorstellen konnte.
»Füttern wir die Datenbanken mit seinem Namen, vielleicht haben wir ja Glück. Vielleicht ist er einmal erkennungsdienstlich behandelt worden. Überprüfe die Führerscheinstelle, die Passämter, alles, was dir einfällt. Dann suchen wir die Eltern.«
»Das ist also unser Verdächtiger?«, sagte Harrison.
»Sieh ihn dir doch an, ein Basketball-Spieler, der nicht ins Team passt, der etwas vorgibt zu sein, was er nicht ist«, sagte ich. »Als ich mit Chavez über die Ermittlungen zu St. Gabriel gesprochen habe, hat er gesagt, Vater Patrick habe seine Unschuld beteuert.«
»Du meinst, sein Sohn wäre für die Missbrauchsfälle verant-

wortlich gewesen, und Patrick hat dafür die Schuld auf sich genommen, um ihn zu schützen?«
»Fragt sich nur, was von beidem schlimmer wäre.« Wieder sah ich auf das Foto. »So oder so, ich glaube, wir haben ein Ungeheuer gefunden.«

28

Es ging auf sechs Uhr zu, als der Vize-Polizeichef Kelly, die FBI-Beamten Utley und Hicks sowie der Leiter der Schweizergarde, Rezzitti, am Konferenztisch Platz nahmen und die Fotos austauschten.

»Das ist unser Verdächtiger«, sagte ich. »Sein Name lautet Andrew Simms. Er ist dreißig Jahre alt. Das erste Bild zeigt ihn im Basketball-Team von St. Gabriel. Die beiden anderen stammen von seinem Führerschein und seinem Pass, die gut ein Jahr nach dem Schulabschluss ausgestellt wurden.«

»Danach gibt es nichts mehr von ihm?«, fragte Kelly.

»Nein.«

»Was wissen wir über ihn?«

»Nachdem er seinen Pass erhielt, flog er nach Zürich und von dort weiter nach Rom, wo er insgesamt elf Monate blieb. Nach seiner Rückkehr tauchte er unter, bis er vor drei Jahren in ein Kloster oben auf der High Desert eintrat. Er blieb dort einige Monate, bis er plötzlich verschwand. Etwa zur selben Zeit mietete er in der Innenstadt Räume in einem ehemaligen Lagerhaus, das wir vor zwei Tagen entdeckt haben. In dieser Zeit hat er vermutlich Keri Bishop und möglicherweise auch Vater Monroe getötet. Bis zur Ermordung von Trevor Wells ist er dann nicht mehr aufgetaucht.«

»Was ist mit seiner Familie?«

»Wir sind gerade dabei, sie ausfindig zu machen.«

»Wie ist es möglich, dass jemand die ganze Zeit so unbemerkt bleiben konnte?«

»Er hat viel Übung darin. Sein erster Mord war vermutlich der an Donald Bonner, ebenfalls ein Missbrauchsopfer in St. Gabriel. Damals waren beide noch an der Schule.«

»Wir wissen also nicht, wie er jetzt aussieht?«

»Wir werden ein Computerbild bekommen, das sein jetziges Aussehen zeigt, aber es wird wahrscheinlich nicht viel nützen. Er versteht es, sein Erscheinungsbild ständig zu ändern. Heute Morgen haben wir sein jüngstes Opfer gefunden.«

»Wen?«, fragte Kelly.

»Das zweite Missbrauchsopfer von St. Gabriel, Michael Sanchez.«

»Lieutenant, ich muss Sie daran erinnern, dass es sich um mutmaßliche Missbrauchsfälle handelt«, sagte Rezzitti.

Ich sah ihn an. »Gut, nachdem er also Michael Sanchez mutmaßlich gezwungen hat, ein rituelles letztes Abendmahl zu sich zu nehmen, hat er ihn lebendig begraben. Es war sein viertes Opfer, möglicherweise fünftes, wenn wir Vater Monroe dazuzählen.«

Rezzitti sah zu mir, sagte aber nichts mehr.

»Kann das FBI schon etwas zur Video-Aufzeichnung des Chief sagen?«, fragte Kelly.

Hicks sah zu Utley und dann zu mir.

»Das Video wurde in Quantico anscheinend an die falsche E-Mail-Adresse weitergeleitet.«

»Sie machen Witze«, entfuhr es Kelly.

Hicks schüttelte den Kopf. »Es hat eine Weile gedauert, bis man es dort bemerkt und uns schließlich darüber in Kenntnis gesetzt hat.«

»Wie lange hat das gedauert?«, fragte ich.

Hicks räusperte sich. »Wir haben erst vor kurzem davon erfahren. Sie haben jetzt das Video und arbeiten daran«, sagte er.
Es herrschte Schweigen im Raum.
»Solche Dinge passieren …«, setzte er an.
»Nein«, unterbrach ich.
Hicks sah zu mir und nickte.
»Wissen Sie, wann wir mit einem Ergebnis rechnen dürfen?«, fragte ich.
»Wir können nichts Definitives sagen«, erwiderte Hicks.
Kelly starrte zu Hicks, dann wandte er sich an mich. »Und Sie sind bei der Frage, wo Chavez festgehalten wird, auch nicht weitergekommen?«
»Nein«, sagte ich.
»Mehr können Sie nicht tun?«
»Simms' Handlungen werden von der Vergangenheit bestimmt. Was er morgen macht, lässt sich nicht von dem trennen, was gestern mit ihm geschehen ist«, sagte ich. »Wenn wir den Chief lebend finden wollen, müssen wir verstehen, was sich in Simms' Leben abgespielt hat.«
»Die Vergangenheit?«, fragte Kelly.
Ich nickte. »Simms ist der Sohn einer jungen, illegal eingewanderten Mexikanerin, die von Vater Patrick wahrscheinlich vergewaltigt wurde.«
Rezzitti merkte auf. Kelly ließ sich das Gesagte kurz durch den Kopf gehen, bevor er sich an mich wandte.
»Sie wollen damit sagen, Vater Patrick hat in St. Gabriel seinen eigenen Sohn missbraucht?«
»Das wäre die eine Möglichkeit.«
»Und die andere?«, fragte Hicks.
»Simms hat die beiden Jungen in St. Gabriel gefoltert und

vergewaltigt, und Vater Patrick hat die Schuld auf sich genommen, um seinen Sohn zu schützen. Vielleicht gehen die Missbrauchsfälle auch auf ihr gemeinsames Konto. Oder Simms hat sich dazu berufen gefühlt, in Aktion zu treten, um seinen Vater zu schützen. Was nun genau ablief, wissen wir nicht. Was wir aber wissen, ist, dass Simms' Handeln von seinen extremen Glaubensvorstellungen bestimmt wird.«

»Was sollen wir darunter verstehen?«

»Im Kloster schien er den Standpunkt vertreten zu haben, dass die Kirche zu eher mittelalterlichen Dogmen zurückkehren sollte. Nach allem, was wir über ihn in Erfahrung bringen konnten, scheint er schon in sehr frühen Jahren zu dieser Überzeugung gelangt zu sein.«

»Und dazu gehört auch, den Papst umzubringen?«, fragte Kelly.

»Möglicherweise.«

»Und Chavez? Welche Rolle spielt er darin?«

»Wenn Simms jemanden in die Hände bekommt, hat er ihn bislang auch umgebracht. Bis auf den Chief. Es muss einen Grund dafür geben. Er hat das alles jahrelang planen können. Ich vermute, das Leben des Chief steht irgendwie in Verbindung mit seinen Plänen für den Papst.«

»Aber Sie haben keine Ahnung, wie diese aussehen könnten?«, fragte Kelly.

»Noch nicht.«

»Wenn Simms morgen im Rose Bowl auftaucht, wonach müssen wir dann Ausschau halten?«

»Wir wissen, dass er als Hispano oder als Weißer durchgeht, er spricht fließend Spanisch, er kann das Gewand eines Mönchsordens tragen, er könnte sich sogar als Priester verkleiden.«

»Wird er versuchen, nah an sein Opfer heranzukommen, oder schlägt er aus der Ferne zu?«, fragte Hicks.

»Falls er es versucht, dann aus der Nähe«, sagte ich.

»Falls?«, kam es von Rezzitti. »Sie sind sich dessen nicht sicher?«

»Was den Mordanschlag auf den Papst betrifft? Nein, dessen bin ich mir nicht sicher. Aber Simms ist noch nicht fertig, das zumindest steht fest.«

»Woher wissen Sie das?«

»Das Töten ist das, was seinem Leben einen Sinn gibt.«

»Gibt es noch andere mögliche Ziele?«, fragte Kelly.

Ich nickte. »Jeder, der weiß, was sich in St. Gabriel zugetragen hat. Sowohl Bürgermeister Brown als auch Kardinal Laughlin waren damals bei dem Treffen anwesend, bei dem Simms' Eltern von der Erzdiözese ausbezahlt wurden – wobei der Bürgermeister anscheinend das Treffen verließ, bevor das Schweigegeld überreicht wurde. Sie müssen also beide als potenzielle Zielpersonen eingestuft werden.«

»Woher haben Sie diese Informationen?«, fragte Rezzitti.

»Es steht mir nicht zu, das preiszugeben«, sagte ich.

»Ich würde es aber gern erfahren«, sagte Kelly.

Ich sah ihn an. »Meine Antwort ist trotzdem die gleiche.«

Kelly starrte mich an und konnte seinen Ärger kaum zurückhalten.

»Haben Sie das Büro des Bürgermeisters darüber in Kenntnis gesetzt?«

»Ja. Sowohl der Bürgermeister als auch der Kardinal wissen um die Gefahr.«

»Und Sie können mit Bestimmtheit sagen, dass die Informationen der Wahrheit entsprechen?«, fragte Kelly.

»Bürgermeister Brown streitet strikt ab, von den Vorfällen in

St. Gabriel oder dem Treffen und der dabei erzielten Einigung zu wissen. Allerdings hat er seine geplante Teilnahme an der Messe abgesagt und wird den morgigen Tag am Lake Tahoe verbringen. Anscheinend nimmt er die Drohung also doch ernst. Das Büro des Kardinals will mit mir über Fragen der Sicherheit nicht reden, aber er wird teilnehmen. Aber auch er streitet ab, von einem Treffen mit den Simms zu wissen.«

Kelly stieß sich vom Tisch ab und stand auf.

»Wenn Sie sich dazu in der Lage sehen, über die Herkunft Ihrer Informationen auszusagen, dann geben Sie mir Bescheid. Noch etwas?«, sagte er.

Ich verneinte.

»Dann finden Sie die Simms. Und Chavez«, sagte er und verließ den Raum.

Der Konferenzraum leerte sich. Ich stand auf und wollte los. An der Tür wartete Rezzitti auf mich.

»Wie zuverlässig ist Ihre Information, dass Vater Patrick der Vater dieses Mannes ist?«

Ich betrachtete ihn. Hinter seiner Frage steckte mehr, als es vordergründig den Anschein hatte.

»Ich bezweifle, ob Sie jemals einen unumstößlichen Beweis dafür finden werden, falls Sie darauf aus sein sollten. Letztendlich würde nur ein DNS-Test den Beweis erbringen. Aber um eine Probe von Vater Patricks sterblichen Überresten zu bekommen, bräuchte man das Einverständnis der Kirche.«

Rezzitti nickte. »Vater Patricks Wunsch war es, kremiert zu werden. Ich fürchte, das ist bereits geschehen.«

»Jammerschade«, sagte ich und wollte mich schon umdrehen.

»Wir gehen davon aus, dass Vater Monroe das zufällige Opfer eines Verbrechens geworden ist«, sagte Rezzitti. »Haben Sie Beweise, die auf etwas anderes hindeuten?«
»Noch nicht«, sagte ich.
»Dann beruht alles auf Spekulation, nicht wahr?«
Ich sah ihn an. Seine körperliche Erscheinung erinnerte an ein Spiegellabyrinth. Was an ihm echt war und was nur Spiegelung von etwas anderem, schien man kaum auseinanderhalten zu können.
»Sind Sie hier, um den Papst oder die Kirche zu schützen?«, fragte ich ihn.
»Kirche und Papst sind nicht voneinander zu trennen, oder?«, antwortete er.
»Wissen Sie, welche Aufgaben Vater Monroe innerhalb der Erzdiözese wahrgenommen hat?«, fragte ich.
Er zuckte mit den Schultern. »Das kann ich nicht sagen.«
»Gehörte dazu, die Familien der Opfer auszuzahlen, städtische Beamte zu bestechen und daran mitzuwirken, die Vorfälle in St. Gabriel zu vertuschen?«
»Auch das kann ich nicht sagen«, erwiderte er ohne die geringste Gefühlsregung.
»Wurde zum Zeitpunkt seines Todes gegen Vater Monroe wegen Unterschlagung von Kirchengeldern ermittelt?«
Schweigend starrte er mich an.
»Ich dachte, wir wären hier, um über die möglichen Gefahren bei der morgigen Papstmesse zu reden? Hat das irgendwas damit zu tun?«, sagte er schließlich.
»Ich habe gehofft, Sie könnten mir darüber etwas erzählen.«
Rezzitti schüttelte den Kopf. »Ich kann Ihnen nichts anderes sagen.«
»Dachte ich mir.«

Ich wollte los.
»Sie sind geschieden, soweit ich weiß, Lieutenant.«
Ich blieb stehen.
»Ja.«
»Sie wurden exkommuniziert.«
»Aber erst, nachdem ich der Kirche so schnell wie möglich den Rücken gekehrt habe«, erwiderte ich.
Rezzitti lächelte. »Vielleicht sind Sie deshalb so wütend auf die Kirche.«
Ich sah ihn an. »Nein, darüber bin ich lange hinweg. Ich bin wütend, weil ein Ungeheuer, das die Institution Kirche mitgeschaffen hat, meinen Chef und, was noch wichtiger ist, meinen Freund entführt hat.«
Er nickte. »Dann ist es vielleicht das Beste, wenn Sie die Vergangenheit ruhen lassen und sich auf die anstehenden Aufgaben konzentrieren.«
»Ist das ein Ratschlag oder eine Drohung?«
Er zuckte mit den Schultern. Harrison kam durch den Flur auf uns zu.
»Weder noch. Es ist nur eine Lektion, die einen die Geschichte lehrt. Finden Sie Ihren Chef, Lieutenant, und überlassen Sie mir die Sorgen um die Vergangenheit; das ist nicht Ihr Gebiet.«
»Warum habe ich den Eindruck, als wären Sie um die Sicherheit des Papstes völlig unbesorgt?«
Er musterte mich.
»Die Schweizergarde gibt es mittlerweile seit über fünfhundert Jahren, Lieutenant. Und unsere Bilanz sieht wesentlich besser aus als Ihre.«
»Sie sind kein Italiener?«, fragte ich.
»Keiner aus der Garde ist Italiener. Der Vatikan weiß schon

seit langem, dass er seine Sicherheit nicht den eigenen Leuten anvertrauen kann«, erwiderte er mit einem leisen Lächeln. Er ließ mir noch einen Blick zukommen, dann verließ er den Raum und nickte Harrison zu.

»Worum ging es?«, fragte Harrison.

Ich sah Rezzitti nach, bis er um die Ecke gebogen war.

»Um Geschichte«, sagte ich. »Du hast was für mich?«

»Wir haben eine Adresse der Eltern von Simms, aber irgendetwas stimmt da nicht«, sagte er.

»Wieso?«

»Laut den County-Unterlagen sind die Simms vor drei Jahren bei einem Autounfall ums Leben gekommen.«

»Gab es Ermittlungen dazu?«

Dylan nickte.

»Keine Fremdbeteiligung. Eine Unfallursache konnte nie festgestellt werden.«

»Das Datum ihres Todes?«

»Wenige Tage vor Keri Bishops Verschwinden.«

»Goya hat seine Eltern umgebracht?«

»Scheint so.«

»Wer wohnt also in ihrem Haus?«

Dylan schüttelte den Kopf. »Es ist immer noch auf ihren Namen eingetragen.«

29

Die Simms hatten am Ende einer schmalen, kurvenreichen Straße auf den Hügeln über Encino gewohnt. Die einzelnen Grundstücke nahmen wegen des steilen Terrains große Flächen ein und lagen weit auseinander. Das nächste Haus befand sich mehr als hundert Meter weiter hinter einer Kurve, die nächste Straßenlampe war einen gesamten Straßenblock entfernt.

Wir hielten vor der Garage und stiegen aus. Im Osten erstreckten sich die endlosen hellen Lichter des San Fernando Valley. Zwischen den dahintreibenden Wolkenfetzen waren blass die Sterne zu sehen.

Ein gewundener Stufenweg führte durch dichte Vegetation hinauf zum oben am Hang gelegenen Haus. Von unserem Standort aus waren keine Lichter zu erkennen. Ein schweres, über zwei Meter hohes Metalltor mit gezackten Spitzen blockierte den Weg. In einer Stadt mit fast vier Millionen Einwohnern konnte man nicht isolierter wohnen.

»Sieht aus, als hätten sich die Simms vor irgendwas versteckt«, sagte Harrison. »Vielleicht vor ihrem Sohn.«

Ich nickte. »Aber nicht gut genug.«

Harrison ging zur Garage und leuchtete mit der Taschenlampe unten durch den Spalt.

»Es steht kein Wagen drin«, sagte er und kam zu mir zurück.

Ich trat vor das Tor. Der Summer war entfernt worden, nur noch die Kabelenden ragten heraus.
»Versuch es mit dem Handy«, sagte ich zu Harrison.
Er wählte die Nummer. In der Dunkelheit war von oben das Klingeln des Telefons zu hören. Niemand ging ran. Kein Anrufbeantworter schaltete sich ein.
»Ich klettere hinten rauf, vielleicht gibt es da einen anderen Weg«, sagte Dylan.
»Warte.«
Ich betrachtete das Schloss; nichts wies darauf hin, dass sich jemand daran zu schaffen gemacht hatte. Ich drückte gegen das Tor – es schwang auf.
»Warum hat man ein solches Tor, wenn man es nicht absperrt?«, sagte Dylan.
Ich zuckte mit den Schultern. »Dann hätte man es sich gleich sparen können.«
Dylan zog seine Beretta. Die Stufen wanden sich den Hang hinauf, vorbei an Agaven, deren spitze Stacheln in den Weg hineinragten.
Nach zwanzig Schritten blieb Harrison stehen und ging in die Hocke. Unter einer der Pflanzen war ein Bewegungsdetektor versteckt. Er fasste hinter die Pflanze, bis er gefunden hatte, wonach er suchte.
»Er ist fest verdrahtet. Wenn jemand im Haus ist, weiß er jetzt, dass wir hier sind.«
Ich eilte die Stufen hinauf, bis wir um die letzte Windung kamen und auf der Terrasse vor der großen doppelten Eingangstür standen. Es schienen keine Lichter zu brennen; kein Geräusch kam von drinnen. Etwas war an die Tür gemalt, was in der Dunkelheit aber nur schwer zu erkennen war. Ich zog meine Taschenlampe heraus und schaltete sie an.

»Er ist hier gewesen«, sagte ich.
Ein leuchtend rotes Kreuz zog sich über das Holz. Es war dabei keine sonderliche Sorgfalt aufgewendet worden. Langgezogene Farbnasen ließen das Kreuz so aussehen, als würde es bluten.
»Willst du mir erklären, was das zu bedeuten hat?«, fragte ich leise.
Harrison musste nicht lange nachdenken. »Im Mittelalter wurden rote Kreuze als Warnung an Türen gemalt, dass man sich fernhalten soll.«
»Warum ein rotes Kreuz?«
»Es bedeutet, dass im Haus die Pest ausgebrochen ist.«
Ich zückte meine Glock, ging langsam zur Tür, wollte schon zur Klinke fassen und zögerte.
»Auf dass dieses Haus die Pest hole«, flüsterte ich und sah zu Dylan.
»Du meinst, Goya hat ein Faible für Metaphern?«, fragte er.
Ich sah zu den roten Pinselstrichen; der Furor, mit dem er sie aufgetragen hatte, war nicht zu übersehen.
Ich nickte. Dylan berührte die Farbe.
»Sie klebt noch.«
»Wann ist sie aufgetragen worden?«
Dylan hielt sich den Finger an die Nase.
»Ölfarbe. Je nach ihrer Zusammensetzung könnte es Stunden, vielleicht auch Tage her sein.«
Ich schaltete die Taschenlampe aus. Dylan hob die Waffe. Ich stieß die Tür auf, starrte ins Haus, und langsam, während sich meine Augen an die noch tiefere Dunkelheit gewöhnten, wurde das Innere erkennbar.
»Siehst du, was ich sehe?«, fragte ich.
Harrison nickte.

»Hast du das erwartet?«, fragte ich.
»Ich weiß nicht, was ich erwartet habe.«
Ich trat ein, den Griff fest um die Waffe. Dylan blieb links dicht hinter mir. Vor uns lag ein großer offener Raum; die gegenüberliegende Seite bestand fast ausschließlich aus Fenstern, von denen man auf den kleinen Garten und die Lichter des Tals blicken konnte. Rechts führte ein Seitenflügel weg, während links eine Treppe in den ersten Stock hinaufging.
»Das hier ist anders als bei den bisherigen Wohnungen«, sagte Dylan.
Ich nickte.
Dylan hob etwas vom Boden auf: ein gesplittertes Stück Holz. »Es hat mal zu einem Stuhl gehört.«
»Fällt dir sonst noch etwas auf?«, sagte ich.
»Alles ist von einer dicken Staubschicht bedeckt. Es muss vor langer Zeit passiert sein.«
»Wie mutet dir das an?«, fragte ich.
Er sah sich um.
»Zorn.«
»So würde ich das auch nennen.«
Der Boden war übersät mit den Überresten der zerstörten Wohnungseinrichtung. Nichts schien verschont worden zu sein. Holzsplitter, Glasscherben, Plastik, Papier, Bücher – alles war zerschmettert, auseinandergerissen, zerfleddert worden.
Vorsichtig ging ich um die Überreste herum und blieb stehen.
»Schau dir die Wände an«, sagte ich.
Ich schaltete die Taschenlampe ein und ließ ihren Strahl durch den Raum wandern.
»Weitere rote Kreuze«, sagte Harrison.

Es gab kaum einen Quadratmeter, an dem nicht ein rotes Kreuz gemalt war. Manche waren groß, andere klein.
»Es müssen Hunderte sein«, sagte Dylan.
»Wenn das Ausdruck dessen ist, wie es in seinem Kopf zugeht, dann wissen wir jetzt, wie sein Wahnsinn aussieht«, sagte ich.
»Ob das vor oder nach dem Tod seiner Eltern passiert ist?«, fragte Harrison.
»Wenn sie es noch miterlebt haben, müssen sie gewusst haben, was ihnen blüht.«
Ich richtete den Lichtstrahl auf den Boden. Mehrere Fußabdrücke im Staub führten zur Küche.
»Er ist zurückgekommen«, sagte ich.
Ich leuchtete den Boden ab. Weitere Spuren gingen zur Treppe.
»Schauen wir erst in der Küche nach.«
Wir durchquerten das Zimmer und betraten die Küche. In der Luft hing der schwache Geruch von verdorbenen oder vertrockneten Lebensmitteln. Wie im ersten Zimmer lagen zersplitterte Teller und Gläser auf dem Boden. In der Dunkelheit war das huschende Getrippel der Kakerlaken zu hören, die sich in Sicherheit brachten. Auch hier waren die Wände mit Kreuzen bemalt. Kein Fleck war ausgespart geblieben.
Dylan hob ein nicht mehr erkennbares, völlig zusammengeschrumpeltes Stück Lebensmittel auf.
»Das meiste liegt schon sehr lange hier herum. Nur ganz wenig scheint erst vor kurzer Zeit dazugekommen zu sein.«
Er ging zum Esszimmer und sah sich um.
»Hier das Gleiche.«
Ich betätigte einen Lichtschalter, aber nichts geschah. Die

Deckenlampe hatte das gleiche Schicksal ereilt wie alles andere.
»Sehen wir oben nach«, sagte ich.
Dylan kam in die Küche zurück und ging in Richtung Flur. Ich folgte, blieb dann aber stehen, als ich ein leises Geräusch hörte. Ich drehte mich um.
»Der Gefrierschrank ist an.«
Harrison kam zurück. Es war ein großer Edelstahlschrank.
»Warum ist er an, wenn alle Lebensmittel rausgeräumt wurden?«
Reglos standen wir nur da, als wollten wir uns beide nicht eingestehen, was uns durch den Kopf ging. Dann ging ich zum Gefrierschrank und öffnete ihn.
Die Tür schwang auf, und ich richtete die Taschenlampe hinein. Er war leer, aber nicht unberührt. Dunkelrote Tropfen hingen gefroren am Gitter des mittleren Fachs. Eine kleine Lache hatte sich unten gebildet, ihre Oberfläche war von winzigen Eiskristallen überzogen.
»Blut«, sagte Harrison.
»Jemand hat das Haus nicht mehr lebend verlassen«, sagte ich.
»Oder als Ganzes«, fügte Harrison hinzu.
»Die abgetrennten Hände.«
Ich schloss den Gefrierschrank, ging zur Treppe und blieb vor der ersten Stufe stehen. Die Dunkelheit oben schien vollkommen zu sein und sich wie eine dunkle undurchdringliche Masse zu bewegen. Im Gegensatz zu den anderen Räumen lagen auf den Stufen keine Scherben oder Splitter, sondern Fäden – so sahen sie auf den ersten Blick zumindest aus.
»Irgendwelche Fasern«, sagte Harrison.
Ich richtete den Taschenlampenstrahl darauf.

»Keine Fasern. Menschliche Haare.«

Ein Windstoß ließ eines der Fenster oben klappern. Ich trat vorsichtig um die Haare herum, tastete mich nach oben und leuchtete den Flur im ersten Stock ab. An den Wänden zeichneten sich auf ganzer Länge die Umrisse früherer Bilder ab. Der Boden war mit Glassplittern, zerbrochenen Rahmen und zerfetzten Fotos übersät.

Ich hob eines auf. Es gehörte zu einem Familienporträt, wie sie in den billigen Fotostudios in den Einkaufszentren aufgenommen wurden. Drei Personen waren abgebildet, zwei Erwachsene und ein Kind. Die Köpfe waren abgerissen worden. Ich ließ es zu Boden fallen und strich mit der Taschenlampe über die anderen zerstörten Familienerinnerungen: Bilder von Urlauben, Schulabschlüssen, Geburtstagsfeiern.

Dann richtete ich die Taschenlampe auf das Ende des Flurs. Es gab zwei Türen rechts, eine links.

»Zwei Schlafzimmer und ein Bad«, sagte ich.

Harrison ging zur ersten Tür voran und drückte sie auf.

»Das Bad«, sagte er und sah zu mir zurück.

Ich leuchtete hinein. Der Spiegel am Medizinschränkchen war zerschmettert.

»In der Wanne ist getrocknetes Blut«, sagte Dylan.

Ich richtete den Lampenstrahl darauf. Die Blutlache sah so zerfurcht aus wie die Oberfläche eines ausgetrockneten Sees.

»Was schätzt du, wie alt das ist?«, fragte ich.

Dylan ging in die Hocke und untersuchte es.

»Muss mindestens einige Wochen alt sein.«

»Vielleicht noch älter«, sagte ich.

»Möglich.«

Ich kehrte in den Flur zurück und sah zur Treppe.

»Nicht alle verdorbenen Lebensmittel sind älteren Datums«, sagte ich, dann sah ich zu den beiden verbliebenen Türen am Flurende. »Schau dir die Wände an. Es ist anders als unten. Das, was sich in diesem Haus seit dem Tod der Eltern zugetragen hat, ist wie ein Virus, der sich langsam ausbreitet und ein Zimmer nach dem anderen befällt.«

Ich ging zur nächsten Tür, drückte sie auf und richtete die Taschenlampe hinein. Wortlos starrten wir in den Raum.

»Hast du eine Erklärung dafür?«, fragte Harrison.

Nichts in diesem Zimmer war zerstört. Es glich in seiner Art den im Originalzustand belassenen Räumen, über die man manchmal in Museen stolpert und die so gar nicht zu ihrer unmittelbaren Umgebung zu passen scheinen. Ich trat ein und sah mich um.

»Probier mal den Lichtschalter.«

Dylan betätigte ihn; das Deckenlicht ging an. Beide ließen wir den Blick durch das Zimmer schweifen.

»Wie kommt dir das vor?«, fragte ich.

»Wenn unten der Wahnsinn herrscht, dann ist das hier sein dunkler Bruder.«

Im Zimmer gab es keinerlei Möbel, nur eine blanke Matratze. An den Wänden waren ein halbes Dutzend Pappkartons aufgereiht. Dylan ging zu ihnen.

»Kleidung.«

»Er hat hier gewohnt«, sagte ich.

Die Wände waren schwarz gestrichen und von oben bis unten beschrieben. Kein Zentimeter war unbenutzt geblieben.

»Er hat die Wände in eine Tafel verwandelt.«

Ich sah zu Dylan. »Wie in der katholischen Schule.«

Harrison betrachtete die Zeilen.

»Wieder Latein«, sagte er.
»Verdammt viel Latein. Das sind ja Abertausende Wörter.«
Ich ging in die Mitte des Zimmers. Auf dem Boden lagen Dutzende verbrauchter Faserschreiber.
»Er muss Monate dafür gebraucht haben«, sagte ich.
»Was, meinst du, ist das hier?«, fragte Harrison. »Eine Art Manifest?«
»Was hat er auf den Zettel in seinem Atelier geschrieben? ›Der Feige stirbt schon vielmal, eh er stirbt, die Tapfern kosten einmal nur den Tod.‹«
Ich sah zu den unzähligen Wörtern.
»Wenn man so drauf ist wie er, will man etwas für die Nachwelt schaffen.«
»Eine Biographie.«
»Ich vermute, er hat nicht viel ausgelassen. Wenn wir wissen wollen, was er vorhat, dann steht es möglicherweise hier geschrieben.«
»Es wird Tage dauern, mindestens, bis das alles übersetzt ist. Und dann auch nur, wenn wir die richtige Reihenfolge finden, in der alles steht.«
Ich sah auf meine Uhr. In weniger als dreizehn Stunden würde die Messe im Rose Bowl beginnen.
»So viel Zeit haben wir nicht mehr.«
Ich sah mich um. Die geschriebenen Zeilen schienen einer ganz eigenen Ordnung zu folgen.
»Wo würdest du anfangen, wenn du einen Raum wie diesen vollschreiben solltest?«
»Das würde vom Grad meines Wahnsinns abhängen.«
Ich schüttelte den Kopf. »Er will, dass wir es lesen. Er hat es nicht versteckt.«
»Es sei denn, das Ende ist noch nicht geschrieben.«

»Doch, er hat es aufgeschrieben. Er weiß genau, wie alles enden wird.«
Dylan begann einen beliebigen Abschnitt zu lesen. Er fuhr mit dem Finger die Zeile entlang, las sie nochmals, ging mehrere Zeilen weiter und las auch diese ein zweites Mal. Dann wandte er sich an eine dritte Passage und sah sich verwundert um.
»Was ist?«
»Wenn ich meinem Latein trauen kann, spricht er von sich selbst als Goya.«
»Er hat es in der dritten Person geschrieben?«
Dylan nickte.
»Er tut so, als wäre er sein eigener Biograph«, sagte ich.
»Was bedeuten könnte, dass er seine Morde ebenfalls als außenstehender Beobachter wahrnimmt.«
»Schau mal, ob du dem irgendeinen Sinn entlocken kannst. Ich sehe im letzten Zimmer nach.«
Ich ging in den Flur und wandte mich dem letzten Zimmer zu. Bei jedem Schritt knirschten die Glasscherben unter den Sohlen. Die vergilbten Rechtecke an den Wänden, dort, wo die Bilder gehangen hatten, gemahnten mich an Geister aus der Vergangenheit. Sie hatten keine Gesichter, keine Stimmen, aber sie waren da.
Vor der Tür blieb ich stehen. Ein lateinisches Wort, das ich zuvor schon gesehen hatte, war ins Holz gekratzt. Ich drückte die Klinke durch, aber die Tür ließ sich nicht bewegen. Lange Nägel waren durch die Türränder in den Rahmen getrieben.
»Dylan«, rief ich.
Er kam heraus und betrachtete das eingeritzte Wort.
»Schweigen.«

Ich nickte.
»Ergibt hier irgendetwas für dich Sinn?«, fragte ich.
»Sinn?«
Dylan schüttelte den Kopf. »Eram prognatius ein bastard filius von deus«, las er ab.
»Mein Schullatein reicht dafür nicht aus.«
»Weitere tolle Neuigkeiten. Er bezeichnet sich selbst als den Bastard Gottes.«
»Es wird noch besser. Die Tür ist zugenagelt«, sagte ich.
»Um jemanden aus- oder einzusperren?«
Dylan betastete einen der Nägel. Es waren keine Nägel, die man in Baumärkten zu kaufen bekam.
»Das sind eher massive, kantige Metallstifte«, sagte er.
»Erinnern sie dich an irgendwas?«
»In welcher Hinsicht?«
»In biblischer Hinsicht.«
»Wie sie bei der Kreuzigung verwendet wurden?«
Er tastete mit den Fingern den gesamten Rahmen ab.
»Es gibt hier noch mehr Löcher. Die Tür ist mehrmals geöffnet und wieder geschlossen worden.«
Ich zog meine Waffe.
»Öffne sie.«
Dylan ging einen Schritt zurück, dann trat er mit aller Kraft gegen die Tür. Das Holz splitterte, brach aber nicht. Nach einem zweiten Stoß schwang die Tür auf. Ich leuchtete in den Raum, der früher das Schlafzimmer gewesen sein musste. Die Einrichtung war verändert worden. Sperrholzplatten waren vor die Fenster genagelt. Sämtliche Möbel waren entfernt, bis auf eine Matratze an der gegenüberliegenden Wand, über die ein großes weißes Laken gebreitet war.
»Er hat das Zimmer in eine Zelle verwandelt«, sagte ich.

Die Wände waren ebenfalls mit Kreuzen bemalt, und an der Decke stand ein weiteres Wort: *Profiteor.*

»Bekenne«, übersetzte Dylan.

Ich richtete die Taschenlampe auf eines der Kreuze an der Wand.

»Das ist keine Farbe«, sagte ich. »Das ist Blut.«

»Unter dem Laken ist etwas«, sagte Harrison.

Wir gingen hinüber und stellten uns zu beiden Seiten der Matratze auf. Ein schwerer Stahlring war am Fußende der Matratze in den Boden geschraubt. Ich holte Luft, schreckte insgeheim davor zurück, das Laken zurückzuziehen, sah zu Dylan und nickte.

Er ergriff das Laken, und wir schlugen es zurück. Die Matratzenränder waren blut- und schweißverkrustet, ansonsten lagen darauf Zeichnungen; detailgetreue Porträts in Nahaufnahme. Insgesamt neun Blätter. Zwei der Porträts schienen unvollendet, die Dargestellten waren nicht zu identifizieren.

»Erkennst du sie?«, fragte Harrison.

»Die meisten«, sagte ich. »Wer die anderen sind, dürfte nicht schwer zu erraten sein.«

Ich ging in die Hocke und betrachtete sie.

»Keri Bishop, Donald Bonner, Trevor Wells, Michael Sanchez. Die beiden älteren Gesichter müssen seine Eltern sein.«

»Das würde ich auch sagen«, kam es von Dylan.

Als ich zum letzten fertiggestellten Porträt sah, schnappte ich nach Luft.

»Chief Chavez«, sagte Harrison.

»Lebensecht«, flüsterte ich heiser.

Der Gesichtsausdruck auf allen Porträts war ähnlich, aber

nicht ganz der gleiche. Die Abgebildeten starrten den Betrachter unverwandt an und hatten leicht den Mund verzogen, als litten sie Schmerzen.

»Sie waren noch am Leben, als er sie gezeichnet hat«, sagte ich.

»Oder dieser Eindruck sollte zumindest vermittelt werden.«

Ich schüttelte den Kopf. »Es könnte zu Goyas Ritual passen, dass ihm seine Opfer Porträt sitzen mussten, während sie bereits ahnten, was sie erwartet.«

Ich richtete die Taschenlampe auf die beiden unvollendeten Zeichnungen.

»Was hältst du davon?«

»Er hat zwei weitere Opfer eingeplant«, sagte Harrison.

Ich starrte auf die skizzenhaften, noch nicht ausgeführten Umrisse eines Gesichts. »Das würde ich auch so sehen.«

Ich beleuchtete die anderen Zeichnungen. »Etwas fehlt.«

Dylan ließ den Blick über die Zeichnungen wandern. »Was siehst du?«

»Es geht nicht darum, was ich sehe.«

Erneut ging er die einzelnen Bilder durch.

»Es gibt keine Zeichnung von Vater Monroe«, sagte ich.

»Vielleicht gehört er zu den unvollendeten Zeichnungen. Oder er hat keine anfertigen können, weil er ihn in Mexiko getötet hat.«

»Möglich.«

»Aber das glaubst du nicht.«

»Nein.«

»Es könnte auch sein, dass Monroe wirklich von einer Drogenbande getötet wurde, wie es im Bericht der mexikanischen Polizei steht.«

Ich schüttelte den Kopf. »Monroes Beziehung zu Vater

Patrick und seine mögliche Mitarbeit an den Ermittlungen zu den Missbrauchsfällen schließen das aus.«

»Es gibt noch eine Möglichkeit«, sagte Harrison.

»Morrisons Verschwörungstheorie.«

»Er wurde vom Vatikan umgebracht.«

Schweigend standen wir beide da.

»Das ändert die Sachlage völlig«, sagte Dylan nach einer Weile.

»Ich will jetzt nicht behaupten, dass ich wirklich daran glaube, aber was, wenn es tatsächlich eine Verbindung gibt?«

»Wie soll die aussehen?«

»Wir wissen, dass Vater Patrick einigen extremen Vorstellungen zur Rolle der Kirche anhing, die auch von Simms geteilt wurden, als er im Kloster war.«

»Vater Patrick hat gesagt, er sei sein Lehrer gewesen.«

»Genau, aber was, wenn es weit darüber hinaus geht?«

»Ich weiß nicht, ob ich das hören will«, sagte Harrison.

»Nachdem Simms Donald Bonner ermordet hatte, flog er über Zürich nach Rom. Wenn Morrison hinsichtlich der extremen Gruppierungen innerhalb der Kirche recht haben sollte, hatte Vater Patrick vielleicht Kontakt zu ihnen und seinen Sohn zu ihnen geschickt.«

»Zur Ausbildung?«

Ich nickte.

»Ausbildung zu was? Zum Auftragskiller?«

»Er hatte seine Fähigkeiten bereits unter Beweis gestellt.«

Wir sahen uns an. Beide schreckten wir davor zurück, uns dieses Szenario in aller Konsequenz auszumalen.

»Rational betrachtet müsste man sagen, Goyas Morde sind die Folge seines ganz eigenen Wahnsinns«, sagte Harrison.

»Vielleicht ist er dann übers Ziel hinausgeschossen, weil er nicht mehr zwischen Job und eigenen Vorstellungen unterscheiden konnte.«

»Die These ist trotzdem gewagt.«

Ich nickte. »Es gibt aber noch mehr.«

»Das habe ich befürchtet.«

»Warum ist er über Zürich geflogen?«, fragte ich.

»Die einfache Antworte lautet: weil es billiger ist.«

»Morrison würde sagen, weil dort die Schweizergarde ihren Sitz hat, und deren Aufgabe ist es, den Papst zu schützen.«

»Die sind also an der ganzen Sache beteiligt?«

»Sie oder einige Mitglieder.«

Wieder sahen wir uns schweigend an.

»Wenn wir das offiziell auch nur andeuten sollten, stecken sie uns in die Klapsmühle«, sagte Harrison.

»Bleiben trotzdem noch zwei unvollendete Zeichnungen und damit zwei potenzielle Opfer«, sagte ich und leuchtete mit der Taschenlampe darauf. »Wer sind sie?«

»Wenn er vorhat, den Papst zu töten, wäre ein Gesicht schon mal gefüllt.«

»Bleibt noch einer übrig, den er als Bedrohung ansieht.«

»Oder den die Leute, die ihn ausgebildet haben, als Bedrohung wahrnehmen – wenn du auf diesen Zug aufspringen willst.«

»Es gibt nur einen, der beide Sichtweisen ernst nimmt.«

»Morrison«, sagte Harrison.

Er sah mich mit hochgezogener Augenbraue an. »Nicht dass du irgendwas davon glaubst.«

»Natürlich nicht.«

Ich zog meinen Notizblock heraus, blätterte ihn durch, bis ich Morrisons Nummer gefunden hatte, und wählte. Er meldete sich noch vor dem zweiten Klingeln.

»Ich habe Ihnen mehrmals eine Nachricht hinterlassen. Warum haben Sie sich nicht gemeldet?«, fragte Morrison.
In seiner Stimme schwang eine Nervosität mit, die mir bei unserem ersten Treffen nicht aufgefallen war – die Art von Nervosität, die mit Angst einhergeht.
»Ich war nicht in meinem Büro.«
Schweigen am anderen Ende der Leitung.
»Alles in Ordnung?«, fragte ich.
»Lassen Sie mich beschatten?«
»Nein.«
»Wer dann?«
»Sind Sie sich sicher?«
»Es gehört zu meinem Job, dass mir solche Dinge auffallen.«
»Wo sind Sie?«, fragte ich.
»Ist Ihr Telefon sicher?«
Ich hatte bis zu diesem Moment nicht daran gezweifelt. Jetzt hatte ich das Gefühl, als hielte ich eine Granate in der Hand, die jede Sekunde hochgehen konnte.
»Ich habe keinen Grund, daran zu zweifeln«, antwortete ich nicht ganz wahrheitsgemäß.
»Ich schon«, sagte Morrison.
»Was haben Sie mir für Nachrichten hinterlassen?«, fragte ich.
Er zögerte.
»Sie haben mich angerufen«, sagte ich.
»Ich glaube, ich habe etwas gefunden, das beweisen kann, dass Monroe vom Vatikan ermordet wurde.«
»Was?«
Im Hintergrund hörte ich ein Hupen, dann Stille.
»Morrison?«, sagte ich.

»Wissen Sie, wer mich verfolgt, Lieutenant?«
»Sie sind in Gefahr. Sagen Sie mir, wo Sie sind, und in zehn Minuten ist ein Streifenwagen bei Ihnen.«
»Nein, keine Polizisten. Ich komme zu Ihnen.«
Er wollte noch etwas hinzufügen, zögerte dann aber.
»Warum sollte ich Ihnen glauben?«, fragte er schließlich.
»Weil ich Ihnen glaube«, sagte ich.
Keine Reaktion.
»Ich kann Ihnen helfen«, sagte ich.
»An der Südostecke des Parkplatzes am Rose Bowl. Die Leute versammeln sich hier schon – kommen Sie hierher.«
»Wie finde ich Sie?«
»Ich komme zu Ihnen«, sagte er und beendete das Gespräch.
Ich schaltete das Handy aus und ließ es in die Tasche gleiten.
»Wo willst du hin?«, fragte Harrison.
Verwundert schüttelte ich den Kopf. »In die Klapsmühle. Morrison sagt, er kann beweisen, dass der Vatikan Monroe ermordet hat. Er hat Angst, das war bislang nicht der Fall. Beschäftige du dich mit dem, was im anderen Raum an die Wand gekritzelt ist. Ich kümmere mich darum, dass dir jemand dabei hilft.«
»Dazu fehlt uns die Zeit, Alex.«
»Eine andere Möglichkeit bleibt uns nicht.«
Ich leuchtete erneut auf das Porträt von Chief Chavez.
»Er ist noch am Leben«, sagte ich.
Harrison wollte zustimmen, hielt dann aber plötzlich inne.
»Alex … Woher wissen wir, dass es noch nicht zu spät ist?«, sagte er stattdessen.
Ich sah auf die Zeichnung. »Durch das Vertrauen an etwas, wofür es keine Beweise gibt … genau wie beim Glauben.«

30

Ich wusste nicht mehr, vor wie vielen Tagen wir Keris Leichnam auf dem Spielfeld gefunden hatten. Die erste Berührung ihrer gefrorenen Haut schien mittlerweile so weit zurückzuliegen wie der Gedanke an Schlaf. Als ich Pasadena erreichte, war der Beifahrersitz zugemüllt mit drei leeren Dosen eines Koffein-Drinks, einem großen Kaffeebecher und den zahlreichen Verpackungen der Koffein-Tabletten, von denen ich mir regelmäßig eine Handvoll eingeworfen hatte. Verstärkt durch das Adrenalin, das mich seit Chavez' Verschwinden antrieb, war die Wirkung eine Mischung aus Schwindel und dem euphorisierenden Gefühl, wie man es nach einer Geburt erlebt – genau das Richtige für eine Frau, die mit einer geladenen Kanone rumlief.

Ich überquerte die Brücke über den Arroyo und sah zum Rose Bowl hinunter. Auf den Anblick, der sich mir hier bot, war ich nicht gefasst. Auf den kurvenreichen Straßen standen, erhellt von ihren Scheinwerferlichtern, Tausende Fahrzeuge, die alle zum Stadion wollten. Die Menge hätte sich eigentlich erst am folgenden Morgen versammeln sollen, damit es für uns leichter gewesen wäre, Goya zu entdecken. So hatte der Plan ausgesehen; irgendjemand musste ihn geändert haben.

Es ging auf Mitternacht zu, als ich zum Orange Grove Boulevard abfuhr und in den Arroyo bog. In der Straße herrschte

Stau. Die Verkehrspolizisten bemühten sich nach Kräften, die Gläubigen allerdings, die angewiesen wurden, umzukehren, ließen ihre Wagen und Busse einfach stehen. Auf den Bürgersteigen wimmelte es vor Pilgern, die frohgemut ihrer Erlösung entgegenmarschierten.

Mit eingeschaltetem Blaulicht schob ich mich zur ersten Polizeisperre vor und hielt vor einem unserer Leute an. Auf dem Tank seines Motorrads erkannte ich Simms' Passfoto.

»Lieutenant«, begrüßte er mich.

»Was ist hier los?«, fragte ich.

»Es ist so, als wollte man einen Fluss aufhalten«, sagte er. »Erst haben wir die Leute weggeschickt, dann haben sie einfach ihre Autos abgestellt und sind zu Fuß weiter, irgendjemand hat also beschlossen, dass es besser wäre, sie gleich zum Stadion vorzulassen.« Er schüttelte den Kopf. »Wenn Sie hier durchwollen, werden Sie nicht weit kommen. Am besten fahren Sie zum Arroyo Boulevard zurück und dann nach Norden.«

Ich drehte mit meinem Streifenwagen um, fuhr schließlich in den Arroyo hinunter und kurvte mit eingeschaltetem Blaulicht auf der leeren Gegenfahrbahn zu dem mit Morrison ausgemachten Treffpunkt. Auf den Parkplätzen standen bereits Abertausende Autos und Busse. Ich schlängelte mich durch den Verkehr zur Ecke Arroyo Boulevard und Rosemont Avenue, stieg aus und betrachtete das Spektakel.

Innerhalb von wenigen Stunden hatten sich die leeren Parkplätze in eine Mischung aus Straßenparty und religiösem Erweckungsfest verwandelt. In der Luft lag der Geruch von Grillfleisch, Holzkohle und der süßliche Duft von Zuckerwatte. Straßenhändler schoben sich durch die Menge und verkauften allen möglichen Krimskrams zum Andenken an den Papstbesuch. Es gab Baseball-Kappen mit aufgedruckten Kreuzen, Teller mit Bildern des Heiligen Vaters, der wie der das Rote Meer teilende Charlton Heston die Arme ausgebreitet hatte, Anstecker und Schals und T-Shirts mit Bildern von Jesus in den unterschiedlichsten Posen.

Ich schob mich durch die Menge in Richtung Stadion, kam an einer Familie mit dunklen Maya-Gesichtszügen vorbei, die auf bunten Decken saßen und in der Bibel lasen. Ein kleinwüchsiger Hispano, nur mit einem Tuch um die Lenden bekleidet und an ein großes Holzkreuz gebunden, wurde über den Parkplatz getragen. Die Leute warfen ihm Münzen zu und knieten mit gesenktem Kopf vor ihm nieder.

Ein schwarzer Straßenprediger in knallrotem Anzug stand auf der Motorhaube eines Autos und versuchte seine kleine Zuschauermenge davon zu überzeugen, dass das Ende aller Tage bevorstehe und er den Weg zur Erlösung kenne. Kirchenlieder wurden gesungen, Gebete in mehr Sprachen gesprochen, als ich identifizieren konnte, und das alles steigerte sich zu einem einzigen Esperanto-ähnlichen Gemurmel, das sich in die dunkle Nacht erhob.

An der Südostecke des Stadions blickte ich mich um. Ein Mann links von mir sah in meine Richtung. Ich wollte schon seinen Namen rufen, da drehte er sich um und verschwand im steten Strom der Menge.

»Morrison«, murmelte ich, war mir aber gar nicht sicher, ob er es wirklich gewesen war.

Ich wollte ihm folgen, als hinter mir plötzlich ein ohrenbetäubender Knall ertönte. Die Hand schon an der Glock, drehte ich mich um und entdeckte einen Hispano-Jungen, der bereits die nächste Knallfroschpackung zündete und sie

auf den Bürgersteig warf, wo sie in einer schnellen Abfolge von Explosionen hochging.
Ich drehte mich wieder um, ließ den Blick über die Menge schweifen, der Mann aber, den ich für Morrison gehalten hatte, war verschwunden. In der Ferne, den Lärm um mich noch übertönend, waren Sirenen zu hören.
Mein Handy klingelte.
»Morrison?«, rief ich, ohne mich mit Namen zu melden.
Die Leitung war tot. Ich sah mich um, hielt Ausschau nach Leuten, die mich eventuell beobachteten.
Vor irgendwoher kam ein Schrei, dann Gelächter. Jemand rief: »Jesus rettet dich.« Zwanzig Meter weiter drängten sich Menschen um irgendetwas. Ich schob mich näher heran. Eine junge Frau kniete auf dem Boden und hatte die Arme ausgestreckt, als müsste sie das Gleichgewicht halten. Sie redete wirr, und die Laute, die sie ausstieß, klangen eher tierisch als menschlich.
Wieder klingelte mein Handy.
»Ich bin da«, sagte ich.
Er antwortete nicht.
»Morrison?«
»Haben Sie das getan?«, fragte er aufgebracht.
»Was getan?«
»Warum?«
»Wo sind Sie?«
Er reagierte nicht.
»Morrison?«, rief ich.
»Mein Gott«, flüsterte er.
Wieder war die Leitung tot. Sofort wählte ich seine Nummer. Es klingelte dreimal, dann war es still, so, als würde es sein Handy einfach nicht mehr geben. Die Sirene, die ich in der

Ferne gehört hatte, war mittlerweile wesentlich näher und gehörte keinem unserer Streifenwagen; deren Ton kannte ich. Es musste die Feuerwehr sein.

»Seht nur«, hörte ich jemanden rufen.

»Großer Gott«, antwortete ein anderer.

Ein Jesus in Batik-Klamotten kam auf Rollerblades an uns vorbeigesaust. Aber am Himmel über dem Nordrand des Stadions war ein Glühen zu erkennen. Funken stoben hinauf in die Dunkelheit.

»Er ist nah«, rief jemand aus, während die Sirene immer näher kam.

Ich eilte in Richtung des Glühens, kämpfte mich durch die Menge und trat, als ich die Rosemont erreichte, mitten auf die Straße, um einen besseren Blick zu haben. Einen Straßenzug weiter brannte ein Wagen; Flammen schossen aus den offenen Fenstern, Silhouetten huschten um die Brandstelle, jemand sprühte völlig hoffnungslos aus einem kleinen Feuerlöscher Schaum auf die prasselnden Flammen.

Aus der Dunkelheit hinter dem brennenden Wagen ertönte ein lauter Schrei. Ich wählte Morrisons Nummer ein weiteres Mal, wieder bekam ich keine Verbindung. Die Lichter der sich nähernden Feuerwehr spiegelten sich auf dem Teer. Ich rannte an einer Menschengruppe vorbei zum brennenden Wagen.

Schaulustige standen dicht an dicht um die lodernden Flammen und starrten auf das Feuer. Die Fahrertür war offen. Asche und Papierfetzen wirbelten durch die heiße Luft. Von den Fensterrahmen tropfte verbrannter Gummi und geschmolzenes Plastik.

Zwischen den Flammen erkannte ich auf dem Kofferraum die silbernen Buchstaben FORD. Auf dem Rücksitz waren die brennenden Umrisse der Kartons zu erkennen.

»Wie schön«, sagte jemand hinter mir.
»Haben Sie ihn gesehen?«, fragte eine Frau.
Ich drehte mich um.
»Haben Sie ihn gesehen?«, wiederholte sie.
Ich drängte mich durch die Zuschauer und sah mich nach der Frau um.
»Hat irgendjemand gesehen …«, kam es erneut von ihr im schrillen Tonfall. »Schaut doch.«
Ich schob mich an mehreren, wie gebannt in die Flammen starrenden Passanten vorbei. Eine junge, hagere Frau mit langem blondem Haar stand mit dem Rücken zum Feuer, ihr Blick war auf den in Dunkelheit liegenden Golfplatz nördlich des Stadions gerichtet.
»Wen gesehen?«, sprach ich sie an.
Sie schüttelte nur den Kopf, drehte sich aber nicht um. Ihre Schultern zitterten. Ich trat vor sie. Sie hatte die Arme vor der Brust verschränkt, und ihr standen Tränen in den Augen.
»Wen haben Sie gesehen?«, fragte ich.
Sie wollte etwas sagen, brachte aber nichts heraus. Ich packte sie an den Schultern.
»Erzählen Sie schon! Erzählen Sie, was Sie gesehen haben!«
Sie stierte an mir vorbei in die Dunkelheit, dann schrie sie los.
»Ihn … den Fahrer, den Fahrer! Jemand muss doch was unternehmen!«
Ich drehte mich um und sah zum Golfplatz. In der Ferne war eine kleine orangefarbene Flamme zu erkennen, die sich entfernte, stehen blieb, sich wieder in Bewegung setzte wie ein kaputtes Spielzeug, das zu Boden fällt, sich wieder aufrichtet, um dann allmählich in der Dunkelheit zu verschwinden.
»Der Fahrer«, flüsterte die Frau.

Ich schüttelte sie, bis sie mir in die Augen schaute.
»Sagen Sie das den Feuerwehrleuten, wenn sie hier sind«, schärfte ich ihr ein. »Haben Sie das verstanden?«
Eine Träne lief ihr über die Wange, und sie nickte. Dann spurtete ich los, rannte in Richtung Golfplatz, den Blick auf die kleine glühende, sich auf dem leeren Fairway entfernende Flamme gerichtet. Der weiße Sand in den Sandhindernissen schien in der Dunkelheit zu glühen.
Ich setzte über einen niedrigen Zaun, dann war ich auf dem Rasen. Er hatte ein Green in der Nähe des Clubhauses überquert. Zwischen seinen Spuren, die sich im nassen Gras abzeichneten, waren stellenweise noch immer glühende, vor sich hin schwelende Ascheteilchen zu erkennen.
Lauf!, war alles, was mir durch den Kopf ging, als ich das Green überquerte und das längere Gras des Fairway erreichte. Kurzzeitig war das Glühen verschwunden, dann tauchte es wieder auf. Hundert Meter, noch fünfzig. Aber ich kam ihm nicht näher. Meine Lungen schmerzten, ich rang nach Atem. Ein glimmender Stofffetzen lag im Gras, dann ein Schuh, dessen Seite vollständig verschmort war. Die Gestalt vor mir verschwand immer wieder aus meinem Blickfeld, um kurz darauf wieder aufzutauchen. Weitere glimmende Kleidungsstücke, ein Teil einer Hose oder einer Socke.
»Lauf«, trieb ich mich an. Mein Herz pochte, meine Beine wurden schwer.
Lauf schneller, schneller.
Von der Mitte des Arroyo kam plötzlich ein Schrei. Die brennende Gestalt blieb stehen, schien sich in die Luft zu erheben, dann war sie verschwunden. Ich starrte in ihre Richtung, aber er tauchte nicht mehr auf. Meine Beine gaben nach, ich ließ mich auf die Knie sinken und japste nach Luft.

Dann richtete ich mich wieder auf, mit zitternden Beinen machte ich einen Schritt, dann einen weiteren und lief langsam los, hin zu der Stelle, an der ich glaubte, die brennende Gestalt aus den Augen verloren zu haben. Bodennebel lag über dem dunklen Gras. Das Rauschen von der Menge südlich des Stadions verlor sich langsam in der Ferne. Ich blieb am Rand eines taunassen Greens stehen – Fußabdrücke waren erkennbar, ein weiterer angesengter Stofffetzen. Dann schob sich ein anderes Geräusch in den Vordergrund, und ich rannte los, bis ich am Rand der Nebelbank stehen blieb.

Rauschendes Wasser. Ich folgte den Spuren zum Rand des Überlaufkanals. Zwischen den blassen Betonwänden schwappte ein dunkles, aufgewühltes Wasserband mitten durch den Arroyo.

Die Fußspuren liefen hin und her, als hätte er nach etwas gesucht, bevor er sich nach Norden gewandt hatte. Ich folgte ihnen knapp dreißig Meter weit, vorbei an einigen Büschen, und blieb wieder stehen. Die Spuren führten zu einer Fußgängerbrücke, die in einer Höhe von gut fünf Metern den Kanal überquerte.

Ich folgte ihnen, bis sie auf etwa der halben Länge der Brücke verschwanden. Ein verbrannter Stofffetzen hatte sich noch in einem Holzsplitter verhakt. Im Tau auf dem Geländer war schwach der Umriss einer Hand zu erkennen, die hier ihren Halt verloren hatte. Ich starrte auf den dunklen Wasserlauf, der hinter dem Stadion verschwand und an unzähligen Gläubigen vorbeirauschte, denen nicht bewusst war, was in der Dunkelheit soeben an ihnen vorbeigeglitten sein musste. Die schweren Gesteinsbrocken und das Geröll, das gegen die Betonwände krachte, hallten wie Schüsse durch die Nacht.

Wenn der brennende Mensch, dem ich gefolgt war, wirklich

Morrison gewesen war, würde seine letzte Reise in einigen Stunden im schokoladenbraunen Wasser enden, das sich mit den grünen Gewässern der Santa Monica Bay vermischte. Vielleicht würde am Morgen ein Surfer seine zerschundene Leiche am Strand finden, vielleicht würde er auch durch die Strömung noch weiter in die Finsternis hinausgesogen werden.

Ich ging die gleiche Strecke zurück und hoffte auf Dinge zu stoßen, die er verloren hatte, aber ich konnte nichts entdecken. Als ich zurückkam, hatte die Feuerwehr den Brand gelöscht. Die Gläubigen auf ihrem Weg zum Rose Bowl blieben nicht mehr stehen. Die junge Frau, die den brennenden Menschen hatte davonlaufen sehen, saß am Randstein und starrte auf das ausgebrannte Wrack. Ich ging zu ihr hinüber. Sie sah mich mit leerer Miene an, bis sie mich wiedererkannte.

»Wie geht es ihm?«, fragte sie mit zitternder Stimme.

Ich schüttelte den Kopf. »Ich bin Polizistin. Sie müssen mir erzählen, was Sie gesehen haben.«

Sie zögerte. »Ist er tot?«

Ich nickte.

Sie schlug die Hand vor den Mund.

»Was haben Sie gesehen?«, fragte ich.

Sie biss sich auf die Unterlippe. »Ich bin zufällig vorbeigekommen und habe gesehen, wie sich der Mann im Wagen zum Rücksitz gebeugt und dort was gesucht hat, und er hat mit sich selbst geredet oder telefoniert. Er war sehr wütend. Dann ist er ausgestiegen und zur Beifahrertür herumgegangen, hat sie aufgemacht, und plötzlich sind Flammen herausgeschossen. Sein Ärmel hat Feuer gefangen, die hat er ausschlagen können, aber dann hat er versucht, etwas aus dem Wagen zu holen, und die Flammen haben ihn erfasst und ihn völlig eingehüllt.«

»Hat er irgendetwas aus dem Wagen genommen?«

»Ich glaube nicht. Zuerst hat er noch versucht, die Flammen auszuschlagen, aber sie sind immer größer geworden. Und dann ist er weggelaufen.«

»Haben Sie jemanden in der Nähe des Wagens bemerkt?«

»Nein. Es ist ja keinem aufgefallen, erst als er schon weg war.«

Ich notierte mir ihren Namen und ihre Telefonnummer und ging zu den Überresten des Wagens.

Der Geruch nach verbranntem Plastik und Gummi und Benzin vermischte sich mit dem weißen, vom verkohlten Wrack aufsteigenden Rauch. Der Wagen saß auf den Achsen, die Reifen waren geschmolzen, und das abkühlende Metall knisterte wie ein erlöschendes Lagerfeuer.

Ich zeigte einem der Feuerwehrleute meine Dienstmarke und ging zur offen stehenden Beifahrertür. Der Innenraum war fast vollständig ausgebrannt. Von den Sitzen waren kaum mehr als die Federn übrig; was nicht aus Metall gewesen war, war zu Asche verbrannt.

»Es ist so heiß geworden, dass sogar das Glas geschmolzen ist«, hörte ich hinter mir eine Stimme.

Ich drehte mich um. Vor mir stand der Einsatzleiter.

»Ist das ungewöhnlich?«, fragte ich.

Er nickte. »Für einen normalen Fahrzeugbrand ist das schon ziemlich ungewöhnlich.«

Ich sah zur Rückbank: Von den Kartons und den Papieren war nichts mehr da. Unter dem Beifahrersitz lag, völlig verrußt, eine kleine verschließbare Metallkassette.

»Auf der Rückbank hat ein Haufen Kartons mit Papieren und Dokumenten gelegen«, sagte ich.
»Sie kennen den Wagen?«, fragte er.
Ich nickte. »Wenn ein Brandbeschleuniger benutzt wurde, dann sollten noch Überreste davon feststellbar sein, oder?«
»Wenn Chemikalien zum Einsatz gekommen sind, hinterlassen sie Rückstände.«
»Sie müssen das Areal absperren, die Brandursachenermittlung verständigen und den Tatort sichern. Es geht hier um Mord«, sagte ich.
»Habe ich irgendwas nicht mitbekommen?«
»Die Leiche treibt im Arroyo«, sagte ich. »Die Feuerwehr von L.A. wird informiert werden. Strömungsretter werden nach ihr suchen müssen.«
Der Einsatzleiter ließ den Blick über den dunklen Golfplatz schweifen.
»Der Fahrer hat selbst gebrannt und ist vom Auto weggerannt«, sagte ich. Ich sah zur kleinen Metallkassette. »Ich muss wissen, ob irgendetwas den Brand überstanden hat.«
Der Einsatzleiter sah nun ebenfalls zur Kassette, streifte schließlich seine schweren Handschuhe über und holte die Kassette unter dem Sitz hervor.
»Soll ich das Schloss öffnen?«, fragte er. Ich nickte.
Er holte sich einige Werkzeuge vom Einsatzfahrzeug, brach das Schloss auf und leuchtete mit seiner Taschenlampe hinein.
»Haben Sie das erwartet?«, fragte er.
Ich ging in die Hocke.
»Heiligenfiguren«, sagte ich.
In der Kassette lag ein halbes Dutzend kleiner Heiligenstatuen. Sie hatten unter der Hitze des Feuers Risse bekommen,

schienen aber mehr oder minder intakt zu sein. Ich starrte sie an, wandte mich an den Einsatzleiter und schüttelte den Kopf.

»Nein, das habe ich nicht erwartet.«

Ich berührte eine der Figuren. Sie war noch warm, aber nicht so heiß, dass man sie nicht hätte anfassen können.

»Er hat noch versucht, die Kassette aus dem brennenden Wagen zu holen«, sagte ich.

»Na, will man *dafür* sterben?«, fragte der Einsatzleiter.

»Wofür will man überhaupt sterben?«, entgegnete ich.

Ich nahm eine zur Hand. Sie zerbröselte. Ich fasste zur nächsten und bemerkte, dass im hohlen Innenraum etwas herausspitzte. Behutsam brach ich die Figur entzwei. Ein eng zusammengefalteter Zettel fiel mir in die Hand, den ich auseinanderfaltete: das Blatt eines kleinen Notizblocks mit dem Briefkopf von Bishops Anwaltskanzlei. Darunter eine gekritzelte Notiz, die von Jackson Bishop zu stammen schien.

Monroe an BAN erinnern.

Ich drehte das Blatt um. Die Rückseite war leer.

»Sagt Ihnen das was?«, fragte der Einsatzleiter.

Die Bedeutung der Notiz entging mir, aber allein die Tatsache, dass Morrison sie für so wichtig erachtet hatte, dass er sie glaubte verstecken zu müssen, schien darauf hinzudeuten, dass sie mit Monroes Schweigegeldzahlungen an Bishop zu tun hatte.

Ich stand auf und sah zur Menschenmenge, die sich südlich des Stadions versammelte. Mein Handy klingelte.

»Es sagt uns, dass uns die Zeit davonläuft.«

31

Ich breitete die übrigen Heiligenstatuen auf dem Konferenztisch aus und öffnete sie der Reihe nach. Drei waren leer; die übrigen zwei enthielten jeweils ein Blatt mit Ziffern. Sie ergaben keinerlei Sinn für mich.

Die Tür ging auf, und Traver kam herein.

»Wir sind jeden Eintrag im L.A. County durchgegangen. Unter BAN findet sich nichts. Soll ich die Suche ausdehnen?«

Dave sah sich die Zettel an.

»Nummern? Kannst du sie irgendwie zuordnen?«, fragte er.

»Morrison hat gesagt, Keri hätte in den Papieren ihres Vaters Kontonummern gefunden. Vielleicht sind sie das.«

Dave betrachtete beide, dann nahm er den zweiten Zettel zur Hand.

»Irgendwas entdeckt?«, fragte ich.

Er überlegte. »Bei der ersten weiß ich nicht, aber die hier könnte eine Telefonnummer sein.«

Die Zahl bestand aus insgesamt fünfzehn Ziffern.

»Wenn, dann handelt es sich um eine Auslandsnummer«, sagte ich.

Traver nickte.

»Vor der Geburt der Zwillinge wollte meine Frau immer mal nach Italien. Es könnte eine italienische Nummer sein.«

»Dort müsste es jetzt auf Mittag zugehen.«

Ich griff zum Telefon und gab die Nummer ein. Es dauerte etwas, bis eine Verbindung hergestellt wurde, doch dann klingelte es. Beim vierten Klingeln meldete sich jemand.

»Congregazione per le Cause dei Santi«, hörte ich eine Frauenstimme.

Das kam mir bekannt vor; ich musste in der katholischen Schule schon mal davon gehört haben.

»Bin ich mit dem Vatikan verbunden?«, fragte ich.

»Sì.«

Ich legte auf.

»Was?«, fragte Traver.

Ich versuchte angestrengt mich zu erinnern. »Eine Nummer im Vatikan. Wenn ich mich nicht täusche, war ich soeben mit der Kongregation für die Selig- und Heiligsprechungsprozesse verbunden.«

»Dort wird entschieden, wer heiliggesprochen wird?«

Ich nickte.

»Was zum Teufel hat das mit unserem Fall zu tun?«, fragte Dave.

»Keine Ahnung.« Ich nahm den anderen Zettel zur Hand. »Ruf Utley vom FBI an, vielleicht kann er uns ja mit dieser Nummer weiterhelfen.«

»Was soll ich ihm sagen, wenn er fragt, wonach wir suchen?«

»Nummernkonten in Ländern, in denen es einem leichtgemacht wird, Gelder zu verstecken.«

Traver schrieb die Nummer ab und ging hinaus. Ich griff wieder zum Telefon und rief Harrison an.

»Irgendwelche Fortschritte erzielt?«, fragte ich.

»Hängt davon ab, was man unter Fortschritt versteht. Bislang nichts über den Chief. Hast du dich mit Morrison getroffen?«

»Nicht ganz. Wenn ich mich nicht irre, ist er tot. Jemand hat seinen Wagen in Brand gesetzt. Er wollte noch etwas herausholen, ist dabei aber selbst verbrannt.«

»Du hast also keine Ahnung, was er dir zeigen wollte?«

»Nein. Wenn er Beweise dafür hatte, dass der Vatikan an der Ermordung von Vater Monroe beteiligt war, dann ist jetzt wahrscheinlich alles vernichtet. Aber wir haben vielleicht die Kontonummern gefunden, die Keri in den Unterlagen ihres Vaters entdeckt hat, sowie die Telefonnummer der Kongregation für die Selig- und Heiligsprechung im Vatikan. Ich habe nicht den blassesten Schimmer, ob uns das irgendwie weiterbringt. Ganz davon abgesehen, ob wir dadurch den Chief oder Goya finden.«

Schweigen am anderen Ende der Leitung.

»Was ist?«, fragte ich.

»Du hast von Selig- und Heiligsprechung gesprochen.«

»Ja.«

»Es geht hier sehr langsam voran, aber der Anfang des Textes liest sich wie Goyas Version der Bibel. Er spricht einige Male von seiner Mutter und nennt sie an manchen Stellen sogar eine Heilige.«

Traver kehrte zurück und gab mir mit einem Nicken zu verstehen, dass er die Informationen an Utley weitergeleitet hatte.

»Die Heilige Jungfrau Maria?«, fragte ich.

»Ja, so ähnlich. Er beschreibt sie als Mischung aus Jungfrau von Orleans und Maria Magdalena.«

»Die Frau in der Kirche hat gesagt, als sie Maria das letzte

Mal gesehen hat, hätte diese die Geburt ihres Sohnes als Jungfrauengeburt bezeichnet.«

»Goya nennt seine Geburt ein Wunder.«

»Kein Wort von einer Vergewaltigung?«

»Nein.«

»Hilft uns das irgendwie weiter?«, fragte ich.

»Wenn ich es recht verstehe, schreibt er von ihr im Präsens, so, als wäre sie noch am Leben. Wenn er von ihr spricht, sagt er aber immer, sie befinde sich in den barmherzigen Armen der Nächstenliebe. Das klingt wie seine Fassung des Himmels.«

»Wiederhol das noch mal! Was sagt er?«

»Er sagt, seine Mutter befinde sich in den barmherzigen Armen der Nächstenliebe.«

»Barmherzige Arme der Nächstenliebe? Bist du dir sicher?«

»Ja.«

»Das ist nicht der Himmel«, sagte ich. »Mach weiter. Ich melde mich wieder.«

Ich legte auf und wandte mich an Dave. »Versuch mal, ob du etwas unter Barmherzige Arme der Nächstenliebe findest?«

Er sah mich verständnislos an.

»BAN. Bishop hat es einfach abgekürzt. Deshalb haben wir nichts gefunden.«

Wir setzten uns an Daves Computer und gaben den Namen in die Suchmaschine ein. Es kamen nicht viele Treffer, aber am dritten blieb ich hängen.

»Versuch es mit dem«, sagte ich.

Traver rief die Website auf.

»Barmherzige Arme der Nächstenliebe. Katholische Altenpflegestätte.«

»Ein Pflegeheim.«

Dave scrollte nach unten.

»Foothill Boulevard. Das ist in La Crescenta. Ungefähr zwanzig Minuten von hier«, sagte er noch, aber ich eilte schon zur Tür.

32

Der Mond versank im Pazifik, als ich Pasadena verließ und ins San Gabriel Valley fuhr. Der Foothill Boulevard erstreckte sich in fast gerader Linie durch das gesamte Tal. Zu beiden Seiten der Straße zogen sich Einkaufszentren hin, von denen die meisten älteren Ursprungs waren.

Das katholische Pflegeheim an der Nordseite des Foothill Boulevard lag oben auf einem weitflächigen Rasengrundstück. Ich fuhr in die kreisrunde Anfahrt und hielt an. Das einstöckige Gebäude im Missionsstil besaß links und rechts jeweils einen Seitenflügel.

Hinter den Glastüren war die beleuchtete Rezeption zu sehen. Auf dem Hang, der zum Foothill Boulevard abfiel, waren um ein kleines Blumenbeet mehrere Bänke gruppiert. Die Anfahrt wurde von den Stümpfen gefällter Palmen gesäumt. Ich fuhr weiter zum Eingang und stieg aus dem Wagen. Auf dem Parkplatz neben der Anfahrt, vom Licht der Rezeption beleuchtet, stand ein einziges Fahrzeug.

Ich ging zum Eingang. Niemand war drinnen zu sehen. Auf einem Schild an der Tür stand: NACH 21 UHR KLINGELN. Hinter der Rezeption lief ein kleiner Fernseher, gegenüber befand sich ein kleiner Alkoven, in dem eine Heiligenstatue stand. Ich wollte bereits zur Klingel fassen, drückte dann aber einfach gegen die Türklinke. Die Tür ging auf, und ich trat ein.

In der Luft hing der Geruch von Reinigungsmitteln und die undefinierbare Aura langsamen Siechtums. Die Lichter im rechten Seitenflügel brannten, der andere Flügel lag in Dunkelheit. Ich trat an die Rezeption. Dahinter lag ein verschütteter Kaffeebecher auf dem Boden. Ich sah zu den Seitenflügeln, ging dann um die Rezeption herum, beugte mich hinunter und berührte die Flüssigkeit. Sie war noch warm.
Ich erhob mich und sah zum linken Korridor. Ein metallisches, rhythmisches Geräusch drang aus der Dunkelheit, das sich wie der Atem eines Menschen hob und senkte.
»Was zum Teufel treiben Sie hier?«, ertönte hinter mir eine Stimme.
Ich drehte mich um. Eine große schwarze Frau in rosaroter Uniform unter einem weißen Sweater kam mit einem Wischmopp auf mich zu.
»Sind Sie die Einzige, die hier Dienst hat?«, fragte ich.
»Es ist verdammt noch mal fast drei Uhr morgens. Sie müssen jetzt gehen«, sagte sie.
In ihrer Stimme schwang ein texanischer Akzent mit. Ich schlug die Jacke zurück, zeigte ihr meine Dienstmarke und nannte ihr meinen Namen.
»Was wollen Sie?«, fragte sie.
»Warum ist der Kaffee auf dem Boden?«
»Ich hab ihn verschüttet«, erwiderte sie im ätzenden Tonfall.
»Sind Sie das einzige Personal hier?«
Sie zögerte, bevor sie den Kopf schüttelte. »Es gibt noch eine diensthabende Schwester.«
»Wo ist sie?«
»Wahrscheinlich kümmert sie sich um einen Heimbewohner. Ich hab sie schon eine Weile nicht mehr gesehen. Was zum Teufel ist hier los?«

»Haben Sie eine Bewohnerin namens Maria Perez?«
Sie musterte mich. »Die heilige Maria?«
»Nachname Perez?«
»Ja, das ist sie.«
Damit war klar, was Bishops Notiz zu bedeuten hatte. Wenn er von Maria wusste, dann wusste er wahrscheinlich auch von der Vergewaltigung, dem Kind und den Bemühungen der Kirche oder von Vater Patrick, die Sache unter Verschluss zu halten. Der Preis für sein Stillschweigen dürfte damit in die Höhe geschnellt sein.
»Maria scheint heute Abend sehr gefragt zu sein«, sagte die Frau.
»Wie meinen Sie das?«
»Von der Kirche war auch schon jemand da. Ein Ausländer. Hat gesagt, er ist extra aus Italien angereist, um mit ihr zu reden.«
»Hat er Ihnen den Grund dafür oder wenigstens seinen Namen genannt?«
»Nein. Ich hab mir gedacht, das muss damit zu tun haben, dass sie seliggesprochen wird.«
»Seliggesprochen?«
Sie nickte. »Ja. Ein Priester hat dem Vatikan geschrieben und sie zur Seligsprechung vorgeschlagen. Wir haben es auf ihren Alzheimer geschoben, aber wahrscheinlich hat sie irgendwas gemacht, als sie noch jung war.«
»Ein Priester hat sie vorgeschlagen?«
»Er hat sie jede Woche besucht.«
»Kennen Sie seinen Namen?«
Sie dachte nach, dann schüttelte sie den Kopf. »Irgend so was Irisches.«
»Patrick?«, fragte ich.

Sie sah mich an und nickte. »Genau.«
»Wann war er zum letzten Mal hier?«
»Er kommt jede Woche, aber diese Woche war er noch nicht da. Sie war deswegen ziemlich aufgebracht. Gibt es ein Problem?«
»Hat noch irgendjemand anderes sie besucht?«
Sie schüttelte den Kopf. »Halt, einmal ein Anwalt, er hat sie wegen irgendeiner Sache sprechen wollen, aber das ist schon lange her.«
»Drei Jahre?«
»Könnte sein. Und irgendwann ist auch ein Journalist hier gewesen, der wollte einen Artikel über sie schreiben.«
»Erinnern Sie sich an seinen Namen?«
»Nein.« Ihr Blick ging zu Tür. »Wie sind Sie hier überhaupt reingekommen?«
»Die Tür war offen.«
»Die Tür sollte geschlossen sein. Ich hab sie nicht aufgesperrt.«
Ich sah zum dunklen Korridor. »Jemand muss sie aufgesperrt haben.«
»Was zum Teufel ist hier los?«
»Warum ist dort drüben das Licht aus?«
»Es war nicht aus, als ich den Mopp geholt habe.«
»Wie lange haben Sie die Rezeption verlassen?«
Sie zögerte.
»Es wird keiner erfahren«, sagte ich.
»Ich hab im Pausenraum ein Sandwich gegessen. Ich hab nicht auf die Uhr geschaut.«
»Ist Maria in diesem Flügel?«
Sie nickte. »Zimmer siebenundzwanzig, ganz am Ende rechts.«

»Der Wagen, der auf dem Parkplatz steht – gehört der der Schwester?«
»Was für ein Wagen? Mich bringt meine Tochter immer hierher, und die Schwester nimmt den Bus.«
Ich ging wieder vor die Rezeption und sah auf ihr Namensschild. »Augusta, gibt es hier einen Raum, in dem Sie sich einschließen können?«
Sie sah mich mit großen Augen an. »Warum sollte ich das tun?«
»Wenn Sie gleich etwas Ungewöhnliches hören sollten, dann rufen Sie die Polizei und sagen den Beamten, dass hier dringend Unterstützung nötig ist, und dann sperren Sie sich ein.«
»Was, wenn ich nichts höre?«, fragte sie.
»Dann sperren Sie sich trotzdem ein und warten, bis ich Sie wieder raushole.«
Sie legte den Wischmopp zur Seite und nickte. Ich eilte durch den Rezeptionsbereich, trat in den dunklen Korridor und zog meine Glock. Der Gang führte in einem leichten Bogen nach rechts. Die meisten Türen waren geschlossen, die Namen der Bewohner waren auf herausnehmbaren Kärtchen verzeichnet. Ich drückte mich an die rechte Wand. Aus den offen stehenden Türen drangen leise Schlafgeräusche, irgendwo schrie jemand auf und verstummte sofort; ein Alptraum, der sich ebenso schnell verflüchtigt hatte, wie er gekommen war.
Am Ende der Krümmung blieb ich vor einer offenen Tür stehen und sah auf die Zimmernummer. Neunzehn. Ich wollte schon weiter, als mich eine Hand an der Schulter berührte. Ich fuhr herum. Ein gebrechlicher Alter in langem Mantel stand in der Tür.

»Sind Sie gekommen, um mich nach Hause zu bringen?«, sagte er.
Seine Gesichtszüge waren in der Dunkelheit kaum zu erkennen, die Augen lagen in tiefen Höhlen.
»Jetzt nicht«, flüsterte ich.
»Später also?«, fragte er.
»Ja.« Ich wollte los.
»Wie bei Maria.«
Ich drehte mich um. »Was ist mit Maria?«
»Ich will auch nach Hause«, sagte er, machte auf dem Absatz kehrt und ging in sein Zimmer.
Ich sah zurück in den dunklen Korridor, eilte weiter, und als ich um die letzte Biegung des Gangs kam, lag vor mir jemand auf dem Boden; die rosarote Uniform schimmerte fast in der Finsternis. Ich nahm die Glock in Anschlag und näherte mich. Die Frau lag mit angelegten Armen und mit dem Gesicht nach unten, eine Blutdruckmanschette dicht neben ihr hatte sie offensichlich fallen lassen.
Ich fühlte ihr am Hals den Puls: langsam, aber gleichmäßig; sie war nur bewusstlos. Ich stand auf und richtete die Waffe auf die letzte Tür rechts. Sie war geschlossen. Vorsichtig näherte ich mich. Auf dem Namensschild stand Perez. Ich lauschte, aus dem Zimmer war nichts zu hören. Am Ende des Korridors leuchtete das schwache rote Licht des Notausgangs. Auch er schien geschlossen zu sein.
Ich legte die Hand auf die Klinke, atmete tief durch, stieß die Tür auf und richtete die Glock in die Dunkelheit. In der Luft lag süßlicher Geruch, eine Mischung aus Blumenduft und VapoRub, und es war kälter als draußen im Gang. Mit der Waffe im Anschlag trat ich ein und drückte mich gegen die Wand. Genau neben mir lag die Tür zum Badezimmer. Ich stieß sie

mit dem Fuß auf, dann ließ ich die Glock sinken. Im Badezimmer war niemand. Das Bett war leer. Das einzige Fenster im Zimmer stand weit offen. Goya war hier gewesen.
Ich ging hinaus in den Korridor und rief nach Augusta.
»Sind Sie das, Lieutenant?«
»Rufen Sie den Notarzt, und dann kommen Sie hierher.«
Ich kehrte ins Zimmer zurück. An der Wand hingen mehrere große Kreuze, daneben eine gerahmte Zeichnung, die ich als eines von Goyas Werken erkannte. Es stellte die Muttergottes mit dem Jesuskind auf dem Arm dar. Die Gesichtszüge der Muttergottes glichen jener der jungen Frau auf dem Foto, das Vater Patrick in seiner Brieftasche aufbewahrt hatte. Ich ging ans offene Fenster und blickte hinaus. Niemand war zu sehen.
»O mein Gott«, hörte ich vom Korridor.
Ich ging hinaus.
»Sie ist bewusstlos. Kümmern Sie sich um sie«, sagte ich, rannte zur Rezeption und sah nach draußen. Der Wagen auf dem Parkplatz, der im Schatten einer hohen Palme am Foothill Boulevard stand, auf die das Licht einer Straßenlaterne fiel, war immer noch da. Es war ein dunkler Crown Victoria, wie er gewöhnlich von der Polizei benutzt wurde, aber aus irgendeinem Grund beschlichen mich Zweifel. Während ich die Eingangstür öffnete, ließ ich den Wagen nicht aus den Augen. Im dunklen Innenraum aber war nichts zu erkennen.
Hinter mir fiel die Tür ins Schloss. Ich zog die Waffe und ging über die Anfahrt zum Wagen. Zwischen den Palmstümpfen und den vertrockneten Blättern war das Rascheln von Nagetieren zu hören. In der feuchten Nachtluft hing der schwere Zuckergeruch eines vierundzwanzig Stunden geöffneten Donut-Ladens, der einen Block entfernt lag.

Zehn Meter vor dem Wagen blieb ich stehen und trat in den Schatten. Vor der Fahrertür lag mindestens ein halbes Dutzend Zigarettenkippen. Ich sah zum Kennzeichen. Es war ein Diplomatenfahrzeug. Nachdem sich meine Augen an die Dunkelheit gewöhnt hatten, erkannte ich hinter dem Lenkrad die schwachen Umrisse eines Menschen. Die getönten Scheiben verbargen weitere Einzelheiten.

Ich packte die Glock fester und näherte mich der Fahrertür. Die Person am Steuer rührte sich nicht, sondern starrte weiterhin geradeaus. Ich klopfte an die Scheibe; keine Reaktion.

»Polizei …« Weiter kam ich nicht.

Am Türrand entdeckte ich einen Blutstropfen, der bis ganz nach unten gelaufen war und nun auf dem Filter einer Kippe landete. Ich sah mich um, vergewisserte mich, dass mich niemand sah, und öffnete mit der freien Hand die Wagentür.

Kurz richtete ich die Waffe auf den Mann, dann ließ ich sie sinken. Sein Kopf war nach vorn auf die Brust gefallen. Er trug einen dunklen Anzug und Krawatte. Ich legte ihm einen Finger an den Hals, um den Puls zu fühlen. Seine Haut gab unter der Berührung noch nach: Er konnte noch nicht lange tot sein. Seine dunklen Haare verbargen die kleine Wunde knapp hinter dem Ohr. Blut war über den Nacken in den weißen Kragen des Hemdes gelaufen. Er schien Anfang dreißig zu sein und hatte muskulöse Schultern und Arme.

Die Haut unter dem verklebten Haar im Bereich der Einschussöffnung war verbrannt. Die linke Hand lag im Schoß, so, als hätte er versucht, in sein Jackett zu greifen. Auf dem linken Oberschenkel war Zigarettenasche. Ich beugte mich über ihn und schlug sein Jackett auf. In einem Schulterhalfter steckte eine Pistole. Die rechte Hand lag auf dem Beifahrersitz und umklammerte ein aufgeklapptes Handy.

Ich wand es ihm aus den Fingern und überprüfte die letzten Anrufe – er hatte immer die gleiche Nummer gewählt. Ich legte das Handy wieder zurück und notierte die Nummer. Aus der linken Innentasche des Jacketts zog ich eine dünne, schwarze Brieftasche. Der Pass, der darin steckte, wies ihn als Schweizer Staatsbürger aus.

Er hieß Peter Stenson. Und wenn ich mich nicht täuschte, gehörte er zur Schweizergarde. Rezzitti hatte ihn geschickt, um nach Goya Ausschau zu halten. Entweder war er eingeschlafen, oder er hatte eine Zigarette geraucht, als Goya ihn überraschte und ihm eine kleinkalibrige Pistole an den Kopf hielt. Wahrscheinlich war er von Goya befragt worden, und wahrscheinlich war es ihm dabei gelungen, sein Handy aufzuklappen, um unbemerkt eine Botschaft abzugeben, während er mit der Linken versucht hatte, nach seiner Waffe zu greifen. Doch zuvor war das Geschoss in seinen Hinterkopf direkt ins verlängerte Rückenmark eingetreten und hatte ihn auf der Stelle getötet.

Ich schloss die Wagentür und kehrte ins Pflegeheim zurück.

»Lieutenant«, kam es aus dem Korridor.

Die Schwester saß gegen die Wand gelehnt, Augusta hatte ihr den Arm um die Schultern gelegt. Als ich vor den beiden in die Hocke ging, sah sie mich mit verschwommenem Blick an.

»Es geht ihr besser«, sagte Augusta.

»Können Sie mir sagen, was passiert ist?«, fragte ich.

Die Schwester atmete tief durch, fasste sich und schloss kurz die Augen.

»Ich habe meine Runde gedreht, und als ich aus dem Zimmer in den Gang gekommen bin, waren die Lichter aus, und er war direkt hinter mir.«

»Haben Sie sein Gesicht gesehen?«
»Nein, nur den Kragen.«
»Kragen? Sie meinen einen Priesterkragen?«
Sie nickte.
»Sie sind sich sicher?«
Sie schloss wieder die Augen und nickte.
»Danach kann ich mich an nichts mehr erinnern«, sagte sie.
Ich trat in das Zimmer und schaltete das Licht an. In der Dunkelheit hatte ich zuvor die zweite Zeichnung nicht bemerkt, die auf dem Bett lag.
»Augusta, kommen Sie bitte rein«, sagte ich.
Kurz darauf erschien sie in der Tür.
»Können Sie mir den Mann von der Kirche beschreiben, der heute gekommen ist, um mit Maria zu sprechen?«
»Muss so zwischen vierzig und fünfzig gewesen sein. Er hatte blonde Haare.«
»Sicher?«
»Ja, ich bin mir sicher.«
»War diese Zeichnung vorher auch schon da?«
Sie betrachtete sie eingehend.
»Nein, die ist mir noch nie untergekommen«, sagte sie und sah sich um. »Aber wo ist Maria?«
»Fort.«
»Fort«, sagte sie, und ihre Stimme ging mehrere Oktaven nach oben. »Warum sollte sie …«, begann sie und brach ab, als sie die Zeichnung sah.
»Mein Gott, das ist sie ja. Das ist Maria.«
»Ja«, sagte ich. »Von wem hat sie die andere Zeichnung, die an der Wand?«
»Ich glaube, vom Priester.«
»Vater Patrick?«

Sie nickte, während sie weiter auf die Zeichnung sah.
»Können Sie mir sagen, ob irgendetwas aus dem Zimmer fehlt?«
»Sie hat nicht viel gehabt«, antwortete Augusta.
»Sehen Sie sich doch bitte um«, sagte ich.
Sie ließ den Blick durchs Zimmer wandern und trat vor das Nachtkästchen am Bett. »Ihr Rosenkranz ist nicht da.«
»Wie steht es mit der Kleidung?«, fragte ich. »Fehlt etwas, irgendein auffälliges Kleidungsstück?«
Sie trat vor den schmalen Schrank neben dem Badezimmer, öffnete ihn und ging die Sachen durch. »Ich glaube nicht, das hier etwas fehlt.«
»Und die Kommode?«
Sie ging sämtliche Schubladen durch, schüttelte dabei jedes Mal den Kopf und wandte sich an mich.
»Das Einzige, was fehlt, ist ihr Morgenrock. Der ist gelb, gelb wie ein Eidotter. Den trägt sie immer, bevor sie ins Bett geht.«
»Hat sie jemals von einem Sohn gesprochen?«, fragte ich.
Augusta sah mich überrascht an. »Woher wissen Sie das?«
»Erzählen Sie!«
»Maria hat von einem Kind gesprochen, aber wir haben darauf nichts gegeben.«
»Warum nicht?«
»Bei dem Thema hat sie immer kein Ende gefunden und dabei so getan, als wäre sie die nächste Gottesmutter, die den neuen Jesus geboren hat. Wie gesagt, wir haben darauf nichts gegeben.«
»Rufen Sie bitte die Polizei und melden Sie, dass draußen auf dem Parkplatz ein Mann erschossen wurde.«
Ihr gingen die Augen über. »Erschossen?«

»Wenn die Beamten eintreffen, sagen Sie ihnen, er sitzt im Wagen auf dem Parkplatz. Sagen Sie ihnen, dass die Polizei schon hier war, und erzählen Sie ihnen von Maria.«
»Was zum Teufel soll das alles?«
»Rufen Sie an, und dann kommen Sie zurück und kümmern sich um die Schwester«, sagte ich.
Sie wollte schon los, zögerte und sah wieder auf die Zeichnung.
»Warum zeichnet jemand so was?«, fragte sie.
Ich ging zum Bett und betrachtete ebenfalls das Blatt. Wie alle Werke Goyas war die Linienführung klar und präzise, die Einzelheiten waren deutlich herausgearbeitet. Maria Perez stand inmitten einem Dutzend hingestreckter Menschen, Flammen schlugen von ihren Füßen hoch und rankten sich an ihr empor. Unter den gesichtslosen Zuschauern stand nur eine Person aufrecht: Sie war eindeutig erkennbar als Papst, der eine Hand vor dem Körper erhoben hatte, als würde er den Segen spenden.
»Das passt alles nicht zusammen«, entfuhr es Augusta kopfschüttelnd. »Maria würde keiner Seele etwas zuleide tun. Das ist doch unchristlich.«
Sie ging zur Rezeption, um die Polizei zu rufen. Ich starrte auf die Zeichnung und versuchte etwas herauszulesen, was mir den Sinn entschlüsseln würde, fand aber nichts. Wir gingen von der Annahme aus, dass der Papst zu Goyas Opfern gehören würde, aber das hatte er hier nicht gezeichnet. Hier ging es um etwas anderes.
Mit der Zeichnung in der Hand lief ich zu meinem Streifenwagen. Durch den Lichtdunst der Stadt waren schwach einige Sterne zu erkennen. Das abziehende Unwetter hatte kalte Luft zurückgelassen, so dass ich mit jedem Atemzug

eine Dunstwolke ausstieß. Ich sah zu der Handvoll Wagen, die auf der Straße geparkt waren, und konnte mich des Gefühls nicht erwehren, dass Goya mich beobachtete und wartete, ob ich das von ihm gestellte Rätsel lösen könnte. Sämtliche Wagen waren leer.

In der Ferne tönte eine näher kommende Sirene durch die Stille. Ich öffnete die Beifahrertür und legte die Zeichnung auf den Sitz, während sich in den Schaufenstern der Läden am Foothill Boulevard die roten Lichter des Krankenwagens spiegelten. Als ich den Zündschlüssel zur Hand nahm, klingelte mein Handy. Es war Traver.

»Wir haben Bishop gefunden«, sagte er.

»Wo?«

»Er hat sich in einem Motel am Colorado Boulevard einquartiert. Sein Wagen steht auf dem Parkplatz, aber er reagiert nicht. Sollen die Uniformierten reingehen?«

Ich sah zur Zeichnung der brennenden Frau inmitten des Leichenhaufens.

»Nein«, sagte ich. »Wartet, bis ich dort bin.«

33

Das Motor Coach Motel lag am Ostende des Colorado Boulevard, dort, wo von der Stadterneuerung noch nichts zu bemerken war. Es handelte sich um eines dieser Überbleibsel aus den frühen Sechzigern, als das Reisen mit dem Auto noch als Abenteuer galt, das mit einer Blockhütte belohnt werden musste. Die acht einzelnen Unterkünfte sahen aus, als wären sie aus grob zusammengezimmerten Stämmen errichtet.

Ein Streifenwagen und Travers Zivilwagen warteten auf dem Parkplatz, als ich dort einbog und ausstieg. Das Motel hatte schon bessere Tage gesehen. Die Farbe an den vermeintlichen Stämmen blätterte ab, über den Dächern hingen die trockenen Ranken abgestorbener Bougainvilleen. Die Anlage vermittelte den abgehalfterten Eindruck eines Ortes, den man nur fand, wenn man irgendwo die falsche Abzweigung erwischt hatte.

Das einzige andere Fahrzeug auf dem kleinen Parkplatz war Bishops Lexus.

»Er ist in der letzten Hütte. Alle anderen stehen leer«, sagte Dave. »Laut dem Verwalter hat er vor zwei Tagen eingecheckt, hat sich seitdem aber nicht mehr blicken lassen.«

»Hast du einen Schlüssel?«, fragte ich.

Dave hielt ihn hoch. »Er ist auf seiner Flucht nicht recht weit gekommen«, sagte er.

»Vielleicht gibt es in diesem Fall für ihn kein Entkommen.«
Die Fensterläden waren geschlossen, in der Hütte brannte kein Licht. Ich sah zum Lexus.
»Hast du den Wagen überprüft?«
»Abgesperrt. Soweit man von außen erkennen kann, liegt nichts Ungewöhnliches drin. Auf dem Rücksitz eine Ledertasche, ein paar Fastfood-Verpackungen, hinten unter dem Fahrersitz ein Handy, so sieht es jedenfalls aus.«
»Das Handy ist im Wagen?«
Traver nickte.
»Warum lässt man sein Handy im Wagen?«
»Vielleicht hat er es verlegt?«
Ich nahm den Schlüssel entgegen, ging zur Hütte und klopfte. »Mr. Bishop, hier ist Lieutenant Delillo. Öffnen Sie die Tür.«
Keine Antwort. Ich klopfte ein zweites Mal, ebenfalls ohne Ergebnis, dann steckte ich den Schlüssel ins Schloss und drehte ihn um.
»Mr. Bishop?«, sagte ich und öffnete die Tür einen Spaltbreit.
»Riechst du das?«, fragte Dave.
Ich nickte. »Bourbon.«
»Abgestandener Bourbon.«
Ich drückte die Tür ganz auf und wartete auf eine Antwort. Nichts.
»Mach das Licht an«, sagte ich.
Dave fasste um die Wand herum und betätigte den Schalter. Wortlos betrachteten wir den Raum, dann trat ich ein. Auf einer kleinen Ankleide befand sich eine Ledertasche, die jener im Wagen glich. Die Tagesdecke auf dem Bett war zerknittert, aber nicht aufgedeckt worden. Der Stuhl, der zum

kleinen Schreibtisch in der Ecke gehörte, stand mitten im Raum. Gleich daneben lag eine leere Bourbonflasche.
»Ich würde sagen, Bishop hat sich die Kante gegeben«, sagte Traver.
Ich ging zur Tasche auf der Ankleide. Sie war geöffnet worden und enthielt einen Kulturbeutel, einige Hemden, Hosen und Unterwäsche.
»Sieh im Badezimmer nach«, sagte ich.
Ich trat vor den Stuhl. Auf dem Teppichboden um ihn herum war Flüssigkeit verschüttet. Ich ging in die Hocke und berührte den Boden – er war noch feucht.
»Wenn das von Bishops Flasche stammt, hat er mehr verschüttet als getrunken«, sagte ich und erhob mich.
»Im Waschbecken sind ein paar Blutflecken, und in der Wanne liegt Kleidung«, sagte Dave, als er aus dem Bad zurückkam.
»Sieh nach, ob die Sachen in der Wanne voll Bourbon sind.«
Dave ging wieder ins Bad.
»Sie sind noch feucht«, sagte er, als er erneut auftauchte. »Auf dem Hemd ist Blut. In der Hose stecken noch seine Brieftasche und seine Schlüssel. Meinst du, er hat sich volllaufen lassen und sich dabei verletzt?«
Ich sah mich im Raum um. »Möglich, wenn man bedenkt, was mit seiner Tochter geschehen ist. Aber wenn es so wäre, wo ist er dann jetzt?«
»Hat sich zu einem Spaziergang aufgemacht und beschlossen, nicht mehr zurückzukommen, vielleicht ist er aufgegriffen und in ein Krankenhaus gebracht worden.«
»Und dabei hat er seine Brieftasche zurückgelassen?«
»Vielleicht war er so betrunken, dass es ihm nicht mehr aufgefallen ist. Vielleicht wollte er aber auch nur einfach spurlos verschwinden.«

Ich sah zum Stuhl mitten im Zimmer, der mit der Lehne zum Fernseher stand.
»Warum stellt er den Stuhl mit dem Rücken zum Fernseher?«, sagte ich.
»Vielleicht hat ihm das Programm nicht gefallen?«
Ich schüttelte den Kopf. »Irgendwas stimmt hier nicht.«
»Du meinst, Goya hat ihn gefunden?«
»Ich weiß nicht, das hier sieht mir nicht nach Goya aus.«
Mein Blick blieb wieder am Stuhl und der Flasche hängen. Ich ging in die Hocke. In den Fasern des Teppichbodens unter dem Stuhl hingen winzige Holzspäne, die mir zuvor nicht aufgefallen waren. Ich strich mit den Fingern über die Stuhlbeine. Sie waren verkratzt.
»Ich denke, er hat nicht ferngesehen«, sagte ich.
»Was dann?«
»Hier hat sich Metall ins Holz geschnitten. Ich denke, er war mit Handschellen an den Stuhl gefesselt.«
»An den Stuhl gefesselt?«
Ich stand auf.
»Er war nicht allein hier.«
»In diesem Motel hat es schon mehrfach Razzien wegen Prostitution gegeben«, sagte Dave. »So wie er drauf war, wollte er es vielleicht auf die harte Tour.«
»Um für seine Sünden bestraft zu werden?«
»So in der Art. Vielleicht steht er auch einfach nur auf perversen Sex.«
»Schau in der Brieftasche nach, wie viel Bargeld noch drin ist.«
Dave ging ins Bad zurück, kam mit der Brieftasche heraus und zählte das dicke Bündel Scheine. »Hier sind über fünfzehnhundert Dollar. Eine Nutte, die ihn betrunken macht und fesselt, und dann so viel Geld zurücklässt?«

»Er war nicht mit einer Prostituierten hier.«
»Sondern?«
Ich sah mich um. »Wenn es Goya war, hätte er etwas dagelassen.«
»Wieder eine Zeichnung?«
Ich ging zur Ankleide und zog alle Schubladen auf. Sie waren leer. Ich drehte mich um, mein Blick fiel auf die zerknitterte Decke auf dem Bett.
»Zieh die Decke weg.«
Dave trat zum Bett. Nichts.
»Schau unter der Matratze nach.«
Er hob die Matratze hoch. »Nichts.«
»Und unter dem Bett.«
Er beugte sich hinunter.
»Wollmäuse«, sagte er.
Ich ging zum Fenster, zog den Rollladen hoch und sah hinaus zu Bishops Wagen.
»Was hältst du davon?«, fragte ich.
Dave zuckte mit den Schultern. »Was meinst du?«
Ich drehte mich um. »Auf seiner Kleidung ist Blut, er war mit Handschellen an einen Stuhl gefesselt, und ihm wurde Alkohol eingeflößt.«
»Du meinst, wenn es nichts mit Sex zu tun hatte?«
»Genau.«
»Ein Verhör.«
»Ein schmerzhaftes Verhör.«
»Ich setze auf Goya«, sagte Traver.
»Nein, Goya sucht nichts. Er weiß, was er will. Aber der oder die Täter haben hier etwas von Bishop gewollt.«
»Aber was?«
Wieder sah ich nach draußen zum Lexus.

»Warum das Ganze? Warum ist Bishop so wichtig für sie?«, fragte Traver.

»Es geht ums Geld.«

»Was für Geld?«

»Wenn Morrison recht hatte, hat Bishop herausgefunden, dass Monroe die Kirche um mehrere Millionen betrogen hat. Monroe hat ihn nicht nur bestochen, damit er sich auf eine außergerichtliche Einigung einlässt, er hat ihm auch Schweigegeld gezahlt, damit er vom Millionenbetrug nichts verlauten lässt.«

»Es geht hier also um das Geld der Kirche?« Dave wand sich innerlich, als wäre er auf einen Nagel getreten.

»Nur, dass Monroes Geheimnis nicht geheim geblieben ist. Und jetzt wollen sie ihr Geld zurück.«

»Die Nummernfolgen, die du in Morrisons Wagen gefunden hast.«

»Das wäre eine Fährte.«

»Ich bin kein Katholik, aber wir geraten hier auf gefährliches Terrain.«

»Da sind wir schon, seitdem wir den ersten Schritt getan haben.«

Traver ging zum Stuhl und fuhr mit den Fingern über die Kratzer, die von den Handschellen stammten.

»Und wie haben sie ihn aufgespürt?«

Ich wandte mich vom Fenster ab, ging ins Bad, zog die Autoschlüssel aus Bishops Hose und eilte mit Traver nach draußen.

»Irgendwas kriege ich hier nicht ganz auf die Reihe«, sagte er.

»Wie hat Bishop das Motel gezahlt?«

»In bar, drei Tage im Voraus.«

Mit der Fernbedienung öffnete ich die Wagentüren.
»Womit wir wieder bei der Frage wären, wie sie ihn gefunden haben, wenn sie seine Kreditkartenzahlungen nicht rückverfolgen konnten«, sagte Dave.
Ich öffnete die Hintertür und hob das Handy unter dem Fahrersitz auf. »Vielleicht damit.«
»Sie haben ihn angerufen?«
Ich schaltete das Handy an und ließ mir die letzten Anrufe anzeigen. Viermal dieselbe Nummer. »Jemand wollte ihn ganz dringend sprechen.« Die Nummer kam mir bekannt vor, aber ich konnte sie nicht einordnen.
»Kennst du die Nummer?«, fragte ich Dave.
»Nein.«
»Wo hier in der Stadt logiert der Papst?«, fragte ich.
»In der Kathedrale Unserer Lieben Frau von den Engeln.«
Ich drückte auf die Wahlwiederholung. Beim zweiten Klingeln schaltete sich eine Bandansage ein: »Sie sind verbunden mit dem Büro der Kathedrale Unserer Lieben Frau …«
Ich klappte das Handy zu und drehte mich zu Dave um.
»Schick die Spurensicherung rein, vielleicht bekommen wir ja irgendwelche Fingerabdrücke. Dann frag in allen Krankenhäusern nach, ob jemand, auf den Bishops Beschreibung zutrifft, eingewiesen oder behandelt wurde.«
»Hilft uns das weiter, den Chief zu finden?«, fragte er.
Ich sah zurück zur Hütte. »Das wird sich herausstellen«, sagte ich und machte mich auf den Weg zu meinem Wagen.
»Wo willst du hin?«
Ich schüttelte nur den Kopf. »Das willst du nicht wissen.«
Ich setzte mich hinters Steuer und rief Harrison an.
»Irgendwas herausgefunden?«, fragte ich, als er sich meldete.

Er zögerte. »Ich bin hier fertig. Der FBI-Übersetzer ist gerade eingetroffen, er wird die Sache übernehmen.«

»Hast du irgendwas gefunden?«

»Möglich, aber wie gesagt, mein Latein ist ...«

»Dylan, was hast du gefunden?«

Er atmete hörbar ein. »Dich«, sagte er dann.

Ich war mir nicht sicher, ob ich ihn richtig verstanden hatte.

»Mich?«, fragte ich nach.

»Es ist ziemlich verwirrend, und mein Latein ist nicht das beste.«

»Was hat er geschrieben?«

»Könnte sein, dass ich mich täusche.«

»Dylan!«

»Er hat seinen eigenen Tod beschrieben.«

»Seinen?«

Dylan sagte nichts.

»Und ich spiele dabei eine Rolle?«, fragte ich.

»Ja.«

»Inwiefern?«

»Ich bin mir nicht ganz sicher bei meiner Übersetzung.«

»Was schreibt er?«

»Er schreibt, dass du ihn töten wirst.«

Die Worte trafen mich unvermittelt.

»Wo soll es geschehen?«

»Das ist nicht klar.«

»Gibt es sonst irgendwas? Einzelheiten, wie es geschieht?«

»Er sagt, du exekutierst ihn.«

»Ich exekutiere ihn? Mehr nicht, nichts über die Papstmesse oder den Chief?«

»Nein. Ich bin nur darüber gestolpert, weil ich deinen Namen erkannt habe.«

»Er kennt meinen Namen?«
»Ja.«
»Wahrscheinlich kennt er ihn vom Chief.«
»Anzunehmen.«
»Wenigstens wissen wir jetzt, wie es enden soll.«
»Das sind die Ergüsse eines Verrückten, Alex, mehr nicht.«
»Es ist erst vorbei, wenn es vorbei ist.«
»Da hast du recht.«
»Aber so weit sind wir noch nicht, oder?«
»Nein. Was soll ich machen?«, fragte Harrison.
Ich sah hinüber zum Motel und versuchte Goyas Worte aus meinen Gedanken zu verdrängen, das Wort *exekutieren* aber wollte mir nicht mehr aus dem Kopf.
»Alex?«
Ich atmete tief durch.
»Wie wär's, wenn du mir helfen würdest, einen internationalen Skandal heraufzubeschwören?«
Schweigen am anderen Ende der Leitung.
»Wo sollen wir uns treffen?«, fragte er dann.
Ich ließ den Motor an. »Vor der Kathedrale.«

34

Die Kathedrale Unsere Liebe Frau von den Engeln stand wie eine Lehmziegelfestung am Nordende des Stadtzentrums. In einer Stadt, in der Disney einen Tempel seiner eigenen Geschichte hingestellt hatte, bei dem die sieben Zwerge das Dach stützen mussten, hatte die Kirche solche Anspielungen auf die eigene Vergangenheit nicht nötig. Es gab keine große runde Kuppel, keine Symbole aus der Alten Welt, keine Heiligen.

Harrison wartete in einem Streifenwagen an der Ecke Temple und Hill Street. Das LAPD hatte entlang der Temple Street, die an der Südseite der Kathedrale vorbeilief, Straßensperren errichtet. Eine lange Reihe schwarzer Chevy Suburbans und Streifenwagen war vor dem Gebäude geparkt. In der Dunkelheit erkannte ich die Bewegungen der Secrect-Service-Leute, die auf dem Dach des Gebäudes und des Parkhauses Posten bezogen hatten.

Harrison stieg aus, ging zu meiner Beifahrertür herum und ließ sich neben mir nieder. Dann wandte er sich zu mir.

»Alles in Ordnung?«

»Ja«, sagte ich. »Nur die Ergüsse eines Verrückten, wie du gesagt hast. Mehr nicht.«

Dylan nickte. »Gut so.«

Er sah mir in die Augen, dann ging sein Blick hinüber zur Kathedrale.

»Wenn wir hier sind, um den Papst zu verhaften, möchte ich meine Anwesenheit noch mal überdenken«, sagte er lächelnd.
»Morrisons Tod war kein Unfall«, sagte ich.
»Können wir das beweisen?«
»In Anbetracht des Zustands, in dem sich sein Wagen befindet, bezweifle ich das.«
»Goya?«
»Entweder er, oder wir nehmen Morrison seine Verschwörungstheorie ab und gehen davon aus, dass die Kirche ihn umgebracht hat.«
»Und die Beweise, die er angeblich gehabt hat?«
»Verbrannt.«
»Du weißt also nicht, was er dir zeigen wollte.«
»Nur zum Teil.«
»Und?«
»Er hat Maria Perez gefunden«, sagte ich.
»Goyas Mutter?«
Ich nickte. »Ich glaube auch, er hat die Nummern der Konten gefunden, auf denen Bishop die Schweigegelder von Vater Monroe deponiert hat. Das FBI geht dem nach. Daneben hatte er die Telefonnummer der Kongregation für die Selig- und Heiligsprechung im Vatikan bei sich.«
Harrison musste erst überlegen, bis ihm die Bedeutung dessen klar wurde. »Maria Perez?«
»Ja. Entweder Vater Patrick oder Goya haben Maria für die Seligsprechung vorgeschlagen.«
»Seligsprechung?«
»Genau.«
»Ist sie denn tot?«
»Nein, ihre Kanonisierung ist etwas verfrüht. Sie befindet sich in einem katholischen Pflegeheim.«

»Den Barmherzigen Armen der Nächstenliebe«, sagte Harrison.
»Es liegt am Foothill Boulevard. Sie war heute eine sehr gefragte Person. Ich war der dritte Besucher. Der erste war ein Kirchenvertreter, der zweite war Goya.«
Harrison sah zur Kathedrale hinüber. »Ein Kirchenvertreter?«
»Mit einem ausländischen Akzent. Seinen Namen hat er nicht genannt.«
»Rezzitti?«
»Die Beschreibung würde passen.«
»Und Goya.«
»Er hat sie mitgenommen und zuvor einen von Rezzittis Männern umgebracht, der nach ihm Ausschau halten sollte.«
»Weiß Rezzitti schon davon?«
»Das bezweifle ich. Es wird eine Weile dauern, bis das LAPD anrückt und die Verbindung herstellt.«
»Warum hat Goya seine Mutter gekidnappt?«
Ich gab ihm die Zeichnung aus dem Pflegeheim. Dylan betrachtete sie.
»Die Jungfrau Maria?«, fragte er.
Ich nickte. »Jeder gute Sohn hält an einem bestimmten Punkt in seinem Leben seine Mutter für eine Heilige. Goya hat das nur auf eine ganz neue Ebene gebracht.«
»Der Papst ist auf dieser Zeichnung noch am Leben«, sagte Harrison.
»Aber viele Menschen sind es nicht mehr.«
»Stellt sich nur die Frage, welche das sind.«
»Keine Ahnung. Wenn Goya uns mitteilt, was er vorhat, dann wird seine Mutter wohl eine gewisse Rolle darin spielen.«

Harrison sah wieder zur Kathedrale. »Du glaubst, Rezzitti weiß mehr, als er uns bislang gesagt hat?«
»Viel mehr.«
»Worauf gründet sich das?«
»Heute hat jemand Bishops Aufenthaltsort der letzten Tage ausfindig gemacht. Man hat ihn mit Handschellen an einen Stuhl gefesselt und verhört.«
»Das klingt nicht nach Goya«, sagte Harrison.
»Davor hat Bishop vier Anrufe aus der Kirche erhalten.«
»Der Kathedrale?« Er starrte zur Kirche. »Womit wir wieder bei Rezzitti wären«, sagte er.
»Wir können davon ausgehen, dass es nicht der Heilige Vater gewesen ist, der angerufen hat.«
»Du meinst, Rezzitti hat Bishop im Motel verhört?«
»Ja.«
»Die Kontonummern.«
Ich nickte.
»Sie wollen ihr Geld wiederhaben?«, sagte Harrison.
»Das wäre die einfachste Erklärung«, erwiderte ich.
»Wo ist Bishop jetzt?«
Ich sah zu den hohen sandfarbenen Mauern der Kathedrale.
»Könnte gut möglich sein, dass er dort drin ist.«
»Wie lautet die nicht so einfache Erklärung?«
»Das lässt sich nicht so leicht beantworten.«
»Morrisons Verschwörungstheorie?«, sagte Harrison.
»Selbst wenn sie nur in Ansätzen stimmen sollte, würden damit gewisse Punkte erklärt.«
»Welche?«
»Wenn es wirklich Rezzitti war, der im Pflegeheim aufgetaucht ist, dann ist klar, dass er die ganze Zeit mehr über Goya gewusst hat, als er zugegeben hat«, sagte ich.

»Stimmt, aber warum sollte er Informationen zurückhalten? Seine Aufgabe ist es, den Papst zu schützen.«

»Nehmen wir an, Morrison hatte recht, dass innerhalb der Kirche ein Machtkampf stattfindet. Vielleicht hat Monroe dabei mitgewirkt und das von ihm gestohlene Geld dafür verwendet, um die Opposition zu finanzieren. Denkt man es konsequent zu Ende, ist Rezzitti gar nicht hier, um den Papst zu schützen, sondern der Papst wird noch heute einem Attentäter aus der Kirche zum Opfer fallen. Vielleicht ist Goya dieser Attentäter, vielleicht benutzen sie ihn auch nur, um ihm am Ende alles in die Schuhe zu schieben, oder das alles ist, von ihrem Standpunkt aus betrachtet, einfach nur wunderbares Timing, das sie jetzt zu ihrem Vorteil nutzen können.«

»Und die andere Version?«, fragte Harrison.

»Monroe war schlicht und einfach ein Gauner, und Goya ist genau das, wofür wir ihn halten, ein Killer, der erst aufhört, wenn er seinen Job erledigt hat.«

»Also, wenn der Papst tot ist.«

»So ist es.«

»Und wie passt Rezzitti in diese Geschichte?«

»Dem Papst und der Kirche kann auf vielfältige Weise Schaden zugefügt werden, ohne dass gleich jemand umgebracht werden muss. Wenn die Medien von einem Jungen berichten, der von einem Priester missbraucht und später zu einem Mörder wurde, und von einem toten Priester, der die Erzdiözese um Millionen betrogen hat und unter zwielichtigen Umständen ums Leben gekommen ist, dann ist das dem Image der Kirche nicht unbedingt förderlich.«

»Was willst du damit sagen?«

»Egal, welche Version zutrifft, das Beste, was sich Rezzitti erhoffen kann, ist, wenn weiterhin der Deckmantel des Schweigens über alles gebreitet bleibt.«

»Wieder dieses Wort.«

Ich nickte. »Das heißt, es liegt ihm vor allem daran, dass Goya stirbt, aber nicht, dass wir ihn fassen.«

»Deshalb hält er Informationen zurück«, sagte Harrison.

»Und was, wenn ein Teil dieser Informationen uns zum Aufenthaltsort eines Polizisten führen könnte, der am Vertuschen der ursprünglichen Missbrauchsfälle mitgewirkt hat?«

»Zum Chief.«

Ich sah zur Kathedrale. »Vater Patrick ist tot, alle seine Opfer sind tot. Die beiden Journalisten, die über die ganze Angelegenheit Bescheid gewusst haben, sind nicht mehr am Leben. Der Priester, der die Schweigegeldzahlungen organisiert hat, ist tot. Bishop ist verschwunden. Chavez ist der Einzige, der noch übrig ist und aus eigener Erfahrung von den damaligen Vorfällen weiß. Von Rezzittis Standpunkt aus betrachtet, wäre es für die Kirche am vorteilhaftesten, wenn er seine Geschichte nie publik macht.«

»Welche Version ist also die richtige?«, fragte Harrison.

Ich sah auf meine Uhr. Es war kurz nach vier Uhr morgens. »Wenn die erste zutrifft, haben wir auf den Ausgang keinerlei Einfluss, egal was wir tun.«

»Also halten wir uns an die zweiter Version.«

»Ja.«

»Was machen wir jetzt?«, fragte Dylan.

Ich zog meinen Notizblock heraus, auf dem ich die Telefonnummer notiert hatte, an die ich durch den ermordeten Schweizergardisten gekommen war.

»Was wir jetzt machen? Wir lügen.«

Ich nahm mein Handy und wählte die Nummer. Rezzitti ging beim zweiten Klingeln ran.

»Lieutenant, woher haben Sie diese Nummer?«

»Ich möchte mich mit Ihnen über die Kongregation für die Selig- und Heiligsprechung und Maria Perez unterhalten.«

Am anderen Ende der Leitung herrschte kurzes Schweigen, dann erwiderte er: »Warum sollte ich mich zu dieser nächtlichen Stunde mit Ihnen darüber unterhalten wollen?«

»Wenn Sie keine Lust darauf haben, werden wir über das reden müssen, was im Motor Coach Motel vorgefallen ist. Und über den Zeugen, den wir haben.«

Er ließ sich mit der Antwort Zeit, aber dann flüsterte er: »Der Heilige Vater hält gerade sein Morgengebet.«

»Gut«, sagte ich. »Er wird sämtlichen Beistand bitter nötig haben. Ich warte draußen.«

35

Rezzitti trug einen schwarzen Anzug samt Krawatte, als er aus der Kathedrale kam. Harrison und ich stiegen aus dem Wagen. Rezzitti griff an der unauffälligen Wölbung seiner Waffe vorbei in die Innentasche seines Jacketts, zog eine dünne, braune Zigarette aus einer Schachtel und zündete sie an.

»Ich bin eigentlich davon ausgegangen, wir würden uns allein unterhalten.«

Dylan sah zu mir. Ich nickte.

»Ich mach einen kleinen Spaziergang«, sagte er. Rezzitti blickte ihm nach, bis er einen halben Block entfernt war, dann wandte er sich mir zu.

»Ich nehme an, dass Sie nicht verkabelt sind?«

»Das wäre ich, wenn wir Zeit dafür gehabt hätten. Aber die hatten wir nicht. Wo ist Bishop?«, fragte ich.

»Sie wissen, dass ich und meine Mitarbeiter diplomatische Immunität genießen.«

»Die bewahrt Sie vor strafrechtlicher Verfolgung, aber nicht vor Verhaftung und schon gar nicht vor den Schlagzeilen, die drauf folgen würden. Und wenn Sie meinen, ich würde Sie nicht vom Fleck weg verhaften, wenn Sie mir nicht sagen, was ich von Ihnen wissen will, dann täuschen Sie sich.«

Er nahm einen Zug von seiner Zigarette und schnippte die Asche auf den Bürgersteig.

»Das wäre schreckliche Zeitverschwendung«, sagte er.

»Und Zeit haben wir beide nicht.«
»Genau.«
»Wo ist Bishop?«
»Und was bekomme ich von Ihnen, wenn ich meine Informationen weitergebe?«
»Das Leben des Papstes«, sagte ich.
Rezzitti warf seine Zigarette in den Rinnstein.
»Daran sind wir alle interessiert, oder?«, sagte er.
»Ich bin Polizistin der Mordkommission, mich interessiert nur der Mörder eines jungen Mädchens. Alles Übrige ist Ihr Job.«
»Bishop war bei bester Gesundheit, als wir ihn im Motel verlassen haben«, sagte Rezzitti. »Wir haben uns nur kurz unterhalten, das ist alles.«
»Sie haben ihn mit Handschellen an einen Stuhl gefesselt.«
Rezzitti schlug sein Jackett auf.
»Wie Sie sehen, trage ich keine Handschellen bei mir. Wenn Bishop nicht mehr in seinem Motel ist, kann ich Ihnen nicht helfen.«
»Ich hoffe, Sie können das beweisen.«
»Beweise fallen in Ihren Zuständigkeitsbereich, Lieutenant, nicht in meinen.«
»Hat er Ihnen die Kontonummern genannt?«, fragte ich.
Er lächelte. »Wie gesagt, es war eine kurze Unterhaltung.«
»Ich werde es herausfinden«, sagte ich.
»Tun Sie das. Ich bin sehr gespannt, dann von Ihnen zu hören.«
»Waren Sie oder einige Ihrer Leute in dieser Nacht in der Nähe des Rose Bowl?«
Er sah mich an, als hätte ich damit zum ersten Mal etwas erwähnt, was er nicht erwartet hatte.

»Wir haben dort unsere Leute, zusammen mit den Secret-Service-Beamten. Aber wie Ihnen ja schon aufgefallen ist, war ich woanders. Warum?«
»Sagt Ihnen der Name Morrison etwas?«
»Nein.«
»Er hat behauptet, Beweise dafür zu haben, dass die Kirche Vater Monroe ermordet hat.«
»Haben Sie diese Beweise zu Gesicht bekommen?«
»Nein.«
»Wie gesagt, ich war woanders.«
»Erzählen Sie mir von Monroe.«
»Laut der mexikanischen Polizei ist er zufällig einem Verbrechen zum Opfer gefallen.«
»Er war ein Dieb, der die Kirche um einige Millionen Dollar gebracht sowie später die Zahlungen veranlasst hat, um Bishop und die Familien der Opfer zum Schweigen zu bringen.«
»Es gehört nicht zum Auftrag der Kirche, Menschen umzubringen.«
»Aber sie zum Schweigen zu bringen.«
Er holte tief Luft.
»Sagen Sie mir, was Sie wissen«, forderte ich ihn auf.
»Wissen?« Er schüttelte den Kopf. »Was ich weiß, wird Ihnen kaum helfen.«
»Dann sagen Sie mir, was Sie glauben.«
»Ich glaube, dass Vater Monroes Tod alles andere als zufällig war.«
»Goya?«
»Ja. Aber das kann ich nicht beweisen.«
»Wie lange wissen Sie schon von Goya?«, fragte ich.
Er zögerte kurz und schien dann jedes Wort sorgfältig abzuwägen. »Er ist uns schon seit einiger Zeit aufgefallen.«

»Seit Vater Patrick ihn nach Rom geschickt hat?«, fragte ich.
Rezzitti warf mir einen kurzen Blick zu, dann nickte er.
»Wissen Sie, was er dort getrieben hat?«
»Wir gehen davon aus, dass er Kontakt mit einer Reihe konservativer Geistlicher hatte, die gewissen Kirchenlehren ablehnend gegenüberstehen.«
»Und Vater Patrick? Was wissen Sie über ihn? Wann haben Sie von ihm erfahren?«
»Er war uns schon lange vor den Missbrauchsfällen bekannt.«
»Sie haben gewusst, dass er Maria Perez vergewaltigt hat?«
»Das war vor meiner Zeit.«
»Er hat sie zur Geburt in ein katholisches Krankenhaus geschickt und dafür gesorgt, dass ihr Sohn über eine katholische Wohlfahrtsorganisation zur Adoption freigegeben wurde. Sie wollen doch nicht behaupten, dass keiner innerhalb der Kirche davon gewusst hat?«
»Lieutenant, seien Sie ehrlich, kommt jede Vergewaltigung, in der Sie ermitteln, auch wirklich vor Gericht?«
»Aber Sie haben gewusst, dass Goya sein Sohn ist.«
Er zögerte. »Im Rückblick ist uns das klargeworden. Vater Patrick wollte Goya nach seinem eigenen Bild formen. Was ihm schließlich auf eine Art und Weise gelungen ist, wie er es sich in seinen schlimmsten Alpträumen nicht ausgemalt hat.«
»Hatte Vater Patrick Verbindungen zu anderen radikalen Kreisen innerhalb der Kirche?«
»Das würde davon abhängen, was Sie unter ›Verbindungen‹ verstehen?«
»Wie lautet Ihre Definition?«

»Soweit wir es belegen können, waren diese Verbindungen nur philosophischer Natur.«
»An Goya ist nichts Philosophisches«, sagte ich.
»Nein.«
»Gibt es eine Verschwörung innerhalb des Vatikans, die sich zum Ziel gesetzt hat, den Papst zu töten?«
»Die Kirche gibt es in der einen oder anderen Form seit dem ersten Jahrhundert, Lieutenant. Es gab und gibt immer noch Verschwörungen, Abweichler, Machtkämpfe. Aber will man überleben, muss man erkennen, was davon real und was nur eingebildet ist.«
»Danach habe ich Sie nicht gefragt.«
Er griff in die Innentasche und zog seine Zigarettenpackung heraus. Sie war leer. Er starrte kurz darauf, dann zerknüllte er sie.
»Ich weiß es nicht. Meine Aufgabe wäre es, darauf eine Antwort zu haben, aber ich habe sie leider nicht. Ich kann nicht sagen, ob Goya verrückt ist und für sich allein einen irrsinnigen Kreuzzug führt, um seinen Vater und sein Bild der Kirche zu schützen, oder ob er über Vater Patrick hinaus Unterstützung von anderen erhält«, sagte er.
»Sie wissen, dass Goya auf seiner Reise nach Rom über Zürich geflogen ist.«
»Stimmt. Das haben wir erst erfahren, nachdem er in Rom aufgetaucht ist.«
»Sie wissen also nicht, ob er sich mit irgendjemandem in Zürich getroffen hat?«
»Nein.«
»Können Sie mit Sicherheit sagen, dass keiner aus der Schweizergarde an dieser Sache in irgendeiner Weise beteiligt ist?«

Rezzitti dachte gründlich darüber nach.

»Sie können sich vorstellen, dass unsere Leute auf Herz und Nieren geprüft werden. Es gibt keinerlei Hinweise, die auf so etwas schließen lassen.«

»Hätten Sie nicht einfach ja sagen können?«

Sein Blick ging zur Kathedrale, dann wieder zu mir. »Der Heilige Vater wird sein Morgengebet bald beenden. Ich muss zurück.«

»Warum haben Sie gestern Maria Perez besucht?«

Er lächelte. »Ihnen entgeht nicht viel, was?«

»Warum?«, wiederholte ich.

»Wir haben sie beschatten lassen in der Hoffnung, dass Goya auftauchen würde. Aber er ist nicht erschienen, also habe ich mit ihr geredet. Es hat nicht viel gebracht. Ihr Geist ist ziemlich zerrüttet.«

»Und die Kongregation für die Selig- und Heiligsprechung?«

»Das hat Vater Patrick in die Wege geleitet. Wir haben es zugelassen, weil wir gehofft haben, damit an Goya heranzukommen.«

»Haben Sie gewusst, dass Goya die anderen Missbrauchsopfer von Vater Patrick umgebracht hat?«

»Wir haben es vermutet.«

»Hätten Sie uns Ihre Erkenntnisse mitgeteilt, müssten wir jetzt nicht hier stehen.«

»Hätte es denn irgendetwas geändert? Die Polizei ist im Besitz der gleichen Informationen wie wir, und haben Sie irgendeine Verhaftung vorgenommen?«

»Goya hat Ihren Mann vor dem Pflegeheim getötet. Er hat ihm eine Kugel in den Kopf gejagt.«

Rezzitti sah mich zweifelnd an. »Sie müssen sich irren.«

»Er hieß Stenson«, sagte ich. »Er hat noch versucht, Sie anzurufen. Daher habe ich Ihre Nummer – er hatte noch das Handy in der Hand.«

Die Zweifel in seinem Blick schwanden, seine distanzierte Art geriet für einen Moment ins Wanken.

»Nachdem Goya Ihren Mann getötet hat, hat er Maria aus dem Heim entführt«, sagte ich. »Ich vermute, er wird sie in irgendeiner Form für das, was er heute vorhat, benutzen.«

Rezzitti schüttelte den Kopf, als wollte er das, was ich ihm soeben mitgeteilt hatte, so schnell wie möglich wieder vergessen.

»Woher wissen Sie das?«, sagte er mit dringlichem Unterton.

Ich griff in den Wagen, holte die Zeichnung heraus und legte sie auf die Motorhaube. Rezzitti betrachtete sie schweigend.

»Hier haben Sie Ihre Heilige«, sagte ich.

Harrison kam zurück und blieb gut fünf Meter vor dem Streifenwagen stehen.

»Wenn dieses Bild zeigt, was heute geschehen wird, dann geht es nicht nur um das Leben des Heiligen Vaters«, sagte ich. »Stellt diese Zeichnung irgendetwas dar, was der Papst heute machen wird?«

Rezzitti betrachtete noch mal die Zeichnung, gab aber durch nichts zu verstehen, ob ihm dabei etwas aufgefallen war.

»Sagen Sie schon!«, drängte ich.

Schließlich schien er sich das Bild eingehender anzusehen.

»Diese Zeichnung ist nicht sehr spezifisch. Sie könnte alles Mögliche darstellen«, sagte er.

»Goya hat sich als Priester verkleidet, als er in das Pflegeheim eingedrungen ist.«

»Sind Sie sicher?«

Ich nickte. »Wie viele Priester werden heute im Rose Bowl sein?«

»Ich kann Ihnen keine genaue Zahl nennen. Einige hundert.« Er warf einen letzten Blick auf die Zeichnung.

»Ich werde den Tagesablauf durchgehen, mal sehen, ob ich etwas finde, das auf diese Darstellung zutreffen könnte. Ich muss jetzt los.«

»Haben Sie irgendetwas für mich, was mir helfen könnte, Chief Chavez zu finden?«, fragte ich.

Rezzitti blieb stehen, sah mir in die Augen, dann warf er einen Blick zu Harrison, der an den Wagen herangetreten war.

»Wir gehen davon aus, dass er tot ist. Tut mir leid.«

Er machte Anstalten zu gehen.

»Woher wollen Sie das wissen?«, fragte ich.

Rezzitti blieb stehen.

»Woher wollen Sie das verdammt noch mal wissen?«, wiederholte ich.

»Weil das immer passiert, wenn Goya jemanden in seine Gewalt bekommt … wie wir beide wissen.«

»Wenn ich Bishop nicht finde, werde ich Sie mir vorknöpfen«, sagte ich.

Er sah mich an. »Wenn Sie ihn nicht finden, dann nicht meinetwegen.«

»Es tut mir leid wegen Ihres Mannes.«

Rezzitti hatte sich schon wieder umgedreht, sah nun aber doch noch mal zu mir.

»Haben Sie ihn gut gekannt?«, fragte ich.

»Nein. Aber ich habe ihn gekannt.«

Rezzitti ging in Richtung Kathedrale davon. Ich lehnte mich

an den Kofferraum des Wagens, während Harrison zu mir trat.
»Und?«
»Er sagt, er weiß über den Chief genauso wenig wie wir.«
»Und über Bishop?«
»Sie waren im Motel, aber er sagt, sie hätten ihn lebend zurückgelassen.«
»Glaubst du ihm?«
Rezzitti blieb am Eingang zur Kathedrale stehen, wandte sich noch einmal zu uns um, dann verschwand er im Innenhof. Mein Handy klingelte. Es war Traver.
»Gibt's was Neues?«, fragte ich.
»Wir haben in allen Krankenhäusern im Umkreis von zwanzig Meilen nachgefragt. Nichts. Da ist keiner eingeliefert worden, dessen Beschreibung auf Bishop passen könnte. Ich habe auch bei allen Taxiunternehmen nachgefragt. Ebenfalls Fehlanzeige.«
»In Ordnung«, sagte ich und wollte schon auflegen.
»Aber es gibt da etwas, was vielleicht damit im Zusammenhang stehen könnte«, sagte Traver.
»Schieß los!«
»Ich bin die Notrufe durchgegangen, die bei uns eingegangen sind. Um zwanzig Uhr zehn hat jemand angerufen, der ein paar Straßenzüge vom Motel entfernt war. Er will einen Mann gesehen haben, der nur mit einer Hose bekleidet, ohne Hemd und ohne Socken durch die Straße gerannt ist. Er hat geglaubt, der Mann wäre von einem Auto verfolgt worden. Die Streife, die dann nachgesehen hat, konnte aber nichts finden.«
Ich sah zur Kathedrale und der langen Reihe der schwarzen Fahrzeuge. »Hat er den Wagen beschrieben?«

»Nur dass er dunkel war, keine Marke.«
Ich beendete das Gespräch.
»Ich bin gleich wieder da«, sagte ich zu Harrison.
»Wo willst du hin?«
»Herausfinden, ob ich angelogen wurde.«
Ich ging auf die vor der Kirche aufgereihten Wagen und SUVs zu. Ein LAPD-Beamter hielt mich auf, mehrere Secret-Service-Agenten am Tor beobachteten mich. Ich zeigte ihm meine Dienstmarke, und er führte mich zum Tor. Nachdem ich mich gegenüber den Secret-Service-Leuten erneut ausgewiesen hatte, ließen sie mich durch.
Der Innenhof stieg flach zu einer dunklen Treppe an, die zur mit Skulpturen versehenen Doppeltür der Kathedrale hinaufführte. Zwei Mitglieder der päpstlichen Garde hoben die Hand und gaben mir zu verstehen, dass ich nicht weiter durfte.
»Rezzitti«, sagte ich nur.
Einer der beiden ließ sich meine Marke zeigen, sprach in ein Mikro an seinem Ärmel und nickte, als er über seinen Ohrhörer die Antwort bekam.
»Hier entlang«, sagte er und führte mich ins Mittelschiff der Kathedrale.
Er begleitete mich durch einen Seitengang, bedeutete mir schließlich, in einer Kirchenbank Platz zu nehmen und legte den Zeigefinger an die Lippen. Ich nickte. Er verschwand in der Dunkelheit.
Nur der Altar war in fahles Licht getaucht, der übrige Kirchenraum lag im Dunkeln; die Decke schien wie der nächtliche Himmel ins Unendliche zu reichen. Worte waren zu hören, die ich nicht verstand. Dann Schritte, die schließlich verklangen, dann hörte ich hinter mir das Rascheln von Stoff.

Ich fuhr herum. Ein ganz in Weiß gekleideter Mann kam durch den Seitengang auf mich zu. Ich erhob mich, während er vor mir stehen blieb; sein Gesicht war in der Finsternis nur ein dunkler Umriss. Meine Hände wurden klamm, als das Licht vom Altar auf das golden schimmernde Kreuz fiel, das er um den Hals trug. Er setzte sich in die Bank unmittelbar hinter mir und wies mich mit einer Handbewegung an, ebenfalls Platz zu nehmen.

Ich zögerte und musterte das Gesicht des Papstes. Er wirkte älter als der Mann, den ich aus dem Fernsehen kannte. Sein Haar war stahlgrau und von weißen Strähnen durchzogen. In seinem Blick schien eine Müdigkeit zu liegen, die mir nur bei wenigen Menschen untergekommen war, und dann vor allem bei Polizisten. Sie hatte nichts mit körperlicher Erschöpfung zu tun, sondern rührte von der Last, an der man zu tragen hatte, wenn man wusste, wie die Welt um einen beschaffen war.

»Bitte setzen Sie sich doch«, sagte er in seinem starken Akzent.

»Ich muss mit Rezzitti reden, Eure Heiligkeit«, sagte ich.

Er nickte. »Gestatten Sie die Launen eines alten Mannes«, sagte er.

Ich setzte mich und versuchte zu ergründen, warum mir diese Audienz zuteilgeworden war. Die abtrünnige Katholikin in mir empfand Ehrfurcht. Die Polizistin war neugierig. Nutzte er die Autorität seines Amts, um Rezzitti vor meinen Fragen zu schützen? Oder wollte er etwas anderes von mir? Wie jeder fähige Politiker, dachte ich mir, tat er nichts ohne guten Grund.

Der Papst sah an mir vorbei in die Weite des Kirchenraums.

»Einer aus meiner Garde ist ermordet worden?«, sagte er mit seiner weichen Stimme.
»Ja«, antwortete ich.
»Sie selbst waren es, die darauf gestoßen ist?«
Ich nickte.
Er lehnte sich zurück, schloss die Augen und atmete tief durch.
»Andere sind ebenfalls in Gefahr«, sagte ich.
Er gab nicht zu verstehen, ob er mich gehört hatte.
»Sie eingeschlossen«, fügte ich hinzu.
Er schwieg, dann sah er mich an. »Wie viele andere?«
»Ich kann Ihnen keine genaue Zahl nennen. Viele möglicherweise«, sagte ich. »Einige sind bereits umgekommen.«
Er nickte, als wäre ihm das alles nicht neu.
»Man sagte mir, dieser Goya ist der Sohn eines Priesters?«
»Ja«, erwiderte ich. »Gezeugt bei einer Vergewaltigung.«
»Eine schreckliche Sünde«, sagte er leise.
Wieder verfiel er in Schweigen. Mit gesenktem Kopf saß er da und knetete nachdenklich die Hände.
»Warum haben Sie sich dafür entschieden, nach Los Angeles zu kommen?«, fragte ich.
»Ich bin hier, um zu heilen.« Er sah mich an, als wollte er meine Reaktion einschätzen, dann huschte ein kurzes Lächeln über sein Gesicht. »Das ist nach Ihren Maßstäben keine zufriedenstellende Antwort, ich weiß.«
Ich schüttelte den Kopf.
»Viel Schaden ist angerichtet worden, von viel zu vielen Priestern. Sie hätten früher kommen sollen«, sagte ich.
Er nickte. »Ich habe viele Fehler.«
»Haben Sie sich für Los Angeles entschieden, oder hat jemand anderes diese Entscheidung getroffen?«

Kurz sah der Papst zu mir, dann richtete er seinen Blick auf das Kreuz im Altarraum.
»Sie fragen, ob ich daran glaube, dass es eine Verschwörung innerhalb der Kirche gibt, die mich töten will?«
Seine Offenheit traf mich unvorbereitet.
»Ja«, sagte ich nur.
»Ich habe die Entscheidung gebilligt«, sagte er und sah mich wieder an.
»Ist das eine Antwort?«
»Es ist die einzige, die ich Ihnen geben kann.«
»Verbrechen wurden im Namen der Kirche begangen«, sagte ich. »Wahrscheinlich sogar Morde. Wenn das der Fall sein sollte, werde ich dem so weit nachgehen, wie es nötig ist.«
Er nickte. »Wir sind alle unvollkommen, so hat Gott uns erschaffen, ob wir in der Kirche sind oder nicht. Als Polizistin dürften Sie das besser verstehen als die meisten anderen Menschen.«
»Sind Sie hier, weil Sie erfahren wollen, was ich herausgefunden habe?«, sagte ich. »Oder weil Sie mir sagen wollen, was ich wissen sollte?«
Er lächelte. »Was würden Sie auf diese Fragen antworten?«, fragte er.
»Beides«, sagte ich.
»Man sagte mir, Sie seien eine gute Polizistin.«
»Vertrauen Sie den Menschen in Ihrer Umgebung?«
»Einer ist für mich gestorben. Für alle anderen werde ich beten.«
Seine Hände kamen zur Ruhe, und er lehnte sich zurück. Ich hatte andere Menschen kennengelernt, die ihre Last zu tragen hatten, doch was ich im Gesicht dieses Mannes wahrnahm, war mit nichts zu vergleichen. Auf seinen Schultern

lag mehr als nur Verantwortung, seine Last war so unermesslich wie der Glaube oder das Fehlen desselben, denen tagtäglich, in jeder Handlung jedes Einzelnen, Ausdruck verliehen wird.
»Sie gehörten einmal der katholischen Kirche an?«, fragte er.
»Das ist schon lange her«, antwortete ich.
Der Pontifex sah zu mir, dann wieder zum einsamen Licht vorn am Altar.
»Ich war einmal Priester, auch das ist schon lange her«, sagte er und stand auf.
»Vermissen Sie es?«, fragte ich.
Er sah an mir vorbei, richtete den Blick auf eine Stelle über dem Altar und schüttelte den Kopf.
»Ich vermisse die Einfachheit.«
Er trat aus der Kirchenbank, drehte sich um und ging.
»Sie hätten jeden x-Beliebigen schicken können, wenn Ihnen daran gelegen sein sollte, mich von Rezzitti fernzuhalten. Warum sind Sie gekommen?«
Er blieb stehen.
»Das war nicht meine Absicht«, sagte er.
»Warum sind Sie also hier?«
Seine Schultern hoben sich mit seinem Atem, dann schien er zu nicken.
»Ich wollte wissen, was in Ihrem Herzen ist.«
»Und ob ich vorhabe, der Kirche Schaden zuzufügen?«, fragte ich.
Er drehte sich um und sah mich an.
»Haben Sie eine Antwort darauf erhalten?«, fragte ich.
Er nickte.
»Vielleicht werden Sie eines Tages in den Schoß der Kirche zurückkehren.«

»Warum?«, fragte ich.
»Die Antwort lautet für jeden anders. Die Belohnung aber ist für jeden die gleiche. Jedem wird der Segen Gottes zuteil.«
»Warum hat die Kirche nichts dagegen unternommen?«, fragte ich.
Seine Hand griff nach dem Kreuz, das er um den Hals trug.
»Sie waren noch Kinder«, sagte ich. »Und die Kirche hat sich hinter ihrem Schweigen versteckt und nichts getan.«
Der Papst ließ die Hand sinken. »Glauben Sie, es gibt eine Antwort auf diese Frage?«, entgegnete er.
»Ich bin Polizistin, Eure Heiligkeit. In meiner Welt gibt es normalerweise immer Antworten.«
»Und fallen diese immer so aus, wie Sie sie gerne hätten?«
»Nein, meistens nicht.«
»Dann unterscheiden wir uns nicht so sehr in der Last, die wir zu tragen haben, oder in unseren Antworten.« Unsere Blicke trafen sich. »Noch etwas bereitet Ihnen Sorgen, Lieutenant?«
Ich hatte nichts verlauten lassen, was diesen Eindruck hätte erwecken können, dennoch sprach er das Einzige an, das ich nicht erwähnt hatte. Ich nickte. Er öffnete die Hände – eine stille Aufforderung an mich, fortzufahren.
»Der Mann, den wir suchen …« Ich zögerte.
»Sprechen Sie weiter, meine Tochter.«
»Er hat geschrieben, wenn er seine Tat vollbracht hat, werde ich diejenige sein, die ihn tötet.«
In seinen Augen zeigte sich nicht die geringste Spur von Überraschung. »Ich habe mich getäuscht. Ihre Last ist sehr viel größer. Es ist eine Sünde, jemandem das Leben zu nehmen.«
»Selbst wenn es geschieht, um Sie zu schützen?«

Er sah mich an, und endlich dämmerte mir, warum er wirklich hier war. Er war nicht hier, um die Kirche zu schützen; er war als Seelsorger gekommen.

»Sie haben es gewusst, nicht wahr? Sie haben gewusst, was Goya geschrieben hat.«

»Nichts steht geschrieben außer Gottes Wort. Vergessen Sie das nicht. Gott wird mit Ihnen sein, meine Tochter.«

Aus der Dunkelheit waren Schritte zu hören, gleich darauf erschien Rezzitti, nahm kurz Blickkontakt mit mir auf und flüsterte dem Papst etwas zu. Der Pontifex nickte. Rezzitti kam zu mir.

»Sie haben noch eine Frage an mich, Lieutenant?«

Mit einem letzten Blick auf den Papst versuchte ich mich zu sammeln, dann wandte ich mich an Rezzitti.

»Wir haben eine Meldung erhalten, wonach Bishop von einem dunklen Fahrzeug verfolgt wurde. Waren Sie das?«

Rezzitti antwortete prompt. »Nein. Sie haben mein Wort darauf. Wie gesagt, er war im Motel, als wir bei ihm angekommen sind, und er war im Motel, als wir ihn verlassen haben.«

In diesem Moment klingelte mein Handy.

Ich zog es aus der Tasche, Travers Nummer stand auf dem Display.

Der Papst sah auf meine Hand.

»Ich werde heute für Sie beten, Lieutenant«, sagte er, als wüsste er bereits, welche Nachrichten mich erwarteten.

»Es ist etwas vorgefallen, nicht wahr?«, sagte ich.

»Ich denke, Sie sollten lieber Ihren Anruf entgegennehmen«, sagte Rezzitti.

Noch immer hatte der Papst den Blick auf mich gerichtet, dann gingen er und Rezzitti in der Dunkelheit davon.

Erst jetzt bemerkte ich, dass meine Hand zitterte; ich meldete mich.

»Das FBI hat den Ort der Video-Aufzeichnung identifiziert«, sagte Traver.

36

Die Morgendämmerung setzte gerade ein, als Harrison und ich auf dem Freeway 110 in nördliche Richtung die Innenstadt verließen. Das FBI hatte den Ort bestimmen können, an dem das Video aufgenommen worden war, das Goya an den Fernsehsender geschickt hatte. Ein Spezialeinsatzkommando war bereits an Ort und Stelle.

»Wenn das stimmt, dann ist es kaum eine Meile von der Stelle entfernt, an der wir den Wagen des Chief gefunden haben.«

Harrison nickte.

»Wie verlässlich ist diese Information?«, fragte ich. Er hatte ununterbrochen telefoniert, seitdem wir die Kathedrale verlassen hatten.

»Sie sprechen von einer neunundneunzigprozentigen Wahrscheinlichkeit.« Er sah zu mir, um meine Reaktion einzuschätzen. »Das macht dich nervös?«, fragte er.

»Neunundneunzig Prozent? Wann war bei Goya schon mal etwas hundertprozentig sicher?«

Dylan sah mich an. »Nur dass er wieder töten wird.«

Wir rasten entlang des Arroyo Seco über den Pasadena Freeway, fuhren bei Fair Oaks ab und bogen nach Norden. Eine Minute später erreichten wir die Straßensperre, mit der der gesamte Block abgeriegelt worden war. Vize-Polizeichef Kelly befand sich an der Einsatzleitstelle, die einen halben Straßenzug vom vermutlichen Tatort entfernt war. Das SWAT-

Team der Polizei von Pasadena war ebenfalls eingetroffen, würde aber wenig tun können, nachdem der Fall als Geiselnahme eingestuft worden war und das FBI die Leitung übernommen hatte.

Hicks leitete den Einsatz. In der Straße gab es vorwiegend Geschäfte, Kleinbetriebe und Lagerhallen. In der Mitte des Blocks lag die Bushaltestelle; ihr gegenüber das leerstehende Gebäude, das das FBI anhand des Videos als Tatort identifiziert hatte.

Ich schob mich an den Einsatzfahrzeugen vorbei, die die Straße blockierten, und sah zu dem Gebäude und dessen heruntergekommener Fassade. Das gesamte Gelände, auf dem es stand, war von einem Maschendrahtzaun umgeben. Der Bau, der zur Straße hin zeigte, war eine Kirche, an die sich dahinter ein ähnliches kleineres Gebäude anschloss.

»Eine leere Kirche«, sagte ich und sah zu Harrison.

»Wie krank muss man sein, um auf so etwas zu kommen? Aber es ergibt Sinn«, sagte er.

Ich versuchte mir vorzustellen, auf was das hier hinauslaufen sollte.

»Es ist mehr als das«, sagte ich. »Es ist perfekt.«

»Was meinst du?«

»Was wir im Haus von Goyas Eltern gefunden haben, lässt vermuten, dass er den Chief dorthin gebracht, ihn gefesselt und gezeichnet hat.«

»Goya hätte ihn auch erst hierherbringen, das Video aufnehmen und dann mit ihm zum Haus seiner Eltern fahren können.«

»Ja, das hätte er tun können.«

Harrison sah mich an. »Aber darum geht es dir nicht, oder?«

Ich schüttelte den Kopf. »Alle anderen Morde zeugen von

Goyas verquerem Sinn für Humor – Wells wurde durch einen Fernseher ermordet, Keri eingefroren, Michael Sanchez lebendig begraben. Wie passt der Chief da rein?«
»Ich kann dir nicht folgen.«
»Er ist Polizist. Das müsste bei seinem Tod irgendwie zum Ausdruck kommen.«
»Und wie?«
»Keine Ahnung.«
Das Tageslicht erhellte allmählich die Straße. Vor den Gebäuden in der Umgebung der Kirche erkannte ich die schwarzgekleideten Beamten des FBI-Einsatzkommandos, die sich in Position begaben, um die Kirche zu stürmen. Ich sah zu Dylan, dann ging ich zu Hicks hinüber, der über Funk mit seinem Team verbunden war.
»Erfolgte die Lokalisierung einzig und allein durch die Video-Aufzeichnung?«, fragte ich ihn.
Hicks sprach einige Sätze ins Funkgerät, dann wandte er sich mir zu.
»Nein, es kam ein Anruf herein, jemand hat Schreie gehört. Der Zusammenhang mit dem Video wurde erst danach hergestellt.«
»Schreie? Um wie viel Uhr kam der Anruf?«
»Vor ein paar Stunden.«
Ich sah die Straße hinunter. Es gab keine Anwohner, und da es Sonntagmorgen war, hatten auch die Firmen und Geschäfte nicht geöffnet, darüber hinaus fuhren die Busse nicht mitten in der Nacht.
»Haben Sie den Anrufer identifiziert?«
Er schüttelte den Kopf. »Die Polizei in Pasadena hat den Anruf entgegengenommen, nicht wir.«
»Stoppen Sie das Team«, sagte ich.

»Warum?«
Mir wollte keine sinnvolle Antwort einfallen. »Irgendetwas gefällt mir hier nicht.«
»Könnten Sie ein bisschen konkreter werden? So genügt uns das nicht.«
Kelly kam zu uns. »Gibt es ein Problem?«
»Der Lieutenant meint ja«, sagte Hicks.
Kelly sah mich an. »Was?«
»Was wissen Sie über den Anruf?«
»Er kam von einem Autofahrer, per Handy.«
»Haben Sie die Nummer rückverfolgt?«
»Nein.«
»Irgendwas gefällt mir hier nicht«, sagte ich wieder.
»Der Ort ist durch das Video bestätigt worden, Lieutenant.«
Wieder sah ich die Straße hinunter und rief mir ins Gedächtnis, was in den letzten Tagen alles geschehen war.
»Wenn Sie keine besseren Argumente haben, und das bald, werde ich den Leuten das Startzeichen geben«, sagte Hicks.
»Ich glaube nicht, dass der Chief dort drin ist.«
»Aber Sie wissen es nicht.«
»Wenn wir diesen Ort anhand des Videos und des Anrufs gefunden haben, dann nur, weil er es so wollte.«
»Umso mehr ein Grund, jetzt reinzugehen«, sagte Hicks.
»Vorher haben Sie damit auch kein Problem gehabt«, warf Kelly ein. »Wegen Ihnen sind wir doch jetzt hier.«
»Seitdem ist viel passiert«, sagte ich.
»Wenn Chavez dort drin ist und noch am Leben sein sollte, dann können wir nicht mehr warten.«
»Ich sage Ihnen, hier stimmt etwas nicht.«
»Sagen Sie mir, was nicht stimmt, und ich warte noch. Ansonsten lassen Sie uns unseren Job machen.«

Hicks sah mich an, wartete, aber ich konnte ihm keinen stichhaltigen Grund nennen. Er sah zu Kelly, der nur nickte.
»Zugriff jetzt!«, sprach er ins Funkgerät.
Ich drehte mich um, ging zum Absperrband zurück und blickte wieder die Straße hinunter. Ein lauter Knall war zu hören, dann splitterndes Glas.
»Sie verstehen ihr Handwerk«, sagte Harrison, aber ich hörte nur mit halbem Ohr hin.
Zwei aus dem Einsatzkommando schlichen seitlich am Gebäude entlang, dann erschütterte die Detonation einer Blendgranate die Umgebung.
»Was hast du gesagt?«, fragte ich ihn.
»Ich habe gesagt, sie verstehen …«
»Das ist es, was nicht stimmt«, sagte ich.
»Was?«
»Goyas Atelier.«
Dylan versuchte vergeblich meinen sprunghaften Gedanken zu folgen. »Was?«
»Das Gemälde und was er dazu geschrieben hat.«
»Welches Gemälde?«
Ich zerknüllte das Absperrband vor mir.
»Iusticia caeca est.«
»Die Justiz ist blind«, sagte Harrison.
»Das hat er zu dem Gemälde geschrieben.«
»Das Exekutionskommando, das aus den Soldaten gebildet wird.«
»Die Polizisten zu Goyas Zeiten. Er spielt mit uns, genauso wie er es bei Wells und dem Fernseher gemacht hat.«
Harrison sah zu mir, dann zur Kirche.
»Dieser Dreckskerl«, entfuhr es ihm. »Er sagt uns, wie es endet.«

»Der Chief soll durch unsere eigenen Leute getötet werden.«
Ich sah zu Hicks.
»Stoppen Sie ihre Leute«, rief ich ihm zu.
»Sie sind schon drin«, erwiderte Hicks.
»Dann blasen Sie den Einsatz ab.«
»Bis mein Befehl sie erreicht, ist alles schon vorbei«, erwiderte er.
Ich sah zur Kirche, dann zerriss ich das Absperrband und rannte auf die Kirche zu. Hinter mir ertönte Geschrei. Ein paar Sekunden später war ich vor dem Gebäude.
Weißer Qualm quoll aus einem der eingeschlagenen Fenster. Die eingerammte Eingangstür hing lose an den Angeln. Ich trat durch die Öffnung im Zaun, die das Einsatzkommando herausgeschnitten hatte, und spurtete über die Treppe und durch die offene Tür.
Drinnen herrschte fahle Dunkelheit. Der Innenraum schien fast vollständig ausgeschlachtet worden zu sein. Die zertrümmerten Reste der Kirchenbänke lagen über den Boden verteilt. Am hinteren Ende des Kirchenschiffs schnitten die Taschenlampen des Einsatzkommandos durch die Finsternis. Ich rannte hinein und widerstand dem Impuls, nach meiner Glock zu greifen. In der Luft hing der schwere Pulvergeruch der Blendgranaten.
»Unten alles klar«, rief jemand.
Im hinteren Bereich waren Bewegungen zu hören, dann rasche Schritte auf einer Treppe. Ich lief durch den Kirchenraum und wollte zum Aufgang, über den das Einsatzkommando den rückwärtigen Gebäudeteil betreten hatte, blieb aber auf halber Strecke stehen. Etwas war auf den Boden gemalt, im gleichen roten Farbton, dem wir schon im Haus

von Goyas Eltern gesehen hatten. Ich leuchtete mit der Taschenlampe auf die Stelle, als Harrison durch die Tür gestürmt kam und neben mir stehen blieb.

»Ein rotes Kreuz«, sagte er.

»Die Warnung, sich fernzuhalten.«

Irgendwo im anderen Gebäude hörte ich das Knarren einer Tür. Ich lief wieder los in Richtung Treppe.

»Alles klar!«, wurde gebrüllt.

»Weiter, weiter«, folgte sofort darauf.

Als ich die oberste Stufe erreichte, splitterte unter mir die Holzdiele, ich brach mit dem Fuß ein und fiel der Länge nach hin. Erneut das Krachen einer Tür, die aufgebrochen wurde.

»Alles klar!«

Vor mir im Flur irrlichterte der Strahl der Taschenlampen durch die Dunkelheit. Ich zerrte meinen Fuß aus der gebrochenen Diele und kam auf die Beine, als die Bewegungen der Taschenlampen am Ende des Flurs zum Halt kamen.

»Aufbrechen!«, brüllte jemand.

Ich lief auf das Einsatzkommando zu. Das Geräusch splitternden Holzes dröhnte mir in den Ohren.

»Nein!«, schrie ich.

Beim zweiten Schlag gab der Türrahmen nach.

»Wartet!«, schrie ich.

Die Tür wurde aufgerissen.

»Los!«

»Halt!«, schrie ich.

Die einzelnen Team-Mitglieder sprangen in schneller Abfolge durch die Tür.

»FBI!«, schrie jemand.

Ich war kurz vor der Tür, als ein weiterer Ruf ertönte.

»Bewaffnetes Objekt!«

»Nein!«
»Bewaffnetes Objekt!«
»Legen Sie die Waffe nieder, legen Sie …«
Ein Schuss hallte durch den Raum.
»Nein!«, brüllte ich, aber meine Stimme ging im Automatikfeuer unter. Ich warf mich auf den Boden und legte die Hände über den Kopf.
Das Feuer hielt an, eine Sekunde und noch eine und eine weitere, dann herrschte Stille, nur noch die ausgeworfenen Geschosshülsen waren zu hören, die über den Boden kullerten.
Ich sah auf, als wieder Stimmen ertönten.
»Links alles klar.«
»Rechts alles klar.«
»Jemand getroffen?«
Wieder Stille. Ich stand auf.
»Großer Gott«, sagte jemand.
Ich stürzte durch die Tür, Harrison war dicht hinter mir. Die Spezialkräfte hatten sich im Zimmer aufgefächert, zwei knieten, zwei weitere standen dahinter. Sie hatten ihre Automatikwaffen immer noch im Anschlag, die am Gewehrschaft angebrachten Lampen waren alle auf einen Menschen im Raum gerichtet. Einer trat mit erhobener Waffe vor.
»Lasst Licht herein.«
Ein zweiter ging zu den Fenstern und nahm die Verdunkelungsvorhänge ab. Das weiche, warme Morgenlicht strömte herein und erhellte den Raum.
»Mein Gott«, sagte wieder einer.
»Was zum Teufel ist das?«
»O nein«, flüsterte ich.
Ich trat an den Männern vorbei. Der Mensch vor uns trug ein weißes, nun blutüberströmtes Gewand.

»Er ist tot«, sagte der FBI-Beamte, der sich dem Leblosen genähert hatte.
Ich stürzte an ihm vorbei.
»Kann das irgendeiner erklären?«, hörte ich hinter mir.
»Ein Kreuz, ein beschissenes Kreuz«, sagte ein anderer.
Ich blieb vor der reglosen Gestalt stehen. Sie war an ein in die Wand geschraubtes Kreuz gebunden, ein breiter Eisennagel war durch die rechte Hand getrieben, ein weiterer in den Fußknöchel, hatte ihn aber nicht ganz durchbohrt. Eine handgemalte halloweenartige Maske war über das Gesicht gestülpt.
»Die verdammte Waffe ist ihm an die Hand geklebt.« Der Mann neben mir sah mich an. »Können Sie mir das erklären? Und was soll diese Maske?«
Ich brachte keinen Ton heraus. Eine kleine silberfarbene Pistole war mit Klebeband an der rechten Hand befestigt. Harrison trat neben mich. Ich wollte die Maske abziehen, aber meine Hand begann zu zittern.
»Lass mich«, sagte Dylan.
»Nein, ich mach es«, wehrte ich ab.
Ich packte den unteren Rand der Maske, war kaum in der Lage, sie festzuhalten, zog sie ihm aber schließlich über den Kopf. Die leblosen Augen waren halb offen. Klebeband zog sich über den Mund.
»Rezzitti hat nicht gelogen«, sagte ich.
Harrison nickte. Ich betrachtete den leblosen Körper und versuchte mir die Details einzuprägen.
»Die Maske«, sagte Harrison.
Ich hob sie auf. Wie die anderen Werke Goyas war es die perfekte Reproduktion des Originals.
»Ist das der Typ, den wir gesucht haben?«, fragte der FBI-Mann und starrte auf die Leiche.

»Nein.«
Ich reichte Harrison die Maske. »Du kennst das Bild?«
Er betrachtete die Maske und schüttelte den Kopf. Ich kannte das Antlitz, das sich mir seit der katholischen Schule unauslöschlich eingeprägt hatte.
»Es ist einer der Jünger vom Letzten Abendmahl«, sagte ich. »Der dritte links von Jesus.«
»Judas«, entgegnete Harrison.
Ich nickte.
»Kann mir jemand sagen, was zur Hölle hier vor sich geht«, kam es vom FBI-Mann, nachdem weitere Leute in den Raum kamen. »Wer zum Teufel ist das?«
»Ein Opfer«, sagte ich.
Entgeistert starrte er mich an.
»Opfer? Warum hat er die Waffe nicht runtergenommen? Warum zum Teufel hat er sie nicht runtergenommen?«
»Die Justiz ist blind«, sagte ich.
»Was?«
Ich trat vor den Toten. Neben den von den FBI-Salven herrührenden Einschüssen waren andere Wunden zu erkennen. Ich betrachtete den Nagel, der durch die Hand ins Holz getrieben war, sowie den zweiten, der nur teilweise in seinem Knöchel steckte.
»Er hat nicht versucht, Sie zu erschießen«, sagte ich. »Ich bezweifle, ob er überhaupt gewusst hat, dass er eine Waffe in der Hand hatte.«
Schweigend stand der FBI-Mann neben mir, dann zog er sich seine schwarze Sturmmaske vom Kopf, sagte »Scheiße« und ging hinaus.
Hicks und Kelly kamen herein und blieben abrupt stehen, als sie die schlaff am Kreuz hängende Gestalt bemerkten.

»O nein«, entfuhr es Kelly.
Nach einer Weile trat Hicks vor.
»Sie hätten auf mich hören sollen«, sagte ich.
Er ging an mir vorbei, ohne mich eines Blickes zu würdigen, betrachtete den Leichnam am Kreuz, versuchte die Situation zu erfassen.
»Wer ist das?«, fragte er an mich gerichtet.
Ich reichte ihm die Maske. Er starrte auf das gemalte Gesicht, auf die dunklen Haare und den Vollbart.
»Das ist Judas«, sagte ich.
Er sah zu mir, dann wieder zur Maske. »Der Judas im …«
»Ja, dieser Judas.«
Hicks sah zu dem Toten. »Und er hier?«
»Das ist Jackson Bishop«, sagte ich.
»Bishop?«
Kelly drehte sich erstaunt um. »Wo ist Chavez?«, fragte er.
Ich trat vor Bishop und tastete das Gewand ab, das er trug. In den Stofffalten war nichts versteckt.
»Du meinst, Goya hat wieder eine Botschaft hinterlassen?«, sagte Harrison.
»Würdest du an seiner Stelle eine Gelegenheit wie diese auslassen?«
Ich wandte mich bereits zum Gehen, hielt aber noch einmal inne.
»Sein Mund«, flüsterte ich. Ich sah zu Harrison.
»Wie bei Keri«, sagte er.
»Hast du Handschuhe?«
Er zog Latex-Handschuhe aus seiner Jackentasche und reichte sie mir. Ich streifte sie über und ging zur Leiche.
»Ist das wirklich nötig?«, fragte Kelly.
»Wir haben ihn schon umgebracht. Er wird davon nichts

mehr mitbekommen«, sagte ich. Ich sah zu Hicks. »Es ist Ihr Tatort. Entscheiden Sie.«

Hicks nickte. »Machen Sie schon.«

Ich ging nah an die Leiche heran und achtete darauf, nicht in die Blutlache zu treten, die sich um seine Füße bildete. Der Geruch verbrannten Fleisches und der durch die Einschusswunden austretenden körpereigenen Gase stieg mir in die Nase. Ich versuchte möglichst flach zu atmen, während ich das Klebeband über seinem Mund löste. Dabei riss ich Bartstoppeln aus dem unrasierten Gesicht, sein Unterkiefer klappte nach unten. Ich leuchtete ihm mit der Taschenlampe in den Mund. Die Zähne waren von einem dünnen Blutfilm bedeckt, der durch die explosive Wirkung der Geschosse, die seine Lunge durchbohrt hatten, über den Rachen in den Mundraum gepresst worden war.

»Hier ist etwas«, sagte ich.

Vorsichtig fasste ich hinein, bekam den Gegenstand mit den Fingerspitzen zu fassen und zog ihn heraus. Unter dem Blut war auf den ersten Blick nichts zu erkennen. Ich wischte es ab.

»Ein Heiligenmedaillon«, sagte ich, als ich es an einem Taschentuch sauber gerieben hatte. »Sankt Nepomuk.«

»Kennst du den?«, fragte Harrison.

Ich schüttelte den Kopf und drehte das Medaillon um.

»Auf der Rückseite ist etwas eingraviert:

›Der durch sein unerschütterliches heiliges Schweigen die Krone sich erkor, lehrt uns, eher Folter und Tod zu erleiden, als den Schöpfer mit der Zunge zu schmähen. Wie oft am Tag verwirken wir uns Stärke und Gnade durch die Sünde der Rede.‹«

»Kann mir das jemand erklären?«, sagte Kelly.

Harrison gab mir das Medaillon zurück und sah zu Bishops geschundenem Leichnam.
»Der Schutzheilige der Verschwiegenheit«, sagte ich.
»Hilft uns das weiter?«, fragte Hicks.
»Nein. Es bestätigt nur, was wir schon wissen.«
»Und das wäre?«
»Das Einzige, was ihn interessiert, ist Verschwiegenheit, und wenn er das erreicht hat, ist sein Werk vollendet, und er wird dem heiligen Johannes Nepomuk nachfolgen.«
»Woher wollen Sie das so genau wissen?«
»Weil er im Haus seiner Eltern an die Wand gekritzelt hat, dass ich ihn töten werde.« Ich reichte Hicks das Medaillon und streifte die Handschuhe ab. »Ich bin die Auserwählte.«
Wir durchkämmten die Kirche und den Anbau auf der Suche nach weiteren Dingen, die Goya hinterlassen hatte, konnten aber nichts mehr finden. Dann traten wir hinaus in die Morgendämmerung. Hohe Wolken trieben wieder vom Pazifik herein.
»Es soll später am Tag wieder regnen«, sagte Harrison.
»Vor oder nach der Messe?«
»Keine Ahnung. Wenn es vorher regnet, kommen vielleicht nicht so viele ins Stadion.«
»Darauf würde ich mich nicht verlassen«, sagte ich und sah zurück zur Kirche.
»Nein«, stimmte Harrison zu. »Wir sollten uns langsam auf den Weg machen.«
Ich nickte, konnte mich aber nicht dazu durchringen zu gehen.
»Haben wir etwas übersehen? Wir hätten doch eigentlich den Chief finden sollen. Es muss einen Grund geben, warum er nicht hier war.«

»Den werden wir erfahren, wenn wir ihn finden.«
»Genau davor habe ich Angst.«
Das Einsatzkommando verließ die Kirche und ging an uns vorbei. Die Männer hatten ihre Helme und Sturmmasken abgenommen. Ein Blick in ihre Augen, und man sah, dass alle Schutzausrüstung nicht ausreichte, um sie vor dem abzuschirmen, was sie in diesem Moment empfanden. Der Leiter der Gruppe sah in meine Richtung, sagte aber nichts, sondern ging einfach weiter.
»Ich habe mit dem Papst gesprochen«, sagte ich.
Dylan sah mich überrascht an. »Mit dem Papst?«
»Eine Privataudienz. Einerseits wollte ich ihn verhören und ihn dazu bringen, die Verbrechen einzugestehen, die die Kirche mit ihrem Schweigen begangen hat. Andererseits kam ich mir wie ein ängstliches Mädchen in der katholischen Schule vor, das fürchten muss, von der Mutter Oberin mit dem Lineal vertrimmt zu werden, wenn es etwas Falsches sagt.«
»Hatte er ein Lineal bei sich?«, fragte Dylan lächelnd.
Ich schüttelte den Kopf. »Ich habe ihn gefragt, warum er nach L.A. gekommen ist.«
»Und was hat er geantwortet?«
»Er ist gekommen, um zu heilen.«
Mein Blick ging zur verfallenen Kirche.
»Ich habe ihm gesagt, dass er damit zu lange gewartet hat.«
»Das hast du dem Papst gesagt?«
Ich zuckte mit den Schultern. »Ich habe darüber nachgedacht, warum er sich überhaupt mit mir unterhalten hat. Es hat keinen Grund dafür gegeben. Ich dachte schon, er will vielleicht Rezzitti decken oder herausfinden, ob ich zu den Polizisten gehöre, die man zum Schweigen bringen könnte.«
»Und?«

»Ich glaube, er wollte mir nur versichern, dass es nicht unsere Schuld ist, sollte er heute getötet werden, sondern in seiner eigenen Verantwortung liegt.«

Hicks und Kelly kamen aus der Kirche. Ich sah auf meine Uhr. Es ging bereits auf neun zu.

»Die Messe fängt um zwölf Uhr an?«, fragte ich.

Dylan nickte.

»Was ist bis dahin geplant?«

»Das weiß ich nicht genau«, erwiderte Dylan.

Ich ging auf Hicks zu. »Was steht noch vor der Messe auf dem Terminplan des Papstes?«

»Eine Reihe von Privataudienzen«, erwiderte er.

»Mit wem?«

»Den üblichen Leuten. Politikern, Stars. Sie wurden alle gründlich überprüft, keine Sorge.«

»Finden diese Audienzen alle in der Kathedrale statt?«

»Nein, eine in einer katholischen Schule.«

»Einer Schule?«

»Ja. St. Thomas. Wurde heute Morgen noch auf den Terminplan gesetzt. Die Öffentlichkeit weiß davon nichts, nur Kirchenkreise und die Sicherheitskräfte. Die Schule hat erst heute von dem Besuch erfahren.«

»Wann verlässt er die Kathedrale?«

Hicks sah auf seine Uhr. »Er sollte bereits unterwegs sein.«

Ich sah zu Harrison, und wir eilten beide zu unserem Wagen.

37

St. Thomas lag einige Meilen nördlich der Innenstadt in der Nähe der Abfahrt vom Freeway 2. Das Gebäude im spanischen Stil hatte geweißte Wände und rote Dachziegel. Alle umliegenden Straßenzüge waren von der Verkehrspolizei abgesperrt worden. Wenn man nicht Polizist oder ein Zehnjähriger in Schuluniform war, hatte man keine Chance, zur Schule vorgelassen zu werden.

Die Wagenkolonne des Papstes war kaum mehr eine Meile entfernt, als wir auf dem Glendale Boulevard anhielten und ausstiegen. Auf dem Schulhof waren die Lehrer bemüht, die aufgeregten Schüler in Reih und Glied zu bringen und sie geordnet in die Schule zu führen. Wir gingen um sie herum zum Eingang der Schule und zeigten dem dort postierten Sergeant unsere Dienstmarken.

»Gibt's Probleme?«, fragte er.

Ich schüttelte den Kopf. »Ich würde mich nur drinnen gern mal umsehen.«

»Der Secret Service hat die Gebäude gesichert. Ein Mann von mir ist mit einem Sicherheitsbeauftragten aus dem Vatikan drin und geht alles noch mal durch. Sie haben alles überprüft, und draußen ist alles abgeriegelt.«

»Daran zweifle ich nicht, trotzdem würde ich mich gern umsehen.«

Sein Funkgerät erwachte zum Leben. Er antwortete mit

einem zackigen »zehn-vier«, während er sich unsere Anfrage durch den Kopf gehen ließ.

»Muss ich mir wegen irgendetwas Sorgen machen?«, fragte er.

»Das hoffe ich nicht.«

Schließlich nickte er. »Sie haben vier Minuten, bevor der Papst eintrifft.«

»Wie soll der Besuch ablaufen?«, fragte ich.

»Er begibt sich in die Turnhalle, wo sich vorher schon alle versammeln, und der Schulchor wird für ihn singen.«

Ich ließ den Blick über das Gebäude schweifen. Gegenüber der Schule stand die Gemeindekirche.

»In der Kirche findet nichts statt?«

»Nicht dass ich wüsste. Er wird sie segnen, aber das findet im kleinen Kreis statt, ohne Lehrer oder Schüler.«

Ein vorausfahrendes Motorrad der Kolonne blieb vorn am Glendale Boulevard stehen und blockierte die Freeway-Ausfahrt. Weiter südlich sah ich den LAPD-Hubschrauber, der die Wagenkolonne begleitete.

»Wenn Sie sich noch umsehen wollen, sollten Sie sich allmählich beeilen«, sagte der Sergeant.

Harrison und ich gingen in die Pausenhalle. Die Lehrer führten die letzten Schüler in die rechts von uns gelegene Turnhalle.

»Nimm du dir die Klassenzimmer vor, ich sehe mir die Turnhalle an«, sagte ich. Wir eilten in entgegengesetzte Richtungen davon.

In der Turnhalle drängten sich dicht an dicht die Schüler, die im Schneidersitz auf dem Boden saßen. Eine Lehrerin stand ganz vorn, klatschte in die Hände und versuchte sich Aufmerksamkeit zu verschaffen.

»Alle Ruhe! Ich will, dass absolute Ruhe herrscht!«

Aus den Stimmen wurde ein Murmeln, aus dem gelegentlich ein Lachen oder Kreischen heraustönte. Ich ging seitlich an der Wand entlang und ließ den Blick über die Reihen schweifen, konnte aber nichts Auffäliges bemerken. Vorn in der Halle war für den Papst ein wuchtiger Stuhl aufgebaut, dahinter hatte auf einer Reihe von Bänken der Chor Aufstellung genommen.

Ich hielt eine Lehrerin an, die nach vorn wollte.

»Können Sie mir sagen, wo der Polizist ist, der angeblich hier sein soll?«

Sie sah mich erstaunt an. »Polizist? Ich habe keinen gesehen.«

Dicht vor mir sprang ein Mädchen vom Boden auf und schrie die hinter ihr sitzenden Jungs an: »Fahrt doch alle zur Hölle!«

Die Lehrerin eilte auf das Mädchen zu, während die Lehrkraft vorn erneut in die Hände klatschte.

»Ruhe. Seid bitte alle still, alle!«

Ich warf einen letzten Blick auf die Schüler, kehrte schließlich in die Pausenhalle zurück und wandte mich den Klassenzimmern zu. Harrison kam mir im Flur bereits entgegen.

»Irgendwas gefunden?«, fragte ich.

Er schüttelte den Kopf. »Alles leer. Fenster und Türen sind geschlossen, nichts, was irgendwie auffallen würde.«

»Hast du den LAPD-Beamten oder den Schweizergardisten gesehen?«

»Nein.«

»Ich auch nicht.«

Gleich neben der Pausenhalle lag eine Tür mit der Aufschrift DIREKTORAT. Ich öffnete sie. Niemand war an der Rezeption. Aus einem der dahinterliegenden Büros war ein Drucker zu hören. Ich ging an der Theke vorbei in den kurzen

Flur, der zu den anderen Büros führte. Alle Türen standen offen mit Ausnahme der letzten, aus der die Druckergeräusche kamen. Ich ging darauf zu und riss sie auf. Der Drucker war in Betrieb, ansonsten war der Raum leer.

»Wahrscheinlich sind sie alle in der Turnhalle«, sagte Harrison.

Ich drehte mich zur Rezeption um.

»Wo also sind der Polizist und der Schweizergardist?«

»Gehen beide noch mal um das Gelände herum.«

»Vielleicht.«

Wir verließen das Direktorat. In der Pausenhalle kam uns bereits der LAPD-Sergeant entgegen.

»Es dauert keine zwei Minuten mehr, bis sie da sind«, sagte er. »Sind Sie fertig?«

»Wo ist Ihr Beamter?«, fragte ich.

Er sah in Richtung Turnhalle. »In der …«

»Nein, ist er nicht. Und auch nicht der Mann vom Vatikan«, unterbrach ich ihn.

Er packte sich sein Funkgerät und sprach ins Mikro. »Lambert, wie lautet Ihre zehn-zwanzig?«

Von der Turnhalle war der Chor zu hören, der sich einstimmte.

»Lambert, Ihre Position?«, wiederholte er.

»*Jesus liebt mich …*«, tönte es durch den Gang. Über das Funkgerät kam nichts.

»Wann haben Sie zum letzten Mal mit ihm gesprochen?«, fragte ich.

»Vor etwa einer Stunde.«

»Wir haben das ganze Gebäude abgesucht, aber niemanden gesehen.«

»Sie müssen nach draußen gegangen sein. Oder rüber zur

Kirche.« Wieder griff er zu seinem Funkgerät. »Hat irgendjemand Lamberts zehn-zwanzig? Oder die vom Typen aus dem Vatikan?«
Ein halbes Dutzend abschlägiger Antworten trafen ein.
»Haben Sie sich den Dienstausweis des Schweizers zeigen lassen?«, fragte ich.
Er sah mich eher verärgert als besorgt an.
»Ja. Er war verdammt gut gekleidet.«
»Wo ist sein Wagen?«
»Ich hab ihn nicht vorfahren sehen. Muss auf der anderen Seite der Kirche geparkt haben.«
»Wie heißt er?«
Er versuchte sich an den Namen zu erinnern, schüttelte aber den Kopf. »Weiß ich nicht mehr. Ich hab seinen Ausweis gesehen, der war in Ordnung.«
»Sie haben in den letzten Jahren viele Dienstausweise der Schweizergarde gesehen?«, fragte ich.
»Ich erkenne einen gefälschten Ausweis, wenn mir jemand einen unter die Nase hält. Irgendein Problem damit?«
»Er könnte hier sein«, sagte Harrison.
»Wer? Wer könnte hier sein?«, fragte der Sergeant.
»Wie kommt man von hier in die Kirche?«
Er zeigte zu einer Tür auf der gegenüberliegenden Seite der Pausenhalle. Wir liefen darauf zu. Als ich zur Klinke greifen wollte, ging die Tür auf, und der LAPD-Beamte stand vor uns.
»Sie haben mich gerufen, Sergeant?«, fragte er. »Mein Funkgerät ist hinüber.«
Der Sergeant ließ mir einen vielsagenden Blick zukommen. »Sind wir jetzt hier fertig?« Er wandte sich an seinen Beamten. »Passen Sie in der Turnhalle auf.«

Der uniformierte Beamte setzte sich in Bewegung.
»Wo ist der Schweizergardist?«, fragte ich.
Der Beamte drehte sich zu mir um. »Wir haben uns in der Kirche getrennt. Er ist dortgeblieben.«
»Wie lange ist das her?«
»So etwa eine Stunde.«
»Begeben Sie sich in die Turnhalle, Lambert«, wies der Sergeant ihn an.
Wieder ertönte Chorgesang. *»Jesus liebt mich …«*
»Wissen Sie, wie er heißt?«, fragte ich den Beamten.
»Lieutenant«, kam es vom Sergeant, der allmählich die Geduld verlor.
»Kennen Sie seinen Namen?«, beharrte ich.
Der Beamte sah zum Sergeant, dann nickte er. »Sten…«
»Stenson?«
»Genau, das war es.«
»Halten Sie die Wagenkolonne auf«, sagte ich.
»Sie machen wohl Witze. Da müssten Sie schon einen verdammt guten Grund haben.«
»Letzte Nacht ist ein Schweizergardist namens Stenson ermordet worden.«
Der Sergeant brauchte etwas, bis ihm dämmerte, was ich soeben gesagt hatte. Dann griff er zu seinem Funkgerät.
»Wagenkolonne stoppen. Ich wiederhole, Wagenkolonne stoppen, bis ich das Gelände freigebe. Zehn-achtzehn an alle, möglicherweise gefährliches Objekt auf dem Gelände.«
»Kommt der Papst auf dem gleichen Weg in die Schule wie wir?«, fragte ich.
»Nein, er geht an der Kirche vorbei.«
Ich ging zur Tür, öffnete sie und sah zur Kirche hinter dem Schulhof. »Und er besucht die Kirche?«

Der Sergeant nickte.
»Wie gesagt, er wird sie segnen.«
»Vor oder nach seinem Besuch in der Schule?«
»Danach. Er geht hinein und dann von dort zurück zu den Wagen, die direkt davor warten.«
Ich sah zur Kirche. Eine Fensterreihe zeigte zum Schulhof und den Weg, den der Papst nehmen würde. Eines von ihnen stand offen.
»Sorgen Sie dafür, dass die Schüler in der Turnhalle bleiben. Keiner verlässt das Schulgebäude«, sagte ich zum Sergeant. »Wir überprüfen die Kirche.«
Harrison und ich rannten hinüber zur Kirche, während der LAPD-Hubschrauber über dem Gelände bereits seine Kreise zog.
»Es sollte doch ein Überraschungsbesuch sein«, sagte Harrison. »Wie konnte Goya davon erfahren, wenn es nicht öffentlich angekündigt wurde?«
»Vielleicht hat Stenson ihm vor seiner Ermordung davon erzählt.«
Wir sahen uns an.
»Und wenn nicht?«, fragte Dylan.
»Willst du damit sagen, jemand aus den Reihen der Kirche hat es ihm erzählt?«
»Es bleibt sonst keine andere Möglichkeit.«
»Das würde aber heißen, dass er nicht allein arbeitet.«
»Weitere gute Neuigkeiten.«
Ich zog die Glock, drückte die Tür auf und betrat die Kirche. Vorn brannte eine Reihe von Kerzen, schummriges Licht beleuchtete den Raum.
Mit der Waffe im Anschlag ließ ich den Blick über den Kirchenraum schweifen, dann kam Harrison hinter mir herein;

auch er hatte seine Beretta im Anschlag. Wir hielten kurz inne, warteten, ob wir irgendeine Bewegung wahrnehmen würden, dann sah Dylan zu mir und schüttelte den Kopf.
»Nichts«, sagte er.
Der Kirchenraum schien unberührt.
»Der Papst wird die Kirche segnen«, sagte ich leise.
Dylan sah mich an. »Was meinst du damit?«
»Das Weihwasser.« Ich sah zum Weihwasserbecken am Beginn des Mittelgangs.
»St. Gabriel«, sagte Dylan.
Wir gingen an der letzten Kirchenbank entlang zum Becken und betrachteten den Inhalt. Wie in St. Gabriel war das Wasser durch Blut ersetzt worden.
»Das Blut Christi«, sagte Harrison.
»Nein, das ist ganz sicher nicht das Blut Christi«, sagte ich. »Überprüfen wir die Kirche.«
Wir tasteten uns ins Mittelschiff hinein. Ich wies Dylan an, sich nach links zu begeben, während ich auf dem rechten Seitengang langsam nach vorn ging. Im Altarraum blieben wir stehen.
»Alles sauber«, sagte Harrison.
Ich drehte mich um.
»Vielleicht«, sagte ich.
Mein Blick blieb an den Beichtstühlen hängen. Ich zeigte mit der Waffe darauf.
»Ebenfalls wie in St. Gabriel«, sagte ich.
Ich nickte. Wir gingen hinüber und bezogen links und rechts Position. Ich zögerte eine Sekunde, lauschte auf mögliche Geräusche, dann zogen wir beide die Türen auf.
»Hier ist nichts«, sagte Harrison.
Mein Blick fiel auf einen weißen Gegenstand.

»Aber hier«, sagte ich.
Dylan kam zu mir. Auf der Kniebank im Beichtstuhl lag ein weißer Briefumschlag. Ich beugte mich hinein und hob ihn mit spitzen Fingern auf. Mein Name war darauf geschrieben.
»Er hat etwas für mich dagelassen«, sagte ich und riss ihn auf.
»Was ist es?«, fragte Harrison.
Ich zog den Inhalt aus dem Umschlag: eine Eintrittskarte für die Papstmesse.
»Eine Einladung«, sagte ich.
Wir gingen zur Tür, und ich gab Harrison die Eintrittskarte. »Finde heraus, welcher Sitzplatz das ist, und kümmere dich darum, dass er überwacht wird.«
Harrison holte bereits sein Handy heraus, als die Kirchentür aufgerissen wurde und Rezzitti hereinkam.
»Sind Sie dafür verantwortlich? Haben Sie die Wagen anhalten lassen?«
»Er war hier«, sagte ich.
»Unmöglich.«
»Dann werfen Sie einen Blick ins Weihwasserbecken«, sagte ich.
Rezzitti zögerte, ging zum Becken und inspizierte den Inhalt.
»Er hat Stensons Ausweis«, sagte ich.
Rezzitti starrte auf das Blut.
»Hat Stenson gewusst, dass der Papst hierher kommen wird?«, fragte ich.
Er drehte sich zu mir um. »Was wollen Sie damit sagen?«
»Entweder hat Goya es von Stenson erfahren oder auf irgendeine andere Weise.«

Rezzitti sah sich in der Kirche um, bis ihm die Bedeutung meiner Worte klarwurde.
»Hat Stenson davon gewusst?«, wiederholte ich.
»Ich weiß es nicht … möglich.«
»Goya war vor mehr als einer Stunde hier. Das heißt, er dürfte mittlerweile bereits im Rose Bowl sein«, sagte ich.
»Erzählen Sie mir von der Messe«, sagte ich.
»Was ist damit?«
»Der Papst hat mir gesagt, er ist hierhergekommen, um zu heilen. Wird er die Missbrauchsfälle ansprechen? Wird er sie in seiner Predigt erwähnen?«
Er nickte.
»Ja. Er wird Gebete sprechen, es wird aber auch ein stilles Gebet dazu geben.«
»Ein stilles Gebet? Schweigen?«
»Ja.«
»Da wird Goya zuschlagen«, sagte ich.
Rezzitti wandte sich mir zu. »Die Erzdiözese hat heute Morgen verlauten lassen, dass einige Sitzplatzreihen direkt vor dem Pontifex für die Missbrauchsopfer reserviert wurden, die man eingeladen hat.«
»Das haben Sie erst jetzt erfahren?«
Er nickte. »Die Erzdiözese wollte nicht, dass die Presse Wind davon bekommt.«
»Also haben Sie diese Information geheim gehalten, sogar vor Ihnen.«
»Alte Gewohnheiten sind zäh. Man befürchtet auch, radikalisierte Vertreter der Missbrauchsopfer könnten den Heiligen Vater während der Messe stören.«
»Radikalisierte Vertreter?«
»Deren Ausdruck, nicht meiner.«

»Wie viele?«
»Mehrere hundert könnten im Stadion anwesend sein.«
»Wir müssen zum Rose Bowl.«
Rezzitti nickte. »Der Heilige Vater wird seinen Aufenthalt in der Schule wie geplant absolvieren. Ich fahre zum Stadion voraus.«
Wir gingen zur Tür. Ich wollte sie schon öffnen, aber Rezzitti kam mir zuvor und legte die Hand auf die Klinke.
»Goya hat geschrieben, dass Sie es sein werden, durch die er umkommen wird.«
Ich sah ihn an.
»Warum?«, fragte er. »Bei der Messe werden unzählige Polizisten anwesend sein. Warum hat er Sie herausgegriffen?«
»Das weiß ich nicht«, antwortete ich.
Unsere Blicke trafen sich kurz.
»Spielt auch keine Rolle«, sagte ich. »Ich habe aus sehr berufenem Mund erfahren, dass nichts geschrieben steht.«

38

Wir hielten auf der Linda Vista Avenue an, wo wir den Arroyo und das Rose Bowl überblicken konnten. In kaum einer Stunde würde die Messe beginnen. Das Stadion schien bis auf den letzten Platz gefüllt, Tausende warteten noch vor den Toren und hofften, einen Blick auf den vorbeifahrenden Papst erhaschen zu können.

Der Himmel über dem Meer im Westen war tiefschwarz, dennoch hatte sich die Menge vom drohenden Regen nicht abhalten lassen.

»Er wird mit dem Papamobil durch den Südtunnel ins Stadion fahren. Dort steigt er sofort in einen Aufzug um, der ihn hoch zu einer errichteten Rednertribüne bringt, die mehrere Reihen über dem Feld liegt«, sagte Harrison. »Goyas Eintrittskarte ist für einen Platz auf der Westtribüne, fast ganz oben, direkt unter den Reporterkabinen. Traver lässt den Platz überwachen, bislang tut sich dort aber noch nichts.«

Ich starrte zum Stadion.

»Wir sollten allmählich los«, sagte Dylan.

»Warum hat er mich ausgewählt?«, fragte ich.

Dylan sah mich an. »Muss es einen Grund dafür geben?«

Ich nickte. »Ja.«

»Er hat sich an den Wänden im Haus seiner Eltern einen eigenen Mythos erschaffen. Vielleicht hat Chavez ihm von

dir erzählt. Schließlich bist du die Polizistin, die hinter ihm her ist. Wäre doch logisch.«
»Logisch?«
»Zumindest das, was er dafür hält.«
Ich schüttelte den Kopf. »Rezzitti hat recht. Es sind knapp hunderttausend Menschen im Stadion, dazu kommen unzählige Polizisten. Alles, was Goya bislang gemacht hat, angefangen von seinen Zeichnungen bis hin zu seinen Morden, hat er sehr akribisch ausgeführt. Warum sollte es jetzt anders sein? Die Wahrscheinlichkeit, dass ausgerechnet ich ihn stoppen werde, geht gegen null. Warum also ich?«
»Ich weiß es nicht«, sagte Dylan. »Du meinst, uns ist etwas entgangen?«
Ich fuhr los und schlug den Weg hinunter in den Arroyo und zum Stadion ein.
»Es muss so sein«, sagte ich.
Das improvisierte nächtliche Festival vor dem Stadion war mittlerweile fest in der Hand der Händler. Verkaufsstände säumten die Straßen zum Stadion. Alles, was das Bild des Papstes zieren konnte, stand zum Verkauf: Anstecker, Handtücher, Kappen, Shirts, Teller und Regenschirme. Ein Verkäufer in einem Kardinalsgewand verhökerte sogar weiße päpstliche Samtschuhe.
Wir passierten den Polizeikontrollpunkt und fuhren zum Südeingang des Stadions, wo der Papst eintreffen würde. Das Gelände davor war mit einem Zaun abgesperrt, lediglich Dienstfahrzeuge wurden durchgelassen. Ein Dutzend Krankenwagen, Feuerwehrfahrzeuge sowie genügend Streifenwagen der Polizei standen herum, die für eine mittlere Kleinstadt ausgereicht hätten. Auf einer ausgebreiteten gelben Plane richteten Sanitäter eine Notfallstation ein.

Wir sahen zu den ordentlich aufgereihten Verbänden und IV-Beuteln, als ein plötzlicher Aufschrei von der Menge auf den Rängen den Boden erzittern ließ wie ein kleines Erdbeben.

»Hört sich an, als würde ein Spiel stattfinden«, sagte Harrison.

Hinter den Krankenwagen, von einigen Palmen verdeckt, standen zwei große Laster mit den Einsatzkommandos des FBI.

»Ein tödliches Spiel«, sagte ich.

Rezzittis Wagen fuhr vor, und er stieg aus.

»Wo werden Sie sich aufhalten?«, fragte er mich.

Ich hielt ihm meine Eintrittskarte hin. »Wo Goya mich haben will.«

Rezzittis Blick ging zum Stadion.

»Wo wäre Stenson postiert, wenn er noch am Leben wäre?«, fragte ich.

»Unten ganz vorn, wo die Missbrauchsopfer sitzen.«

»Goya weiß möglicherweise davon«, sagte ich.

Er nickte, wollte schon los, drehte sich aber noch einmal um.

»Viel Glück, Lieutenant«, sagte er.

Er sah mir noch einmal kurz in die Augen, dann eilte er davon, und Harrison und ich machten uns auf den Weg zum Eingang. Traver wartete auf uns im einzigen Tunnel, der zum Feld führte. Alle anderen Eingänge, die von den Zuschauern benutzt wurden, führten direkt hinauf zu den Rängen.

»Alle Plätze sind besetzt«, sagte Traver. »Bis auf einen.«

»Noch immer nichts zu sehen?«

Er schüttelte den Kopf und reichte uns kleine Funkgeräte.

»Einer hat sich auf den Platz setzen wollen, aber er hat sich nur in der Reihe geirrt. Niemand hat sich auffällig verhalten, als er an dem Sitz vorbeigegangen ist, und soweit wir sehen können, ist auch darunter nichts abgelegt. Wir wollten allerdings auch keine Aufmerksamkeit erregen, falls er uns beobachten sollte.«

»Er wird uns beobachten«, sagte ich. »Wo stehen unsere Leute?«

»Keine zwanzig Meter entfernt haben wir zwei als Ordner verkleidete Beamte. Du willst dir den Sitzplatz ansehen?«

»Er hat die Eintrittskarte nicht grundlos dagelassen«, sagte ich.

Mit jedem Schritt, den wir uns dem Innenraum näherten, wurde der Lärm der Menge lauter.

»Aber warum?«, sagte Traver. »Auf dem Platz ist man ziemlich weit vom Papst entfernt.«

»Der Sitzplatz ist nicht für ihn, sondern für mich«, sagte ich.

Wir erreichten das Tunnelende und traten hinaus ins Sonnenlicht. Auf dem Rasen im Innenraum drängten sich Tausende von Menschen. Auf den Rängen des Stadions lief gerade La Ola, die Leute sprangen von ihren Sitzen auf, warfen die Hände in die Höhe und schrien »Jesus!«.

Ich sah zur Tribüne, auf der der Papst auftreten würde. Sie war mit den gelben und weißen Farben des Vatikans geschmückt und vermittelte den Eindruck, als würde er auf einem Balkon stehen. Die Sitze hinter ihm bis hinauf zur obersten Reihe waren ausschließlich mit Männern in schwarzer Kleidung besetzt.

»Priester«, sagte ich.

»Hunderte«, pflichtete Harrison bei.

»Die Kontrollen am Eingang haben niemanden bemerkt, der Goya ähnlich sieht«, sagte Traver. »Meinst du, die Sicherheitsmaßnahmen haben ihn abgeschreckt?«

»Das kann ich mir nicht vorstellen. Er hat es geschafft, eine Leiche unbemerkt hier hereinzubringen. Nein, er ist hier. Was ist mit Maria Perez?«
»Eine Hispanierin Mitte fünfzig ohne besondere Kennzeichen? Nachdem die ersten zweitausend durch die Eingänge waren, haben wir es aufgegeben.«
Die Welle erreichte nun die Südkurve des Stadions, und die Kirchenmänner auf den Sitzen hinter uns fielen in das Getöse mit ein, warfen die Arme hoch und brüllten »Jesus«.
»Wo sitzen die Missbrauchsopfer?«, fragte ich.
Traver zeigte auf eine Gruppe direkt vor uns auf dem Feld. Der Papst würde an die zwanzig Meter von ihnen entfernt sein. Ein halbes Dutzend Secret-Service-Leute stand davor und beobachteten die Menge. Ich sah auf meine Uhr.
»Der Papst wird in zwanzig Minuten eintreffen.«
»Er soll zehn Minuten Verspätung haben, das war das Letzte, was ich gehört habe«, sagte Traver.
»Bring mich zu meinem Platz«, sagte ich.
Traver führte uns zur ersten Ebene hinauf, worauf wir uns in Richtung Mittellinie bewegten, während die Welle mit jedem Mal an Lautstärke und Geschwindigkeit zunahm. Die Menge schien sich aus Menschen jeder Hautfarbe und Nationalität zusammenzusetzen, die jemals per Schiff oder Flugzeug nach L.A. gekommen waren. Manche trugen traditionelle Kleidung, andere waren in gewöhnlicher Alltagskluft erschienen, aber alle, Afrikaner, Inder, Asiaten, Indios, Weiße, Schwarze und sämtliche Schattierungen dazwischen, sprangen johlend bei jedem Durchgang der Welle auf.
In der Mitte der Tribüne blieben wir stehen. Ein Priester, der an mir vorbeikam, streifte mich an der Schulter. Ich fuhr herum, griff bereits nach der Glock, aber nach einigen Schritten

drehte er sich zu mir um und sah mich an. Er hatte weißes Haar und war wahrscheinlich um die sechzig. Lächelnd ging er weiter.

»Letzter Block, ganz oben«, sagte Traver. »Der dritte Platz in der Reihe. Die Ordner an beiden Seiten des Blocks sind unsere Leute.«

»Auf welchen Kanal sind die Funkgeräte eingestellt?«

»Die, die ich euch gegeben habe, auf Kanal sechs. Alle anderen im Stadion auf Kanal vier, bis auf die beiden Ordner, die sind ebenfalls auf sechs. Wenn du Unterstützung brauchst, sie sind nur zwanzig Meter entfernt.«

Ich sah zum Sitzplatz hinauf, dann drehte ich mich um und blickte über das Menschenmeer und das Stadion.

»Er beobachtet uns, jetzt in diesem Augenblick«, sagte ich.

»Das kannst du getrost annehmen«, sagte Harrison.

Die Welle näherte sich aus der Nordkurve und schwappte wie eine Windbö an uns vorbei.

»Ich weiß nicht, was beunruhigender ist, ein leeres Stadion mit einer Leiche oder ein volles ohne Leiche.«

»Noch ist es ohne Leiche«, sagte Dylan. »Wo willst du mich haben?«

Ich drehte mich zu ihm um und sah ihm kurz in die Augen.

»Es hat einen Grund, warum er nur eine Eintrittskarte hinterlassen hat«, sagte ich. »Je glaubwürdiger wir den Eindruck vermitteln, ich wäre allein, umso besser.«

»Für wen?«

»Hab ein Auge auf die Missbrauchsopfer unmittelbar vor der Tribüne«, sagte ich und wandte mich an Traver. »Und du kümmerst dich um den Block mit den Priestern über der Tribüne.«

Keiner der beiden rührte sich.

»Vielleicht sollten wir lieber bei dir bleiben«, sagte Harrison.

»Es sind schon zwei Beamte hier. Kein Problem. Ich melde mich über Funk, wenn ich mir den Sitzplatz angesehen habe.«

Über dem Stadion war nun zum ersten Mal der Hubschrauber zu hören, der die Wagenkolonne des Papstes begleitete.

»Ihr solltet euch jetzt besser zurückziehen«, forderte ich die beiden auf.

Harrison sah noch einmal zu mir, dann wandten sich beide ab und verschwanden in der Menge. Ich ging die Stufen hinauf und versuchte mir ein Szenario auszumalen, das sich Goya für diesen Tag ausgedacht haben könnte, aber es entzog sich meiner Vorstellung. War der Papst das Ziel, oder hatte Goya es auf die Missbrauchsopfer abgesehen? Oder hatte ich irgendetwas außer Acht gelassen, was seine gequälte Seele ausgeheckt haben konnte?

»Verbindungskontrolle«, hörte ich Harrison über das Funkgerät in meiner Tasche. Ich zog es heraus.

»Du benimmst dich wie eine fürsorgliche Großmutter«, sagte ich.

»Ich habe eigentlich gehofft, dir käme da ein anderes Bild in den Sinn«, erwiderte er.

»Ich werde darauf zurückkommen«, antwortete ich und ließ das Gerät in meine Tasche gleiten.

Über mir befanden sich die Kabinen der Reporter und die VIP-Logen. Ein aufblasbarer Wasserball mit aufgemalten Kreuzen wurde von den Zuschauern hin und her geschlagen. Die Leute lachten. Es war der fröhlichste Gottesdienst, den ich jemals besucht hatte. Als ich am Ordner, unserem Mann, vorbeikam, nickte ich ihm zu.

»Alles in Ordnung, Lieutenant. Nächster Block, letzte Reihe«, sagte er, ohne mich anzusehen.

Ich stieg den letzten Block hinauf und blieb einige Reihen unter dem für mich bestimmten Platz stehen. Dort war der leere Sitzplatz, der dritte von rechts. Eine junge hispanische Mutter mit ihrer kleinen Tochter saß links davon. Auf der anderen Seite, auf den beiden Plätzen gleich am Gang, saßen ein junger Mann und eine junge Frau, beide noch keine zwanzig; sie hielten Händchen und hatten zwei große Kreuze an Silberketten um den Hals hängen. Ich ließ den Blick über die anderen Plätze schweifen, aber mir fiel nichts Ungewöhnliches auf.

Auf der anderen Seite des Blocks nahm ich kurz Blickkontakt mit dem zweiten Ordner auf, dann stieg ich die letzten Stufen zu meiner Reihe hinauf.

»Entschuldigen Sie«, sagte ich.

Das junge Pärchen stand auf. Der junge Mann sah mich lächelnd an, in seinen Augen lag jenes Leuchten, das nur mit blindem Glauben einhergeht.

»Gott segne Sie«, sagte er.

Ich schlängelte mich an ihnen vorbei zu meinem Sitz. Er schien sich in nichts von den anderen in der unmittelbaren Umgebung zu unterscheiden. Ich ging in die Hocke, als wollte ich mir den Schuh binden, und sah darunter nach. Goya hatte mir nichts dagelassen.

Ich erhob mich und sah mich um. Von sämtlichen Rängen schien man einen wunderbaren Blick auf mich zu haben. Oberhalb der Südkurve des Stadions war der Hubschrauber zu erkennen, der die päpstliche Eskorte überwachte. Ich sah zur Tribüne. Traver hatte recht. Von meinem Platz aus war der Papst nicht mehr als eine winzige Gestalt. Ich zog das Funkgerät aus der Tasche.

»Hier ist nichts«, sagte ich.
Es dauerte eine Weile, bis Harrison sich meldete. »Was soll ich machen?«
Ich sah zum Hubschrauber. Die Rotorblätter peitschten mittlerweile wie Gewehrschüsse durch die Luft.
»Er legt die Regeln fest. Ich warte«, sagte ich. »Bist du schon vor der Tribüne?«
»Nein, die Ränge sind voll, es dauert seine Zeit, um durchzukommen.«
»Das Gleiche hier«, kam es von Traver.
»Meldet euch, wenn ihr an Ort und Stelle seid.«
Ich schob das Funkgerät wieder in die Tasche und ließ mich auf meinem Platz nieder. Von irgendwo im Stadion erklang eine Trompete. Die Welle kam erneut auf uns zu.
»Haben Sie ihn gefunden?«, sprach mich der junge Mann neben mir an.
»Wie bitte?«
Die Menge um uns herum begann bereits erwartungsfroh zu jubeln.
»Haben Sie Jesus gefunden?«
Ich sah ihn an. »Nein, im Moment suche ich jemand anderen«, antwortete ich.
»Er wartet auf Sie.«
Ich rang mir ein Lächeln ab. »Ganz bestimmt.«
Der junge Mann schüttelte den Kopf. »Nein, wirklich, er wartet auf Sie.«
»Ich weiß«, sagte ich.
»Gehen Sie einfach durch den Tunnel auf der ersten Ebene. Dort wartet er auf Sie.«
Die Welle ging über uns hinweg, die Menge sprang auf.
»Was sagen Sie da?«, fragte ich.

»Er wartet auf Sie, gehen Sie durch den Tunnel. Er wird Sie finden.«
»Wer?«
»Der, den Sie suchen.«
»Woher wissen Sie das?«
»Er hat es uns gesagt.«
»Wo hat er Ihnen das gesagt?«
»Draußen. Er hat uns die Eintrittskarten geschenkt und das da.«
Er zeigte mir das Kreuz, das er um den Hals trug. Die junge Frau neben ihm lächelte und legte ihre Hand auf seine.
»Sie sollten los«, sagte sie. »Er hat auch ein Geschenk für Sie.«
»Aber Sie müssen allein zu ihm, sonst wartet er nicht auf Sie.«
»Und dann gibt es auch kein Geschenk«, sagte die Frau.
Sie sahen mich beide glaubensselig an und lächelten.
»Haben Sie diesen Mann vorher schon mal gesehen?«
Sie schüttelten beide den Kopf.
»Ich bin Polizistin«, sagte ich.
»Ja, das hat er uns gesagt«, erwiderte der junge Mann. »Sie sollen auch das Funkgerät bei uns lassen.«
»Oder es gibt kein Geschenk«, sagte ich.
Die Frau nickte. »Er hat gesagt, er würde uns beobachten.«
»Haben Sie ihn noch mal gesehen, seitdem Sie hier sind?«
Wieder schüttelten sie beide den Kopf.
»Wenn Ihre Freunde kommen, um nach Ihnen zu sehen, werden wir ihnen sagen, wo Sie sind«, sagte er.
Vor dem Stadion ertönte Jubel; die Wagenkolonne des Papstes musste sich nähern.
»Gehen Sie lieber. Er hat gesagt, er wird nicht lange warten.«
Ich sah mich um, dann holte ich mein Funkgerät heraus.

»Er hat gesagt, Sie sollen nicht mehr reinsprechen. Sie dürfen es niemandem sagen.«
»Wie hat er ausgesehen?«, fragte ich.
Sie lächelten beide.
»Wie ein Heiliger«, sagte der junge Mann.
»Er hatte eine lange Kutte an«, fügte die junge Frau hinzu.
»Wie ein Mönch?«, fragte ich.
Sie nickten.
»Er hat gesagt, er hilft Ihnen, damit Sie das finden, was Sie wollen«, sagte das Mädchen.
»So wie er Ihnen geholfen hat?«
»Gepriesen sei der Herr«, sagte sie.
Der junge Mann streckte mir die Hand entgegen und lächelte mich entrückt an. Ich stellte mir vor, dass seine Mutter schon so manche schlaflose Nacht durchgemacht hatte, seitdem er von zu Hause ausgezogen war, um auf eigenen Beinen zu stehen. Ich sah zum Funkgerät und drückte dabei den Daumen auf den Sende-Knopf.
»Wenn ich fort bin, wird ein Ordner kommen und nach mir fragen«, sagte ich. »Geben Sie ihm das Funkgerät und erzählen Sie ihm alles, was Sie mir erzählt haben. Sagen Sie ihm, dass ich im Tunnel bin, um Goya zu treffen, dass er wie ein Mönch gekleidet ist und dass ich allein zu ihm kommen soll. Haben Sie das verstanden?«
Sie nickten, ich ließ den Knopf am Funkgerät los und legte es dem jungen Mann in die Hand.
»Beeilen Sie sich, oder Sie verpassen Ihr Geschenk«, sagte die junge Frau.
»Ich werde es nicht verpassen«, sagte ich, trat in den Gang und sah hinunter zum Tunneleingang.
Dann ging mein Blick zum Ordner hinüber, aber seiner Mie-

ne war nicht zu entnehmen, ob er meine Funkübertragung mitbekommen hatte. Er wollte in meine Richtung, mit einem Kopfschütteln gab ich ihm zu verstehen, dass er auf seinem Posten bleiben sollte.
Ich rannte zum Zugang in den Innenbereich. Über dem Ausgang hing ein Rollstuhlschild, neben der Sperre stand ein Stadionordner, dem ich meine Dienstmarke zeigte.
»Ist hier jemand durchgekommen?«, fragte ich.
Er nickte.
»Wie viele?«
»Nur zwei.«
»Wie haben sie ausgesehen?«
»Der Mann saß im Rollstuhl, eine Nonne hat ihn geschoben.«
»Wohin sind sie?«
»Da habe ich nicht aufgepasst.«
Ich sah in den Tunnel. »Ist Ihnen irgendwas an ihnen aufgefallen?«
»Der Mann hat durch eine Maske geatmet.«
»Und die Nonne?«
»Die trug ein Ordensgewand.«
»Warum ist der Tunnel gesperrt?«
»Hier ist kein öffentlicher Zugang. Er ist nur für die Standbesitzer und für Behinderte.«
»Und der Aufzug, wohin führt der?«
»Dort unten sind noch die Räume des Platzwarts.«
Ich sah zu den umliegenden Sitzen und versuchte das eine Gesicht zu finden, das nicht hierherpasste, aber es war aussichtslos. Ich trat an der Sperre vorbei und blieb stehen, als der Hubschrauber tief über dem Stadion zu kreisen begann. Die Welle, die durch das Stadionrund geschwappt war, kam

zum Erliegen, und die Menge verstummte. Kurz darauf brandete auf der Gegenseite Applaus auf, in den schließlich in freudiger Erwartung der Ankunft des Papstes die gesamte Menge einfiel.

Ich ging in den Tunnel und zog die Glock aus dem Halfter. Der Gang war schmal und finster – wie alle Tunnel im Stadion, das zu einer Zeit gebaut worden war, als sich über Sicherheits- und Brandschutzbestimmungen noch niemand den Kopf zerbrochen hatte. Für die Polizei in Pasadena und die Stadionverantwortlichen war es immer schon der Alptraum schlechthin, falls Panik ausbrechen sollte und die Zuschauer durch die engen Gänge nach draußen flüchten wollten. Nach konservativen Schätzungen ging man von dreißig Todesopfern pro Tunnel aus, die entweder totgetrampelt würden oder erstickten. Insgesamt verfügte das Stadion über achtundzwanzig solcher Zu- und Ausgänge.

Am Ende des Tunnels blieb ich stehen. Mehrere Lichter erhellten den Aufzug zwanzig Meter links von mir. An der gegenüberliegenden Wand des engen Gangs lag eine Reihe von Verkaufsständen.

Ich ging zu einem leerstehenden Eisstand. Die Türen waren mit Vorhängeschlössern gesichert, in der Luft hing klebriger Zuckergeruch, sonst fiel mir nichts Ungewöhnliches auf. Ich ging in Richtung Aufzug, zog mein Handy heraus und wählte Harrisons Nummer.

Es klingelte, verstummte, klingelte erneut, dann ging Harrison ran.

»Wo … du … Alex?«

»Hast du meine Nachricht bekommen?«, fragte ich.

»Ich bin …« Die Verbindung brach ab. Die dicken Betonmauern des Stadions blockierten den Empfang.

Ich versuchte es erneut, diesmal kam noch nicht einmal eine Verbindung zustande. Ich eilte zum Aufzug und drückte auf den Knopf. Es war ein altes Gerät, bei dem man die Türen per Hand öffnen musste. Die Kabel im Schacht setzten sich in Bewegung, und der Fahrstuhlkorb kam unüberhörbar zu mir nach oben.

Ich trat mehrere Meter zurück und zückte die Glock. Von den Rängen ertönte nun ein weiteres rhythmisches Geräusch, das immer lauter wurde und das gesamte Stadion zu erschüttern schien. Die Menge klatschte und trampelte mit den Füßen, als erwartete sie die Ankunft eines Rockstars.

Der Aufzug kam zum Stehen, und die kleine Lampe über der Tür leuchtete grün. Ich richtete die Glock auf die Tür und wartete, dass sie aufging. Als sie es nicht tat, trat ich vor und umfasste den Griff. Ich zögerte, lauschte auf Geräusche von drinnen und riss die Tür auf. In der Aufzugskabine war es finster; die Scherben der Lampe lagen auf dem Boden. Ich brauchte ein wenig, bis sich meine Augen an die Dunkelheit gewöhnt hatten, dann erkannte ich, dass die Kabine leer war.

Ich trat ein. Die Tür schloss sich, und ich stand in tiefster Finsternis. Die Erschütterungen durch die stampfende Menge übertrugen sich auf die Kabel im Schacht und waren im Aufzug noch deutlicher zu spüren. Ich tastete nach dem Knopf, dann schloss sich bereits die Tür, ächzend setzten sich die Kabel in Bewegung, und es ging nach unten.

Ich drückte mich an die Rückwand, wollte so weit wie möglich von der Tür entfernt sein, und hielt die Waffe ausgestreckt vor mich. Die Fahrt dauerte, es schien noch unter die Ebene des Spielfelds zu gehen, dann begannen die Kabel zu kreischen, der Aufzug verlangsamte sich und hielt schließlich abrupt an.

Ich umklammerte die Glock fester und wartete, zählte bis fünf, dann bis zehn – nichts geschah. Ich trat vor, bis ich mit der freien Hand den Türgriff zu fassen bekam, und schob die Tür auf.
Dann schwang ich mich um die Tür, hatte einen Fuß draußen, den anderen noch in der Kabine, hielt die Waffe im Anschlag und starrte in die Dunkelheit. Es roch nach Benzin und gemähtem Gras. Schließlich trat ich ganz nach draußen, und mit einem lauten Knall glitt die Tür zu. Mit der freien Hand hielt ich mich an der Wand fest.
Links von mir, zehn bis fünfzehn Meter entfernt, erkannte ich das schwache Schimmern eines roten Ausgangsschilds. Wenn ich den Ordner richtig verstanden hatte, lag hinter dieser Tür das Feld, das hieß, dass sich rechts von mir die Räume des Platzwarts befinden mussten. Der Boden war mit feinen Glassplittern übersät, auch hier war die Deckenbeleuchtung zertrümmert worden. Goya wollte es finster haben.
Ich tastete mich an der Wand entlang und ließ die Waffe durch die Dunkelheit streichen. Währenddessen wurde das Stampfen aus dem Stadion immer lauter und eindringlicher. Dann ertastete ich mit der freien Hand die Drahtmaschen eines Zauns, der den Raum teilte. Ich folgte ihm, bis ich mit der Hand den Riegel fand, um die Tür zum Platzwartbereich zu öffnen.
Vorsichtig schob ich ihn zurück, drückte die Tür auf und trat ein. Durch den Spalt in einer Tür an der gegenüberliegenden Wand fiel ein wenig Licht. Links konnte ich die dunklen Umrisse von Rasenmähern und Traktoren ausmachen, die an der Wand aufgereiht standen.
Benzindämpfe und der Geruch von Düngemittel lagen in der Luft und machten einem das Atmen schwer. Langsam ging

ich voran, bis ich mit dem Fuß gegen etwas stieß und ins Stolpern geriet. Eine Hand schloss sich um meinen Knöchel, ich riss mich los, fiel nach hinten auf den Boden und richtete die Waffe in die Dunkelheit.

»Keine Bewegung«, rief ich.

Ein schwaches Keuchen war zu hören, als rang jemand nach Luft.

»Polizei«, sagte ich.

Ich kam auf die Knie und umklammerte mit beiden Händen die Glock.

»Eine Bewegung, und ich schieße«, sagte ich.

Wieder ein verzweifeltes Keuchen. Ich ließ die Hand über den kühlen Beton streichen, bis ich den Stoff eines Jacketts zwischen die Finger bekam. Eine Hand schloss sich um meine, zitternde Finger versuchten sich an mir festzuhalten.

»Ich bin von der Polizei. Ich helfe Ihnen«, flüsterte ich.

Er versuchte etwas zu sagen, schaffte es aber nicht. Ich kroch in seine Richtung und beugte mich so nah wie möglich an ihn heran. Die undeutlichen Umrisse seiner Gestalt wurden erkennbar.

»Delillo«, sagte er mit schwacher Stimme.

»Rezzitti?«

Ich strich ihm mit der Hand über die Brust und hörte ein leises Pfeifen, das aus seinem Brustkorb kam. Es war kaum Blut zu spüren, aber nach den Geräuschen zu schließen hatte eine seiner Lungen einen Schuss abbekommen. Ich nahm seine Hand und presste sie gegen die Wunde.

»Drücken Sie die Hand dagegen«, sagte ich. Ich tastete nach seinem Schulterhalfter. Es war leer. »Ihre Waffe?«

Von ihm kam nur ein schwaches Grunzen.

»Wo ist er?«, flüsterte ich.

Keine Antwort.
»Wo ist Goya?«
Rezzitti versuchte erneut, etwas zu sagen, aber ich konnte ihn nicht verstehen. Mit seiner freien Hand zog er mich näher zu sich.
»Schaffen Sie sie raus«, flüsterte er.
»Wen? Wen rausschaffen?«
Er kämpfte gegen die drohende Ohnmacht an.
»Wen rausschaffen?«, fragte ich wieder.
Er atmete schwer, schließlich gelang es ihm, ein Wort herauszubringen.
»Ja«, flüsterte er.
Ich versuchte dahinterzukommen, was er meinte. »Wo rausschaffen?«
Wieder wollte er etwas sagen, aber seine Stimme wurde noch schwächer. Ich legte mein Ohr an seinen Mund.
»Stadion«, flüsterte er.
Mein Herzschlag beschleunigte sich.
Wieder sagte er etwas, aber ich verstand ihn nicht.
»Was hat er vor?«, fragte ich. »Was soll hier passieren?«
Er klammerte sich an mich, dann wurde seine Hand in meiner schlaff. Ich tastete am Hals nach seinem Puls, der schwach zu spüren war. Er war bewusstlos, aber noch am Leben.
Ich kroch um ihn herum in Richtung Tür, durch deren Spalt flackerndes Licht fiel. Keinen Meter von ihm entfernt fand ich am Boden seine Beretta. Das Magazin steckte. Ich schob sie mir in die Tasche, stand langsam auf, richtete die Glock auf die Tür, trat wieder an die Wand und ging langsam darauf zu.
Auch hier lagen die Scherben der Deckenbeleuchtung auf dem Boden. Bei jedem Schritt knirschte es unter meinen Füßen.

Mit der linken Hand stützte ich mich an einer Werkbank, die sich die gesamte Wand entlangzog und auf der anscheinend leere Düngemittelbehälter und Benzinkanister standen.
Ich folgte der Werkbank, bis ich keinen Meter mehr von der Tür entfernt war, und griff nach dem Knauf. Das Stampfen der Zuschauer auf den Rängen verstummte. Hinter der Tür konnte ich nun Stimmen hören.
Ich sah zum Lichtspalt, der unter der Tür durchfiel, drehte den Knauf halb um, zögerte und lauschte, riss dann die Tür auf und richtete die Waffe in den Raum.
Auf einem Tisch stand ein kleiner Fernseher, in dem die Live-Berichterstattung aus dem Stadion lief. Vor dem Tisch stand ein Stuhl. Ansonsten war der Raum leer; niemand war hier. Ich wollte mich schon umdrehen, als ich am Nacken die kalte Berührung einer Hand spürte.
Als ich herumfuhr, traf mich ein Schlag seitlich im Gesicht. Ich fiel nach hinten, knallte auf den Betonboden, und mir wurde die Luft aus den Lungen gepresst.
»Sie sind wegen Ihres Geschenks gekommen«, sagte Goya.
Ich schnappte nach Luft und versuchte mich aufzusetzen. Im Licht des Fernsehers sah ich ihn in seiner dunklen Kutte herumwirbeln, im gleichen Augenblick verpasste er mir einen Tritt in die Seite. Ich krümmte mich zusammen, jeder Atemzug jagte mir einen schneidenden Schmerz durch den ganzen Körper.
Er entfernte sich einige Schritte und hob die Glock auf, die mir aus der Hand gefallen war, schob sie sich in die Tasche, kam wieder auf mich zu und streifte sich die Kapuze zurück. Seine Augen waren im Licht des Fernsehers nur zwei leere, schwarze Löcher. Seine Gesichtszüge wirkten ausgemergelt, die Knochen traten hervor. Er glich eher einem Leichnam

und hatte kaum Ähnlichkeit mit dem jungen Andrew Simms aus St. Gabriel, den ich von den Bildern her kannte. Er packte mich am Kragen, zog mich hoch, knallte mich mit dem Rücken gegen die Wand und ließ los.

Meine Beine gaben nach, ich rutschte zu Boden. Wie viele Sekunden vergingen, konnte ich nicht sagen. Als ich es schließlich schaffte, wieder einzuatmen, sah ich ihn vor dem Fernsehapparat. Er starrte auf das Bild, das den Papst zeigte, der gerade die Tribüne betrat und die Arme zum Kreuzzeichen hob.

»Sie sind Andrew, nicht Goya«, sagte ich, als ich dazu wieder in der Lage war.

Er fuhr herum. »Andrew ist tot. Er war eine Totgeburt.«

»Sie können das beenden.«

»Beenden!«, rief er, dann lachte er. »Gott hat mir das Leben geschenkt, damit ich dieses Werk verrichte.«

»Was haben Sie vor?«

»Sie werden mein Geschenk zu sehen bekommen, die Geburt einer neuen Kirche«, sagte Goya. »Die alte Kirche ist schwach und verdorben, sie folgt den Gesetzen der Menschen, nicht den Gesetzen Gottes. Ich werde mit dieser Heuchelei aufräumen. Ich werde dafür sorgen, dass die Kirche ihren angestammten Platz einnimmt. Ich werde für einen Neuanfang sorgen.«

»Ihr Vater wird das nicht wollen. Das hat er mir gesagt, bevor er gestorben ist.«

»Gott ist mein Vater.«

Ich schüttelte den Kopf. »Vater Patrick war Ihr Vater.«

»Nein. Er war mein Lehrer.«

»Er hat Ihre Mutter vergewaltigt. So sind Sie auf die Welt gekommen.«

»Nein!«, schrie er. »Ich bin auserwählt. Verstehen Sie nicht?«
»Maria Perez ist Ihre Mutter.«
Er schüttelte den Kopf. »Ich bin keiner von denen.«
Er kam zu mir, packte mich an den Haaren und zerrte mich vor den Fernseher.
»Und jetzt schauen Sie zu, dann werden Sie erkennen, dass es wahr ist.«
Er packte mich mit beiden Händen am Kopf und zwang mich vor den Fernseher, während die Kamera über die versammelte Menge und abertausend Gesichter schwenkte, die dichtgedrängt im Stadion versammelt waren. Mein Herz raste.
»Alle«, flüsterte ich.
Er sah mich an. »Was haben Sie gesagt?«
»Sie hat ›alle‹ gesagt«, kam eine Stimme von der Tür.
Rezzitti taumelte gegen den Türrahmen und rutschte zu Boden. Goya ließ mich los, zog meine Glock aus seiner Tasche, ging zu Rezzitti und hielt ihm die Waffe an den Kopf.
»Fahr zur Hölle«, sagte Rezzitti auf Deutsch.
»Red Englisch mit mir, Schweizer Uhrmacher«, sagte Goya.
Ich zog Rezzittis Waffe aus der Tasche.
»Er hat gesagt, Sie können zur Hölle fahren«, sagte ich.
Goya sah zu mir, bemerkte die Waffe und begann zu lachen.
»Wo ist er?«, fragte Rezzitti.
Goya sah auf ihn hinab und spuckte ihm ins Gesicht.
»Was haben Sie getan?«, fragte ich.
»Chavez«, sagte Rezzitti.
»Chavez?«, wiederholte ich verständnislos.
»Erschießen Sie mich«, sagte Goya.
»Wo ist Chavez? Was haben Sie mit ihm gemacht?«, schrie ich und zog den Hahn an Rezzittis Waffe nach hinten.

»Nein«, flehte Rezzitti.
Goya drückte Rezzitti die Waffe an den Kopf. »Töten Sie mich, haben Sie keine Angst, mein Werk ist vollbracht.« Er sah mich an und lachte. »Es ist nicht mehr aufzuhalten. Sie kommen zu spät.«
»Wo ist Chavez?«, fragte ich.
»Er errichtet die neue Kirche, genau wie ich es geschrieben habe«, sagte er und drückte die Waffe gegen Rezzittis Kopf.
Ich kam auf die Knie.
»Nein. Erschießen Sie ihn nicht!«, schrie Rezzitti. »Wir brauchen ihn lebend.«
Goya verpasste Rezzitti mit der Waffe einen Schlag seitlich gegen den Kopf. Der Schweizergardist sackte zu Boden, versuchte nach Goyas Kutte zu greifen und sich wieder aufzurichten.
»Töten Sie mich«, rief Goya. »Sie haben keine Wahl, Sie sind ein Nichts, Sie sind nur das, was ich geschrieben habe. Gott wartet auf mich.«
Er schüttelte den Kopf.
»Fiat voluntas tua, sicut in caelo et in terra.«
Er stieß Rezzitti nach hinten gegen den Türrahmen und hielt ihm den erneut Lauf der Glock gegen die Schläfe.
»Sie sind noch nicht im Himmel«, sagte ich.
»Dann werde ich ihn dahin befördern.«
Ich zog den Abzug durch. Das Mündungsfeuer erhellte blitzartig den Raum. Die Kugel traf ihn an der Schulter, zerschmetterte ihm die Knochen, trat wieder aus und bohrte sich mit einem dumpfen Knall in die Wand. Er versuchte sich von mir abzuwenden und zielte erneut auf Rezzitti. Ich zog weitere dreimal den Abzug durch, drei stakkatoartige Lichtblitze zuckten im Raum und verliehen Goyas Bewegungen

das Abgehackte eines frühen Stummfilms. Das zweite Geschoss traf ihn in die Brust und schleuderte ihn zur Seite. Die dritte Kugel durchschlug seinen Hals und ließ einen leuchtenden Blutnebel aufsprühen. Beim vierten Schuss versteifte er sich am ganzen Körper, als würde er nach etwas über seinem Kopf greifen, dann sackte er wie eine Marionette, der man die Fäden gekappt hatte, in sich zusammen.
Ich erhob mich und ging, die Waffe fest in beiden Händen, zu ihm hinüber. Ich hob die Glock vom Boden auf und richtete die Waffe auf sein Gesicht. Sein Kopf fiel zur Seite, seine schwarzen Augen wurden trüb, und er atmete ein letztes Mal aus.
Ich steckte die Glock ins Halfter und wandte mich an Rezzitti, als der Strahl einer Taschenlampe die Dunkelheit durchschnitt. Ich kniete mich hin, er hob den Kopf und sah mich an.
»Was hat er getan?«, fragte ich.
Er atmete nur ganz schwach. Harrison kam mit gezückter Waffe angerannt.
»Alex!«
»Alles in Ordnung«, sagte ich. »Goya ist tot.« Ich sah zu Rezzitti. »Helfen Sie mir«, sagte ich. »Was hat er getan?«
»Die Zeichnung«, flüsterte Rezzitti.
»Von seiner Mutter?«
Er nickte. »Er hat gesagt, es gibt nur eines in diesem Stadion, das brennen kann.« Er japste nach Luft.
»Das Stadion ist aus Beton«, sagte Harrison.
Ich sah zum Fernseher; die Kamera war nach wie vor auf die gebannten Gesichter der Zuschauermenge gerichtet.
»Mein Gott«, flüsterte ich.
»Was?«, sagte Harrison.

»Menschen«, sagte ich. »Menschen können brennen.«
»Ja«, kam es schwach von Rezzitti.
»Er hat einen Sprengsatz deponiert«, sagte ich.
Rezzitti nickte und verlor abermals das Bewusstsein.
Über uns erhob sich der Jubel der Menge. Ich sah zum Fernsehgerät, auf dem die Kamera über die ekstatischen Zuschauer schwenkte.
»Er hat hier keinen Sprengsatz reinschaffen können. An jedem Eingang waren Hunde«, sagte Harrison.
Ich sah durch die Tür zur Werkbank. »Vielleicht war das gar nicht nötig.«
»Was willst du damit sagen?«
»Vielleicht hat er ihn nicht reingeschafft, sondern hier zusammengebaut, als er noch angestellt war.«
»Wie?«
»Sieh dich mal auf der Werkbank um. Du bist doch der Sprengstoffexperte.«
»Werkbank?«
Ich nickte. »Dort stehen leere Behälter, in denen Benzin oder Chemikalien aufbewahrt werden.«
Harrison eilte hinaus und inspizierte die Kanister. Ich legte Rezzitti auf dem Boden ab, legte seine Hand auf die Wunde im Brustkorb, erhob mich und ging zu Harrison hinüber.
»Könnte man daraus einen Sprengsatz bauen?«, fragte ich.
Dylan sah zu mir. »Die Wirkung könnte so ähnlich sein wie auf der Zeichnung, die du im Pflegeheim gefunden hast.«
Er hielt mehrere leere Behälter hoch.
»Benzol, Benzin und Styroporschaum, womit man Häuser isoliert«, sagte er. »Er könnte sie schon vor Wochen reingeschmuggelt haben.«
Erneut brandete Jubel durchs Stadion.

»Und was ergibt das dann?«, fragte ich.
»Eine einfache Form von Napalm.«
»Die heilige Maria.«
Harrison nickte.
»Wie stark wäre die Explosion?«
»Das hängt von der Menge und der Zusammensetzung des Sprengstoffs ab.«
Ich sah zum Aufzug und musste wieder an das Gespräch mit dem Ordner denken, bevor ich den Tunnel betreten hatte.
»Was wäre, wenn alles in einen Rollstuhl passt, sagen wir, es befindet sich in einer oder vielleicht auch mehreren Sauerstoffflaschen?«
»Je nach Größe und Anzahl der Flaschen hätte schon eine kleine Ladung einen Sprengkreis von zehn Metern, könnte aber auch leicht doppelt so groß sein, die Wirkung des brennenden Gels jedenfalls würde weit darüber hinausreichen. Außerdem muss mit Schrapnellsplittern von den Behältern gerechnet werden.«
»Worauf unter den hunderttausend Zuschauern Panik ausbricht, und dann wollen alle gleichzeitig durch die Tunnel.«
»Der Alptraum, von dem immer gesprochen wurde«, sagte Harrison.
Ich sah zu Goya, unter dessen Kopf sich eine immer größer werdende Blutlache bildete, die im fahlen Licht des Fernsehers schimmerte.
»Die Geburt einer neuen Kirche. Dafür muss er nicht den Papst umbringen«, sagte ich. »In seiner verqueren Welt hat sich jeder zum Komplizen gemacht, der heute in dieses Stadion gekommen ist.«
»Er ist tot, und das heißt, dass es einen Zeitzünder geben

muss«, sagte Harrison. »Wir suchen nach einer Nadel im Heuhaufen.«

Ich schüttelte den Kopf.

»Chavez sitzt in diesem Rollstuhl«, sagte ich. »Maria Perez schiebt den Rollstuhl, sie ist als Nonne verkleidet.« Ich sah zu Rezzitti. »Wir müssen Hilfe holen.«

Rezzitti schlug die Augen auf.

Ich kniete mich neben ihn und legte ihm die Hand wieder auf die Wunde.

»Lassen Sie mich hier. Beeilen Sie sich«, sagte er. »Zwanzig Minuten nach Beginn der Predigt …« Er brachte den Satz nicht zu Ende.

»Was passiert in zwanzig Minuten?«, fragte ich.

Er holte Luft. »Ein stilles Gebet.«

»Für die Missbrauchsopfer. Hat Goya davon gewusst?«

Er nickte.

»Wir schicken jemanden zu Ihnen, damit er sich um Sie kümmert. Halten Sie die Hand auf die Wunde«, sagte ich.

Er atmete schwach. »Beeilen Sie sich.«

Wir liefen los, sofort fuhr mir ein stechender Schmerz durch die Brust, der von meiner angeknacksten Rippe kam. Ich ging in die Knie.

»Schaffst du es?«, fragte Dylan und nahm mich am Arm.

Ich nickte. Wieder rannten wir los, durch die Tür im Zaun und am Aufzug vorbei zum Ausgang. Harrison öffnete die Tür, wir traten hinaus ins Tageslicht, während die Menge gerade in stürmischen Applaus ausbrach.

Ich sah mich um und versuchte mich zu orientieren. Wir standen an der Mitte des Feldes.

»Gibt es einen besonderen Bereich für Behinderte und Rollstuhlfahrer?«

Harrison schüttelte den Kopf. »Nicht nur einen. Sie sind über das gesamte Feld und über den ersten Rang verteilt.«

»Gib allen über Funk Bescheid, wonach wir Ausschau halten.«

»Aber wo?«, fragte er.

»Dort drüben«, sagte ich und zeigte in Richtung Papst. »Wohin alle Augen im Stadion gerichtet sind.«

39

Wir stiegen die Stufen zum ersten Rang hinauf, wo Chavez und Maria das Stadion betreten hatten. Bei jedem Schritt drückte die angebrochene Rippe gegen den Brustkorb, und ich fiel hinter Harrison zurück, während wir zur Tribüne hasteten, auf der sich der Papst befand.

»Warte nicht auf mich«, rief ich ihm zu.

Harrison schüttelte den Kopf. »Du kannst den Zünder nicht entschärfen.«

Die Stimme des Papstes mit seinem starken Akzent hallte durch das Rund. »Wir sind allesamt Kinder Gottes ... aber manche Priester haben dieses grundlegende Vertrauen zerstört.«

Harrison drehte sich zu mir um. »Die Predigt fängt an.«

Ich sah auf meine Uhr.

»Wir haben keine zwanzig Minuten mehr«, sagte ich und bekam kaum noch Luft. »Wir können ein größeres Areal absuchen, wenn wir uns trennen. Ich ruf dich auf deinem Handy an, wenn ich ihn finden sollte.«

Harrison zögerte, dann drehte er sich um und rannte los. Kurz darauf war er in der Menge verschwunden.

»Die Liebe Gottes ...«, sagte der Papst, und die Menge begann zu jubeln.

Ich kam an einem der langen, schmalen Tunnel vorbei und sah hinein. Der Beton war blankpoliert von den Zuschauern, die seit fünfundachtzig Jahren hier ein und aus geströmt waren.

»Gott wird jene bestrafen, die die Gesetze nicht beachten. Aber nur er allein kann vergeben.«

Ich suchte die Menge ab. Jedes Gesicht, an dem ich vorbeikam, war in seine Richtung gewandt; manche drückten sich den Rosenkranz an die Brust. Ich lief am nächsten Tunnel vorbei und an einem weiteren.

»Die Kirche muss einen Neuanfang suchen …«

Mein Handy klingelte.

»Ich bin ganz vorn. Nichts gefunden«, sagte Harrison.

»Er muss aber …«

Ich sah den Gang hinunter und entdeckte eine Gruppe behinderter Kinder, die auf der Laufbahn in Rollstühlen saßen.

»Rollstühle«, sagte ich.

»Was?«, fragte Harrison.

»Ich gehe zum Feld hinunter. Bleib du hier oben«, sagte ich. »Und leg nicht auf.«

»Zehn Minuten noch«, sagte Harrison.

»Vertraut auf die Worte Gottes, damit sie uns Heilung bringen«, sagte der Papst.

»Oder weniger«, sagte ich zu Harrison und lief zu den Kindern in den Rollstühlen hinunter.

Unten versuchte mich ein Ordner aufzuhalten.

»Sie können hier nicht …«

Ich beachtete ihn nicht. Er stellte sich mir in den Weg und drückte mir die Hand gegen die Rippen. Wieder fuhr mir ein Stich durch den Körper, beinahe sackten mir die Knie weg.

»Polizei«, brachte ich nur heraus. »Haben Sie eine Nonne gesehen, die einen Rollstuhl geschoben hat?«

Er nickte, als hätte ich ihm eine besonders dämliche Frage gestellt.
»So vierzig oder fünfzig insgesamt. Sie haben Patienten aus dem Krankenhaus …«
»Wo?«
Er deutete in Richtung Papst. »Dort vorn, der ganze Abschnitt. Alles in Ordnung mit Ihnen?«
»Zeigen Sie sie mir.«
Ich drückte die Tür auf, trat auf die Laufbahn und schob mich mit dem Ordner im Schlepp durch die Menge.
»Wie weit ist es noch?«, fragte ich.
Wir drängten uns durch eine Zuschauergruppe, bis ich freie Sicht hatte. Der gesamte Abschnitt vor uns war voller Rollstuhlfahrer, neben denen jeweils eine Nonne saß.
»Hier«, sagte der Ordner.
»Ich suche nach einem Mann in einem Rollstuhl … er hat eine Sauerstoffmaske auf dem Gesicht.«
Der Ordner sah mich überrascht an. »Der ist an mir vorbeigekommen.«
»Wo?«
Er schüttelte den Kopf. »Irgendwo dort vorn.«
Ich griff nach meinem Handy und drängte mich durch die Gruppe der Nonnen und Rollstuhlfahrer.
»Welcher Abschnitt?«, fragte ich.
»Weiß ich nicht mehr genau. Ich glaube, zweiundzwanzig oder dreiundzwanzig.«
»Dylan«, sprach ich ins Handy.
Harrison meldete sich sofort.
»Er ist hier unten«, sagte ich.
»Schon unterwegs.«
»Zweiundzwanzig oder dreiundzwanzig«, sagte ich.

»Vergib uns unsere Sünden …«, sprach der Papst.
Ich blieb stehen und starrte auf die Behinderten vor mir. Es waren allesamt Kinder; es saß kein einziger Erwachsener in den Rollstühlen. Ich drehte mich um, suchte nach Chavez und rannte zur Laufbahn zurück, als mir eine Nonne auffiel, die die Hände zum Himmel erhoben hatte.
»Die heilige Maria«, flüsterte ich.
Ich schob mich durch die engen Reihen, bis ich hinter ihr war und die zusammengesackte Gestalt im Rollstuhl neben ihr entdeckte.
»Maria?«, sprach ich sie an.
Sie drehte sich zu mir um. Ihre Gesichtszüge glichen denen des Mädchens, das ich auf dem alten Foto gesehen hatte, die Zeit und der Wahnsinn allerdings hatten ihre Spuren hinterlassen. Sie lächelte mich an. Mehrere Schneidezähne fehlten.
»Ja, mein Kind«, sagte sie.
Ich trat vor den Rollstuhl und war wie vom Donner gerührt. Vor mir saß eine junge Frau mit geschienten Beinen. Sie sah mich an, ihr Blick allerdings gab mir zu verstehen, dass sie mich überhaupt nicht wahrnahm.
»Maria, wo ist der Mann, mit dem Sie gekommen sind?«
Sie starrte mich an, als hätte sie kein Wort verstanden.
»Der Mann im Rollstuhl, den Ihr Sohn mit Ihnen hier hereingeschickt hat?«
Ihre Miene erhellte sich. »Mein Sohn, ja.«
»Wo ist der Mann?«
Sie suchte nach einer Antwort, aber alles, was ich in ihrem Blick sah, war vollkommene Ahnungslosigkeit.
»Ich werde seliggesprochen«, sagte sie schließlich.
Ich drehte mich um und suchte die Menge ab. Der Ordner,

der dreißig Meter von mir entfernt am Rand der Laufbahn stand, winkte mir zu.

»In eurem Herzen müsst ihr vergeben, so wie Gott uns vergibt …«

Ich schob mich zwischen den Rollstühlen hindurch zum Ordner.

»Ist er das?«, sagte er und zeigte auf die Menge vor uns.

Gut fünf Meter vor mir saß ein Mann in einem Rollstuhl. Er trug eine blaue Baseball-Kappe, sein Kopf war nach vorn geneigt, das Gesicht nicht zu erkennen, aber mehr musste ich nicht sehen.

»Ja«, sagte ich und rannte los.

Ich erreichte den Rollstuhl und trat vor ihn. Chavez' Handgelenke waren mit Klebeband an die Armlehnen des Rollstuhls gebunden, sein Kinn war nach unten gesackt. Ich zog ihm die Sauerstoffmaske vom Gesicht und fühlte den Puls. Er war nur schwach zu spüren. Er wirkte ausgemergelt und hager; die Leiden der letzten Tage hatten tiefe Spuren in sein Gesicht gegraben. Aber er war am Leben.

»Albert?«, sprach ich ihn an. Er reagierte nicht.

Ich überprüfte seine Pupillen. Sie reagierten, aber jede Lebendigkeit in seinen Augen schien erloschen. Er war in eine Decke gewickelt. Ich zog sie zurück. Eine hohe Sauerstoffflasche stand auf dem Fußbrett und war mit Klebeband an Chavez' Beine und Brust gebunden. Kurz unterhalb des oberen Endes befand sich, ebenfalls mit Klebeband umwickelt, eine Ausbauchung, in der wahrscheinlich der Zünder steckte.

»Ich hab ihn«, sprach ich ins Handy. »Er ist an eine eins zwanzig hohe Sauerstoffflasche gebunden. Oben unter weiterem Klebeband befindet sich vermutlich der Zünder.«

»Sind irgendwelche Drähte zu sehen?«, fragte Harrison.
»Nein«, antwortete ich. »Wo bist du?«
»Bin gerade in der Südkurve angekommen.«
»Was soll ich machen?«
»Das Klebeband lösen.«
Ich sah zum Ordner. »Haben Sie ein Messer?«
Er griff in seine Tasche und zog ein Klappmesser mit einer winzigen Klinge heraus. Ich machte mich daran, das Klebeband an der Flasche und Chavez' Beinen loszuschneiden.
»Lasset uns beten ...«, kam es vom Papst.
Unzählige Lagen Klebeband waren um die Flasche und die Beine gewickelt; ich kam mit dem Messer kaum durch.
»Es bleibt nicht mehr viel Zeit«, sagte ich.
Das gesamte Stadion sprach das Vaterunser. »Vater unser im Himmel ...«
Oben unter der Ausbauchung war ein Klicken zu hören.
»Irgendwas passiert hier«, sagte ich.
»Was?«, fragte Harrison.
»Geheiligt werde Dein Name ...«
Ich beugte mich mit dem Ohr ans obere Ende der Flasche.
»Es klickt. Sag mir, was ich machen soll.«
»Versuche nicht ...«
»Was soll ich nicht?«
Keine Antwort von Harrison.
»Sag mir, was ich machen soll.«
»Dein Reich komme ...«
Schweigen.
»Dylan ...«
»Dein Wille geschehe ...«
Ich sah aufs Handy-Display. Ich hatte kein Signal mehr. Ich blickte zur Laufbahn, und mein Blick blieb an einem kleine-

ren Tunnel hängen, über dem der Hinweis zu den Toiletten angebracht war.

»Helfen Sie mir, ihn dort rüber zu schaffen«, sagte ich zum Ordner.

Er erstarrte.

»Was ist das?«, fragte er.

»Helfen Sie mir«, sagte ich.

Er starrte nur auf die Sauerstoffflasche, schüttelte den Kopf und rannte durch die Menge davon. Also schob ich Chavez allein durch das vom Regen aufgeweichte Gras, in dem die Räder tief einsanken. Am Rand der Laufbahn blieb ich stecken. Ich trat zu den Vorderrädern, um sie hochzuhieven, als sich jemand nach unten beugte und den Rollstuhl anhob. Ein Priester.

Er sah mich an, lächelte, dann fiel sein Blick auf die Sauerstoffflasche, und das Lächeln erstarb. Er trat einen Schritt zurück.

»Unser tägliches Brot ...«

»O mein Gott«, flüsterte er.

Ich schob den Rollstuhl an ihm vorbei zum Eingang zu den Toiletten. Der Tunnel war keine zehn Meter lang. Ich schob den Rollstuhl ganz nach hinten in der Hoffnung, dass die dicken Mauern die Detonation abfingen. Verzweifelt begann ich wieder damit, das Klebeband um den Zünder Schicht um Schicht wegzuschneiden, während das Klicken immer lauter wurde.

Schließlich schälte ich das letzte Band ab und starrte auf das kleine Gerät. Vor mir befand sich ein digitaler Zeitzünder, der die Sekunden runterzählte und soeben auf 20 sprang; zwei Drähte, ein schwarzer und ein weißer, führten vom Zünder hinauf zur Sauerstoffflasche.

»Was soll ich machen?«, flüsterte ich.
Ich legte das Messer erst am einen, dann am anderen Draht an.
»Welchen soll ich nehmen?«
Hinter mir hörte ich Schritte. Eine Mutter stand mit ihrer Tochter an der Hand einige Meter hinter mir.
»Verschwinden Sie von hier«, rief ich.
Sie schien etwas erwidern zu wollen, ließ es dann aber bleiben.
»Laufen Sie«, sagte ich. »So schnell Sie können. Verschwinden Sie von hier!«
Sie zögerte kurz, dann drehte sie mit ihrer Tochter um und rannte hinaus aufs Feld. Ich nahm beide Drähte zwischen die Fingerspitzen. Die Messerklinge in der anderen Hand begann zu zittern. Ich konnte sie nicht ruhig halten.
Noch fünfzehn Sekunden.
»Und vergib uns unsere Schuld …«
Ich legte die Klinge an den schwarzen Draht.
»Und führe uns nicht in Versuchung …«
Lautlos sprach ich die Worte mit.
Noch zehn Sekunden.
»Sondern erlöse uns von dem Bösen …«
Hunderttausend Menschen verstummten. Es herrschte Totenstille.
»Nun möge jeder für sich beten«, sagte der Papst.
Noch fünf Sekunden.
Ich übte mit dem Messer bereits Druck auf den Draht aus, als jemand von hinten meine Hand packte und sie vom Draht wegzog. Ich versuchte mich zu wehren, aber er war zu stark, drehte mir den Arm zur Seite, und dann sah ich das Messer in seiner anderen Hand, die an meinem Hals vorbeigriff und

mit einer schnellen Bewegung den weißen Draht durchtrennte. Der Timer blieb bei zwei Sekunden stehen.
Er ließ meine Hand los. Ich drehte mich um. Harrison.
Wir sahen uns an. Das Schweigen im Stadion verwandelte sich zögernd in Applaus, erst klatschten nur wenige, dann fiel der gesamte Block mit ein und schließlich das ganze Stadion.
In diesem Augenblick hob Chavez den Kopf und schlug die Augen auf. Der Chief sah mich an, in seinem Blick lag die einzige Frage, die von Belang war. Ich beugte mich zu ihm und flüsterte ihm die Antwort leise ins Ohr, dann nahm ich seine Hand und sah durch den dunklen Tunnel hinaus ins Tageslicht.

Epilog

Ich kenne ganz genau die Anzahl der Mordfälle, in denen ich ermittelt habe. Ich weiß, wie viele Verhaftungen ich vorgenommen habe. Ich kenne die Zahl derer, die mir entwischt sind, obwohl ich sie ihres Verbrechens überführt habe. Daneben trage ich jene Fälle mit mir herum, bei denen es mir nicht gelungen ist, hinter die Wahrheit zu kommen. Diese Zahl teile ich niemandem mit. Nicht, weil sie von meinem Versagen künden würde, sondern weil diese Fälle nie wirklich abgeschlossen sind. Also bewahre ich sie in meinem Innersten auf, ein Geheimnis, das tief in mir verborgen liegt, damit es mir nicht in einem beiläufigen Gespräch ungewollt entschlüpft.

An den folgenden Tagen saß ich vor dem Untersuchungsausschuss, der immer zusammentritt, wenn ein Beamter in Ausübung seines Dienstes jemanden tödlich verletzt. Man befragte mich nach Einzelheiten, aber ich führte lediglich jene Tatsachen an, die der Ausschuss verstehen würde – ich sprach von den Lichtverhältnissen im Raum, von Rezzittis körperlichem Zustand, Goyas Angriff auf mich, von der Position der jeweiligen Personen in den Stadionkatakomben sowohl vor als auch nach der Eskalation mit tödlichem Ausgang. Von der Zahl der Schüsse, die ich abgegeben hatte.

Nicht erzählte ich, dass ich, nachdem ich Chavez und Rezzitti ins Krankenhaus begleitet hatte, wo sie sich von ihren

Verletzungen erholen würden, an jenem Abend ins Rose Bowl zurückkehrte und auf das verlassene Feld hinausschlenderte, auf dem mit dem eisüberzogenen Leichnam eines jungen Mädchens alles begonnen hatte.

Ich erzählte nichts von der Stille im leeren Stadion und wie tief sich diese ins Herz bohren kann, nichts von den Schwalben, die aus ihren Nestern an den Betonnischen kamen und in einer Art Tanz tief über dem Rasen dahinglitten. Und auch nichts vom Papst, der recht gehabt hatte: Jemandem das Leben zu nehmen, und mochte dieses Leben noch so abnorm und widersinnig gewesen sein wie das von Goya, ist eine Sünde, die man bis zum Ende seiner Tage mit sich herumträgt.

Vor dem Stadion drehten die Jogger ihre Runden durch den Arroyo, blickten dabei manchmal über die Schulter nach hinten, um zu sehen, wer hinter ihnen war, und zum ersten Mal in jüngster Zeit verspürte ich nicht das Verlangen, mich ihnen anzuschließen.

Der Untersuchungsausschuss brauchte keine Stunde, um zu dem Schluss zu kommen, dass ich in Übereinstimmung mit den gesetzlichen Richtlinien zur Anwendung tödlicher Gewalt gehandelt hatte.

Einige Tage darauf wurde der verbrannte Leichnam des Journalisten Morrison auf einem Felsen des Long Beach Harbor gefunden, nicht weit von der Anlegestelle entfernt, an der der außer Dienst gestellte Ocean-Liner Queen Mary für immer festgemacht hatte. Später traf vom Rechtsmediziner die Bestätigung ein, dass die abgetrennten Hände, die wir in St. Gabriel gefunden hatten, dem ermordeten Priester Monroe gehört hatten. Doch weder die Polizei noch die Rechtsmedizin hatten eine Lösung für das letzte noch verbliebene Rätsel parat.

Wie hatte Goya wissen können, dass ich diejenige sein würde, die seinem qualvollen Leben ein Ende setzte? Wenn man die Ereignisse Schritt für Schritt durchgeht, angefangen von dem Augenblick, als ich auf das Feld zu Keris gefrorenem Leichnam hinausging, bis hin zum ersten von mir abgefeuerten Schuss, unter dessen Wucht Goya herumgeschleudert wurde, kommt man vielleicht zu dem Schluss, dass alles logisch aufeinander aufbaut. Vielleicht war es das einzig mögliche Ergebnis. Vielleicht stehen manche Dinge eben doch geschrieben.

Nur dass nichts im Leben jemals so einfach oder so leicht zu verstehen ist. Wenn ich an jenen Augenblick denke, an dem ich den ersten Schuss auf Goya abgegeben habe, erinnere ich mich an Dinge, die in diesem Moment nicht präsent waren. Meist sind es nur gewisse Bewegungen, gewisse Geräusche – Einzelheiten, die sich zu einer bestimmten Erinnerung verbinden, aber wenig zu deren Verständnis beitragen. Eine dieser Erinnerungen aber unterscheidet sich davon und liegt nun ebenfalls sicher verwahrt an jenem Ort, den ich vor fremden Augen geheim halte.

Als die Kugel ihn traf, drehte er sich um und blickte mich an. Und was ich in seinem Gesicht sah, war vollkommene Überraschung. In dem Mythos, den er um sein Leben geschaffen hatte, hatte er sich alles bis ins kleinste Detail ausgemalt, nur nicht diesen einen Moment, und in diesem Moment der Überraschung waren es nicht mehr Goyas Augen, in die ich sah, sondern die eines Jungen namens Andrew, das Kind einer Vergewaltigung, das sich niemals, noch nicht einmal in seinen kühnsten Träumen, so etwas Flüchtiges wie eine Zukunft hatte vorstellen können oder die Grausamkeiten, die es anderen zufügen würde.

Ich rede mir ein, dass ich damit recht habe, aber ich werde es nie erfahren. Die Wahrheit in solchen Dingen ist etwas sehr Zerbrechliches und letztlich vielleicht genauso rätselhaft wie der Glaube.

Scott Frost

Fear

Angst hat einen Namen

Selten war Kommissarin Alex Delillo so verwirrt und voller Schmerz: Am Ufer des L. A. River ist eine Leiche gefunden worden, und der Tote soll ihr Halbbruder gewesen sein – von dem sie zeitlebens nichts wusste! Sie beginnt zu ermitteln, obwohl die Polizei von Los Angeles es nicht gerne sieht. Und bald schon bestätigt das Auftauchen von weiteren Leichen am Flussufer den grausigen Verdacht: Jemand mordet wie der »Riverkiller«, der vor zwanzig Jahren drei junge Frauen tötete und nie gefasst wurde. Immer tiefer taucht Alex in den Fall ein und begibt sich damit in Lebensgefahr. Denn der Hauptverdächtige damals war ein Mann, den sie für tot hielt. Ohne den es sie und ihren Bruder jedoch nicht gäbe: ihr eigener Vater. Und der scheint sich bester Gesundheit zu erfreuen …

KNAUR TASCHENBUCH VERLAG